Libretto

UNE FAMILLE ET UNE FORTUNE

IVY COMPTON-BURNETT

UNE FAMILLE ET UNE FORTUNE

roman

Traduit de l'anglais par
PHILIPPE LOUBAT-DELRANC

Libretto

Titre original de l'ouvrage :
A Family and a Fortune

Romancière de la première moitié du XXᵉ siècle, dame Ivy Compton-Burnett, anoblie par la reine Elizabeth II peu de temps avant sa mort, est un écrivain très apprécié notamment par Nathalie Sarraute, Rosamond Lehmann, Elizabeth Bowen, Angelo Rinaldi et Hector Bianciotti. En marge des courants littéraires de l'époque, son œuvre, forte de près de vingt romans, apparaît comme l'une des plus singulières de la littérature anglaise du XXᵉ siècle.

Fille d'un médecin renommé et aînée d'une fratrie de sept enfants, sa vie fut très tôt marquée par de nombreux drames familiaux. La mort de sa mère, le remariage de son père, puis la disparition de celui-ci, le décès de deux de ses frères et le suicide collectif de ses deux sœurs eurent une influence certaine sur les thèmes développés dans ses ouvrages.

Installée à Londres avec sa compagne, la journaliste Margaret Jourdain, au milieu des années vingt, elle y passera dans l'ombre les quarante dernières années de sa vie.

I

– Justine, je t'ai déjà dit que je n'aimais pas qu'on touche au café tant que je ne suis pas descendue. Comment veux-tu que je puisse me rappeler qui en a déjà pris et servir les deuxièmes tasses si tout m'est retiré des mains ? Je ne sais pas combien de fois je t'ai demandé de ne pas t'en occuper.

– Plus d'une, maman chérie, mais vous avez tendance à tarder un peu. Et voir les pauvres garçons brûler d'impatience me va droit au cœur.

– Patienter quelques minutes ne leur ferait pas de mal. Ton père et ton oncle ne sont pas encore en bas. Il n'y a rien qui presse.

Mrs Gaveston se chargea du café, de ses petites mains pâles et rigides, considérant ses enfants avec une affection morose, puis, d'une manière un peu contrainte, faisant signe au domestique de prendre les tasses. Ses gestes étaient un peu empruntés, et elle commit une ou deux maladresses qu'elle rectifia avec une précision distraite. Elle leva le visage pour recevoir le bonjour de ses enfants, donnant l'impression d'oublier ce cérémonial au passage de chacun d'eux et de se le remémorer grâce au suivant. C'était une femme assez grande, très pâle, d'une soixantaine d'années, qui d'une certaine façon paraissait petite et dont la fine corpulence était dénuée du dessèchement supposé l'accompagner. Elle avait des cheveux gris et ondulés, un menton allongé et étroit, des yeux foncés, allongés et étroits, dans un beau visage rigide et étroit, et l'air d'être constamment tenue à l'écart de ses préoccupations courantes par quelque contrainte ou distraction passagère.

Son unique fille, l'aînée de ses enfants, plus petite et de plus forte corpulence, avait des yeux clairs et lumineux, un visage plus plein, des traits agréables qui semblaient être sans agencement, et une ressemblance avec sa mère dont on voyait immédiatement qu'elle recouvrait une grande différence. Autant elle faisait moins que ses trente ans, autant sa mère faisait plus que le double de cet âge. Les étrangers prenaient souvent Blanche pour la grand-mère de ses enfants, chose qu'elle ne soupçonnait pas et se serait refusée à croire. Elle considérait qu'elle faisait plus jeune que son âge, ou plutôt le préjugeait, comme elle tenait pour acquis qu'elle était comblée, intelligente, admirée, une attitude qui provenait d'une sorte d'entrain naturel et avait peu de fondement. Elle se préoccupait vraiment peu d'elle-même, au point que l'on eût presque pu dire qu'elle vivait pour les autres. Ses enfants éprouvaient à son égard une affection vive, à défaut d'être très profonde, dont elle se satisfaisait pleinement. Elle eût été bien en peine d'apprécier un sentiment plus profond, ne l'ayant elle-même jamais expérimenté ni inspiré.

Les trois fils embrassèrent leur mère et regagnèrent leur place. L'aîné, un jeune homme petit et corpulent de vingt-huit ans, avait de grands yeux gris, les mêmes cheveux bruns et bouclés que sa mère dans sa jeunesse, mais un visage plus large, plus résolu, peut-être plus beau, et l'air d'être raisonnablement en paix avec lui-même et avec le monde qui l'entourait. Le cadet, Clement, plus grand et plus mince, les cheveux raides et le teint plus mat, paraissait être du même âge que Mark, alors qu'il avait deux ans de moins. Il avait le regard froid et sombre, l'air froid et distant, et, indiscutablement, les traits de sa mère. Il donnait l'impression de passer pour ce qu'il était, et de ne justifier ni ne retourner la moindre considération. Aubrey, le plus jeune, qui avait onze ans de différence avec lui, était un garçon de quinze ans, petit et quelconque au point d'en être étrange et malingre, avec un sourire de biais qui attirait souvent le terme abusif de rictus, un indéfinissable manque d'aisance naturelle, et un retard mental admis qui, en réalité, ne s'étendait pas au-delà de ses livres. Tous avaient reçu le prénom de parrains en qui leur mère avait nourri de vagues espérances pour eux. Ces espérances ne s'étaient pas concrétisées, mais Blanche ne les avait jamais suffisamment définies pour en prendre ombrage ou même imaginer qu'elles l'eussent pu, et elle n'en éprouvait point tant de déception qu'une vague satisfaction qu'elles eussent été possibles.

Justine et Mark conversaient de bonne grâce et mangeaient avec appétit, comme à leur ordinaire ; Clement ne participait pas à la conversation et montrait un excellent appétit ; Blanche surveillait les assiettes de ses enfants et profitait au mieux du repas sans y accorder d'attention ; quant à Aubrey, il balançait ses jambes et ne parlait pas plus qu'il ne mangeait.

– Ton petit déjeuner ne te fait donc pas envie ? demanda Blanche d'un ton légèrement scandalisé et tout autant incrédule, peut-être dû à sa surprise que cela se reproduise une fois de plus.

Aubrey lui adressa un sourire, du moins fit un sourire dans sa direction. Ce sourire donnait l'impression de se rapporter à ses pensées intimes, ce qui n'était pas qu'une impression.

– Réveille-toi, mon petit garçon, dit Justine, se penchant par-dessus la table pour lui donner une petite tape sur l'épaule.

Son frère fit un sourire d'une autre sorte, destiné à signifier que ce comportement ne le mettait pas mal à l'aise.

– Si je mange des toasts, je grandirai peut-être assez pour aller à l'école.

Qu'Aubrey vive à la maison auprès d'un précepteur était à la fois source d'embarras et de satisfaction, et l'espoir qu'il finirait par aller à Eton, comme ses frères, animait tout le monde sauf lui. Tout le monde savait qu'il était âgé de quinze ans, mais lui seul en avait pris conscience et savait que la probabilité d'une scolarité normale s'amenuisait. Blanche le considérait comme un petit enfant, Justine comme à peine plus âgé, Mark comme une exception ingénument incongrue au sein d'une famille normale, et Clement comme l'objet naturel de son malaise et de son aversion. Aubrey voyait les membres de sa famille tels qu'ils étaient, ayant eu pleinement le loisir d'apprendre à les connaître, et en usait à sa façon.

– Cette omelette rompt à coup sûr avec la tradition, dit Clement.

– Absolument pas, dit Blanche aussitôt, sans regarder ni percevoir dans ces paroles autre chose qu'un reproche. Elle est très bonne et très nourrissante.

– Clement parle en connaissance de cause, dit Aubrey en jetant un coup d'œil à l'assiette de son frère.

– Pourquoi en manges-tu si tu n'aimes pas ça ? demanda Mark d'un ton qui n'avait rien d'incisif.

– J'ai faim ; il faut bien que je mange.

– Tiens, du jambon, dit Justine.

– Clement va manger la chair du porc, dit Aubrey.

– Il est tout de même curieux que des gens civilisés en présentent à leur table, dit son frère.

– Les gens non civilisés présentent-ils quoi que ce soit à leur table ?

– Voyons, mon petit garçon, ne joue pas au plus malin, dit Justine, le chapitrant machinalement en commençant à découper le jambon.

– Justine et Clement se comprennent, dit Aubrey.

– Oh, je vous connais tous par cœur. Après tout, cela n'a rien d'étonnant, puisque je vous ai pour ainsi dire tous élevés.

– Oh, loin s'en faut, ma chérie, dit Blanche en regardant sa fille, la contraction de ses paupières indiquant sa désapprobation. Tu n'avais que deux ans à la naissance de Mark. C'est moi qui vous ai élevés tous les quatre, ainsi qu'il est naturel.

– Oh, oh, si vous voulez qu'il en aille ainsi, ma petite maman.

– Ce n'est pas seulement que maman veuille qu'il en aille ainsi. C'est ainsi que le monde veut qu'il en aille, dit Mark.

– Du jambon me ferait-il grandir ? demanda Aubrey. J'ai bien peur que Clement ne s'inquiète beaucoup au sujet de ma taille.

– Qu'importe où se situe Aubrey sur l'échelle des grandeurs ? dit celui-ci.

– Je serai toujours ton petit frère. Alors, tu t'en moques.

– Toujours le petit garçon à sa maman, dit Blanche en prenant la main d'Aubrey.

– La main de maman paraît blanche comme le lis dans ma main brune de garçon.

– Ne nous chamaillons pas pendant tout le petit déjeuner, dit Justine, l'air de rien.

– Ce n'est sûrement pas ce que nous faisons, ma chérie, dit Blanche dont les paupières se contractèrent de nouveau. Nous ne faisons qu'avoir une conversation. Nous ne pouvons pas tous avoir le même avis sur tout.

– Mais vous êtes tous d'avis que je suis loin d'être à la hauteur pour mon âge, dit Aubrey. Encore qu'il n'y ait rien à y redire.

– Je trouvais que la conversation déviait un peu vers des chamailleries.

– Je ne trouve pas, ma chérie. Je ne vois pas ce que tu veux dire.

– Oh, alors, moi non plus, ma petite maman. Je le disais à toutes fins utiles.

– Admettons que la voix de Justine doive être réduite au silence, dit Aubrey. Que ressentirions-nous alors ?

– Ne dis pas ce genre de choses, dit sa mère, se tournant vivement vers lui.

– Je ne suis pas trop en retard, dit une voix de la porte. Vous pourrez vous vanter de m'avoir vu dès la première heure de la journée.

– Oh, mon cher oncle, dit Justine, entérinant l'entrée habituelle d'un membre de la maisonnée.

– Bonjour, bonjour, dit une autre voix. Bonjour, Blanche ! Bonjour, Justine ! Bonjour, mes fils ! Bonjour !

– Bonjour, papa chéri ! dit Justine, se penchant pour présenter les tasses à sa mère.

Les deux frères qui entraient étaient des hommes grands et maigres d'une cinquantaine d'années, l'aîné des deux étant le seigneur du voisinage, ou plutôt le descendant d'hommes qui associaient ce titre à des propriétés plus vastes. Il avait d'épais cheveux mouchetés, des yeux noisette mouchetés, des vêtements vaguement mouchetés, un nez et un menton longs et bien dessinés, l'air d'avoir, plus que d'autres hommes, la peau sur les os, un visage et des mains qu'on eût qualifié de hâlés si quoi que ce fût, dans le climat anglais de sa demeure, eût pu avoir cet effet-là sur eux, et un air de grande droiture qu'il avait transmis à sa fille. Son cadet, Dudley, de la même taille mais de moindre corpulence que lui, passait pour être une caricature de son aîné, et l'était au sens que son visage avait été coulé dans le même moule et en subissait les anomalies. Son nez était moins rectiligne ; ses yeux n'étaient pas tout à fait alignés et faisaient un peu penser à ceux de son plus jeune neveu ; son teint était plus pâle que hâlé, bien que ces deux-là eussent vécu au même endroit, et dans la même maison toute leur vie. Dans le voisinage, la question était de savoir lequel des deux était le plus distingué, et il était de bon ton de pencher en faveur de Dudley. À vrai dire, Dudley paraissait le plus distingué lorsqu'on le voyait en compagnie de son frère, et Edgar lorsqu'on le voyait seul, Dudley dépendant du modèle imposé par Edgar, et Edgar supportant moins bien une véritable comparaison. Le majordome qui les suivit dans la pièce, portant un plat destiné à remplacer celui qui avait refroidi, était un homme d'une trentaine d'années au visage rond, au teint rubicond, de la même taille que ses maîtres mais, à tout autre point de vue, très différent d'eux.

– Bonjour, monsieur ; bonjour, monsieur, dit-il en inclinant légèrement la tête à l'intention de chacun d'eux tour à tour.

– Bonjour, dit Dudley.

– Bonjour, bonjour, dit Edgar sans insister sur les mots.

Blanche leva la tête pour marquer sa réprobation quotidienne – mais jamais suffisamment définie pour qu'elle l'exprime – que Jellamy s'octroie l'initiative de prendre la parole.

– Le temps est très incertain aujourd'hui, monsieur.

– Oui, on le dirait bien, dit Edgar ; incertain, oui.

– L'air est humide, monsieur.

– Oui, humide ; oui, peut-être un peu lourd.

Il était rare qu'Edgar émette une opinion très définie, comme s'il craignait de s'impliquer dans quelque chose qui ne fût pas l'entière vérité.

– J'adore les conversations entre papa et Jellamy, dit Justine à voix basse.

Blanche leva la tête avec une expression qui indiquait seulement qu'elle ne partageait pas ce sentiment.

– Le plâtre des murs de la salle s'écaille, monsieur.

– J'irai voir. Je tâcherai de ne pas oublier d'aller regarder cela.

– Je parlais de l'office, monsieur, dit-il, comme si son maître risquait de ne pas pénétrer son propos jusque-là.

– Ah, la pièce où vous vous tenez tous ? Celle où il y avait un évier ?

– L'évier a été retiré, monsieur. Il est désormais réservé à un usage individuel.

– Vous pouvez disposer, Jellamy, merci, dit Blanche, que la présence des domestiques pendant les repas indisposait. Si nous avons de nouveau besoin de vous, nous sonnerons.

– Ce serait une bonne idée de retirer tous les éviers et de transformer toutes ces salles en pièces à vivre, dit Dudley. Ça rehausserait la norme.

– De notre pauvre vieux monde, dit Aubrey.

– Avez-vous bien dormi, papa ? dit Justine.

– Très bien, ma chérie ; bien, je pense. J'ai dormi quelques heures. J'espère que tu peux en dire autant.

– Oh, ne vous préoccupez pas du sommeil d'une jeune femme en parfaite santé, papa. Il n'y a que vous pour vous soucier du sommeil de votre unique fille !

Edgar tiqua proportionnellement à son doute sur le bien-fondé de cette marque de confiance.

– C'est votre sommeil qui compte, et je suis loin d'en être satisfaite.

– Ce sont les jeunes qui ont besoin de dormir, ma chérie.

– Oh, je ne suis plus si jeune que ça. Trente ans bien sonnés, et toutes mes années pleinement vécues ! Je n'aurais pas voulu en manquer une seule. Je ne me range plus parmi les jeunes écervelées.

– Toujours la petite fille à son papa, murmura Aubrey.

– Comment, mon fils ? dit Edgar.

– Moi, je me range encore parmi les jeunes, dit Aubrey comme s'il répétait ce qu'il venait de dire. Je pense que c'est préférable jusqu'à ce que j'aille à l'école. Sinon, on pourrait penser que je suis bête, et Clement n'apprécierait pas que je passe pour tel.

– Continue de prendre ton petit déjeuner, mon petit garçon,

dit Justine. D'une seule traite et plus un mot tant que tu ne l'as pas terminé.

– J'apportais mon humble contribution à la conversation. Le moindre petit rien compte.

– Absolument, mon chéri, et du fond du cœur nous t'en donnons acte.

Blanche sourit à l'aînée de ses enfants puis au dernier-né selon son appréciation de leur sentiment.

– Tout réussit continuellement à Aubrey, dit Mark. Il est vrai qu'il est lui-même une réussite dans son genre.

– Dans quel genre ? dit Clement.

– Trop facile, Clement, dit Justine en secouant la tête. Avez-vous bien dormi, mon oncle ?

– Très bien jusqu'à ce que la pluie me réveille. Alors, je suis allé à la fenêtre et j'y suis resté à regarder la nuit au-dehors. Je me rends compte maintenant qu'il y a des gens qui le font vraiment.

– Pour vraiment empêcher l'air d'entrer, dit Clement.

– Clement serait-il un jeune homme blasé ? dit Aubrey.

– J'ai passé une très mauvaise nuit, dit Blanche d'une voix douce et impassible sans blâmer quiconque de ne pas s'en être enquis. J'en viendrais presque à oublier ce qu'est une bonne nuit de sommeil.

– Pauvre petite maman ! dit Justine. Heureusement que vous dormez l'après-midi.

– Jamais de la vie. Je fais ma sieste, bien sûr ; sinon, je ne tiendrais pas. Mais je ne dors jamais. Il peut m'arriver de fermer les yeux pour les reposer, mais je reste toujours éveillée.

– Vous ronfliez hier, maman, dit Justine, soulignant que les gens endormis en donnent ce signe qui semble être une caractéristique de leur humanité.

– Non, sûrement pas, dit Blanche, manifestant, devant ce fait, l'agacement qui, malheureusement, en est une autre.

– Maman, je suis entrée sur la pointe des pieds, et vous n'avez pas bronché.

– Si tu n'as pas fait de bruit et que j'aie eu les yeux fermés, j'ai pu ne pas t'entendre, c'est certain.

– De toute façon, quelques minutes dans la journée ne compensent pas une mauvaise nuit, dit Mark.

– Mais je ne dors pas dans la journée, pas même quelques minutes, dit sa mère d'une voix plus stridente. Je ne sais comment le dire pour que vous le compreniez tous.

– Je ne vois pas pourquoi les gens répugnent à admettre avoir dormi quelques minutes dans la journée, dit Dudley, alors que nous reconnaissons tous bien volontiers le faire pendant des heures la nuit et que, par ailleurs, nous réclamons de la compassion les fois où nous ne le faisons pas.

– Quelqu'un l'a-t-il reconnu ? dit Clement. Apparemment, la famille se passe de dormir.

– Mais je l'admettrais bien volontiers, répondit Blanche. Seulement, ce n'est pas la vérité. C'est inutile de ne pas dire la vérité, même pour une vétille.

– Ce n'est pas ainsi que je qualifierais l'insomnie, dit Mark.

– Mon cher petit, toi, au moins, tu comprends, dit Blanche, tendant la main d'un air presque égaré. Tu m'épargnes de me sentir trop seule.

– Allons, allons, maman, j'ai manqué de tact, je l'admets, dit Justine. Je sais que les gens détestent avouer qu'ils dorment dans la journée. J'aurais dû m'en souvenir.

– Voilà Justine qui fait preuve de tact, murmura Aubrey.

– Il est possible… il semble possible, dit Edgar, de se reposer les yeux fermés et de donner l'apparence du sommeil.

– Vous oubliez les ronflements, papa, dit Justine d'une voix assez basse et assez ténue pour la soustraire aux oreilles de sa mère.

– Si tu ne les oublies pas non plus, je ne sais pas ce que nous allons devenir, dit Mark de la même manière.

– Ronfler ne prouve pas que l'on dort, dit Dudley.

– Mais je ne ronflais pas, dit Blanche, du ton plus détendu de quelqu'un qui n'a plus prise sur une situation. Je m'en serais rendu compte. Il ne serait pas possible d'être éveillée, de faire du bruit et de ne pas l'entendre.

Justine adressa un regard incrédule à quiconque voudrait bien le recevoir. Edgar s'en fit un devoir, puis se fit celui de détourner rapidement les yeux.

– Pourquoi ne nous apprend-on pas que personne ne ronfle en aucune circonstance ? dit Clement.

– Je me demande comment nous en sommes venus à la notion de ronflements, dit Mark.

– Maman, vous ne mangerez pas plus ? dit Justine. Vous n'avez pas autant de honte à manger que vous en avez à dormir, j'espère.

– Il n'a jamais été question de dormir. Et je n'ai honte ni de l'un ni de l'autre. Je mange toujours très bien et je dors toujours très mal. Il n'y a pas de rapport entre les deux.

– Il me semble qu'aujourd'hui, vous faites une exception à votre première règle, dit son époux.

– Oh, je suis contrariée d'être contredite, Edgar, et de m'entendre dire que je fais ce que je ne fais pas quand je sais fort bien moi-même ce que je fais, dit Blanche, gesticulant presque sur sa chaise.

– En effet, maman chérie. Aussi nous en tiendrons-nous là : que vous savez fort bien vous-même ce que vous faites.

– Une conclusion qui me paraît raisonnable, dit Mark.

– À mon avis, c'est ce que nous savons le mieux, dit Dudley. Si nous nous voyions tels que les autres nous voient, nous en serions quittes pour nous tromper bien plus souvent, même si, à les en croire, nous devrions nous y employer.

– C'est qu'ils veulent que nous nous trompions, et cruellement, dit son neveu.

– Je n'en suis pas certaine, dit Justine. Il peut nous arriver plus souvent qu'on ne le croit de recevoir un jugement bienveillant, sain et impartial.

– Et nous savons, quand on nous le décrit ainsi, le terrible jugement qu'il pourra être, dit son oncle.

– Une demi-vérité, le plus noir des mensonges, dit Mark.

– Le plus pieux des mensonges, plutôt, dit Clement. Ou alors, un pieux mensonge n'existe pas.

– Justement, ça n'existe pas, dit sa sœur. La vérité, c'est la vérité, un mensonge, c'est un mensonge.

– Qu'est-ce que la vérité ? dit Aubrey. Justine nous l'a-t-elle expliqué ?

– La vérité, c'est ce qui se révèle vrai dans telle ou telle circonstance, répondit sa sœur, s'exécutant sur-le-champ. Qu'un projecteur soit braqué sur notre for intérieur ne devrait pas nous alarmer, si nous sommes honnêtes vis-à-vis de nous-mêmes.

– À plus forte raison, dit Mark. « Connais-toi toi-même » est un conseil superflu. C'est inévitable.

– Nous pouvons seulement espérer que personne d'autre ne nous connaîtra, dit Dudley.

– Mon oncle, quelle absurdité ! s'écria Justine. Vous êtes l'être le plus transparent et le plus authentique qui soit, le dernier à pouvoir dire ça.

– Où voulez-vous tous en venir, au juste ? demanda Edgar, prenant promptement la parole, comme pour couper court à tout autre portrait plus personnel.

– Simplement au fait, répondit son frère, que je pense qu'on devrait toujours juger les êtres humains avec beaucoup de tendresse, et que nul ne sera jamais plus tendre envers soi que soi-même. « Ne t'en prends qu'à toi-même » est un autre exemple de conseil superflu.

– Meilleur pourtant que beaucoup d'autres, dit Aubrey, parlant de plus en plus bas. Plus tendre.

– Allons, mon petit garçon, vite, termine ton petit déjeuner, dit Justine. Mr Penrose va arriver dans quelques minutes.

– Pour poursuivre l'œuvre de sa vie qui est de faire progresser Aubrey, dit Clement.

– Clement aurait dû achever sa phrase sur un soupir, dit Aubrey. Mais j'irai jusqu'à dire que cette œuvre apporte en elle-même des gratifications inattendues.

– Moi, j'oublie tout ce que j'ai appris à Eton, dit son oncle.

– Oui, moi aussi ; oui, dans une large mesure, renchérit Edgar. Oui, je crois bien en avoir oublié la plus grande partie.

– Vous ne pouvez pas avoir tout perdu, papa, dit Justine. Une éducation reçue dans la plus grande école du monde a forcément laissé son empreinte. Elle a forcément contribué à votre formation.

– Apparemment, il n'est pas très important que je n'aille pas à l'école, dit Aubrey. Ce sera un plus court chemin pour en arriver au même point.

– Allons, mon petit garçon, ne donne pas dans la facilité. Et n'oublie pas que l'éducation personnelle est la plus grande école de toutes.

– Et celle dispensée par Penrose ? Qu'en est-il ?

– « Mr » Penrose, si tu veux bien. Et termine ton petit déjeuner.

– Il n'a pris qu'un seul toast, dit Blanche, d'un ton qui aurait pu passer pour désespéré si la situation n'avait pas été habituelle. Et c'est un garçon en pleine croissance.

– Moi, je ne le décrirais pas en ces termes, dit Mark.

– Moi, je ne me risquerais pas à essayer de le décrire, renchérit Clement.

– Ne soyez pas stupides, dit aussitôt leur mère. Vous êtes tous deux tout aussi difficiles à décrire.

– Certaines personnes défient toute description, dit Aubrey. Mon oncle et moi sommes de celles-là.

– Il y a du vrai dans ce que tu dis, dit Justine, regardant autour d'elle.

– Peut-être vaudrait-il mieux… Peut-être serait-ce aussi bien de ne pas parler des personnes présentes, dit Edgar.

– Vous avez raison, comme toujours, papa. Si seulement les garçons voulaient bien prendre exemple sur vous.

– Je pense que c'est ce qu'ils font, ma chérie, dit Blanche machinalement. Je vois chez l'un et chez l'autre une grande ressemblance avec leur père. Elle est de plus en plus frappante.

– Personne ne pense que notre pauvre oncle mérite de servir d'exemple ? C'est une personne tout aussi expérimentée et tout aussi raffinée que papa.

Edgar leva les yeux à cette soudaine remise en cause de l'opinion admise.

– Je suis un changelin [1], dit Dudley. Aubrey et moi sommes très difficiles à saisir.

– Et on ne peut pas envoyer à l'école quelqu'un sur qui on ne peut mettre la main, ajouta son neveu.

– À défaut, on peut veiller à ce qu'il fasse au mieux, dit Justine. Allez, file ! Voilà Mr Penrose sur le perron. Ne fais pas attendre ce pauvre petit homme.

– Justine qualifie tout le monde de « pauvre », fit remarquer Clement.

– Que veux-tu, mes entrailles ne sont pas totalement dénuées de miséricorde humaine. Les bonheurs et les malheurs du monde me touchent, je l'avoue.

– Surtout les malheurs.

– Que veux-tu, ils sont plus nombreux.

– Ce pauvre petit monsieur, murmura Aubrey, quittant sa place. C'est le petit de qui, cet homme ? Le petit garçon à sa Justine, c'est moi.

– Il me semble... N'est-ce pas un peu tôt après le petit déjeuner pour travailler ? demanda Edgar.

– Papa, vous savez bien qu'ils vont d'abord faire une promenade. Il est bon pour Audrey qu'il ait une petite conver-

1. Leurre abandonné par les fées en échange d'un nouveau-né enlevé à ses parents. (*Toutes les notes sont du traducteur.*)

sation d'adulte en dehors de la famille. J'ai demandé à Mr Penrose de faire en sorte que leur échange soit instructif.

– Ah oui, ma chérie ? dit Blanche dont les paupières s'étrécirent. Je pense que tu devrais laisser le soin de ces choses-là à ton père ou à moi.

– Certainement pas, maman ! Pour que rien ne soit fait ? Belle alternative ! Je dois faire tout mon possible pour vous tous, comme ça me vient à l'esprit, comme je l'ai toujours fait et le ferai toujours. N'allez pas vous opposer à ce qui est utile et juste.

Blanche se rendit à la sagesse de cette recommandation.

– Maintenant, filez vous deux ! Filez à vos occupations, dit Justine, agitant les mains en direction de ses frères. J'espère que vous en avez. Moi, j'en ai, et elles n'attendront pas.

– Je suis heureux de n'en avoir aucune, dit Dudley. Je ne supporterais pas d'avoir un travail régulier.

– Savez-vous ce que j'ai découvert ? dit sa nièce. J'ai découvert une ressemblance entre notre petit garçon et vous, mon oncle. Une ressemblance réelle, indéniable et frappante. Il est inutile que vous fassiez tous les yeux ronds. J'ai fait ma découverte, et n'en démordrai pas.

– J'ai toujours trouvé qu'ils se ressemblaient, dit Blanche.

– Oh, voyons, maman, ça, ce n'est pas du tout de bonne guerre. Vous savez pertinemment que vous venez de vous en rendre compte à l'instant.

– Non, dit Edgar, affirmatif par souci d'équité, je dois dire que j'ai déjà entendu ta mère faire remarquer une certaine ressemblance.

– Dans ce cas, c'est ma petite maman chérie qui en a la primeur, et je serais la dernière personne au monde à lui disputer ce mérite. Donc, vous la voyez, maman ? Parce que moi, j'en suis certaine, certaine. J'aurais presque pu penser qu'oncle Dudley la verrait, lui aussi.

– Nous pouvons difficilement attendre de lui qu'il nous la fasse remarquer, dit Clement.

– Je m'en suis rendu compte, dit Dudley, et je vous invite tous à la remarquer.

– Alors, je suis à la traîne, et la dernière et non la première à voir les choses. Mais ce n'est pas pour autant que je m'y intéresse moins. L'intérêt que je leur porte ne dépend pas de mon triomphe personnel. Il n'en est que plus réel et plus détaché.

– Le mien est plus faible, je l'admets, dit Mark.

– Allons, maman, vous allez vous reposer ce matin pour compenser votre mauvaise nuit. Et moi, je ferai tourner la maison. Soyez tranquille.

Justine posa la main sur la joue de sa mère, et Blanche aussi y porta la sienne et l'y laissa un moment, souriant à sa fille.

– Quelle bonne et chère enfant ! dit-elle, tandis que cette dernière les quittait. Que ferions-nous sans elle ?

– Ce que nous sommes en train de faire, dit Clement.

– Certainement pas, dit sa mère, se tournant vers lui aussitôt. Tout serait complètement différent pour nous, et tu le sais très bien.

– Certainement, certainement, dit Edgar d'une voix mesurée. Certainement.

Edgar et Blanche étaient tombés amoureux l'un de l'autre trente et un ans auparavant, en 1870, alors qu'Edgar avait vingt-quatre ans et Blanche trente ; maintenant que ce sentiment n'était plus qu'un souvenir, et un souvenir rare, voire embarrassant, Blanche considérait son mari avec confiance et fierté, et Edgar sa femme avec une affection compatissante. Que ni l'un ni l'autre n'eût jamais été déloyal envers l'autre ne signifiait rien, car ni l'un ni l'autre n'eût été capable de déloyauté. Ils en étaient arrivés au point d'être un peu intimidés l'un par l'autre, et ils étaient rarement ensemble le jour comme la nuit. Il était difficile de concevoir qu'ils aient pu un jour parvenir à surmonter suffisamment leur timidité pour s'autoriser à se courtiser et à se marier, et eux-mêmes trouvaient cela assez inconcevable. Ils ne pouvaient que s'en souvenir, et encore le faisaient-ils le plus rarement possible. Blanche paraissait traverser sa vie à distance, puisant suffisamment de raisons de vivre dans les membres de sa famille et dans le sentiment de fierté et de possession que chacun d'eux lui inspirait. Il n'était donc pas étonnant qu'elle considérât Dudley comme son frère, et ne fût absolument pas jalouse de la relation que son mari entretenait avec lui.

La vie d'Edgar procédait grandement de celle de son frère et de leur amitié qui datait de leur petite enfance. Mark aidait son père par sa gestion sporadique et efficace du domaine, et, en sa qualité d'aîné, n'était destiné à aucune profession. Clement avait obtenu une bourse de Cambridge en vue d'être étudiant puis professeur d'université. Chacun des deux frères éprouvait une certaine compassion et un certain mépris pour les occupations et les projets de l'autre.

– Maman chérie, dit Justine, revenant dans la pièce, cette lettre est arrivée pour vous hier soir et vous ne l'avez pas ouverte. En voilà une façon de s'acquitter de ses obligations ! Je vous suggère de remédier à cet oubli.

Blanche, tenant la lettre à bout de bras afin de lire l'adresse, chercha de la main ses lunettes.

– Elle vient de votre grand-père, dit-elle, chaussant ses lunettes et regardant sa fille par-dessus celles-ci. Elle vient de mon père, Edgar. Il est si rare qu'il écrive lui-même. Il est vrai qu'il se fait vieux. Il va sans doute bientôt commencer à sentir le poids des ans.

– Sans doute très bientôt, étant donné qu'il en a quatre-vingt-sept, fit remarquer Clement.

– Encore trop facile, Clement, dit Justine. Ouvrez la lettre, maman. Vous auriez dû la lire hier soir.

Blanche obtempéra à ce rappel à l'ordre, et Edgar lança à son fils un regard désapprobateur dont le décalage fut imputé au temps qu'il lui avait fallu pour soupeser son bien-fondé.

La voix de sa femme résonna soudain avec une vivacité inhabituelle.

– Oh, il veut savoir si le pavillon du gardien est toujours à louer ! Auquel cas, il envisagerait de le prendre ! Il viendrait vivre ici avec Matty. Comme ce serait charmant de les avoir. Quel changement en perspective ! Ils veulent savoir quel est le loyer le plus bas que nous puissions leur demander, et nous ne pourrions prendre très cher à ma famille. Je voudrais pouvoir le mettre à leur disposition pour rien, mais je suppose que nous ne pouvons pas nous le permettre ?

Le silence se fit.

– Certainement pas, dit Mark. Nos biens nous rapportent déjà assez peu.

– Voilà que s'annonce une vie bien différente, dit Justine.

– Serons-nous à la hauteur ? demanda son frère.

– Je ne vois pas pourquoi nous ne devrions pas demander un loyer normal, dit Clement. Ils ne s'attendent sûrement pas à ce que nous les aidions autrement, d'ailleurs, ils n'en ont pas besoin.

– Ils ne sont pas très aisés, mon chéri, dit Blanche, regardant à nouveau par-dessus ses lunettes. Ils ont perdu beaucoup d'argent et doivent faire très attention. Et ce serait tellement mieux de les avoir ici. Nous devons y songer.

– Eux, ils y songent, c'est évident, et ils ont bien l'intention d'être à notre charge. Je me demande à quelle valeur ils s'estiment.

– Il faudrait aussi qu'ils paient pour notre présence, dit Mark. Je suppose qu'elle vaut tout autant que la leur.

– Je crois être plus sociable que l'un et l'autre, dit Dudley.

– Oh, nous ne devrions pas parler de cette façon, même par plaisanterie, dit Blanche, envisageant la conversation sous son meilleur angle. Nous devrions plutôt réfléchir à ce que nous pouvons faire pour les aider. Ils doivent abandonner leur toit, alors il me semble que ce serait une très bonne solution. Entre mon père qui vieillit et ma sœur si impotente, il faut qu'ils soient près des leurs.

– Avez-vous considéré, maman chérie, la façon dont tante Matty et vous risquez de vous comporter quand vous serez à un jet de pierre l'une de l'autre ? demanda Justine avec une aigreur voulue. Chaque fois que vous avez séjourné ensemble, des rumeurs nous sont parvenues de sa maison, et se sont confirmées dans la nôtre. Souvenez-vous que la discrétion est la meilleure part de nombreuses autres qualités.

– Qu'entends-tu donc par là ? Nous avons nos façons, certes, exactement comme vous tous, ainsi que votre oncle et votre père ; comme on le doit entre frères et sœurs. Mais ce n'est rien de plus.

– Edgar et moi n'avons pas de façons, dit Dudley. Je ne sais ce qui vous fait dire cela. Je tiens les façons en horreur ; je pense qu'il y a peu de choses qui soient pires. Et je ne pense pas que votre sœur et vous devriez vivre près l'une de l'autre, si vous les recevez.

– Quelles bêtises ne faut-il pas entendre ! Matty et moi n'avons jamais eu de désaccord. Il n'est pas nécessaire que nous nous traitions en étrangères.

– Ah, souvenez-vous, maman chérie, dit Justine en levant le doigt, que c'est justement ce qui l'est. Traitez-vous en étrangères, je n'en demanderai pas plus. Je serai pleinement satisfaite.

– Que ne faut-il pas entendre ! répéta Blanche, d'un ton qui révélait sa nature dénuée de toute rancune. Cessons donc de parler ainsi et pensons au plaisir de les avoir parmi nous.

– S'ils vous apportent un tant soit peu de bonheur, ma petite maman, nous nous réjouirons du fond du cœur de les recevoir. Mais nous craignons que ce bonheur ne soit pas sans partage.

– Je pense… Après réflexion, dit Edgar, je pense que nous pourrions peut-être évoquer le loyer que nous demanderions à des étrangers, puis voir ce que nous en coûtera le fait que ce n'en soit pas.

Il fit son sourire habituel, qui ne modifia en rien son expression, tandis que celui que fit son frère, aussitôt après lui, parut irradier la lumière.

– Il reste à espérer que ce ne sera pas trop, car nous vivons assez serré.

– Je suppose que les sommes concernées sont modiques, dit Justine.

– Nous gérons au plus juste, dit Mark. Mais pourquoi devraient-ils estimer leur valeur, alors que d'autres ne le font pas ?

– Oh, il s'agit de mon vieux père et de ma sœur impotente ! dit Blanche. Et la maison est vide depuis si longtemps, et les loyers sont très bas dans notre comté.

– Nous tiendrons compte de tout cela, dit Edgar sur le ton dont il usait avec sa femme, plus doux et plus lent qu'avec les autres, comme s'il désirait lui faciliter les choses. Ce qui conduira à baisser le loyer.

– Dans ce cas, pourquoi ne pas tout simplement leur demander très peu et ne plus y penser ? Je ne comprends pas que nous ayons ce genre de conversation. Ce sera si bon de les avoir parmi nous, et voilà que nous en avons fait un sujet qui provoquera toujours des discussions et de l'acrimonie. C'est vraiment regrettable.

Blanche secoua ses épaules et baissa la tête, les yeux embués de larmes.

– Ils veulent que nous leur répondions tout de suite, maman ne m'en voudra pas de lire la lettre, dit Justine, présupposant que tel serait le cas. Cher grand-papa ! Son écriture commence à trembloter. Ils ont des dispositions à prendre.

– Si son écriture tremblote, alors son loyer doit être bas, cela va de soi, dit Mark. Nous ne sommes ni des brutes ni des oppresseurs.

Blanche releva la tête, les yeux plus clairs maintenant que

la raison et la sensibilité s'exprimaient à travers la voix de son fils.

– Oui, oui, nous devons le leur faire savoir, dit Edgar. Assurément, ce sera mieux de les avoir parmi nous… Ce sera tout bénéfice pour nous. C'est incontestable.

– Ce que, comme tout le reste, nous nous garderons de contester, dit sa fille. L'avant-goût que nous venons d'en avoir suffit amplement. Faisons notre petit sacrifice, puisqu'il le faut. Nous ne devrions pas tant tergiverser.

– Laissons là cet aspect de la chose et tournons-nous vers les autres, dit Mark sans se départir de son sérieux. À votre avis, ils sont vraiment au courant pour Aubrey ?

– Je ne vois pas comment ils le pourraient, dit Clement. La dernière fois qu'ils sont venus, il était trop petit pour que ce soit perceptible.

– Je ne vois pas de quoi vous parlez, dit Blanche qui, chaque fois, tombait dans le panneau. Ils lui seront dévoués, comme les gens le sont toujours.

– Oui, Aubrey remportera un franc succès, j'en mets ma main au feu, dit Justine. Nous ferons tous pâle figure à côté de lui. Attendez, vous verrez.

– Je remporterai le même genre de triomphe, dit Dudley. Ils remarqueront d'abord mon frère, puis j'attirerai peu à peu leur attention.

– Et alors, il en sera fini de tous les autres, soupira Justine. Oh, mon oncle, vous êtes affreux, nous savons tous ce qu'il pourra se passer.

– Et alors, ils penseront… Ça, je le garde pour moi. Ce sera à eux de le dire.

– Que voulez-vous, mon pauvre oncle, vous ne pouvez pas toujours jouer les seconds violons.

– Mais si ! dit Dudley, les yeux fixés sur Edgar. C'est un art dans lequel je suis passé maître.

Edgar se leva comme s'il avait entendu un signal, gagna la porte, passant le bras sous celui de son frère, et, quelques instants plus tard, tous deux apparurent dans l'allée juste devant la maison.

– Ces deux hautes silhouettes ! dit Justine. C'est une vue dont je ne me lasserai jamais. Dussé-je vivre cent ans que je ne souhaiterais pas en voir de plus plaisante.

Blanche leva les yeux et suivit le regard de sa fille, lui apportant le soutien approprié.

Mark prit Clement par le bras pour marcher de long en large devant sa sœur.

– Non, éloignez-vous ! s'écria-t-elle, le leur signifiant d'un geste. Je ne veux pas d'imitation ; je ne veux aucune contrefaçon. J'ai la chose vraie sous les yeux.

– J'aime les voir marcher ensemble ainsi, dit Blanche.

– Eh bien, pas moi, maman. C'est la parodie d'autre chose de mieux, et je n'y vois rien d'aimable.

– Je suis certaine qu'ils sont très bons amis. Nul besoin d'y voir une parodie. C'est l'illustration d'un sentiment sincère, même si l'acte en lui-même est une facétie.

– Un sentiment sincère, oui, maman, mais qui n'a rien à voir avec le sentiment qui unit papa et oncle Dudley. Nous devons voir les choses en face. Vous n'aurez pas produit cela dans votre famille. Ça a sauté cette génération-là.

Blanche continua de regarder, impuissante, tandis que sa fille quittait la pièce, mais, sur son visage, la magnanimité l'emportait sur tout autre sentiment. Elle possédait la qualité inhabituelle d'aimer également tous ses enfants, ou, en tout cas, de le croire. Si Mark et Aubrey occupaient la première place dans son cœur, cette place était disponible pour les autres quand ils en avaient besoin, de sorte que son sentiment de la leur donner à tous s'en trouvait conforté. Ni elle ni Clement ne se doutaient que c'était lui qu'elle affectionnait le moins, et si Dudley et Aubrey le savaient, cette compréhension relevait de leur part intime. Edgar n'aurait pas été surpris d'apprendre que Blanche préférait son fils cadet.

Jellamy entra dans la pièce au moment où sa maîtresse en sortait, et posa une pièce d'argenterie sur la crédence.

– Nous allons donc recevoir Mr Seaton et Miss Seaton au pavillon, monsieur ?

– Comment le savez-vous ? demanda Mark. Nous venons seulement de l'apprendre.

– Moi de même, monsieur, répondit Jellamy, en toute bonne foi puisqu'il l'avait appris au même moment. Miss Seaton tiendra compagnie à madame, monsieur. Monsieur et monsieur Dudley étant si souvent ensemble, Madame se retrouve assez seule.

Jellamy écarquillait les yeux à l'évocation de ce sujet qui faisait les beaux jours de l'office, et n'avait jamais effleuré l'esprit de Blanche.

– Elle n'est jamais seule, dit Clement. Nous vivons tous au sein d'un même groupe volubile, chacun d'entre nous attendant l'occasion de se faire entendre.

Le déjeuner trouva la famille dans les dispositions décrites par Clement. Edgar était assis au haut bout de la table ; Blanche à l'autre bout ; Dudley et Justine étaient assis de part et d'autre du premier, Mark et Clement de part et d'autre de la seconde ; Aubrey et son précepteur se faisaient face au milieu. Mr Penrose, qui était traité avec amabilité et auquel on servait les meilleurs morceaux, considérait ce déjeuner en famille comme l'épreuve de sa journée. Il était assis avec une raideur compassée qu'il n'améliorait guère en sursautant lorsqu'on s'adressait à lui, et en examinant divers objets dans la pièce avec une extrême concentration. C'était un homme petit de quarante-cinq ans, portant la barbe, aux yeux bleus, de la catégorie que l'on nomme autodidacte, qui, lorsqu'il parlait de lui à sa femme, se disait au comble de la réussite, et ne la contredisait point lorsqu'elle ajoutait qu'il occupait cette position dans toutes les acceptions du terme. Son nez pointu soutenait des lunettes embuées, et sa mise soignée comportait beaucoup de noir. Il était aimable et patient envers Aubrey, le faisait progresser autant que possible étant donné la situation, et nourrissait une grande admiration pour Edgar, à qui, parfois, il s'adressait. Edgar et Dudley le traitaient avec une simplicité ordinaire et ne l'évoquaient jamais dans aucun autre esprit. Justine parlait de lui avec compassion. Mark avec humour, Blanche avec respect pour son érudition. Clement ne parlait pas de lui, et Aubrey le considérait avec cette causticité d'adulte dont font montre les jeunes garçons envers leurs professeurs.

– Eh bien, Mr Penrose, a-t-on bien travaillé ce matin ? demanda Justine.

– Mr Penrose, oui, sans doute, dit Clement.

– Oui, je suis heureux de dire que, dans l'ensemble, c'était satisfaisant, Miss Gaveston. Je n'ai pas à me plaindre.

– J'aimerais que nous puissions parfois entendre un éloge enthousiaste de notre petit garçon.

– Il est devant toi, dit Mark. Pense à ce que tu demandes.

– Ne dites pas de bêtises, dit Blanche. Aucun d'entre vous n'était parfait à son âge. Si vous l'embêtez, j'en serai très fâchée. Toi-même, Clement, es-tu content de toi ce matin ?

– Assez, je vous remercie, maman.

– Nous avons entendu un éloge enthousiaste de Clement, fit remarquer Aubrey.

– Clement devrait avoir un avenir médiocre devant lui, dit Dudley, et Aubrey un grand.

– Je ne suis pas d'accord avec la théorie selon laquelle le prime échec incline à la réussite tardive, dit Justine. Et vous, Mr Penrose ?

– Eh bien, Miss Gaveston, il est indéniable que ce cheminement se soit parfois produit. Mais l'un peut ne pas mener à l'autre. Il est possible qu'il n'y ait pas de lien, d'ailleurs, je pense que c'est probablement le cas.

– Ce cher petit Aubrey ! dit Blanche, regardant dans le vide. Que va-t-il advenir de lui avec le temps ?

Mr Penrose posa les yeux sur elle, puis les baissa pour toute réponse à cette question.

– C'est là tout l'avantage d'un manque de prédispositions, décréta Clement. L'avenir reste ouvert.

– L'enfant engendre l'homme, dit Mark. Il ne sert à rien de ne pas le regarder en face.

– Je ne peux me développer en rien, dit Aubrey, avant d'avoir moi-même commencé à me développer. Je ne suis pas encore assez grand pour être mon propre fils.

Edgar rit, et Blanche les regarda tour à tour, lui et son fils, le visage quelque peu rayonnant.

– Nous parlions du développement de l'esprit, mon petit garçon, dit Justine.

– Je suis sûre qu'il est beaucoup plus grand, dit Blanche.

– Maman chérie, sa tête arrive exactement au même repère sur le mur. Nous ne l'avons pas déplacé depuis un an.

– Je l'ai déplacé hier, dit Aubrey en détournant les yeux. J'ai grandi d'un pouce.

– Je le savais ! s'écria Blanche d'un ton triomphant dont la démesure n'étonna personne.

– Si nous avons écrit Aubrey sur le mur, dit Clement, ne nous sommes-nous pas suffisamment occupés de lui ?

– Pourquoi parles-tu de lui ainsi ? Pourquoi vaudrais-tu mieux que lui ?

– Maintenant, nous allons devoir entendre d'autres éloges enthousiastes de Clement, dit Aubrey.

– Nul besoin d'aller jusque-là, dit son frère.

– Je ne veux pas qu'il soit juste comme tous les autres, dit Blanche, provoquant un changement d'expression chez Aubrey devant cette attitude inexplicable. J'aime un peu de personnalité. C'est un avantage certain.

– Une bonne mère préfère toujours le vilain petit canard, dit Justine, venant à la rescousse de sa mère pour l'aider à soutenir son fils, et non sans succès, sembla-t-il, car ce dernier sourit à la dérobée. Franchement, Mr Penrose, comment se débrouille-t-il, selon vous ?

– Mr Penrose nous a donné son avis sur lui, dit Edgar. Je pense que nous... peut-être n'allons-nous pas lui demander de nous en donner un autre.

– Moi, je pense que nous allons le lui demander, papa. Cet avis n'était pas très précis. À moins que vous ne teniez absolument à changer de sujet, auquel cas votre unique fille ne s'opposerait pas à vous. Vous m'en sauriez mauvais gré. Oh, Mr Penrose, avez-vous entendu dire que nous allions recevoir de la famille au pavillon ?

– Non, je n'ai rien entendu de tel, Miss Gaveston. Je n'en ai guère eu l'occasion.

– Grand-papa, tante Matty et Miss Griffin, dit Aubrey.

– Comment le sais-tu, mon petit garçon ? Nous l'avons appris en ton absence.

– Jellamy me l'a dit en mettant le couvert.

– Papa, appréciez-vous qu'Aubrey recherche la compagnie de Jellamy ?

– Eh bien, ma chérie, je pense que oui ; je ne pense pas... je n'y vois nulle objection.

– Dans ce cas, il n'y en a pas. En la matière, votre parole suffit. Je serai ravie de revoir cette pauvre Miss Griffin. Je me demande comment elle se porte.

– Dois-je comprendre, Mr Gaveston, que la famille de Mrs Gaveston vient s'installer dans le voisinage ? demanda Mr Penrose.

– Oui, Mr Penrose, répondit Justine. Le père et la sœur de ma mère, ainsi que la demoiselle de compagnie de celle-ci, qui est devenue une amie.

– Mon père se fait vieux, dit Blanche.

– Oh, maman chérie, il ne saurait en aller autrement étant donné que vous-même... Bah, je vous laisserai toute latitude pour votre âge... étant donné que sa petite-fille a trente ans. Mr Penrose n'avait guère besoin de cette précision.

– Ma sœur est un peu plus âgée que moi, poursuivit Blanche sans regarder sa fille, mais sans chercher pour autant à manifester un quelconque agacement. Un accident l'a laissée invalide, mais elle a encore toute sa tête. J'ai hâte de l'avoir parmi nous.

– Ma pauvre petite maman ! À vous entendre, on croirait que vous avez souffert d'un manque de compagnie. Que voulez-vous, nous ne pouvons pas sauter une génération et devenir vos contemporains.

– Ce n'est pas ce que j'attends de vous. J'aime avoir mes enfants à leur place, et ma sœur à la sienne. Je serai une femme très riche.

– Oh, vous le serez, maman chérie. Quelle bonne chose que vous vous en rendiez compte ! Tant de gens s'en aperçoivent trop tard.

– Alors, ils ne sont pas riches, dit Clement.

– Les gens semblent être très doués pour énormément de choses, dit Dudley, sauf pour choisir leur moment. Il semble rude que ce doive tant compter.

– Maman sera riche de tante Matty, dit Aubrey.

– En effet, dit Blanche.

– Franchement, les garçons, vous ne tenez que de menus propos, dit Justine. L'art de la conversation vous indiffère.

– Si tu veux qu'il en aille autrement, dit Clement, tu vas devoir nous laisser la possibilité de nous exercer.

– Insinuerais-tu que je ne fais que parler ? Quels propos peu galants ! Je vais les soumettre au vote. Papa, trouvez-vous que je parle trop ?

– Mais non, ma chérie… Bah, il est naturel que les jeunes gens aiment s'exprimer.

– Donc, vous le trouvez. Ah, il me faut donc m'asseoir à cette ombre. Mais je sais qui me guérira : tante Matty. Si quelqu'un peut empêcher quiconque de se complaire dans un excès de paroles, c'est bien elle. Et ne voyez aucune malveillance dans mon propos ; j'aime son flot de paroles. Mais il est vrai qu'elle lui donne libre cours ; c'est indéniable.

– Nous avons tous nos petites idiosyncrasies, dit Blanche. Sinon, nous ne serions pas humains.

– Quel dommage qu'il nous faille être humains, dit Dudley. Erreur humaine, vanité humaine, faiblesse humaine ! Nous n'entendons jamais ce mot associé à une bonne chose. Même « nature humaine » semble être un terme péjoratif. C'est simplement le moyen de tout excuser.

– Charité humaine, générosité humaine, dit Justine. Voilà qui, je pense, donne à réfléchir, mon oncle.

– Il y a de grands exemples de grandeur et de sacrifice humains, dit Blanche. Mr Penrose doit en connaître plus d'un.

– Les gens se réjouissent toujours beaucoup du sacrifice, dit Dudley. De celui des autres, j'entends. Ce n'est pas très gentil de leur part. Je suppose que c'est simplement humain.

– Mais non. Ils peuvent l'admirer sans s'en réjouir.

– Donc, je dois écrire… Souhaiteriez-vous que j'écrive à votre père, ma chère, dit Edgar, pour lui dire qu'il sera un locataire bienvenu au prix d'un sacrifice à déterminer ?

– Papa chéri, je ne pense pas qu'il faille absolument aborder nos petits soucis familiaux en présence de Mr Penrose, dit Justine. Ils nous concernent, nous, mais ne présentent pas… ou guère… d'intérêt pour lui.

– Oh, je ne pense pas que ce soit très grave, ma chérie, dit Blanche. Mr Penrose nous le pardonnera. Il a été assez aimable pour s'y intéresser.

– Oui, bien sûr, Mrs Gaveston. C'est une nouvelle fort intéressante, dit Mr Penrose, délaissant une cuiller qu'il examinait, comme pour libérer son attention qui, assurément, avait été fort occupée. Il ne faudra pas que j'oublie d'en aviser Mrs Penrose. Elle s'intéresse toujours beaucoup à la plus petite information au sujet de votre famille… du voisinage. Non que celle-ci mérite le qualificatif de petite. De votre point de vue, c'est même tout le contraire.

– Il va nous falloir réaménager le pavillon, dit Blanche à son mari. C'est heureux qu'il soit de si bonnes dimensions. Matty a dû s'en souvenir. La pièce du fond fera une bibliothèque pour mon père, et Matty aura celle de devant comme salon. La troisième pièce du bas pourra lui servir de chambre, pour lui éviter l'escalier. Je les y vois déjà !

– Salon et bibliothèque sont des termes un peu grandiloquents pour ces petites pièces, dit Justine.

– Oh, appelle-les comme tu voudras, ma chérie. Boudoir et cabinet. Cela ne fait aucune différence.

– Non, aucune, maman, c'est donc ainsi que nous les appellerons.

– Ce n'est pas à nous d'en décider, dit Clement. Tante Matty s'en chargera.

– Tante Matty n'abuserait jamais de superlatifs pour tout ce qui la concerne.

– Il y a d'autres façons d'abuser, dit Mark.

– Mrs Gaveston, dit Mr Penrose, tenant la cuiller en équilibre sur son doigt pour montrer qu'il ne prenait pas ses paroles très au sérieux, peut-être vous intéressera-t-il de savoir comment Mrs Penrose et moi avons arrangé des pièces de dimensions à peu près similaires, pour autant que je sache, à celles dont vous parlez.

– Mais oui, nous serions ravis de l'entendre.

– Oh, merci beaucoup, Mr Penrose, dit Justine avec chaleur, s'avançant sur sa chaise, sans quitter Mr Penrose des yeux.

– Nous avons choisi des tapis à grands motifs afin de donner une illusion d'espace, même s'il semble difficile de croire qu'un tel choix puisse avoir ce résultat. Et nous avons laissé les murs unis, dans la même intention.

– Nous pourrons avoir des murs unis, dit Justine, mais nous devrons utiliser les tapis qui sont à notre disposition, Mr Penrose. Nous avons moins de chance que vous.

– Nous ne pourrons écrire à temps pour qu'ils le sachent par le premier courrier, dit Blanche. Pourvu que cela ne leur donne pas le sentiment que nous avons la moindre hésitation.

– À faire ce sacrifice ? dit Dudley. J'espère bien que non. Je disais que les gens se réjouissent du sacrifice des autres. Ils n'apprécieraient pas qu'ils aient quelque hésitation à le faire.

– Ce serait un sacrifice forcé, dit Aubrey.

– Un autre point à considérer…, poursuivit Mr Penrose.

– Oui, Mr Penrose, un moment, dit Justine, se penchant vers son père et posant la main sur son bras, tout en lançant un regard oblique au précepteur. C'est très aimable à vous et cela nous intéresse énormément, mais, un moment. Papa, ne vaudrait-il pas mieux poster la lettre en ville afin qu'elle parte à la levée de l'après-midi ? Grand-papa reçoit toujours nos envois le matin quand nous le faisons.

– Ce serait peut-être… ce serait sans doute préférable. J'écrirai aussitôt après le déjeuner, en tout cas, dès que nous aurons décidé quoi leur répondre. Vous disiez, Mr Penrose ?

– Ce n'est pas grave, Mr Gaveston. Je faisais seulement remarquer que, d'après l'expérience que Mrs Penrose et moi en avons… c'est sans importance, dit Mr Penrose, remarquant que Justine s'était tournée vers Blanche, et reprenant la cuiller.

– Mais si, ça en a, cria presque Justine, se penchant devant Aubrey vers sa mère, et lançant un autre regard oblique.

– C'est une de nos cuillers du XVIIe siècle que vous avez là ? demanda Edgar.

– Oui, Mr Gaveston, je me demandais si c'en était une. Je vois que non, dit Mr Penrose, reposant une cuiller que son examen lui avait permis d'assigner à la même époque que lui. Vous en avez de très belles, n'est-ce pas ?

– Elles sont toutes rangées, Mr Penrose, s'écria Justine d'une voix qui donna l'impression qu'elle abondait dans son sens tout en reconnaissant leur parcimonie. Nous n'avons plus la permission de les utiliser. Nous ne les sortons que pour les grandes occasions.

– Allez donc écrire cette lettre, Edgar, dit Blanche.

– Pauvre papa, laissez-le prendre son déjeuner en paix.

– Il l'a terminé, ma chérie. Il ne fait que tripoter ce fruit et le gâcher.

– Qui ne gâchera rien ne manquera de rien, énonça Justine d'un ton qui donna l'impression qu'elle adressait cette mise en garde directement à Mr Penrose.

Edgar se leva et quitta la pièce avec son frère, et Justine les suivit des yeux.

– Ne sont-ils pas parfaits, ces deux-là, Mr Penrose ?

– Oui, absolument, Miss Gaveston. Leur amitié semble être des plus remarquables.

– Que se passe-t-il ? demanda Blanche tout à coup, s'apercevant que ses deux fils aînés considéraient d'un air amusé le plus jeune dont le détachement de façade lui indiqua qu'il était au bord des larmes. Vous l'embêtez encore ! Je ne le tolérerai pas. C'est méchant et indigne de tourmenter votre petit frère. J'ai profondément honte pour vous deux. Justine, je m'étonne que tu le permettes.

– Je n'y avais simplement pas prêté attention, maman. Je vous parlais, à vous et papa. Maintenant, je ne le tolérerai certainement pas. Les garçons, j'ai un mot à vous dire.

– C'est méprisable de tourmenter quelqu'un qui ne peut se défendre, dit Blanche, donnant à sa fille la base de son sermon.

– J'ai su prendre ma revanche, dit Aubrey d'une voix tranquille, privant sa sœur de le faire.

– Nous nous demandions seulement comment faire

pour soustraire Aubrey aux regards de grand-papa et de tante Matty, dit Mark. Les chocs sont déconseillés pour les personnes âgées et les infirmes.

– Ce que vous êtes bêtes ! Pourquoi ne pas vous soustraire, vous, à leurs regards ? dit sa mère.

– Ce serait le meilleur moyen de dissimuler la vérité, dit Mark, regardant son frère comme s'il soupesait cette idée. Ça éviterait toute comparaison avec la norme.

– Supposez que l'un ou l'autre tombe sur lui au dépourvu ? Ils ne l'ont pas revu depuis que nous pouvions encore espérer qu'il traversait une phase.

– Une phase, quelle phase ? dit Blanche. Je ne sais pas de quoi vous parlez, et vous non plus.

– Nous pensions qu'il serait peut-être opportun d'ajouter un post-scriptum à la lettre, dit Mark. Ainsi, ils s'y seront peut-être un peu préparés.

– Préparés à quoi ?

– Juste quelque chose comme : « Si vous voyez Aubrey, vous comprendrez. »

– Comprendrez quoi ? cria presque sa mère. Vous-mêmes, vous ne comprenez pas, alors naturellement qu'eux non plus ne comprendront pas.

– Maman, maman chérie, dit Justine avec un rire léger, vous les flattez en entrant ainsi dans leur jeu. Ignorez-les et ils renonceront. Ils cherchent seulement à se rendre intéressants.

– Bah, c'est naturel au stade où ils en sont, dit Aubrey.

– Nous n'avons pas fait attention, et ils ont poussé le pauvre Aubrey au bord des larmes, dit Blanche, trop absorbée par sa coalition avec son fils pour remarquer l'effet que celle-ci produisait sur lui.

– Ce sont de méchants garçons, ou, ce qui est pire, des jeunes hommes malicieux, et j'en suis très fâchée. N'allez pas croire que je ne le suis pas.

– Alors, dis-le leur, dit Blanche, se mettant en retrait et, dans une expectative née de l'expérience, portant le regard de sa fille à ses fils.

– Les garçons, les garçons, dit Justine gravement, ça ne se fait pas, vous savez. Prenez exemple là-dessus.

Elle pointa le doigt vers le parc, où Edgar et Dudley marchaient bras dessus bras dessous.

– Voilà une image fraternelle. Regardez-la et prenez-en de la graine.

– Ainsi, ton père n'a pas écrit la lettre ! dit Blanche.

– Si vous voulez bien nous excuser, Mrs Gaveston, Aubrey et moi devons songer à notre promenade, dit Mr Penrose, qui en était venu à se demander si la famille n'avait pas oublié sa présence.

– Oui, bien sûr, Mr Penrose, faites, je vous en prie, répondit Blanche qui, de fait, l'avait oubliée, et, à cet instant encore, avait du mal à s'en souvenir. S'il tarde à l'écrire, il y a toutes les chances pour qu'elle manque la levée.

Aubrey s'approcha de ses frères et leur joignit les bras, puis, reculant d'un pas, l'air railleur, il prit de lui-même le bras de son précepteur et quitta la pièce.

– Mon Dieu, mon Dieu, quel petit garçon ! dit Justine. Je trouve que, de ce point de vue, Mr Penrose se débrouille très bien.

– Edgar ! cria Blanche de la fenêtre. Vous n'écrivez pas cette lettre ! Et il faut qu'elle parte dans une heure.

– Nous en décidons les termes… Nous discutons de sa formulation, mon amie, répondit son mari, s'arrêtant et conservant sa courtoisie de ton, bien qu'il dût élever la voix. Il faudra la tourner en prenant des précautions.

– Certes, dit Mark. Inutile d'avoir recours à l'indélicatesse pour dire à grand-papa que nous ne pouvons pas trop lui faire la charité.

– Oh, c'est très bien, alors, dit Blanche, se détournant de la fenêtre. Il n'est pas question de charité. Ce n'est pas une façon de parler de ton grand-père. C'est le jour de sortie du cocher. Qui ferait mieux de conduire le cabriolet jusqu'en ville ? J'ai vu Jellamy le conduire. Votre père trouverait-il à redire à ce qu'il conduise la jument ? Je vous saurais gré de m'écouter, les uns ou les autres, et de ne pas laisser à moi seule le soin de tout organiser.

– Maman, venez vous reposer, dit Justine, prenant le bras de Blanche. Je conduirai le cabriolet moi-même. N'ayez aucune crainte. Moi aussi, j'ai vu Jellamy le conduire, et si papa n'est pas disposé à lui refuser ce plaisir, moi oui.

Blanche quitta la pièce de bonne grâce, détendant ses traits et ses pensées, tandis qu'Edgar et son frère gagnaient la bibliothèque.

– Voilà, je pense, comment l'exprimer, dit Dudley. Tu devras renoncer à une certaine somme chaque année sans y faire allusion, et te sentir coupable de demander de l'argent à la famille de ta femme seulement contre le gîte.

– Je pense qu'il devrait être bon pour Blanche de les avoir auprès d'elle. J'espère que nous pouvons le penser. Je crains qu'il n'y ait… je crains…

– Moi, je crains toutes sortes de choses ; je suis malade de crainte. Mais nous devons songer à ce à quoi Blanche fait face. J'ai toujours pensé que le courage des femmes en remontrait aux hommes. Il semble absurde que les hommes et les femmes doivent partager la même vie. Je ne vois vraiment pas comment nous ferons pour partager la vie de Blanche à l'avenir.

– Je ne sais jamais comment je dois appeler mon beau-père.

– Quand nous lui parlerons, nous lui dirons « monsieur ». J'aime dire « monsieur » aux gens. J'en tire le sentiment d'être jeune et bien élevé, et je ne puis imaginer deux choses plus belles, ni plus conformes à ma personnalité. Quelle satisfaction de savoir que Blanche ne demandera pas à voir la lettre ! J'ai énormément de respect pour son manque de curiosité. C'est une chose que je ne pourrais jamais acquérir.

Dudley rédigea le brouillon de la lettre, puis la dicta à Edgar qui l'écrivit et la soumit à son approbation, suite à quoi il proposa de faire une partie d'échecs. Lorsque Justine vint chercher la lettre, elle trouva les deux frères assis, silencieux, penchés sur l'échiquier. Ils jouaient souvent aux échecs, Dudley jouant le mieux, mais Edgar jouant pour le plaisir du jeu, étourdi et presque indifférent à la victoire. Justine ressortit sur la pointe des pieds, envoyant, du bout des doigts, un baiser silencieux en direction de la table.

II

– C'est une maison ou une cage à lapins ? Je suppose que c'est conçu pour y loger des humains, dit le père de Blanche, arpentant sa nouvelle demeure. Je ne serai bientôt plus là, et c'est aussi bien, alors autant que je te laisse seule ici. Force m'est de constater que c'est mieux pour un que pour deux.

– Voyons, père, haut les cœurs ! Vous êtes un homme, et non une femme impotente. On ne doit pas me demander d'en endurer davantage. Vous devez penser à votre pauvre infirme, encore que je ne vous rappelle jamais que je le suis.

– Si ça, ce n'est pas un rappel, je me garderai de le considérer comme tel. Je t'accorde que cette chute t'a diminuée, ma pauvre, alors tu as d'autant plus besoin d'un siège pour t'asseoir. Et, à première vue, je ne vois pas où nous allons pouvoir en mettre un.

– Des sièges, il n'en manque pas, père. Prenons ces deux-là. Allons, je pense qu'ils ont fait de leur mieux. Un si petit chez-soi avait tout juste besoin d'un petit mieux, et, étant donné l'état dans lequel ce devait être, je pense que c'est chose faite. Nous devons nous montrer aussi reconnaissants qu'ils l'attendront de nous.

La sœur de Blanche rejeta la tête en arrière, saisie d'un accès d'hilarité.

– Cette pièce est un petit endroit tout à fait charmant, reprit-elle. Nous devrons donc nous efforcer de nous y sentir chez nous. Nous ne sommes pas de ceux qui manquent de courage.

Matilda Seaton avait deux ans de plus que Blanche, la même taille que sa sœur, mais la corpulence plus souple et plus forte de sa nièce, Justine. Elle avait moins de cheveux gris que sa sœur, la peau plus mate et moins ridée, les mêmes yeux étroits et foncés au regard plus perçant et plus profond. Une chute de cheval l'avait laissée infirme, ou, pour le moins, l'obligeait à se déplacer avec une canne, mais son énergie semblait s'accumuler et se manifester au prix d'une agitation intérieure. Sa voix, plus grave que celle de sa sœur, avait des inflexions plus douces. Elle paraissait plus belle, encore qu'elle fît également son âge et que ses traits fussent coulés dans le même moule. Son père ne l'en admirait que davantage, et imputait son célibat à son infirmité, bien que son accident ne se fût pas produit avant qu'elle eût atteint l'âge mûr. Oliver lui devait une fière chandelle, d'une certaine façon, car il s'était bientôt trouvé à court d'arguments pour expliquer sa situation. En vérité, Matty avait eu maintes occasions de se marier, mais les avait toutes refusées. Elle n'avait jamais rencontré d'homme qu'elle estimât comme son égal, car la conception qu'elle avait d'elle-même dépassait toute norme humaine. Peut-être avait-elle aussi pressenti qu'une famille détournerait son attention, et celle des autres, de sa personne. L'idée que quiconque pût avoir pitié d'elle n'effleurait pas son esprit ; pareil sentiment n'y avait pas sa place. Il lui semblait que sa claudication même ajoutait une intéressante touche de tragique à l'impression déjà remarquable qu'elle faisait. Oliver connaissait les demandes qu'elle avait reçues, ou plutôt elles lui avaient été rapportées, car sa fille ne gardait rien de ce qui semblait la valoriser pour elle-même, cependant il estimait normal que l'amour-propre d'une femme la pousse à inventer des demandes en mariage quand celles-ci tardaient à venir. Matty ne soupçonnait point que son père ne lui rendait pas justice, car il pensait, et à juste titre, qu'il était plus sage de garder ses doutes pour lui. Père et fille se ressemblaient moins que par le passé, car les traits d'Oliver, autrefois le modèle d'origine, s'affaissaient et se ratatinaient avec l'âge. Sa silhouette était aussi corpulente pour un homme que l'était celle de sa fille aînée pour une femme, et dégageait une pointe de la gaucherie de celle de la benjamine, qui relevait d'autre chose que de la raideur de la vieillesse. Quand on le voyait en compagnie de Blanche et de son plus jeune petit-fils, ce manque d'aisance devenait une caractéristique familiale. Sa femme, plus âgée de quelques années, avait vécu jusqu'à un âge avancé, et, à sa mort, il était lui-même assez âgé pour accepter que sa fille la remplace.

– Oui, je suis certaine qu'ils ont fait tout leur possible, dit Matty qui continuait de regarder autour d'elle. Quel drôle de petit motif sur le papier ! En harmonie avec cette drôle de petite pièce, j'imagine. Nous ne risquons pas d'oublier la place que l'on nous réserve. Ils se seront dit qu'il valait mieux pour nous que nous fassions le grand saut tout de suite. Ma foi, je dirais qu'ils sont dans le vrai. Nous essaierons de nous en persuader. C'est une leçon que nous devons en tirer.

– Pour le moment, tu ne sembles pas y parvenir, dit Oliver tandis que Matty se tamponnait les yeux. Je ne vois pas en quoi le gribouillis sur le papier a tellement d'importance. Il me semble que cette pièce est à même de contenir deux personnes, et c'est ce que nous attendons d'elle. Pour quelle raison pleures-tu ? N'éprouves-tu pas de la gratitude d'avoir un toit ?

– Pas trop pour le moment. Je ne puis m'empêcher de penser à celui que nous avons quitté. Peut-être faut-il y voir le signe de l'attachement que je lui portais, dit Matty, écartant son mouchoir d'un geste courageusement irrévocable. Je serai bientôt en mesure de me reprendre, mais la différence est toutefois assez brutale, entre ce petit papier et le reste.

Elle porta la main à sa bouche pour réprimer son rire soudain.

– Alors, dirons-nous que nous appréciions énormément notre ancien toit ? Je pense que nous le pouvons sans pour autant faire preuve d'ingratitude ?

Oliver gardait le silence. Il avait, tout autant que sa fille, mal vécu le fait d'avoir dû quitter son toit, ayant presque le sentiment d'y laisser sa jeunesse, ses vertes années et sa vie d'homme marié, mais l'étau de son âge qui se desserrait lui avait épargné le pire. Toute sa vie, il avait vécu de ses rentes, et son capital s'était peu à peu amenuisé, en partie selon le cours naturel – ses placements ayant, comme lui, souffert de l'âge, voire même, parfois, comme sa femme, succombé –, et en partie parce qu'il en avait dépensé une fraction chaque année. Au bout du compte, le résultat lui avait fait l'effet d'une infortune soudaine, et c'est dans cet état d'esprit que sa fille et lui affrontaient la diminution de leur train de vie.

– Ce vacarme va-t-il durer encore longtemps ? demanda-t-il, tandis que des bruits de meubles qu'on plaçait parvenaient du couloir. Personne ne devinerait que nous avons laissé nos biens. J'aurais cru que cet endroit n'était pas assez grand pour le permettre.

– Il faut bien que nous ayons le nécessaire même sous un petit toit. Mais il y a moins à faire que si nous avions dû garder ce que nous avons toujours eu. C'est au moins un bon côté de la chose.

– Et tu le vois, tiens donc. Depuis quand ?

– Tout sera bientôt terminé, et vous pourrez dîner, dit Matty, éludant la question de son père tout en justifiant l'humeur de celui-ci. Miss Griffin viendra nous prévenir.

– Tu mangeras comme moi, je pense, et elle aussi. Parviendra-t-elle à s'accommoder du recoin dans lequel elle se retrouve ?

– C'est le seul toit que nous puissions lui donner. Nous devrons nous en contenter.

– Le mot ne dépassait pas ma pensée, son recoin, dit Oliver avec un sourire qui n'était pas sans rappeler le plus jeune de ses petits-fils. Le mot ne dépasse toujours pas ma pensée.

– Nous n'y sommes pour rien si nous avons dû quitter notre maison pour celle-ci. Ce n'a pas été de gaieté de cœur.

– Non, ma chérie, et tu n'en donnes aucun signe. Je te rassure. Enfin, Miss Griffin est bien bonne de ne pas nous quitter. C'est vraiment une femme remarquable de ne pas l'avoir fait. Je ne saurais dire ce qu'elle tire d'être à notre service.

– Bien sûr que si. C'est très clair. Nous lui donnons un toit alors qu'elle n'en a pas d'autre.

– Nous le lui échangeons contre sa présence, dirais-je. Je me garderais de la féliciter de cet arrangement.

– Mieux vaut pour elle demeurer auprès de gens qui lui sont attachés plutôt que de recommencer avec des étrangers.

– Des étrangers la traiteraient en étrangère. C'était bien ce que j'avais en tête. Quant à lui être attaché ! Toi, peut-être ; moi, certainement. Mais à ta place, je ne serais pas fier de ma façon de le montrer. D'ailleurs, je n'en suis pas fier.

– Il lui faudrait beaucoup de temps pour occuper la même place au sein d'une autre famille.

– C'était bien là le fond de ma pensée ; une telle place ne pourrait lui échoir de sitôt. Mais je suppose que les femmes se comprennent. Je ne puis que l'espérer. Je ne vois pas ce que je pourrais faire de mieux. Pour autant, ça ne me semble pas suffire pour imposer à un être humain de faire mes quatre volontés.

– Ils ne sont pas venus nous accueillir, dit Matty, avisant l'heure d'un coup d'œil. Ils n'ont pas accouru depuis leur grande maison pour voir comment nous nous débrouillons en notre premier soir dans la petite. Enfin, je suppose qu'ils ont de nombreuses autres obligations : ce ne peut être que cela.

Elle regarda une nouvelle fois la pendule et se tapota le genou en exécutant simultanément le même mouvement avec le pied, comme pour frapper le sol si tant est qu'elle eût pu le faire.

– Ma foi, je ne saurais le dire. Je te rappelle que nous sommes dans la maison depuis moins de deux heures.

– Les heures sont longues pour qui est contraint de rester immobile et d'entendre les autres aller et venir, s'occuper, alors qu'on a la certitude que tout serait tellement mieux fait si l'on était comme eux. Oui, elles ont été longues.

– Certes oui, elles l'ont été, mon enfant, pour moi aussi tout autant que pour toi.

– Enfin, elles doivent l'être et nous devons prendre notre mal en patience.

– Certes oui, c'est bien ce que nous devons faire, et pour encore combien de temps, personne ne peut le dire. Et que tu t'en lamentes ne nous aiderait en rien. D'ailleurs, quelle raison en aurais-tu ? Tu as un toit, un lit et une femme pour te servir, non ?

– Oui, c'est sûr, et je compte bien l'éprouver. J'ai plus que n'en ont bien des gens. Mais il m'a semblé un instant que les gens qui en ont encore plus – pour ne pas dire beaucoup plus – pourraient avoir une pensée pour nous lors de notre premier isolement. Ça n'aura duré qu'un instant.

– Dans ce cas, ce n'est plus ce qu'il te semble.

– Non, il ne le faut pas, dit Matty, dissimulant de nouveau son mouchoir. Nous ne devons garder à l'esprit que des pensées radieuses et reconnaissantes.

– Eh bien, voilà qui changera. Tiens, il y a quelqu'un dans

le vestibule. Alors, si tu veux bien cacher ton mouchoir, lui trouver un endroit approprié. Il serait bon que tu sois telle que tu le dis au moment opportun.

– Oh, Matty chérie, oh, père chéri ! résonna la voix de Blanche, l'ordre qu'elle donnait inconsciemment à ces noms en disant long. Oh, c'est, pour nous tous, un jour à marquer d'une pierre blanche !

– À marquer d'une pierre blanche, alors que nous avons abandonné notre toit et tout ce que nous possédons ! dit Matty, en pressant son mouchoir contre son visage, changeant d'humeur.

Blanche entra, ouvrant les bras, et trébuchant légèrement sans raison apparente, dans sa hâte à s'avancer.

– Eh bien, vous plaît-il de venir ici parmi nous ? Nous sommes si contents de vous avoir. Comment vous sentez-vous, tous les deux, après votre voyage ? Je ne pouvais attendre une minute de plus pour venir vous voir.

Blanche étreignit longuement son père et sa sœur, se penchant vers cette dernière, puisqu'elle était restée assise, puis se redressant pour entendre leur réponse.

– Eh bien, que ressentez-vous de venir partager notre existence ? insista-t-elle, puisqu'il lui fallait dire autre chose pour la susciter.

– Nous y serons heureux, ma chérie. Oui, nous le serons, promit Matty, utilisant vivement son mouchoir avant de le cacher. Nous nous en rendons compte à présent. Jusqu'à cet instant, nous ne nous sentions pas tout à fait parmi vous. Mais maintenant, oui, assurément.

Elle prit la main de sa sœur et la porta à son visage, comme Blanche le faisait souvent avec sa fille.

– Assieds-toi, ma chérie, assieds-toi, dit Oliver. Tu nous accueilles, nous t'accueillons. Il doit bien y avoir un siège ; il doit bien y avoir de la place pour trois.

– Bien sûr que oui. C'est une très jolie petite pièce, dit Blanche, s'asseyant et regardant autour d'elle. Vous aimez ce petit papier? C'est tout juste ce qui convient, vous ne trouvez pas? Les garçons ont le même dans leur cabinet de travail.

– Vraiment, ma chérie? Oui, pour ça, il doit faire joli, dit Matty, suivant le regard de sa sœur. Tout juste ce qui convient, comme tu dis. Pour cette pièce-ci dans ma maison, et pour une petite pièce secondaire dans la tienne. C'est un choix judicieux.

– Tu ne le trouves donc pas bien pour cette pièce-ci, ma chérie? demanda Blanche, à l'évidence habituée à répondre davantage aux insinuations de sa sœur qu'à ses propos.

– Si, si, je le trouve très bien. Autant nous rendre compte que nous sommes dans une petite pièce et non plus dans une grande. Autant franchir le fossé, et avoir un papier comme celui du «cabinet de travail» des garçons.

Matty partit à rire, mais se reprit aussitôt.

– Il vaut bien mieux ne pas avoir essayé de l'aménager comme celle de chez nous, ainsi que nous aurions pu être tentés de le faire. Nous aurions pu en être tentés, et nous aurions échoué, alors il est beaucoup plus sage de ne pas s'y risquer. Oui, c'est mieux que d'autres s'en soient chargés, des gens qui ont vu la chose de l'extérieur, et non de l'intérieur. C'est si gentil à toi de l'avoir fait pour nous, avec bienveillance et sagesse.

– Moi qui pensais que tu adorerais cette pièce; je ne savais pas que tu aurais voulu qu'elle soit comme le salon à la maison. Il était tellement plus grand que j'ai pensé qu'il valait mieux repartir sur de nouvelles bases.

– En effet, ma chérie. C'est ce que je disais.

– Non, c'était autre chose, mon enfant, dit Oliver.

– C'est ce que nous faisons, nous repartons sur de nouvelles bases, ce qui n'est pas une sinécure pour le moment, dit Matty sans regarder son père. Mais nous y parviendrons. Ce n'est difficile qu'au début, et nous n'y pouvons rien si tu nous trouves dans l'état d'esprit de cette première phase.

Elle se tamponna les yeux et, cette fois, y maintint le mouchoir.

– Garde-le, ma chérie, dit Oliver, lui en tendant un autre. Il est plus utile à portée de ta main.

Matty présenta le mouchoir à sa sœur en souriant devant sa dimension, avant de poursuivre comme si elle ne s'était pas interrompue :

– Comme toi, nous en ferons une réussite, de cette pièce.

– Cette pièce remplit son office, ma chérie, dit Oliver à Blanche. Le papier recouvre les murs, et, sans lui, le plâtre aurait moins belle allure, que demander de plus ? Tu t'es très bien débrouillée pour nous, et nous nous devons de te le dire, ce que je fais en notre nom à tous deux.

– Oh oui, si nous t'avons paru ingrats, il n'en est rien, dit Matty, sans expliquer d'où aurait pu provenir cette impression. Nous te remercions tous les deux du fond du cœur. Et Edgar ? Est-il avec toi ?

– Il m'a accompagnée jusqu'à la porte et m'a laissée. Il a pensé que nous apprécierions d'être seuls pour notre première rencontre.

– Il est toujours aussi prévenant, et, effectivement, nous l'avons apprécié. Mais nous apprécierons de le rencontrer lui aussi la prochaine fois qu'il sera à notre porte. Nous sommes venus en un lieu où nous espérons avoir de très nombreuses occasions de nous rencontrer.

– Blanche nous suffit, dit Oliver. Nous n'avons nul besoin de son mari. Pourquoi ne pas dire que tu as besoin de toute la famille ? Tu l'as presque dit.

– Ma foi, il m'est bien venu la pensée qu'ils accourraient peut-être tous pour accueillir leur vieille tante dès le premier soir. Je m'étais presque imaginé être au centre de ce cercle familial.

– Tu t'imaginais être au centre ! Voilà ce qui ne va pas. Il n'est pas étonnant que tu aies espéré avoir un salon comme celui de chez nous. Je ne sais pas où tu les aurais mis.

– Ils auraient parfaitement réussi à entrer, dit Blanche. Nul doute qu'ils le feront souvent. Mais ce soir, nous avons pensé que vous préféreriez vous ménager.

Elle se tut, puis parut céder à une autre impulsion.

– Je suis heureuse que vous soyez si peu déprimés par l'adieu à notre vieille maison. Nous pensions que vous auriez pu en être assez bouleversés.

Sa façon de s'exprimer avec piquant semblait l'écho atténué de celle de sa sœur.

– Nous sommes trop bouleversés pour le laisser paraître en surface, dit Matty. Ce n'est pas là que ce sentiment apparaîtrait. Est-ce donc là que tu le chercherais ?

– Dans ce cas, que faut-il y voir ? dit Oliver. Ta sœur n'y trouve rien et ne se prive pas de le dire. Si ce sentiment n'est pas apparent, alors fais en sorte qu'il le soit.

– Edgar va venir me chercher dans une heure, dit Blanche, reprenant sa contenance habituelle. Vous le verrez à ce moment-là, et il vous verra. Il s'en réjouit.

– Tu ne restes qu'une heure, ma chérie ? Je pensais que tu pourrais dîner avec nous, ou nous avec vous, pour notre premier soir.

– Pourquoi trop le charger ? dit Oliver. Il y aura d'autres soirs, et d'autres après ceux-là. D'ailleurs, ta sœur a raison, nous ne sommes pas en état. En tout cas, toi, tu ne l'étais pas quand tu cédais à tes crises de larmes. D'ailleurs, pourquoi t'es-tu arrangée pour que nous dînions ici, si tu voulais manger ailleurs ?

– Il faut bien que nous dînions quelque part, père, et comme rien ne venait…

– C'est que nous pensions que vous seriez fatigués, dit Blanche. Et nous sommes si nombreux. Ce ne vous serait pas de tout repos. De plus, rien n'est prêt pour que nous vous recevions ce soir. Nous serons absolument ravis de vous avoir quand nous serons prêts, et nous espérons que ce sera très souvent.

– Je ne faisais pas toute une histoire de recevoir des hôtes supplémentaires quand je tenais une grande maison, dit Matty avec un ébahissement ingénu qui n'était pas entièrement feint, étant donné que sa gestion domestique avait joué son rôle dans l'endettement de son père.

– Et c'est peut-être en partie pour cela que tu en tiens désormais une petite, dit ce dernier, cédant plus à son intuition qu'à sa perception de la vérité.

– Nous espérons vous voir constamment, dit Blanche. Nous ne pouvons pas vraiment nous organiser pour que les gens puissent passer chez nous à l'improviste, mais nous espérons prévoir beaucoup de choses et les mener à bien.

– Ne pourrons-nous pas aller et venir à notre guise, comme si nous formions une seule et même famille ? C'était ce que nous pensions être en venant. C'est d'ailleurs pour cette raison que nous sommes là. Ne vous en privez pas dans cette petite maison. Tu n'oublieras pas de le dire aux enfants ?

– J'espère qu'elle ne retiendra rien de cette conversation, dit Oliver, considérant néanmoins, par-devers lui-même, sa fille aînée avec admiration. Je la prierai de l'oublier. Eh bien, Miss Griffin, en avez-vous assez de ranger ce que nous avons dans un espace qui ne peut le contenir ?

– Nous allons devoir nous défaire de quelques meubles, ma chérie, dit Matty à sœur, avec une vague note de reproche.

– Ma chérie, ne me dis pas que vous avez apporté tous les meubles de cette grande maison ?

– Non, non, nous n'avions pas oublié la dimension de celle-ci, et n'avons apporté que les objets familiers qui nous sont chers. J'ai dans l'idée que tu dois en avoir oublié plus d'un. Mais nous ne nous rendions pas compte que c'était à ce point une maisonnette. Je suppose que l'impression que nous en avions était teintée de souvenirs de vous et de votre grande maison, car c'est la vision que nous avions de la vie ici. N'en parlons plus, nous l'appellerons notre maison de campagne, et nous y serons très heureux.

– Dans ce cas, je te prie de bien vouloir commencer à l'être, dit Oliver. Le bonheur est une chose trop belle pour la différer. Ce que je ne suis plus en âge de faire pour quoi que ce soit.

– Comment allez-vous, Miss Griffin ? dit Blanche, serrant la main de la femme de chambre et dame de compagnie de sa sœur. J'espère que vous n'êtes pas trop fatiguée après tant d'efforts ?

– Et vous-même, Mrs Gaveston ? Non, je ne suis pas si fatiguée que cela, dit Miss Griffin – une femme petite et maigre âgée de cinquante ans, au visage long et cireux, aux grands yeux noisette, aux traits qui auraient pu être ceux de n'importe qui, n'étaient ses rides d'amertume et de bonté, ses mains plus développées que son corps, et son air, en effet, d'extrême fatigue : Comme c'est aimable à vous de venir nous accueillir.

– Mrs Gaveston est venue voir son père et sa sœur, c'est tout naturel, déclara Matty d'un ton tellement éloquent qu'il provoqua un silence.

– Certes, ma chérie, dit sa sœur. Quand vous voudrez que je parte et que je vous laisse à votre dîner, il faudra me le dire.

– Le dîner n'est pas… le dîner ne sera pas prêt tout de suite, dit Miss Griffin d'une voix hésitante, jetant un coup d'œil à Matty puis détournant les yeux. La bonne ne sait pas encore où tout se trouve. Elle est toute nouvelle.

– Évidemment, puisque nous ne l'avons pas amenée avec nous, dit Matty, avec son petit rire. Ne pouviez-vous pas lui montrer où sont les choses puisque vous venez de les déballer ?

– Elle a tout mis ensemble… j'ai mis tout ensemble, nous n'avons pas encore fait le tri. Elle se débrouille comme elle peut.

– Moi, j'aurais remis toutes les choses à la place où je les avais prises. Il ne me serait jamais venu à l'idée de m'y prendre autrement.

– Nous ne le pouvions pas. Les hommes attendaient pour prendre les caisses. Nous avons dû tout poser ici et là.

– Moi, j'aurais retenu où se trouvaient ici et là. Que de fois je souhaiterais être encore valide, pour le bien de tous !

– Nous le souhaiterions aussi, mon enfant, mais pour le tien, dit Oliver.

– Je trouve que Miss Griffin a fait des prodiges si j'en juge par l'agencement de la maison, dit Blanche.

– Nous en avons tous fait aujourd'hui, dit sa sœur. Je ne suis pas loin de penser que c'est moi qui en ai fait le plus, en gardant mon calme malgré tout ce tohu-bohu. J'espère que nous ne connaîtrons jamais plus pareille journée. Je ne puis que l'espérer.

– Moi, je suis certain de pouvoir m'en dispenser, dit son père.

– Je me souviens très bien du jour où vous êtes arrivée chez nous, dit Blanche. C'était il y a trente et un ans, quelques jours avant mon mariage. Vous aviez eu l'extrême gentillesse de m'aider à faire mes bagages et à mettre la touche finale à ma toilette. J'aurais voulu vous emmener !

– Je me rappelle avoir pensé que tu disposais de ma demoiselle de compagnie comme si c'était la tienne, dit Matty, souriant à l'une puis à l'autre.

Miss Griffin détourna le visage, le sentant chavirer sous l'effet de cette banale marque d'affabilité.

– Asseyez-vous, Miss Griffin, et reposez-vous jusqu'au dîner, dit Matty. C'est inutile de rester debout plus que nécessaire, encore que j'aimerais pouvoir le faire un tant soit peu. Mais j'estime peut-être les autres plus chanceux qu'ils ne le sont.

Miss Griffin s'assit avec cette brusquerie teintée de mollesse propre à une personne qui y a été contrainte.

– Voici Edgar, dit Blanche. Il va entrer vous dire un mot, puis nous vous laisserons tous vous reposer.

– Ah, Edgar, comme c'est gentil, dit Matty, se levant de son siège – ce qu'elle n'avait pas fait pour sa sœur, et montrant qu'elle se tenait parfaitement droite en dépit de l'infirmité de ses membres inférieurs : Je me disais aussi que vous ne nous oublieriez pas notre premier soir. Nous, nous ne vous avions pas oublié. Oh non, vous avez été présent dans nos pensées et dans nos paroles. Alors, que dites-vous de notre installation à vos portes ?

– Que c'est... que j'espère que c'est le meilleur endroit où vous puissiez être, répondit Edgar, rassemblant tous ses efforts et conséquemment incapable d'en dire plus.

– Et votre frère ! Je ne sais jamais trop comment le nommer, dit Matty, se dévissant le cou pour regarder Dudley. Entrez, que nous entendions votre voix. Elle nous a si souvent charmés.

– J'en suis heureux. Je m'y suis toujours efforcé. Je suis dans mon élément quand je fais la conversation. Mon point fort, ce sont les petits événements qui sont plus importants que les grands, parce que ce sont eux qui constituent la vie. Il me semble que les grands n'ont pas cet effet-là, et je dois dire que c'est heureux.

– Oui, en effet. Nous avons connu un de ceux-là aujourd'hui, et nous nous rendons compte que nous ne pourrions y réussir trop souvent. Ah, que c'est bon de vous entendre encore. Nous voyons que nous n'avons pas renoncé à notre toit pour rien.

– Certes non. Vous l'avez quitté pour en bâtir un nouveau auprès de nous tous, dit Blanche, soulagée par la tournure que prenait la conversation, et nullement troublée de n'avoir pu elle-même la susciter.

– Que de bonheur, que d'affection et de gentillesse, dit Matty, d'un ton empreint de douceur et d'excitation. C'est si bon de savoir que nous sommes les bienvenus.

– Certes, dit Oliver. Un instant, tout à l'heure, j'aurais pu croire que nous ne l'étions pas.

– Comment allez-vous, monsieur? dirent Edgar et Dudley, parlant en même temps mais contraints de serrer la main à tour de rôle.

– Bien, je vous remercie, et j'espère que vous deux allez d'autant mieux que votre trentaine d'années de moins vous y autorise.

Oliver présenta un fauteuil à son gendre et prit place pour bavarder. S'il aimait donner son sentiment à ses filles, il affectionnait les discussions entre hommes.

– Comment allez-vous, Miss Griffin? dit Dudley, détournant son attention des deux autres. J'espère que vous ne dissimulez point votre opinion personnelle, en cette occasion?

– Non, pas du tout; c'est tout un changement, répondit Miss Griffin, révélant dans ce dernier mot son opinion plus qu'elle ne le croyait. D'ailleurs, nous n'avions pas besoin de cette grande maison pour si peu de monde. Il vaut mieux être dans une petite maison où il y a moins de travail et plus de confort. Et je ne déteste pas les petites pièces. J'aime assez me sentir bien à l'étroit.

– Ah, je n'irai pas jusqu'à prétendre que cela soit tout à fait à mon goût. J'avoue avoir une certaine prédisposition pour tout le contraire, dit Matty, d'une voix claire. Ce n'est pas de mon plein gré que j'ai changé de train de vie. Je reconnais que le précédent me correspondait davantage. Tout est une question de convenance personnelle, je suppose.

– J'espère que je ne crée pas de petits nids douillets partout où je vais, dit Dudley. Je n'apprécie pas d'avoir trop de louables qualités. Elles sont toujours préférables chez les autres que chez soi.

– En tout cas, il y aura toujours un petit coin de ce genre pour vous ici. Je vous serais reconnaissante si vous m'aidiez à en créer un, car cela ne fait guère partie de mon expérience et de mes aptitudes. Mais, une fois fait, il sera toujours hospitalier et toujours à disposition. Si nous ne pouvons avoir une chose, nous en aurons une autre, du moins, moi, oui. Je ne suis pas de celles qui renoncent parce qu'elles n'ont pas exactement ce qu'elles ont choisi ou ce qui leur convient, dirons-nous ?

– Je ne vois pas pourquoi nous devrions le dire, mon enfant, dit Oliver. En tout cas, tu ne le devrais pas.

– Je voudrais que mes parents ne soient pas morts, dit Dudley. J'aimerais que quelqu'un m'appelle « mon enfant ». Cela prouverait qu'il y a autour de moi des gens de la génération précédente, ce qui restera bientôt à prouver.

– Soyez les bienvenus, soyez les bienvenus dans votre nouvelle demeure ! résonna la voix de Justine. Soyez les bienvenus dans votre nouvelle vie. Je sais que je suis de trop ; je sais que vous êtes à bout de fatigue ; je sais que votre salon est comble. Je sais tout cela. Mais il fallait absolument que je vienne vous souhaiter beaucoup de bonheur, et vous dire : Soyez les bienvenus, les bienvenus.

– Il le fallait, ma chérie, et c'est avec beaucoup de plaisir que nous t'entendons, dit Matty en levant la tête. J'espérais bien que certains d'entre vous, ayant ce sentiment, viendraient nous l'exprimer. Il me semblait que tu le ferais, je constate que je ne me trompais pas. Un, deux, trois, quatre visages chéris ! Seulement trois qui soient restés à la maison. C'est un tel soutien pour notre nouveau départ, qui a tant besoin de soutien. Vous ne connaissez pas encore cela, et puissiez-vous ne pas le connaître de sitôt !

– Oh, je m'en étais rendu compte, tante Matty, et c'est pourquoi je suis ici. Bien sûr qu'il va vous falloir du courage. Vous ne pouvez pas prendre ce nouveau départ sans maintes fois regarder en arrière. Cela va de soi. Et, oui, j'ai eu le désir de vous dire un mot pour vous aider à regarder devant vous.

Blanche considéra sa fille d'un air simplement approbateur; Edgar lui lança un regard qu'il détourna aussitôt; et Oliver observait la scène comme si elle ne le concernait nullement.

– Tu nous es d'un grand soutien, ma chérie, vraiment. Ce désir est la marque de ta gentillesse et de ton affection; nous le recevons comme tel et nous efforcerons de mettre en pratique ton conseil.

– Je n'en doute pas, tante Matty chérie. Je connais vos inépuisables ressources de courage. Vous savez, je suis de ceux qui se souviennent de vous autrefois, quand vous vous teniez toute droite, toute grande et toute fière, telle que je vous voyais à travers mes yeux d'enfant. L'affection que j'ai pour vous prend ses racines inextirpables dans le passé.

Ces paroles provoquèrent un silence que Justine, dont la droiture dictait toute la conduite, rompit elle-même.

– Comment allez-vous, Miss Griffin? dit-elle, lui serrant la main très cordialement, puis s'asseyant, de sorte que, d'un seul coup, la pièce parut être complètement pleine. Ah, qu'il est douillet le petit salon de maisonnette que voici! Comment vous y sentez-vous, tante Matty?

– Nous nous en arrangerons, ma chérie. Nous y sommes résolus. Et vouloir, c'est pouvoir. D'ailleurs, ce ne devrait pas être trop difficile d'en venir à l'aimer, notre petit salon de maisonnette. C'est une bonne et jolie formule pour le désigner. Elle en donne l'idée sans rien ajouter ni rien omettre.

– Ce n'est pas une maisonnette, ma chérie, dit Blanche, regardant sa fille.

– Ah non, maman? Enfin, non, nous savons que ce n'en est pas une à proprement parler. Mais, d'une certaine façon, ça en donne une idée juste. Et je n'insinue rien de désobligeant; j'aime les maisonnettes spacieuses. Quand j'aurai un certain âge et que Mark exercera sa suprématie à la maison, je n'aimerais rien mieux que d'avoir, peut-être, ce petit endroit-là, d'y régner et de faire tout ce que je pourrai pour les gens du dehors. Eh bien, cette perspective ne vous paraît-elle pas attrayante ?

– Oui, ce serait bien, dit Miss Griffin, qui le pensait, et qui, peut-être, était tout naturellement la personne la mieux désignée pour répondre, étant donné que cet arrangement induisait le décès de toutes les autres personnes présentes.

– Je ne trouve pas du tout que ça donne l'idée d'une maisonnette, dit Blanche, contractant ses paupières pour regarder autour d'elle. Les plafonds sont très hauts, et les fenêtres très grandes. Nous pourrions presque nous imaginer être n'importe où.

– Presque, dit sa sœur, inclinant la tête et regardant les hommes par en dessous. Nous ne pouvons pas, par exemple, nous imaginer être là où nous étions.

– Ah, non, pas là-bas, ma chérie. Nous devons, toi et moi, laisser cela. Ça a été ma maison, à moi aussi, tu sembles l'oublier.

– Non, ma chérie. Toi, oui, parfois, je pense. C'est naturel. Tu en as trop mis entre elle et toi. D'autres choses se sont superposées à son souvenir. Moi, j'ai choisi de le garder clair et tel qu'en lui-même. C'est ce qui nous différencie.

– Mais voyons, c'est tout naturel, tante Matty, dit Justine. Je ne pense pas qu'il faille en tenir rigueur à maman. Oui, c'est ce qui vous différencie.

– Oui, ma chérie, donc, tu ne lui en tiendras pas rigueur. C'est bien ce que j'ai dit en ce qui me concerne. Se fatiguerait-on déjà de sa vieille tante ? Se devrait-elle d'être très gaie et très à son aise, invalide en un lieu qu'elle ne connaît pas ?

– Allons, tante Matty, invalide n'est pas le mot. Vous êtes impotente, nous le savons, et nous ne sous-estimons pas votre handicap, mais votre invalidité commence et s'arrête là. Non, je ne tolérerai aucune récrimination. Vous êtes pour ainsi dire dans la fleur de l'âge ; vous avez la santé, le physique et l'esprit ; et comptez sur nous pour exiger beaucoup de vous.

– Ma chérie, tante Matty t'a-t-elle priée de nous exposer

sa situation? dit Blanche, une faible note d'orgueil triomphant sous-tendant son reproche.

– Non, maman, vous savez bien que non, alors pourquoi le demander? Je n'ai pas attendu d'en être priée; ce n'est pas vraiment dans mes manières. Inutile que vous preniez cet air désapprobateur. Il faut me prendre telle que je suis. Je ne regrette pas ce que j'ai dit, et tante Matty non plus quand elle y réfléchira.

– Ou n'y pensera plus, dit sa tante. Oui, je crois que c'est encore ce que tante Matty a de mieux à faire. Elle n'a ni la volonté ni l'énergie d'y réfléchir à ce tournant de sa vie. Ne plus y penser vaudra mieux, c'est donc cet effort-là qu'elle doit faire.

– Me voilà donc tombée en disgrâce, mais peu m'importe. J'ai dit ce que j'avais à dire, et je m'en accommode toujours, dit Justine, sage en cette attitude, étant donné qu'elle n'eût guère été avisée d'aller plus loin.

– Qu'Edgar et Justine se ressemblent peu, ma chérie! dit Matty à sa sœur. Ils n'ont rien l'un de l'autre, et l'on dit que les filles tiennent de leurs pères. L'un et l'autre sont vraiment eux-mêmes.

– Ma foi, c'est très bien, dit Justine. Papa n'aimerait pas que je sois une copie de lui. Il ne ressentirait pas l'attirance des contraires.

– Contraires. Oui, c'est le mot, ou presque, dit sa tante.

Miss Griffin émit soudain le petit soupir de quelqu'un qui avait cédé un instant au sommeil, et regarda autour d'elle d'un air confus.

– Ma pauvre Miss Griffin, vous êtes à bout de fatigue, dit Blanche.

– Je me réjouis que vous ayez somnolé un moment, Miss Griffin, dit Justine.

– Je ne savais plus où je me trouvais; j'ai dû m'assoupir bercée par toutes ces voix autour de moi, dit Miss Griffin, avec une perception de la conversation bien différente de celle qu'elle en eût probablement eue si elle l'avait entendue. Je ne vois pas pourquoi, vraiment pas.

– L'extrême fatigue est une raison bien suffisante, dit Justine.

– Il sera donc dit que Miss Griffin aura été la première d'entre nous à faire qu'elle en soit une, dit Matty d'un ton léger.

– C'est une raison qui le justifie d'autant plus dans son cas.

– Vraiment, ma chérie ? dit Matty, si doucement qu'elle parut tout juste le prononcer.

– Oh, tante Matty, elle a dû en faire deux fois plus que vous… et que tout le monde. Vous le savez bien.

– Deux fois plus que moi, ma chérie ? Bien plus encore, je dirais ; je n'ai pas pu faire grand-chose. Et, oui, bien sûr que je le sais.

Matty donna libre cours à son petit rire.

– Mais ce que nous avons surtout fait, aujourd'hui, ç'a été d'être assis dans le train, et cela, nous l'avons fait tous ensemble.

– Oui, mais les préparatifs avant, et le déballage des affaires après ! Cela a dû être harassant. Le temps passé dans le train a dû être un grand moment de répit.

– Oui, c'est ce que je voulais dire, ma chérie.

– Mais il n'aura duré qu'une journée, qu'une partie de la journée. Le travail a dû commencer dès votre arrivée dans cette maison. Je vois bien l'ampleur de ce qu'elle a accompli. Vous ne pouvez absolument pas le mesurer, assise que vous êtes dans votre fauteuil.

– Être clouée dans un fauteuil serait donc devenu un avantage, c'est cela ?

– Pauvre chère tante Matty ! dit Justine, s'asseyant sur l'accotoir du fauteuil, comme pour partager en cet instant le sort de sa tante. Mais cela ne peut contribuer à la réelle lassitude, vous savez. C'est une chose à part.

– Il n'y aurait donc qu'une seule sorte de lassitude, dit Matty, posant la main sur celle de sa nièce et s'exprimant sur un ton de tolérance bienveillante à l'égard de l'ignorance de la jeunesse.

– Chère tante Matty ! Il doit y avoir des moments où le tourbillon des agitations semble être la chose la plus enviable au monde. Vous êtes plus infortunée que quiconque, dit Justine, attestant qu'elle compatissait au sort de sa tante et à celui de Miss Griffin.

Miss Griffin se leva et gagna la porte, adressant un regard de circonstance à Matty. Dudley la lui ouvrit et lui emboîta le pas.

– Comment se sent-on, le premier soir qu'on passe en un nouveau lieu ? Je n'ai jamais fait cette expérience. J'ai vécu toute ma vie dans la même maison.

Miss Griffin leva les yeux, arborant une expression à laquelle il ne s'était pas attendu, proche de la consternation.

– Cela donne un sentiment d'incertitude, bien sûr. Mais je suppose que l'on s'y fait vite. J'ai passé trente et un ans dans cette maison. Miss Seaton n'avait jamais habité dans aucune autre.

– Êtes-vous triste de l'avoir quittée ?

– Non, pas trop. Ça change. Nous verrons d'autres gens. Et ce sera agréable pour Miss Seaton d'avoir sa sœur et sa famille. C'était la solution la plus sage.

– La meilleure, pas la plus sage. Loin de là. Mais il en va ainsi de bon nombre des meilleures choses.

Miss Griffin le considéra avec l'ombre d'un sourire.

– Vous êtes d'accord avec moi, n'est-ce pas ?

Miss Griffin réprima son sourire et détourna les yeux.

– Vous et moi devons nous ressembler beaucoup. Nous vivons tous deux chez d'autres gens ; nous sommes tous deux très bons ; je suis très doué pour jouer les seconds violons, et je crois que vous aussi.

– Oh, cela ne m'a jamais dérangée, dit Miss Griffin d'une voix assurée.

– Moi, ça m'a dérangé dans mes plus grands moments de faiblesse, mais j'ai eu raison de mon mauvais penchant. Vous n'avez pas de mauvais penchants, n'est-ce pas ?

– Non, répondit Miss Griffin, disant la vérité sans réfléchir. Enfin, je ne sais pas. Peut-être que tout le monde en a.

– Vous en êtes réduite à devoir penser à ceux des autres. Vous voyez bien que vous n'en avez pas. Et comme j'ai eu raison du mien, c'est un autre point que nous avons en commun.

Miss Griffin prit un air réjoui.

– Miss Seaton a-t-elle un bon penchant ? dit Dudley.

– Oui, bien sûr. Comme nous tous.

– C'est donc son mauvais penchant que nous avons vu ce soir ?

– Je ne voulais pas dire qu'elle avait de mauvais penchants. Vous le savez bien. Elle était très fatiguée. Comme ce doit être affreux de ne pouvoir se déplacer.

La voix de Miss Griffin expira sur une note de pure pitié.

– Eh bien, bonne nuit, Miss Griffin ; nous nous verrons souvent.

– Bonne nuit, Mr Dudley, dit Miss Griffin, partant vers la cuisine d'un pas plus léger.

Dudley regagna le salon et trouva la famille en train de prendre congé. Matty, debout, parlait avec l'affection presque pétulante qui suivait ses accès d'humeur et qui, croyait-elle, en effaçait le souvenir.

– Au revoir, mes chéris ; au revoir, ma Justine ; je compte sur toi pour venir voir souvent ta vieille tante irascible qui t'aime. Au revoir, Dudley ; où étiez-vous passé ? Je vous félicite d'avoir trouvé assez de place pour vous éclipser. Au revoir, Edgar ; mon père a particulièrement apprécié cette discussion entre hommes. C'est une chose qui lui fait tant de bien.

– Et toi, comment as-tu apprécié ta discussion entre femmes? demanda Oliver, à qui des bribes de ce dialogue n'avaient pas échappé. Ma parole, beaucoup, je dirais. Tu sembles aller mieux.

– Au revoir, tante Matty chérie, dit Justine. Si j'ai passé pour une impudente, je l'ai fait pour votre bien, et vous êtes assez large d'esprit pour le prendre comme je l'entendais.

– Au revoir, s'empressa de dire Edgar. Nous nous verrons souvent; j'espère que nous nous verrons très souvent.

– Ah, évidemment, les gens ne sont qu'humains, dit Dudley à son frère tandis qu'ils regagnaient la maison, marchant derrière les femmes. Mais il semblerait bien qu'il ne faille pas grand-chose pour l'être.

– Oui, nous devrons faire de notre mieux dans notre nouvelle vie, dit Edgar, comme s'il lui répondait. Je pense que nous pouvons la qualifier de telle. Il est possible que la vie n'en soit que plus agréable pour Blanche. Je pense... je suis persuadé que c'est possible.

– Sa vie actuelle est-elle donc si désagréable?

– Elle se sent peut-être seule sans le savoir. Je crains que ç'ait pu être le cas. J'ai l'impression... je crains de n'avoir pas lieu d'être fier de ma vie de famille.

– C'est moi qui ai de quoi être fier. C'est extraordinaire, comme j'ai fait abstraction de moi-même, conservé ton affection et gagné celle de ta femme. Mais je pense que ce qui nous fait souffrir sans que nous le sachions est ce qu'il nous arrive de mieux, puisque nous sommes nés pour souffrir. Ce n'est pas comme si Blanche se doutait de sa solitude. Mais elle pourra être auprès de sa sœur et ne pas en prendre conscience.

– Pas plus que chacun d'entre nous, dit Edgar, avec le bref éclat de rire que seul son frère entendait. J'ai cru voir... j'ai vu qu'elle s'en est rendu compte aujourd'hui.

– J'ai vu que Justine aussi. Ce spectacle me pesait trop, il a fallu que je m'échappe.

– Qu'as-tu fait pendant tout ce temps ?

– Pourquoi les gens disent-ils ne pas aimer rendre compte de chacun de leurs actes ? Moi, oui. J'aime tout raconter sur moi-même et sentir qu'on s'y intéresse. Je disais un mot aimable à Miss Griffin. Il paraît qu'un mot aimable peut faire des merveilles ; et j'ai vu qu'il fallait que quelqu'un en fasse pour elle ; alors, je lui ai dit ce mot et il en a fait.

– Pauvre Miss Griffin ! Cela étant dit, nous ne pouvons pas juger la vie d'autrui.

– Bien sûr que si. Nous avons tous une vie et savons de quoi elle est faite. Personne n'est disposé à laisser dire qu'il ne connaît rien de la vie ; et rien n'est moins vrai.

– Elle est auprès de Matty et de son père depuis longtemps. Je ne sais plus trop depuis quand.

– Moi, je le sais. Elle me l'a dit. Mais il est des choses qui ne peuvent franchir mes lèvres.

– Ça doit bien faire plus de trente ans.

– Tu es un être plus dur que moi. Je me demande si les gens le savent.

– C'est difficile de se représenter tant d'années.

– Edgar, vraiment, parfois, tu dis de ces horreurs ! Tu devrais te souvenir de ma pusillanimité. Il faudra que je voie très souvent Miss Griffin. La voir ôtera-t-il cette image de devant mes yeux ?

– Dépêchez-vous, tous les deux, cria Justine, se retournant en leur faisant signe de la main. Si vous vous attardez chaque minute à discuter, nous n'atteindrons jamais le bout de l'allée. Maman n'aime pas s'arrêter sans cesse.

C'était vrai pour Blanche, qui, par conséquent, ne s'était pas arrêtée, mais poursuivait son chemin en direction de la maison, de son petit pas incertain qui la portait rapidement au-dessus du sol. Arrivée sur le perron, elle s'immobilisa, comme si attendre là l'affectait différemment.

– Là-bas, la petite maison en brique derrière les arbres, dit

Justine, se retournant pour regarder en arrière au moment où tous se rejoignaient.

– En effet, tes yeux ne t'induisent pas en erreur, dit son père, avec un sourire.

– Oh, n'essayez pas de me clouer le bec, papa ; ça ne vous ressemble pas. Elle est là-bas, et il est bon de penser que grand-papa et tante Matty y sont douillettement à l'abri. Je ne manquerai pas d'évoquer cette image cette nuit, quand je serai au lit.

– La nuit, dit Dudley, et au lit ! En ces heures où les choses se dressent devant nous dans leur véritable proportion !

– De quoi parlez-vous dans votre barbe, mon oncle ?

– De l'image que tu évoqueras pendant la nuit.

– Vous aimeriez la partager avec moi ? Cette image est jolie, n'est-ce pas ? Ce cher grand-papa, avec ses cheveux blancs et son beau visage vieilli ; tante Matty, belle à la lueur du feu, vive et éloquente, et pas plus belliqueuse qu'on ne saurait lui pardonner dans son état de dépendance ; et cette chère et patiente Miss Griffin, qui pense à tout le monde sauf à elle-même. Oui, c'est une vision réjouissante.

– Il serait peut-être plus salutaire de la mettre en pleine lumière.

– Pourtant, c'était toi qui ne pardonnais pas à ta tante, dit Edgar, souriant de nouveau à sa fille.

– Oh, papa, n'allez pas vous imaginer que vos petites piques soient rachetées par le sourire que vous ne réservez qu'à moi, aussi cher me soit-il.

L'expression d'Edgar vacilla tandis qu'il l'entendait définie de la sorte.

– Tante Matty et moi sommes liées par une amitié indéfectible, et nous faisons mutuellement le plus grand bien. Nous ne sommes jamais embarrassées de nous voir telle que l'autre nous voit et d'être éclairées utilement sur notre personnalité. Moi, je ne crois pas qu'il faille tenir les personnes handicapées à l'écart et leur dénier la part de vie humaine qu'elles peuvent partager avec les bien-portants. Il me semble que c'est une chose à ne pas faire et qui, au bout du compte, nuit à tout le monde. Voilà, j'ai fait entendre cette note vivifiante, et je claque des doigts face aux conséquences.

Justine joignit le geste à la parole.

La scène qui se déroulait dans le pavillon était telle qu'elle la voyait, excepté qu'il y manquait l'humeur belliqueuse de Matty. Celle-ci prenait son dîner, parlant avec beaucoup d'animation, comme si elle s'adressait à un public plus nombreux que ne l'était le sien, à croire qu'elle s'exerçait pour de plus grandes occasions. Elle se lançait souvent dans l'entreprise de distraire son père et sa demoiselle de compagnie, avec ou sans la pensée d'un auditoire imaginaire.

– Oh, et ces drôles de petites chaussures campagnardes ! Cette chère Blanche, et toutes ses petites touches toujours si cocasses ! Je n'ai pu m'empêcher de rire intérieurement en la voyant se prendre les pieds et trébucher en entrant, si chère et si familière vision !

– On ne s'en serait jamais douté, dit Oliver. Peut-être aurait-il mieux valu que tu en donnes quelque signe. Il semblait que c'était la dernière chose à laquelle nous pouvions nous attendre de ta part.

Matty demeura indifférente à la critique de son père, sachant que sa conversation le divertissait.

– Oh, et ses petites façons bien à elle d'être charitable, ce mélange de fille, de sœur et de dame patronnesse ! Débordante d'affection et d'obligeance, mais avec tout de même ce petit côté incisif, tout juste notre Blanche dans toute sa splendeur ! Et sa chère Justine… – Matty porta la main à ses lèvres et s'abandonna à l'hilarité : … si sûre de son fait et si imbue de son bon droit à nous rendre tous meilleurs ! Si contente de ses efforts pour influencer sa tante qui a affronté bien plus qu'elle ne pourrait le concevoir ! La chère enfant, puisse-t-elle même ne jamais devoir s'y essayer. Enfin, nous ne sommes pas tous semblables, et peut-être est-ce aussi bien. Peut-être est-il bon que chacun d'entre nous se trouve sur différents échelons de l'échelle humaine. Chaque niveau a du bon. D'un certain point de vue, nous pourrions peut-être nous inspirer de ses préceptes.

– Peut-être, mais je n'y pense pas et ne te le demande pas.

– Je vais être mauvaise, mais ne vous fait-elle pas un peu penser à cette sacristine de notre église ? Quelqu'un de très dévoué et de très utile que tout le monde aime mais que personne n'admire ? Oh, que c'est méchant et moqueur ! Comme j'ai honte de moi !

– Ai-je rencontré ce genre de personne ?

– Vous vous souvenez sûrement de cette pauvre Miss Dunn, chez nous ?

– Pourquoi aurais-je dû la distinguer parmi toutes celles dont je me souviens ? Et comment aurais-je pu deviner son emploi ?

– À son manteau, à son col et à ses chaussures, dit Matty, de nouveau hilare.

– Toutes deux portent ce genre de choses, je te l'accorde. J'en fais autant et le ferai encore quelque temps.

– Ma pauvre Miss Griffin, c'est vous qui étiez visée. À l'entendre, on aurait cru que vous étiez une petite esclave à la peau brune, ou une bestiole prise dans un piège. Nous ne déménageons pas tous les jours, n'est-ce pas ? Seulement une fois en trente ans.

Miss Griffin crut percevoir un certain reproche quant à la rareté de cette initiative, alors qu'elle-même l'eût volontiers prise plus souvent.

– Elle croyait bien faire, j'en suis sûre.

– Elle pensait se montrer un peu dure envers moi, juste un tout petit peu sévère. Mais je ne lui en tiens pas rigueur. Elle est ma chère, ma bonne nièce, et elle veut rendre le monde meilleur, de même que les gens qui s'y trouvent, et sa tante Matty par la même occasion.

– Ils ne s'en porteraient peut-être que mieux, dit Oliver, mais ce n'est pas son affaire.

– Elle estime que oui, alors laissons-la faire. Prenons-le comme une drôle de petite croix à porter.

– Pourquoi donc ? Pourquoi ne pas lui clouer le bec lorsqu'elle se mêle de choses qui ne la regardent pas ? C'est une chose que tu sais faire. Je l'ai remarqué.

– Edgar est bel homme, dit Matty sur un autre ton. Il était très grand et très distingué dans cette petite pièce. Oh, n'était-ce pas amusant, la façon dont ils n'arrêtaient pas d'y revenir ? Parler de petit salon douillet. Comme si nous étions des locataires.

– C'est ce que nous sommes, bien que ta sœur répugne à l'admettre.

– Et Justine qui se dit heureuse que nous y soyons en sécurité. Nous n'avions pas d'autre refuge, c'est cela ?

– Pas à ma connaissance. Nous avons donc toutes les raisons d'éprouver de la gratitude. Pour autant, ce n'est pas à elle de le faire remarquer. Il me semble que ses raisons en sont plus impérieuses.

– Mr Gaveston et Mr Dudley ne se ressemblent pas tant que ça quand on en vient à les connaître, dit Miss Griffin.

– Ils appartiennent au même type, mais Mr Gaveston en est un meilleur exemple, dit Matty, qui maintenait toute la distance formelle entre elle-même et sa demoiselle de compagnie, en dépit de sa franchise habituelle envers elle.

– Je préfère le visage de Mr Dudley.

– Vraiment ? Ce n'est pas le mieux. Il lui manque et le contour et la symétrie. C'est une idée prise dans un dessin. Mais ils font la paire, ces deux frères-là.

– Il y a quelque chose dans le visage de Mr Dudley qui le rend très différent de celui de Mr Gaveston. J'aurais bien du mal à dire quoi.

– Ça, on pourrait le dire de n'importe quel duo. Deux

personnes ne sont jamais exactement identiques, cela va de soi.

– Le visage de Mr Dudley exerce une séduction d'une autre sorte.

– Il n'en existe qu'une sorte, celle dont nous parlions, dit Matty d'un ton péremptoire.

– Miss Griffin en a trouvé une autre, dit Oliver, ou se le sera imaginé. Mais pourquoi parler du physique de ces bonshommes. Ce ne sont pas des femmes. Tandis que c'est ce que vous êtes, toutes les deux, alors il serait sage d'en rester là sur ce sujet.

– Mr Dudley bavardait avec vous hors de la pièce ? demanda Matty d'un ton brusque et différent à Miss Griffin.

– Non… oui… il m'a tout juste dit un mot, puis il est sorti regarder la nuit sur le perron, dit Miss Griffin qui mentait quand elle ne voyait pas comment faire autrement.

Oliver avait entendu les voix en provenance du vestibule, mais il ne dit mot. Il ne franchissait jamais la barrière entre lui et l'univers des femmes. L'eût-il fait qu'il lui aurait fallu protéger Miss Griffin et courroucer sa fille ; or, il ne se sentait de taille ni pour l'une ni pour l'autre de ces choses-là, qui auraient miné les forces d'un homme plus jeune que lui.

– Vous avez vu comment ils sont repartis chez eux ? dit Matty, avec un regain d'hilarité. Je les ai regardés de la fenêtre. Mes yeux sont toujours vigilants à voir ce qu'ils peuvent, encore que je sois clouée dans mon fauteuil. Blanche en tête, et Justine essayant de rester à sa hauteur et de marcher d'un même pas, mais ne réussissant ni l'un ni l'autre en dépit de sa jeunesse et de sa vigueur ! Les deux hommes marchant derrière, tranquilles, comme s'ils n'avaient pas conscience des créatures féminines devant eux ! Blanche à la tête d'un groupe est un de mes tout premiers souvenirs. Ses petites jambes raides s'avançant à n'en pas finir, comme elles me reviennent en mémoire ! Il faut dire qu'elles ont si peu changé, ces petites jambes actives et déterminées. Comme son buste est pour beaucoup dans sa taille ! Enfin, mes jambes ne donnent plus guère matière à la flatterie. Je ne peux plus m'en prévaloir. Mon Dieu, mon Dieu, quelle drôle de chose, une famille. Parfois, je ne puis m'empêcher de me réjouir de ne pas avoir pris part à en fonder une.

– Pourquoi voudrais-tu t'en empêcher ? Il est bon de se réjouir de quelque chose, et cela ne t'arrive pas trop souvent, il me semble. Encore que certains ne choisiraient peut-être pas cette raison-là.

– Ma foi, mon sort n'est pas de ceux qui mettent en joie. Il faut du courage pour y trouver un motif de l'être.

– Ainsi, courage est le mot qui te vient pour désigner la façon dont tu parles de ta sœur. Nous pourrions en trouver d'autres.

– Blanche et moi sommes les amies les plus proches qui soient. Je me réjouis de redevenir la grande sœur. Elle et toi êtes les seules personnes qui me voient telle que j'étais, et non telle que je suis, une créature impuissante qui doit bien se trouver un exutoire. Oui, j'étais brillante et jeune, autrefois. Même Miss Griffin se souvient, en partie, de cette époque.

– Oh oui, je m'en souviens ; oh oui, vous l'étiez, dit Miss Griffin.

– Miss Griffin était plus jeune encore, dit Oliver, présentant un nouveau sujet de réflexion à l'une et l'autre de ses auditrices tandis qu'il se levait pour les quitter.

– Oui, j'étais espiègle et turbulente, reprit Matty après un instant de silence qui avait permis à ce sujet de réflexion de la quitter. Toujours à la recherche de quelque chose qui stimulerait mon esprit. De quelque chose ou de quelqu'un ; cela n'avait aucune importance, je le crains, du moment que ma pénétration s'exerçait. Enfin, on ne choisit pas le patron sur lequel on est fait. D'ailleurs, le pourrais-je, peut-être que je ne modifierais pas le mien. Peut-être n'y a-t-il nul besoin de s'en mêler, hein, Miss Griffin ?

Miss Griffin, debout, la main sur sa chaise, pensait à la prochaine étape de sa journée. Elle eut un léger sursaut en prenant conscience de sa situation embarrassante, et en avisant l'expression du visage de Matty. L'instant d'après, elle entendait sa voix.

– Ne lambinez pas comme ça en quittant la table. Bougez pour faire quelque chose, mais ne faites pas semblant d'avoir quelque chose à faire. Jouer à la bonne exténuée ne nous mènera nulle part.

– Peut-être ce qui m'a faite ainsi nous aura-t-il menées quelque part, dit Miss Griffin d'un ton égal et étrangement désespéré, sans avoir la plus petite idée que ces paroles dans sa bouche marquaient un tournant dans sa vie.

– Inutile de répondre de la sorte. Vous n'allez pas commencer, ce n'est même pas la peine d'y songer. Je n'escompte pas qu'on prenne mes paroles comme si elles émanaient d'une femme commune. Je suis quelqu'un de très exceptionnel dans une situation tragique, alors il va falloir vous faire une raison, sans quoi vous ne me serez d'aucune utilité. Partir ainsi, faire la sourde oreille, profiter de ma dépendance ! C'est d'une telle méchanceté que plus personne ne vous adresserait la parole si ça se savait ; plus personne ne vous approcherait ; vous seriez mise au ban, on vous cracherait à la face !

La voix de Matty grimpa jusque dans les aigus, tandis que ses paroles n'avaient aucune prise sur Miss Griffin qui s'éloigna pour ne plus entendre. Matty se balança d'avant en arrière en marmonnant pour elle-même, les mains serrées et la mâchoire projetée vers l'avant d'une façon qui eût passé pour un jeu de scène, et qui, d'ailleurs, tenait un peu de cela, car elle ne se perdait jamais de vue.

Miss Griffin s'arrêta au bout du couloir où le mur lui offrit un soutien, et tourna la tête pour s'assurer que Matty ne l'avait pas suivie.

– C'est tout ce que j'ai. Que ça. Je n'ai rien d'autre. Je n'ai pas de toit, je n'ai pas d'amis. Je continue, d'année en année, sans jamais aucun plaisir, sans jamais aucun changement. Elle n'éprouve rien pour moi après ces trente années passées auprès d'elle. Toutes mes plus belles années. Je pensais que ce déménagement changerait peut-être quelque chose, mais ce sera pareil. Et ma vie passe ; je n'aurai peut-être jamais rien d'autre ; pourtant, personne ne devrait n'avoir que cela.

Elle versa quelques larmes, refrénées par la crainte d'être surprise, puis, éclairant son visage et rejetant une part de son fardeau, elle rejoignit la bonne à la cuisine, heureuse de ce degré de solidarité humaine.

Matty, laissée à elle-même, décrispa son corps et son esprit, et espéra que son père n'avait pas entendu ses éclats de voix, ou du moins se répéta qu'il ferait tout comme. Lorsque Oliver quitta son cabinet de travail pour venir lui souhaiter une bonne nuit, elle se leva pour l'accueillir, dissimulant sa claudication du mieux qu'elle le pouvait, et le conduisit à un fauteuil, amendant l'idée qu'il se faisait d'elle et, du même coup, celle qu'elle-même s'en faisait.

– Je suis venu prendre congé de toi, ma chérie, au cas où je ne te reverrais pas. Ma fin peut survenir à tout moment, alors pourquoi pas cette nuit ? Les forces déclinent après la tombée du soir, et j'ai par trop sollicité les miennes aujourd'hui. Alors, bonne nuit, pour cette fois et d'autres, si jamais cela devait survenir.

– Voyons, père, vous êtes à bout de fatigue et de découragement de vous trouver dans ce drôle de petit endroit. Douillet, tenons-nous-en là, et faisons de notre mieux. Nous devons tenter d'accomplir tant de choses et, avec le temps, nous y parviendrons. Nous ne sommes pas de ceux qui échouent. Et nous ne le serons pas.

– Ce soir, je suis presque heureux que ta mère nous ait quittés, Matty. Ici, elle ne se serait jamais sentie chez elle. Ce sera bien suffisant pour toi et moi.

– Je ne vois pas pourquoi nous devrions si aisément nous

en satisfaire, dit Matty, incapable d'accepter cette image d'elle-même, quelle que fût sa disposition d'esprit. Mais nous verrons les choses autrement demain, cet endroit nous semblera différent, et alors nous souhaiterons de nouveau la présence de maman auprès de nous, comme j'ai souvent souhaité qu'elle soit là aujourd'hui.

Son père devait payer pour avoir prononcé de tels mots au sujet de sa fille.

– Mais, ce soir, nous ne pouvons faire plus. Nous sommes allés au bout de nos limites, voire au-delà. Ce n'est pas surprenant que nous fléchissions un peu. J'irai jusqu'à dire que nous avons tous failli à notre condition.

Oliver, qui n'en doutait absolument pas, la quitta et gravit les marches une à une. Dans sa chambre, à l'étage, son pas se fit plus assuré, et Matty l'écouta, puis ne pensa plus à lui. Elle comprenait son père. Elle tenait beaucoup de lui.

Miss Griffin, entrant un peu plus tard avec un plateau, trouva Matty dans une posture de lassitude amorphe, et d'une réelle pâleur après toutes ses fortes émotions.

– Vous voulez boire quelque chose de chaud ? demanda-t-elle d'un ton qui semblait quêter autre chose que ce qui était dit. Ça vous fera du bien avant d'aller vous coucher.

– Ça nous fera du bien à toutes les deux. Vous avez eu une riche idée. Si vous voulez bien rapprocher cette petite table et déplacer ce fauteuil… – Matty indiquait d'une main vivace l'effort supplémentaire qu'elle exigeait de Miss Griffin : … nous partagerons un moment d'intimité en ayant le sentiment de bien faire, puisque c'est dans l'intimité que nous sommes censées nous trouver.

– C'est vrai que c'est plutôt intime ici, dit Miss Griffin, regardant autour d'elle avec un petit air surpris.

– Oui, c'est idiot de nous ronger les sangs pour ce qui aurait pu être. Ou plutôt, dans notre cas, pour ce qui a été.

Miss Griffin ne se rongeait aucunement les sangs à ce sujet.

– Allons, ne rechignez pas à boire la part qui vous revient, dit Matty, remplissant de nouveau les tasses. Vous en avez autant besoin que moi. Rester debout et s'activer, c'est aussi fatigant que rester immobile, aussi enviable que cela puisse paraître. Mr Seaton est allé se coucher. Il était à bout de fatigue et s'apitoyait sur lui-même, mais je n'y ai pas trop prêté attention. Il était plus sage de ne pas abonder dans son sens.

– Il devait être très fatigué, dit Miss Griffin, se redressant comme pour mettre toute son énergie dans sa compassion.

– Il commence à ressentir le poids des ans, mais il va très bien et il est très solide. Et fatigués, nous le sommes tous.

– Oui, dit Miss Griffin, parlant d'une voix mécanique à laquelle elle insuffla, soudain, de l'animation. Mais c'est une saine fatigue.

On lui avait si souvent rappelé les effets bénéfiques de la lassitude sur le corps humain qu'elle s'estimait être bien placée pour en juger.

– Aujourd'hui, c'est allé un peu plus loin que cela. Mais cela n'arrive qu'une fois dans une vie. Ne nous plaignons pas.

Miss Griffin n'en avait nullement l'intention, mais son hochement de tête dégageait plus qu'un simple assentiment.

– Allons, allons, venez, nous devons aller nous coucher, dit Matty, évitant que son regard ne tombe sur l'autre femme par crainte de ce qu'elle pourrait y déceler. Nous serons un couple de vieilles filles indolentes demain matin, si nous n'y prenons garde.

Les yeux de Miss Griffin s'agrandirent et restèrent fixés sur le visage de Matty.

– Nous nous devons à nous-mêmes et aux autres de ne pas tomber si bas. Nous ne devons pas perdre tout amour-propre. C'est un domaine où avoir de la considération pour soi-même vaut mieux pour tout le monde. Emma est-elle allée se coucher ?

– Oui, depuis plusieurs heures, dit Miss Griffin, ne se rendant compte du sens implicite de ses paroles qu'après les avoir prononcées.

Matty ne fit aucun commentaire, la raison en étant peut-être qu'Emma, n'étant à son service que depuis une demi-journée, ne savait encore rien des bénéfices de l'éreintement.

– Eh bien, ainsi, elle pourra se lever de très bonne heure pour nous servir, dit-elle avec un effort qui en disait long sur sa volonté. Nous ne descendrons pas avant dix heures. Nous avons eu une petite conversation bien agréable. Bonsoir, et ne négligez pas de dormir.

Matty gagna sa chambre, éprouvant le sentiment de s'être amplement amendée auprès de sa demoiselle de compagnie, tandis que cette dernière, qui attendait le moment d'éteindre les lampes, s'étonnait de ne pas éprouver ce même sentiment, ainsi qu'elle l'avait éprouvé tant de fois – raison pour laquelle elle ne l'éprouvait plus.

III

– Je suis prêt pour tante Matty, dit Aubrey.

– Vraiment, mon petit garçon ? Mais tu es tout pimpant ! J'aimerais pouvoir en dire autant. J'en ai assez des couturières des campagnes. Je ne suis guère coquette, mais il y a, même pour moi, une limite à ne pas franchir. Il me faut songer à ma famille ; j'ai été égoïste et négligente. Je ne puis en aucun cas espérer que ma vue les réjouisse.

Cette conclusion fit soupirer Justine.

– La défroisser, ça ne l'arrangerait pas ?

– Mais non, petit impertinent ! Ça n'y changerait rien.

Justine leva la main en direction de son frère, mais sans s'avancer vers lui.

– Mark, es-tu prêt pour ta tante ? dit Aubrey.

– Pour ce qui concerne mon apparence, autant que faire se peut. Mais son regard en percera peut-être la surface pour capturer ce qu'il y a au-dessous.

– Attention, je ne permettrai pas qu'on se moque de la perspicacité de tante Matty, dit Justine. C'est une qualité précieuse et qui mérite la considération.

– Plus que toute autre.

– Elle n'en a aucune autre, dit Clement. Elle attribue des intentions à autrui, qu'elles existent ou non. Ce qui nous éloigne plus que tout de la réalité. Maman est douée d'une perspicacité bien plus sûre.

– Petite maman chérie, dit Justine, teintant de pitié attendrie le jugement qu'elle portait sur cette même qualité chez Blanche.

– Clement, es-tu prêt pour ta tante ?

– Rien ne saurait me préparer aux manières, à la mentalité et aux méthodes de cette femme. Elle est à la fois surhumaine et inhumaine. Je me demande toujours si c'est une déesse ou une bête.

– Clement, Clement, voilà qui n'est ni galant ni gentil, dit Justine. Un homme ne parle pas ainsi d'une femme, et tu le sais. Tu ne pourrais pas donner un coup de brosse au col de ton veston ? Tu me diras que je suis mal placée pour parler.

– Moi, je trouve que les deux garçons ont fière allure, Justine, dit Aubrey.

– En dirons-nous autant de Justine ? demanda Clement. Je veux entendre l'avis général avant d'exprimer le mien.

– Oh, tu as raison ; c'est sans espoir. Tout ce que vous trouverez à y redire sera mérité. Vous n'avez pas à redouter que je prenne la défense de ma robe comme une mère le ferait de ses petits.

– Clement, tu devrais l'aider à la défroisser, dit Aubrey. C'est tout ce qu'on peut faire maintenant.

– Pourquoi ne te changes-tu pas ? suggéra Mark. Si tu mettais celle que tu portes d'habitude ?

– Ah non, je m'en tiendrai à celle-ci maintenant. Je la garderai sur moi et je ferai front. Maman s'attend à me voir dans quelque chose de différent, et j'ai dans l'idée que celle-ci lui plaira. Je n'irai pas me réfugier dans une vieille robe qui n'attire pas les regards. Ça me servira de leçon bien méritée.

– Cette question n'est pas d'une importance capitale, dit Clement.

– Mais si ! Ce devrait être un point de grand intérêt pour

vous tous : l'allure qu'a votre unique sœur. Je ne tolérerai pas qu'il en aille autrement. Je n'ai aucune patience pour ces airs hautains et supérieurs. C'est bien la dernière chose qui valorise quiconque.

– Clement, tu as entendu ce qu'a dit Justine ? dit Aubrey.

– Il ignore comment se manifeste la véritable excellence, dit Mark. C'est une chose qui ne s'apprend pas.

– Toute l'érudition de Clement risque fort de ne lui être d'aucune utilité.

– Voilà les invités ! Et papa et maman qui ne sont pas descendus ! dit Justine, avec consternation.

– Ils remédient à la situation, dit Clement, montrant qu'il refusait un tel sentiment.

Blanche pénétra la première dans la pièce, vêtue d'une robe passée de mode, au tissu lourd et de coupe impersonnelle, qu'on avait retouchée pour montrer, avec succès, comment elle aurait dû être faite, et dont le caractère et la raideur rustiques lui seyaient.

– Eh bien, mes chéris, mais vous êtes tout beaux ! Justine, c'est une très jolie couleur. Je tiens à ce que tante Matty vous voie tous à votre avantage. Et votre cher grand-père a eu si peu l'occasion de vous voir depuis si longtemps.

Blanche parlait à ses enfants de leurs parents aussi bien de leur point de vue que du sien.

– Mr et Mrs Middleton, annonça Jellamy.

– Comment allez-vous, Mrs Middleton ? C'est très gentil à vous de vous adapter à notre horaire matinal, dit Blanche, qui, à l'égard des invités, observait les formalités d'usage avec sincérité et de gaieté de cœur. Mon père et ma sœur ne vont pas tarder. Vous ne les avez pas vus depuis longtemps.

– Qui a eu l'idée qu'ils devaient venir habiter ici ?

– Eux. Mais nous nous en réjouissons beaucoup. Ma sœur et moi nous manquions l'une à l'autre depuis tant d'années.

– Ne seront-ils pas un peu à l'étroit dans le pavillon, après leur vieille maison ?

Les questions de Sarah Middleton semblaient fuser malgré elle, comme si sa curiosité l'emportait sur sa volonté.

– Oui, mais comment faire autrement? Ils ont perdu de l'argent tout dernièrement et sont obligés de réduire leur train de vie. Et puis, c'est une jolie petite maison.

Sarah Middleton était une femme grande qui se tenait très droite, âgée de soixante-dix ans, robuste et jeune pour son âge, au visage encore beau, assez creusé, et dans son expression se mêlaient avidité, aigreur et gentillesse. Ses cheveux gris étaient coiffés d'une façon qui semblait appartenir à un monde où hommes et femmes avaient plus de différences, et sa coiffe passait, dans sa prime jeunesse, pour être l'apanage des matrones, alors que pour Justine et ses frères c'était un simple emblème de l'âge. Elle parlait en lançant des regards autour d'elle, comme si elle craignait que certains éclaircissements sur tel ou tel sujet ne lui échappent, circonstance au-dessus de ses forces et qui, fort heureusement, se produisait rarement. Son mari, de dix ans son cadet et dans la même forme physique, était un homme grand, élancé mais voûté, qui avait une bonne tête, des yeux pâles qui dénotaient de la faiblesse, un nez étonnamment classique, et un air abattu doublé d'une noble prestance qui semblaient dépendre l'un de l'autre, comme s'il estimait que la tristesse de la vie octroyait aux gens le droit à la courtoisie et à la considération. Il avait désiré écrire, et avait fait une carrière de professeur en raison des périodes d'inactivité, mais il avait découvert que les exigences des autres périodes épuisaient son énergie. Depuis son mariage avec une femme riche, il se restreignait toujours, encore qu'il n'en donnât point la raison, et pour cause, puisqu'il ne la connaissait pas. Il ne faisait pas non plus état de ce qu'il voulait écrire, ce qui était tout naturel, puisqu'il ne l'avait pas encore décidé. Sarah pressentait que ce désir l'occupait suffisamment par lui-même, et il semblait presque partager ce sentiment.

– Oui, dites tout ce que vous voulez, mon oncle, déclara Justine, se campant devant Dudley et tendant ses jupes. Elle n'aura que ce qu'elle mérite. Je ne soufflerai mot. Ça m'apprendra à perdre mon temps et mon énergie en allées et venues chez cette pauvre Miss Spurr. Elle ne met pas une once de talent dans sa confection.

Blanche considéra la robe avec une attention détachée, Sarah avec une attention soutenue.

– On pourrait en faire une robe de chambre, dit Dudley, s'avançant soudain d'un pas. Je vois tout à fait comment il faudrait s'y prendre.

– Oh, un si beau tissu ! dit Sarah, levant les bras au ciel et tournant le regard vers Justine pour indiquer qu'elle s'exprimait à son intention.

– C'est vraiment une très jolie couleur, dit Blanche, laissant entendre, et jugeant d'ailleurs, que c'était là l'essentiel.

– Je savais pouvoir compter sur des paroles de réconfort de votre part, ma petite maman.

– Les robes de chambre ont toujours de très belles couleurs, dit Aubrey. J'entre parfois pour les regarder.

– Oh, le petit coquin, dit Justine. Estime-toi heureux d'être encore assez jeune pour ces choses-là.

– Le cher petit ! dit Sarah.

– Qu'est-ce qu'elle a, cette robe ? demanda Edgar, avec un intérêt relatif. Entends-tu par là qu'elle aurait dû être mieux faite ?

– Oui, papa, c'est tout juste ce que j'entends par là. Ce que chacun de nous entend par là. Ce que tout le monde entend par là. N'allez pas infailliblement à l'essentiel, comme si c'était presque trop évident pour mériter tout autre commentaire.

– Je ne trouve pas qu'elle en mérite autant, dit Clement.

– Ma foi, j'imagine que non. Restons-en là. Après tout, on est tous soi-même quoi qu'on porte, dit Justine, tirant ouvertement satisfaction de cette conclusion, et prenant le menton d'Aubrey dans sa main. Sur quoi médites-tu, mon petit garçon ?

– J'attends tante Matty, répondit Aubrey, peu disposé à expliquer qu'il était en train d'imaginer ses futures filles et de décider des couleurs de leurs robes de chambre.

– Eh bien, mes chers tous, dit Matty, presque immobile sur le pas de la porte, de par sa lenteur naturelle, mais aussi pour être vue. Eh bien, voilà une heureuse et belle... – elle s'empressa d'y substituer un autre mot : ... et vigoureuse famille. Tant de vitalité et de bonheur font plaisir à voir. C'est tout juste ce qu'il me faut, n'est-ce pas ?

Blanche leva la tête, plissant les yeux au changement de qualificatif, sachant toutefois qu'il avait été suscité par la vue de plus, et non de moins, de distinction que sa sœur ne s'y était attendue.

– Père ne vient pas ? demanda-t-elle d'un ton égal en posant son ouvrage avant de se lever.

Le regard de Sarah passa d'une sœur à l'autre en parfaite compréhension et avec toute l'urbanité qui s'imposait.

– Si, ma chérie, il ne va pas tarder. Il marche tout juste un peu lentement. Je suis partie avant lui, comme je marche encore plus lentement que lui.

Matty embrassa Blanche avec plus d'affection qu'à son habitude en tacite repentir de ce qui s'était passé, mais parut considérer assez vite que celui-ci avait été accepté.

– Il semble que ce soit moi qui le connaisse le mieux ces temps-ci et qui doive te parler de lui. Peut-être est-ce un peu à moi qu'il a toujours un peu plus appartenu. Ah, Mrs Middleton, comment allez-vous tous les deux ? Ainsi donc, nous allons être voisins en plus d'être amis.

– Il ne vous a pas fallu longtemps pour vous résoudre à ce changement, dit Sarah d'un ton qui appelait de plus amples développements.

– Non, je suis une adepte des décisions rapides. Le pied vif, l'esprit vif et le geste vif, disait-on de moi autrefois.

Blanche leva la tête comme si elle faisait un effort de mémoire.

– Et j'ai conservé toute la vivacité que j'ai pu. Donc, j'ai pris ma résolution, et aussitôt agi en conséquence.

– Ma chère, vous n'avez pas conservé que cela, loin de là, dit Sarah, hochant la tête.

– Mr Seaton, annonça Jellamy.

– Ah, c'est à peine si je puis venir jusqu'à vous pour vous saluer, dit Oliver, marchant à pas comptés, mais je suis ravi de me trouver le bienvenu. Il y a eu des moments où j'ai cru que nous ne nous reverrions plus. C'est pourquoi, Middleton, je suis ravi de vous voir une fois encore de ce côté-ci de la tombe.

Thomas lui serra la main d'un air qui accueillait et rejetait ces paroles avec juste mesure.

– Pourquoi les gens se vantent-ils de s'attendre à mourir bientôt ? demanda Dudley à Mark. Moi, je trouve humiliant qu'il reste si peu de temps à vivre devant soi.

– Ils se réjouissent de leur certitude d'avoir vécu plus longtemps que d'autres. Et ils ne pensent pas réellement qu'ils vont mourir.

– Non, c'est certain, ils se sont faits à la vie. C'est une seconde nature.

– N'y a-t-il personne dans notre famille qui puisse entrer dans une pièce de manière habituelle ? dit Clement.

– Pas dans le voisinage, répondit son frère.

– Voyons, grand-papa, ce ne sont pas des façons de parler, dit Justine, donnant le bras à Oliver, comme s'il ne pouvait venir à l'idée de personne d'autre de lui offrir son aide. Alors, quel fauteuil préféreriez-vous ?

– N'importe lequel servira mon propos ; je ne demande qu'à pouvoir m'asseoir dedans.

– Mon cher grand-papa ! dit Justine, laissant les mains sur son bras tandis qu'il prenait place, comme si elle l'y déposait elle-même.

– Tu as une bien belle robe, ma chérie, dit-il, lâchant le fauteuil et s'y enfonçant.

– Elle est tout bonnement affreuse, grand-papa ; je vous défends de la regarder. Elle me fera honte toute la soirée.

– Tu dois savoir pourquoi tu l'as mise. J'aurais cru qu'elle était destinée à attirer les regards, comme elle a attiré le mien.

– Je trouve que c'est une très jolie couleur, dit Blanche.

– Ravissante, dit Sarah, hochant à nouveau la tête.

– Oui, très jolie, ma chérie, dit Oliver, détendant ses membres. Ta fille la porte bien, que demander de plus ?

– Mais sa forme, grand-papa ! dit Justine, soumettant ses critiques à son opinion, jusqu'à se placer de façon qu'il pût d'autant mieux s'en faire une. La coupe, le tombé, l'harmonie, l'ajustement !

– Eh bien, je ne vois rien de tout cela, ma chérie ; je ne sais si tu essaies de me les montrer.

– J'essaie de vous montrer qu'ils font défaut.

– Dans ce cas, c'est fait, mon enfant ; ça, je le vois, dit Oliver, croisant les jambes.

– Eh bien, voilà ce qui s'appelle essuyer un affront ! dit Justine, regardant autour d'elle le couronnement de ses efforts.

– De quelle couleur est-elle ? demanda Matty, dont le ton détaché indiquait que, selon son opinion, le sujet était clos. Magenta ?

– Non, ma chérie, répondit Blanche. C'est une variété de vieux rose.

– Vraiment, ma chérie ? dit Matty, plissant les yeux en les fixant sur la robe, ce qui accentua sa ressemblance avec sa sœur en cet instant. Un nouveau vieux rose, alors.

Elle sourit à sa nièce, ayant pris au pied de la lettre son dénigrement de la robe.

– Oh, voyons, tante Matty, il n'y a rien à redire à la couleur. C'est le seul point qui plaide en sa faveur.

– Oui, ma chérie ? dit Matty, modulant son approbation

d'une inflexion interrogative, ses yeux à nouveau fixés sur la robe.

– Ma parole, ce vêtement est-il destiné à être une pomme de discorde en plus de ses autres désagréments ?

– Je tremble à la pensée du sort qui l'attend, dit Clement, étant donné son histoire à ce jour.

– Pourquoi magenta est-il un terme offensant ? demanda Mark. C'est ce qu'il paraît.

– C'est curieux que les couleurs semblent devoir leurs noms à quelque qualité intrinsèque, dit sa tante.

– Leurs noms apparaissent de façon bien différente.

– Voyons, nous ne te demandons pas de nous faire un cours de philologie, dit Matty, montrant son érudition en la matière.

– Le magenta peut être une belle couleur, dit Sarah, avec la plus grande conviction. J'ai le souvenir d'une robe que j'avais autrefois, d'un genre de brocart qui ne se fait plus. Oh, elle vous serait allée à ravir, Mrs Gaveston.

– Ces robes de vieux brocarts épais étaient très élégantes, dit Matty.

– Tante Matty n'émet aucune restriction à l'application de son jugement, dit Aubrey, semblant s'adresser à lui-même, ainsi qu'il le faisait souvent quand il adoptait une phraséologie d'adulte.

– Vous deviez avoir un port de reine dans l'une d'elles, tante Matty, dit Justine du ton que l'on emploie pour dire une chose attendue.

– Madame est servie, annonça Jellamy.

– Ce n'est pas trop tôt, dit Clement. Il reste à espérer que la nourriture sera un sujet plus digne d'attention que les vêtements.

Edgar offrit son bras à Sarah et ouvrit la marche en tenant des propos convenus, qu'il tint quoi qu'il pût lui en coûter. Dudley régla son pas sur celui de Matty avec une régularité qui lui valait de rester pratiquement immobile, et se laissa porter par le flot de la conversation sans effort aucun. Il était notoire que Matty préférait Dudley à l'un des fils de la maison, et ses neveux s'accommodaient de son choix. Blanche et son père marchèrent ensemble, après la remarque de celui-ci que ce pourrait être leur dernière occasion de le faire, ce qui servit de justification présentée à titre d'excuse auprès de Thomas, dûment réfutée et acceptée. Justine leur prêta assistance pour se donner le bras et faire leurs premiers pas – de fait, il n'aurait pu y avoir association plus périlleuse –, et sa main assurée les prévint d'une avance trop précipitée. Elle-même accompagna Thomas, passant son bras libre sous celui de Mark.

– Si je n'ai pas besoin de quatre cavaliers, je saurai bien tirer parti d'un jeune homme de trop. Suivez-nous, vous deux. Aubrey peut faire la jeune fille.

– Je place ma main délicate sur le bras de Clement et prends appui sur sa force.

Thomas partit à rire, tandis que Clement, d'un soubresaut, chassa cette main et continua de marcher seul.

– Mais cette pièce est vraiment très belle, ma chérie ! dit Matty à sa sœur, sous l'effet d'une sensation due aux éclairages, au vin et à la présence de Dudley et d'Edgar. C'est comme un petit aperçu de la maison, ou si tu préfères, c'est comme c'est, et cela satisfait pleinement mon œil pointilleux. Ma petite pièce à moi semble y gagner, et non y perdre, par comparaison. Celle-ci semble montrer que la beauté en elle-même est partout. J'ai vraiment le sentiment d'en tirer une leçon.

– Qui s'imposait, paraît-il, dit Mark.

– Que le bonheur ne dépend pas de ce qui nous entoure ? dit Aubrey.

Mark et Aubrey faisaient souvent des apartés. Clement se joignait à eux quand il était enclin à parler, et Justine quand elle était encline à y participer. Aubrey, lui aussi, faisait des apartés quand il parlait tout seul.

– Vilains garçons, qui se moquent de leur pauvre vieille tante ! dit Matty en agitant le doigt à leur intention sans manifester d'intérêt pour leurs propos.

– Que disais-tu, Mark ? demanda Edgar d'un ton qui laissait entendre que son fils aîné devait s'exprimer de façon que tout le monde entende autour de la table.

– Que je partageais l'avis de tante Matty, monsieur.

– Oui, oui, on peut faire l'éloge de sa propre maison, n'est-ce pas, quand elle est aussi belle que celle-ci ? dit sa tante.

– J'en faisais tout autant, papa... tout autant, monsieur, dit Aubrey qui, depuis peu, suivait l'exemple de ses frères dans la façon de s'adresser à leur père.

– Le cher petit ! dit Sarah, émue par ce pas vers la maturité.

Edgar était allé plus loin que jamais dans le reproche. Ce qu'il laissait entendre était toujours pris en considération, et s'il n'était point vrai que ce fût davantage suivi d'effet que s'il eût élevé la voix ou recouru à la violence, c'était aussi vrai que faire se peut. Envers Justine, il ne laissait jamais poindre aucun reproche, en partie à cause de son sexe et en partie parce qu'il aurait peut-être dû trop en laisser poindre. Edgar n'aimait pas ses enfants, même s'il le croyait, ou plutôt le présumait, et il distribuait sa gentillesse et son intérêt à parts égales. Il éprouvait une affection inquiète pour sa femme, un immense amour pour son frère et moins que le sentiment habituel pour lui-même. Dudley réservait son entière émotion à son frère et concédait tout autre sentiment qui montait en lui à n'importe qui d'autre. Justine s'imaginait être la préférée de son père, et Edgar, considérant cette idée avec recul, s'en accommodait fort bien, et, estimant qu'elle eût dû être vraie, faisait des efforts intermittents pour l'étayer. Les autres l'acceptaient comme il se devait, à l'exception de Dudley et d'Aubrey qui discernaient la vérité. Clement l'aurait discernée s'il s'était penché sur la question ; Blanche, quant à elle, aimait cette idée et la chérissait comme il se devait.

– Jellamy se débrouille tout seul dans cette pièce maintenant ? demanda Matty à sa sœur. Ça fait peut-être beaucoup pour une seule personne.

– Oui, il le faut bien, ma chérie. Ça nous ralentit, bien sûr, mais nous n'y pouvons rien. Nous devons être très économes.

Matty lança des coups d'œil dans la pièce avec un sourire vaguement ironique.

– Non, vraiment, tante Matty, dit Justine en réaction à cette expression. Vous vous trompez du tout au tout. Maman dit l'entière vérité. De strictes économies sont nécessaires. N'y voyez pas la moindre affectation.

Matty arqua les sourcils en une expression légèrement interrogatrice.

– Voyons, tante Matty, vous avez fait un commentaire en toute sincérité, aussi clairement que vous l'auriez fait par des paroles, dans l'intention qu'il soit pris comme tel. Et, puisque c'est le cas, il faut y répondre comme tel. Ma réponse, c'est qu'il est essentiel de faire des économies, et que c'est pour cette raison que Jellamy travaille tout seul.

– Vraiment, ma chérie ? Que de réponses pour une si petite question.

– Je ne réagissais pas à la question, mais au commentaire suite à la réponse.

– Personne ne doit-il faire de commentaire à part toi, ma chérie ?

– Justine se doit d'en faire, murmura Aubrey.

– Voyons, mon petit garçon, qu'as-tu donc saisi au juste ?

– Ma parole, moi, je n'en saisis rien, dit Oliver.

Sarah se laissa aller en arrière, presque épuisée, ayant parfaitement saisi. Son mari, quant à lui, avait gardé les yeux baissés pour éviter de le faire.

– Ah, ne devenons pas trop subtils, dit Justine. On dit que c'est un défaut féminin, alors je dois m'en garder.

Aubrey s'esclaffa, se retint, puis s'étrangla de rire au point d'excéder les limites des convenances.

– Aubrey chéri ! dit Blanche, comme à un petit enfant.

– Allons, mon petit garçon, allons, mon petit garçon, dit Aubrey, regardant sa sœur, les joues en feu et les yeux exorbités.

– Allons, mon petit garçon, oui, en effet, dit-elle gravement.

– Le pauvre enfant ! dit Sarah.

– Comment vais-je faire quand il n'y aura plus personne pour m'appeler « mon petit garçon » ? dit Aubrey, regardant autour de lui pour s'en remettre à l'attention générale, puis, découvrant que celle-ci n'était pas fixée sur lui, il revint à son dîner.

– Aubrey a un air de papa, Blanche, dit Matty.

– Je crois que vous avez raison, tante Matty, dit Justine, avec plus de conviction que nécessaire. Je vois souvent différentes ressemblances passer sur ses traits. Son visage possède la qualité d'être plus insaisissable que les nôtres.

– Je parlais de quelque chose de plus précis, ma chérie. Sur le moment, c'était indéniable.

– Oui, sur le moment. Mais l'instant d'après, ça ne l'est plus. C'est un visage dont il faut guetter les humeurs et les expressions changeantes. Vous n'êtes pas de cet avis, papa ?

Edgar leva les yeux.

– Papa doit regarder, dit Aubrey, attendant qu'il l'eût fait avec un large sourire.

– Quel sourire charmeur ! dit Clement, sans se rendre compte qu'il disait vrai.

– Voilà, le sourire de notre oncle ! dit Justine.

La qualité du sourire changea.

– Et maintenant, celui de grand-papa ! Ne le voyez-vous pas, tante Matty ?

– C'est moi qui en ai parlé, ma chérie. Oui.

– Et vous, papa ? Il faut que vous regardiez un instant.

Edgar fixa de nouveau les yeux sur son fils.

– Voilà, c'est parti ! L'instant est passé. Je le savais !

Aubrey ne partageait pas cette certitude, l'instant lui ayant paru interminable.

– Papa n'a pas besoin de regarder plus longtemps, dit-il.

Et, l'eût-il osé, il aurait fait un grand sourire.

– Apparemment, le procédé ne t'a pas valu la récompense que tu espérais ? dit Mark.

Clement leva les yeux, soupira, et les baissa derechef.

– Clement non plus n'a pas besoin de regarder plus longtemps, dit Aubrey.

– Allons, mon petit garçon, tu n'es plus le centre de l'attention générale.

Oliver tourna les yeux vers son petit-fils.

– Ce bonhomme prend de l'âge, dit-il.

– Ah, ça, c'est incontestable, dit Justine. On pourrait en dire autant de nous tous. Et c'est vrai pour lui en un autre sens : il s'est beaucoup développé ces derniers temps. Mais arrêtez donc de le regarder, qu'il s'oublie. Tout ça est très mauvais pour lui.

– Il n'a pas pu s'en empêcher, ma chérie, dit Blanche, exprimant la pensée de son fils.

– Oh, nos petites affaires présentent-elles un quelconque intérêt pour vous ? dit Matty, qui attendait l'occasion d'intervenir et la saisit aussitôt qu'elle arrêta le regard de Sarah. Si c'est le cas, nous avons notre petite nouvelle à annoncer. Nous allons avoir une invitée qui va rester un long moment chez nous. Je m'en réjouis d'avance, étant donné que j'ai beaucoup de temps pour moi dans ma nouvelle vie. Bien des gens de mon ancienne existence me manquent, même si d'autres rempliront leur rôle, c'est certain. Elle, elle y tient l'un des premiers ; elle, sa place sera difficile à prendre.

– Nous lui avons trouvé un coin, dit Oliver, en dépit de ce que vous pourriez croire.

– Elle disposera de la chambre d'amis, bien entendu, père, dit Blanche. C'est tout de même une belle petite chambre.

– Mais oui, maman, bien sûr, murmura Justine d'un ton soudain exaspéré. Mais il doit en aller ainsi. La maison doit être une cabane, et la chambre un coin, un point, c'est tout. Qu'il en soit dit selon leur désir. On ne peut pas demander aux gens d'avoir plus que ce qu'ils s'obstinent à choisir.

Matty regardait les deux têtes inclinées l'une vers l'autre, mais ne tendit pas l'oreille pour saisir les paroles. Sarah, qui ne s'en priva pas, réprima un sourire quand elle les eut saisies.

– Eh bien, me permettrez-vous de vous faire partager mon privilège ? reprit Matty. Ce sera un grand plaisir dans ma vie, et j'espère que ça en sera un pour vous également. La compagnie ne varie guère par ici.

– Ah, non, tout porte à le croire, dit Justine. Mais nous sommes à la campagne, après tout.

– Ainsi donc, je ne suis pas la multitude à moi seul, dit Dudley.

– On sait bien qu'il vaut mieux que la campagne soit telle qu'elle est, dit Sarah qui s'en accommodait fort bien, puisque c'était ce qui lui avait valu d'entrer en relation avec les Gaveston.

Thomas leva les yeux, l'air un peu préoccupé.

– C'est une personne absolument charmante, que j'ai vue bien souvent, poursuivit Matty comme si ces interventions comptaient pour rien. Ses parents sont morts depuis peu, lui laissant du temps devant elle ; et si je peux l'aider à relier les fils de sa vie, je sens qu'il m'appartient de le faire. C'est peut-être en mon pouvoir en dépit de… comment dirais-je ?… de mes déboires.

– Je vous ai toujours dit que vos déboires ne comptent pas, tante Matty, dit Justine.

– Moi, je trouve que si, ma chérie. Pour moi, il ne peut en aller autrement, vois-tu. Mais je m'efforce de faire en sorte que les autres n'en soient pas affectés, et je suis heureuse chaque fois que l'on m'en donne l'assurance.

– Tu parles de Maria Sloane ? demanda Blanche. Je me souviens d'elle, nous étions tout juste jeunes filles et elle était une enfant. Elle était devenue très jolie en grandissant, nous la voyions parfois quand nous étions chez toi et père.

– Elle était devenue très jolie, elle l'est restée, et, pour moi, elle le sera toujours, encore qu'elle le soit pour tout le monde jusqu'à présent, et le restera, je crois, quelques années encore.

– Ça fait drôle de voir tante Matty exprimer une admiration sans bornes pour quelqu'un, dit Justine à Mark. Ça montre que nous nous faisons d'elle une fausse idée.

– Ça donne aussi à penser que c'est ce qu'elle se fait de nous.

– Ça fait plaisir à voir, en un sens.

– Nous sentons peut-être que ce sera salutaire.

– Elle n'a vu qu'un ou deux des nombreux aspects de ma personnalité, dit Dudley.

– Miss Sloane ne s'est pas mariée, n'est-ce pas ? demanda Blanche.

– Non, elle est toujours mon adorable Maria Sloane. Je crois bien ne jamais pouvoir penser à elle autrement. Une rose, quel que soit le nom qu'on lui donnerait, aurait un parfum toujours aussi suave, mais il me semble que le mariage serait une sorte de désacralisation de Maria, que, en quelque sorte, la rose serait cueillie.

Matty termina tout en douceur et sans regarder personne.

Sarah la considéra avec des expressions contrastées, et Blanche d'un air impassible et presque approbateur.

– Mrs Middleton, on l'a cueillie ? murmura Aubrey. C'est Mr Middleton qui l'a cueillie.

Thomas lui adressa un sourire bienveillant qui semblait tendre à passer pour de l'amusement.

– Est-elle à l'abri du besoin, tante Matty ? demanda Justine d'une voix claire.

Sarah hocha la tête à l'adresse de Justine devant la pertinence de sa question.

– Je crois que oui, ma chérie ; je n'ai rien entendu dire d'autre. Il semblerait que l'argent ne la touche pas, qu'elle se tienne à l'écart de lui comme une fleur qui a tout ce qu'il lui faut et ne demande pas davantage.

– Les fleurs, on les cueille, dit Aubrey.

– Elles ont meilleure allure quand on ne les cueille pas, mon chéri.

– L'argent doit forcément la toucher si elle a tout ce qu'il lui faut, dit Clement. Le contact doit être continuel.

– Eh bien, je suppose que oui, mon chéri, mais je ne crois pas qu'elle en ait beaucoup, ni qu'elle en veuille davantage. Quand vous la verrez, vous saurez ce que je veux dire.

– Nous avons tous rencontré des gens de ce genre, et ils sont, en effet, tout à fait charmants, dit Justine.

– Non, personne dans son genre. Je vais pouvoir vous montrer quelque chose hors de votre domaine.

– Voyons, tante Matty, pensez à oncle Dudley.

– Je ne saurais le dire de moi-même, dit son oncle.

– Oui, je vois que tu me suis, ma chérie. Mais personne ne ressemble de près ou de loin à ma Maria. Enfin, vous la rencontrerez bientôt, et je serai heureuse de faire pour vous une chose que vous n'aviez pas pu faire. Je reçois beaucoup de vous, or, je ne dois pas seulement recevoir.

– Est-elle si différente des autres ? demanda Blanche en toute simplicité. Je ne me souviens pas très bien d'elle, mais je ne comprends pas exactement ce que tu veux dire.

– Ah non, ma chérie ? Eh bien, nous verrons, quand tu la rencontreras, si tu le comprendras. Tout le monde ne peut pas tout percevoir.

– Ne vaudrait-il pas mieux que maman et tante Matty ne se parlent pas avec autant d'affection ? dit Mark. Est-ce censé tout excuser ? Sinon, c'est quoi ?

– Ma foi, peut-être que oui, d'une certaine façon, soupira Justine. L'affection doit pouvoir supporter d'être un peu malmenée, ou bien c'est qu'elle ne contiendrait rien.

– Peut-être contiendrait-elle plus si elle n'occasionnait pareille chose, dit Clement.

– Oh, voyons, Clement, on ne peut pas prendre envers ses intimes les mêmes précautions qu'envers des étrangers.

– C'est seulement envers ces derniers qu'on s'emploie à en prendre.

– Papa et oncle Dudley se comportent comme des amis, dit Aubrey. Maman et tante Matty comme des sœurs, Clement et moi comme des frères. Je ne sais trop comme quoi Mark et Clement se comportent. Comme des étrangers, je pense.

– Non, je ne souscris pas tout à fait à ton opinion, dit Justine. C'est accorder trop d'importance à de petites escarmouches occasionnelles. Un léger désaccord ne modifie en rien nos sentiments mutuels.

– Il peut même les indiquer, dit Clement.

– Nous devrions trouver nos différends intéressants et stimulants.

– Stimulants, ils semblent souvent l'être, dit Mark. Mais je doute qu'ils présentent beaucoup d'intérêt pour les autres. On dirait qu'ils veulent toujours les anéantir.

– Je crois que je passe ma vie en surface, dit Dudley. Ce qui, j'en ai l'impression, m'épargne bien des désagréments.

– Voyons, mon oncle, ce n'est pas vrai, dit Justine. Vous et papa, vous disparaissez tous les deux, et vous vous donnez le meilleur et le plus profond de vous-mêmes. Enfin, nous le savons, et vous aussi. Oh, nous savons ce que vous faites quand vous vous enfermez tous les deux dans la bibliothèque. Alors, ne vous méjugez pas là-dessus, car nous, nous ne vous méjugeons pas.

Le regard qu'Edgar posa sur sa fille paraissait incertain de l'expression qu'il devait prendre.

– Et vous, tante Matty, vivez-vous en surface? demanda Aubrey.

– Non, mon chéri. Moi? Non, j'aurais plutôt tendance à vivre dans les profondeurs, j'en ai bien peur. Cela étant dit, je ne vois pas pourquoi dire que j'en ai «peur», excepté que les profondeurs peuvent être des lieux assez redoutables. Mais j'ai une personnalité de surface que je puis montrer à ma nièce et à mes neveux de façon à ne pas trop les entraîner avec moi vers le fonds. Je pourrais leur en raconter sur l'époque où j'étais jeune comme eux, et où les choses étaient différentes, tout en étant les mêmes, selon cette étrange habitude qu'elles ont. Oui, il y a pour vous des histoires au sujet de tante Matty dans la fleur de l'âge, quand le monde était jeune, du moins qu'il semblait vouloir le rester pour elle, et que tout, somme toute, s'adaptait à elle à l'époque. Ma foi, tante Matty en a beaucoup à dire sur elle. Mais c'est toi qui l'auras voulu, n'est-ce pas?

Matty lança autour d'elle des regards brillants et lucides, et tapota son genou.

– C'était beaucoup, mon enfant, tu l'as dit, dit Oliver.

– Aubrey ne savait pas ce qu'il faisait, dit Clement.

– Il savait ce qu'il comptait faire, dit Mark. Par chance, tante Matty non.

– Nous étions toutes les deux tellement rebelles, votre tante et moi, dit Blanche, dont le regard fit le tour de ses enfants. Nous trouvions que le monde n'était pas assez grand, et le temps pas assez long pour toutes nos facéties et nos apprentissages. Il faudra que je vous raconte tout cela, un jour. D'en entendre parler, tout me revient en mémoire.

– À être ensemble, maman et tante Matty se ressemblent davantage, dit Mark.

– Imaginez que maman devienne une deuxième tante Matty! dit Aubrey.

– Ou que tante Matty devienne une deuxième petite maman, dit Justine. Voyons les choses du bon… sous cet angle. Grand-papa, que pensiez-vous d'elles deux à l'époque ?

– Moi, ma chérie ? Eh bien, elles étaient jeunes alors, comme vous l'êtes aujourd'hui. Il n'y avait rien à en penser, et je n'en pensais rien.

– Nous étions si complémentaires, poursuivit Blanche. Les gens disaient que si ce n'était pas l'une qui pensait à quelque chose, c'était l'autre, et vice versa. Je me souviens de ce que Miss Griffin pensait de nous à son arrivée. Elle disait qu'elle n'en avait jamais vu deux faire la paire comme nous.

– Miss Griffin ! s'écria Justine. Je voulais lui demander de venir ce soir, et j'ai oublié. Ça ne fait rien, cette négligence peut être réparée. Je vais lui adresser un mot.

– Est-ce bien nécessaire, ma chérie ? Il se fait tard, et elle ne sera pas prête. Il ne reste plus grand-chose pour justifier sa venue. Nous l'inviterons à dîner un autre soir en la prévenant dans les formes.

– Oui, certes, nous le ferons, maman, mais il y a encore la soirée. Et, pour le moment, elle est toute seule à la maison, n'est-ce pas, tante Matty ?

– Ma foi, oui, ma chérie, naturellement, répondit Matty en riant. Quand deux personnes sur trois sont sorties, c'est qu'il n'en reste plus qu'une. Mais je pense qu'elle apprécie cette soirée en solitaire.

– Pour ma part, j'y vois un changement en bien, dit Oliver.

– Oh, ça, vous me permettrez d'en douter, dit Justine. Il est si facile, quand les gens font preuve d'une grande capacité d'abnégation et d'adaptation, de supposer qu'ils apprécient ce qui, en réalité, présente fort peu d'intérêt. Enfin, quel intérêt peut-on trouver, après tout, à rester seule dans cette petite pièce ?

– De l'intimité, peut-être, ma chérie, dit Matty, dont le

regard changea. J'ai posé cette même question et obtenu cette réponse.

– La grandeur de cette pièce est bien suffisante pour une personne, dit Oliver. Certes, elle est à cette proportion.

– Maman chérie, ai-je votre permission de l'envoyer chercher ? demanda Justine, comme si l'opinion d'autrui ne pouvait être que quantité négligeable.

– Ma foi, ma chérie, si tu as celle de ta tante. Mais je ne sais pas qui nous pourrions envoyer. Les domestiques sont occupés.

– Là n'est pas le problème ; j'irai moi-même. J'ai assez mangé, et je serai revenue avant que vous autres ayez fini.

– Un des garçons pourrait y aller, suggéra Edgar.

– Non, papa, je vais les laisser à l'assouvissement de leurs virils appétits. Personne ne comprendrait les exigences de la toilette de Miss Griffin et ne serait capable, d'un geste ou d'une parole, d'arranger les choses mieux que moi.

– Il est sûr que personne d'autre ne s'en chargera, dit Mark.

– Dois-je venir afin de vous aider pour la toilette ? demanda Aubrey.

– L'un de vous devrait accompagner votre sœur, dit Edgar sans un sourire.

Aubrey se leva, tout guilleret, s'effaça devant Justine et la suivit hors de la pièce.

– Oh, mon bébé s'en est allé, dit Blanche, ne parlant pas du départ en lui-même.

– Il s'est beaucoup développé, ma chérie, dit Matty. Nous aurons un garçon comme ses frères, finalement.

– Pourquoi ne serait-il pas comme eux ?

– Oh, il le sera. C'est évident maintenant.

– Il m'a toujours paru aussi prometteur que n'importe lequel d'entre eux. Pas très en avance pour son âge, mais c'est souvent bon signe.

– Ce doit être difficile de juger les enfants quand les

progrès qu'ils font ne peuvent qu'être retenus contre eux, dit Mark.

– Je ne connais pas d'enfance plus dénuée de ces réussites présentant l'aspect de l'échec, dit Clement.

– Qui va lentement, va sûrement, dit Oliver, qui ne suivait pas vraiment.

– Il n'est pas particulièrement lent. Il est seulement différent des autres, comme chaque personne prise dans son individualité, dit Blanche. Quiconque en a un tant soit peu ne peut être exactement comme tout le monde.

– On ne peut le dire d'aucun d'entre nous, n'est-ce pas ? dit sa sœur. Nous formons un tout d'individualités.

– Oui, mais personne n'en offre autant qu'Aubrey. Il est sans conteste l'individualité la plus forte que j'aie jamais rencontrée.

– Sans conteste, ma chérie ? dit Matty, inclinant la tête pour lancer à sa sœur un regard par en dessous. Aurais-tu oublié les deux jeunes rebelles dont nous parlions à l'instant ?

– Non, mais même toi et moi ne pouvions tout à fait l'égaler en matière d'originalité. Il est en soi quelque chose qu'aucun autre n'a été.

– Ça, je pense que c'est vrai, dit Mark.

– Qu'entends-tu par là ? Si c'est quoi que ce soit de désobligeant, c'est très mesquin et complètement absurde. Je voudrais que Justine soit là pour prendre mon parti. Je ne puis que répéter qu'Aubrey a quelque chose en lui que je trouve curieusement gratifiant. Edgar, pourquoi ne me soutenez-vous pas ?

– Vous n'avez pas… vous ne semblez guère avoir besoin de mon aide.

– Mais vous-même, que pensez-vous de ce garçon ? Je sais que vous ne dites que la vérité.

Edgar, qui depuis quelque temps espérait que son fils pourrait peut-être, après tout, atteindre la moyenne, faillit à cette réputation.

– Je trouve qu'il y a bien du… qu'il y a peut-être bien du vrai dans ce que vous dites.

– Aubrey est celui qui tient le plus de moi, dit Dudley. Moi aussi, je voudrais que Justine soit là.

– Écoutez ! Chut ! Silence, dit Matty, ne faites pas autant de bruit. N'est-ce pas la voix de Maria dans le vestibule ? Blanche, je t'en prie, demande à tes garçons de se taire. Oui, c'est bien ma Maria ; Justine a dû l'amener. Elle sera arrivée ce soir. C'est un moment très fort pour moi, et je suis heureuse que vous tous puissiez le partager.

Matty s'interrompit et adopta un air attentif, les lèvres pincées.

– Quel dommage pour elle d'arriver ainsi, dit Blanche, à la toute fin du dîner ! J'espère qu'elle aura pu grignoter quelque chose, mais Miss Griffin y aura veillé.

– Oui, Miss Griffin se sera occupée d'elle, mais c'est à moi de l'accueillir. Et je ne peux éloigner ma chaise de la table ; je n'y arrive pas ; je suis dépendante des autres ; il me faut rester assise et attendre qu'on m'aide. Oui, c'est sa voix. La patience est parfois très rude. Merci, Dudley ; merci, Edgar ; je savais que je n'aurais pas longtemps à attendre. Personne d'autre, Jellamy ; trop de cuisiniers gâtent le bouillon. Me voilà debout, et je puis arranger mes dentelles, rajuster mes cheveux et me mettre à mon avantage, en personne vaniteuse que je suis ; me faire ressembler à moi-même, devrais-je dire, car c'est là mon seul but.

– Quel est le lien de parenté entre cette amie et vous tous ? demanda Sarah, se penchant vers Blanche.

– Il n'y en a aucun, c'est seulement une vieille amie. Elle habitait près de notre ancienne maison et ma sœur la voyait souvent.

Sarah fit un signe de tête destiné à exprimer sa gratitude et se redressa, prête pour la scène qui s'annonçait.

Justine prit la parole sur le seuil de la pièce.

– Oh, je ne suis que la messagère. Je ne prétends à nul

autre rôle. J'ai trouvé Miss Sloane déjà présente au pavillon, et Miss Griffin ne sachant où donner de la tête. J'ai donc pris la situation en main. Et je me sens d'une humeur triomphante. J'ai persuadé Miss Sloane, fatiguée comme elle l'était, salie par le voyage et récalcitrante comme elle l'était, contrariée et déconcertée par les lettres qui se sont croisées et les trains qui sont loin d'être infaillibles, de se joindre à nous dès ce soir. Eh bien, n'est-ce point ce qu'on appelle un franc succès ? D'autant qu'il a été remporté de haute lutte. Et, à présent, vous pouvez tous en partager le fruit.

Une femme grande et brune de cinquante ans entra dans la pièce, se dirigea d'un pas vif mais posé vers Matty avec qui elle échangea une étreinte toute naturelle, puis quêta ses hôtes du regard. Blanche s'avança, ainsi qu'il lui appartenait de le faire ; Matty les présenta l'une à l'autre d'un air possessif envers chacune d'elles ; Miss Griffin les observait avec l'intérêt non dissimulé et presque avide de quelqu'un en mal de centres d'intérêt et, par conséquent, peu coutumière du fait ; quant à Justine, elle prit place à son côté d'un air amical et dégagé.

– Je n'ai pas besoin que vous me soyez présentée, dit Blanche. Je me souviens parfaitement de vous, Miss Sloane. Je crains que ma fille ne vous en ait demandé beaucoup, mais croyez bien que nous apprécions votre sacrifice.

– Miss Sloane a eu l'élégance de capituler, maman, et, comme tous ceux qui donnent sans compter, ne souhaite pas qu'on le mette à son crédit.

– C'est plus que nous n'étions en droit d'espérer, dit Edgar.

– Absolument, papa. Aussi le recevrons-nous dans un esprit de pure gratitude.

– Eh bien, les eaux dérobées sont douces [1].

1. « Les eaux dérobées sont douces et savoureux est le pain du mystère. » Proverbes, IX, 17-18. (Bible de Jérusalem.)

– Bravo, papa ! dit Justine, souriant à Miss Griffin. Il sait se montrer à la hauteur quand la situation l'exige.

– Je n'étais pas en droit d'en espérer autant, dit l'invitée d'une voix ni empressée ni hésitante, serrant des mains à la ronde sans se hâter ni précipiter ce cérémonial. Le voyage m'a trop fatiguée pour que je paraisse en société.

– Ce n'est qu'une réunion de famille, Miss Sloane, dit Justine. Sincèrement, tout levain extérieur est le bienvenu.

– Nous sommes, en effet, ravis de vous voir, ma chère, dit Oliver qui s'était extrait de son fauteuil. Vous êtes une personne qu'il fait bon regarder. Je n'en connais pas de meilleure.

– Pour l'amour du ciel, asseyez-vous, Miss Sloane, dit Justine, comme elles arrivaient au salon. Je me sentirai bien trop coupable si vous persistez à rester debout.

– Moi, je suis dépendante de votre aide pour prendre place à côté de mon invitée, dit Matty d'une voix claire. Je ne puis me joindre à une cavalcade.

– Pauvre tante Matty chérie, notre aide ne saurait tarder. Dites donc, les garçons, vous voyez bien que Miss Griffin n'a pas de fauteuil. Merci, mon oncle, je savais que vous ne le tolérerez pas.

Maria Sloane était une femme qui semblait n'avoir aucun défaut. Elle avait une silhouette élancée, de grands yeux gris, des traits harmonieux et délicats d'une façon qui leur appartenait en propre plutôt qu'à un type reconnu, et un air d'aisance accomplie et assez solennelle, trop naturelle pour lui faillir. Matty avait dit que l'argent semblait ne pas la toucher, et que lorsqu'ils la verraient ils comprendraient ; Edgar, Dudley et Mark la voyaient et comprenaient. Justine et Sarah trouvaient que sa mise était de cette simplicité plus coûteuse que la sophistication, mais elle-même savait que, lorsque ces deux qualités vont de pair, la simplicité coûte encore le moins. Blanche se bornait à l'admirer, et Miss Griffin accueillait sa venue avec un soulagement fervent. La mort lui avait ravi un amour de jeunesse, et, depuis lors, elle vivait avec cette perte, ou du moins, peu à peu, dans le souvenir qu'elle en gardait. Ses parents étaient morts récemment, et elle avait quitté la maison de son enfance avec cette facilité indifférente qui en était venue à la caractériser. Elle pensait que plus rien ne pourrait la toucher profondément, et perdre ses parents à un âge naturel n'avait pas eu cet effet. Ses frères et ses sœurs étaient mariés et partis, et, à présent, elle prenait sa part de l'argent et allait de l'avant de son côté, veillant à ce qu'il suffise à ses besoins, se surprenant à regretter de devoir les modifier, et heureuse de trouver refuge dans la maison des Seaton le temps qu'elle s'adapte à ce changement. Elle avait pensé d'elle-même ce que Matty avait dit d'elle, qu'elle vivait à l'écart de l'argent, comme une fleur, mais, ces derniers temps, elle s'était rendu compte que pas même le comble de la parure humaine ne l'égalait comme ornement.

– Avouez-le, Miss Sloane, dit Justine. Vous aimez mieux participer à cette réunion de famille simple plutôt que de rester seule dans cette petite maison. N'est-ce pas le moindre de deux maux ? Je trouve que rien n'est plus démoralisant que d'arriver au terme d'un long voyage pour trouver une maison déserte, un âtre sans gaieté et tout conspirant à l'inconfort mental et moral.

– Justine aurait-elle vécu cette expérience ? dit Mark. Si oui, nous sommes fort à blâmer.

– Ça ne risquait pas d'être le cas, ma chérie, dit Matty, avec Miss Griffin et Emma dans la maison.

– Je voulais dire métaphoriquement vide et sans gaieté. Nous savons tous ce que cela signifie.

– Nous sommes encore plus à blâmer, dit Mark.

– Entretiens le feu, Aubrey chéri, dit Blanche, perdue dans ses pensées.

– Il est déjà métaphoriquement attisé, répondit son fils du fond d'un fauteuil.

Des rires fusèrent, auxquels Aubrey réagit en battant des pieds et en suivant leurs mouvements des yeux.

– Lève-toi et entretiens le feu, dit Clement qui trouvait ces manifestations détestables.

Son frère fit la sourde oreille.

– Lève-toi et entretiens le feu.

– Voyons, Clement, ce n'est pas une façon de le lui demander, dit Justine. Tu ne réussiras qu'à le braquer. Aubrey mon chéri, lève-toi et entretiens le feu.

– Oui, fais-le, mon chéri, dit Blanche.

– Maintenant qu'on m'a appelé « mon chéri » deux fois, je vais le faire. Pourquoi rendrais-je service à des gens qui ne m'appellent ni « mon chéri », ni « mon petit garçon », ni par aucun autre nom affectueux ?

D'autres rires fusèrent, et Aubrey alla se pencher sur le feu, le visage dissimulé. Cette attitude lui paraissait sûre, pourtant Clement remarqua la rougeur de son cou :

– Et ne reprends pas le meilleur fauteuil de la pièce.

Aubrey retourna sans se hâter vers le fauteuil ; Clement s'interposa en tendant la jambe en travers de son chemin ; Justine s'avança en un froufroutement vif et en écartant les bras comme pour séparer deux pugilistes.

– Allons, allons, pas de ça : je ne vous trouve aucune excuse, à l'un comme à l'autre. Retournez tous les deux vous asseoir.

– L'un d'entre vous m'aidera-t-il à avancer le fauteuil de votre mère ? demanda Edgar qui n'avait nullement besoin d'aide.

– Oui, monsieur, dit Aubrey, avec un empressement presque militaire.

– Hmm, je trouve que c'est encore Aubrey qui s'en sort le mieux, Clement, dit Justine.

– L'autre bonhomme ne semble pas encore s'en être sorti, fit remarquer Oliver, lançant un regard à son deuxième petit-fils. Je serais bien en peine de dire pourquoi il s'y est mis.

– Miss Sloane, qu'allez-vous penser de notre famille ?

– J'en ai moi-même eu une.

– Maintenant, vous n'en avez plus ?

– Eh bien, nous nous sommes tous dispersés.

– Je n'ose envisager le moment où nous serons séparés. Il semble que toute la vie soit ici, quand nous sommes réunis.

Thomas leva les yeux à ce point de vue sur une situation dont il venait de voir une illustration.

– Avez-vous de la famille, Miss Griffin ? demanda Dudley.

– J'en ai eu une, bien entendu, mais nous nous sommes dispersés depuis longtemps.

– J'ai vécu toute ma vie dans la même maison, ainsi que mon frère, dit Edgar.

– Moi, j'ai vécu dans deux maisons, dit Blanche.

– Je viens d'arriver dans ma deuxième, dit Matty, ce que je trouve très étrange, et ce qui le serait s'il n'y avait ma chère famille à ma porte. Famille à la porte de laquelle je suis, devrais-je dire.

– Pourquoi devoir le dire, tante Matty ? demanda Justine.

– Quelle différence cela fait-il ?

– Moi aussi, je viens d'accéder à ma deuxième, dit Oliver, bien qu'il semble que cela n'en vaille guère la peine pour moi. J'aurais mieux fait de m'étendre en chemin.

– Et vous, Miss Sloane ? demanda Edgar.

– Je suis sur la voie de ma deuxième, qui devra être toute petite. Ce sera la première que j'aurai toute seule.

– Et le chemin que vous avez suivi n'a pas été de tout repos, dit Oliver. On vous en a arrachée au cœur de la nuit, alors que vous pensiez en avoir fini avec l'une de vos journées. La façon dont vous le supportez parle en votre faveur.

– J'ai dans l'idée qu'on peut en dire autant de beaucoup de choses en ce qui concerne Miss Sloane, dit Justine. Mais vous devez me considérer bien coupable, grand-papa.

– Tu as fait une chose regrettable, mon enfant, et je

propose qu'on la défasse. Bonne nuit, Blanche, ma chérie, à demain, j'espère. Si ce devait être à jamais, je n'en suis que plus heureux d'avoir été une fois encore parmi vous.

– Père est fatigué, dit Blanche, qui se refusait à admettre qu'Oliver, à quatre-vingt-sept ans, pût être près de sa fin.

– Moi aussi, dit Matty, mais au terme d'une si belle soirée qui s'achève si agréablement. Je vous en remercie tous beaucoup, et je ne doute pas que vous m'en remerciiez.

– Oh, oui, dit Justine. Vous aussi, vous êtes fatiguée, Miss Griffin, et après un avant-goût trop bref de bien-être, je le crains. Mais nous nous rattraperons une prochaine fois.

– Oh, je ne suis pas fatiguée, dit Miss Griffin, qui se leva en regardant Matty.

– Faites attention, tous les deux, sur ce parquet glissant, dit Blanche. Je trouve que Jellamy met toujours trop de cire. Ne vous pressez pas.

– Aucun de nous deux ne le pourra jamais plus, dit Oliver.

Blanche suivit son père et sa sœur, les yeux fixés sur leurs pas, en accordant, peut-être, trop peu d'attention aux siens, car ce fut elle qui glissa et dut être secourue. Justine se rapprocha instinctivement de Maria.

– Miss Sloane, j'espère sincèrement que vous passerez quelque temps en leur compagnie ? Je ne sais pourquoi, mais j'ai l'impression que vous êtes tout à fait ce dont ils ont besoin. Pouvez-vous me rassurer d'un mot ?

– J'espère qu'ils me permettront de rester un moment. À cette étape de ma vie, c'est ce dont, moi, j'ai besoin, en tout cas : une maison et de vieux amis.

– Sans parler des nouveaux amis que vous trouverez ici. Je suis certaine que vous vous en rendez bien compte.

– C'est le sentiment qu'on a bien voulu m'en donner. Et je n'ai pas l'impression qu'ils soient tout nouveaux, puisque ce sont des parents d'amis de si longue date.

– Cette chère tante Matty, elle sait s'attacher les gens à sa façon.

– Ce fut un réel plaisir, Mrs Gaveston. Nous aurons beaucoup à en penser et à en dire, dit Sarah, en mesure d'exprimer son propre point de vue en la circonstance.

– Je ne sais comment vous remercier, dit Thomas, prononçant ces paroles avec sincérité et s'y conformant.

– Ça ne vous a pas ennuyée que nous ayons inclus Aubrey ? demanda Justine. Il nous est si difficile de laisser un membre de la famille de côté, et nous savons que Mr Middleton a l'habitude des garçons.

– Cela peut-il ne lui donner qu'une seule vision d'eux ? dit Mark.

– Oh, voyons, il ne leur aurait pas consacré ses meilleures années s'ils ne représentaient rien pour lui. J'ai dans l'idée que ses pensées le ramènent souvent aux jours anciens.

– Ses meilleures années ! se récria Sarah, riant à la vision de la jeunesse d'un homme dans sa plénitude.

– Mr Middleton, que pensez-vous de notre petit garçon ? demanda Justine à voix basse. Ne le regardez pas ; il attire déjà assez l'attention générale ; mais, à la lumière de votre longue expérience, le placeriez-vous au-dessus ou au-dessous de la moyenne ?

Thomas était gêné dans sa réponse par l'interdiction d'en regarder l'objet, ce qu'il avait à peine fait.

– Il semble qu'il ait une façon de s'exprimer bien à lui, dit-il d'un air grave, essayant de se remémorer ce qu'il avait entendu.

– Oui, c'est bien ce que je pense, dit Justine, comme si les mots étaient très lourds de sens. De vous à moi, je partage complètement votre point de vue. Mais chut ! Gardez-le pour vous ; ne l'annoncez pas dans Gat[1]. Les enfants entendent tout. C'est que, voyez-vous, je suis très maternelle envers mon plus jeune frère.

1. « Ne le publiez pas dans Gat et ne l'annoncez pas dans les rues d'Ashqelôn. » II Samuel, I, 20. (Bible de Jérusalem.)

Thomas fut capable de lui adresser un sourire approbateur qu'il doubla d'un sourire compréhensif.

– Trouvez-vous que nous ayons tous un air de famille, Miss Sloane ? demanda Blanche, désireuse d'entendre des commentaires sur ses enfants.

– Vraiment, maman, pauvre Miss Sloane ! Nous avons sans doute assez exigé d'elle pour ce soir.

Maria considéra les visages autour d'elle, amenant Aubrey à baisser les yeux avec un sourire dû à quelque souvenir secret.

– Je crois voir un air de ressemblance entre votre beau-frère et votre dernier-né.

– Un triomphe, Miss Sloane ! dit Justine. C'est une grande épreuve que vous franchissez du premier coup. Vous pouvez maintenant vous tourner vers chacun d'entre nous avec confiance.

– Mais, peut-être, avec d'autres impressions, dit Mark. Miss Sloane va penser que nous nous ressemblons sur un point : un intérêt incongru pour nous-mêmes.

– Pour les uns les autres, disons. Elle ne s'en offusquera pas.

– Je crois voir plusieurs ressemblances entre vous, dit Maria.

– Et elles sont frappantes, Miss Sloane. Bien indignes d'un œil acéré. Vous avez remporté un vif succès, vous vous en tiendrez là. Ma foi, je ne trouve rien de plus passionnant que de s'emparer des affinités au sein d'une famille et de remonter à leur source. Je ne plains pas ceux à qui on le demande, j'ai moi-même tant de plaisir à le faire.

– Faut-il se fier à cette méthode de jugement ? demanda Clement.

– Eh bien, jeune homme, je remarque que tu n'es pas dans un de tes bons jours. Je ne puis que certifier à Miss Sloane que tu as une autre facette.

Il apparut alors que Matty et son père avaient atteint la

voiture, et le groupe se mit en mouvement avec l'ardeur d'une foule libérée. Justine, d'un air de sévère réprimande, empêcha ses frères d'aller dans le vestibule, et prêta main-forte à Edgar, Blanche et Dudley afin de presser les invités.

– Au revoir, Miss Griffin, cria-t-elle au dernier moment. Oui, c'est cela, mon oncle : aidez Miss Griffin à monter dans la voiture. Bonsoir à tous !

La famille se regroupa de nouveau au salon.

– Voilà que notre cercle s'agrandit, dit Justine.

– Effectivement, oui, c'est une femme charmante, dit Blanche. Je n'avais pas souvenir qu'elle l'était autant. Quel plaisir de voir quelqu'un se bonifier avec les années, comme elle.

– J'ai l'impression de ne pas avoir été disert, de ne pas avoir été moi-même, dit Dudley. Mais peut-être que Justine l'éclairera à mon sujet, comme au sujet de Clement.

– Certainement, mon oncle, et de tout cœur.

– Je me rends compte que je voudrais qu'elle ait une bonne opinion de moi. Je suis d'avis que nous devrions nous préoccuper de ce que les autres pensent de nous. Songez à ce qui se produirait si nous nous en abstenions.

– Miss Sloane a fait preuve d'un héroïsme tranquille, dit Mark.

– Sous une constante persécution, renchérit son frère.

– Oh, ce n'était pas si terrible, dit Justine. Elle ne s'est pas formalisée qu'on lui demande de regarder notre famille. Pourquoi l'aurait-elle dû ?

– Elle pouvait difficilement nous donner ses raisons.

– Et on ne lui a pas demandé expressément de regarder Aubrey, dit Mark. Si son œil a été attiré par une force d'attraction morbide, nous n'y sommes pour rien.

– Ne sois pas bête, dit aussitôt sa mère.

– Je m'étonne vraiment que la ressemblance entre oncle Dudley et vous ne l'ait pas frappée, papa, dit Justine.

– Nous pourrons peut-être nous résigner à une certaine indifférence envers toute autre ressemblance, dit Edgar avec un sourire.

– Il faut bien faire la conversation avec ses invités, dit sa femme.

– Je suis content que mon air de famille avec oncle Dudley soit passé sur mon visage, dit Aubrey.

– Mon petit garçon, dit Justine en pointant le doigt sur la pendule, qu'en sera-t-il de Mr Penrose demain ? Il ne souhaite pas avoir un endormi en face de lui.

– Bonsoir, mon chéri, dit Blanche, embrassant son fils sans le regarder et s'adressant à son époux : J'espère au moins que Matty aura apprécié la soirée. Mon père, oui, à ce que j'ai vu. Je suis sûre que nous avons été aux petits soins pour elle. Et l'arrivée de Miss Sloane a été un vrai petit triomphe personnel.

– Oui, je l'ai bien vu, dit Mark, mais je n'ai vraiment pas compris pourquoi. Il s'est produit assez malencontreusement, m'a-t-il semblé.

– Oui, ce cher grand-papa était fort content, dit Justine. Il aime être entre hommes. Nous ne pouvons espérer qu'il ne vieillisse pas.

– Nous le pouvons et l'espérons, dit Mark, mais c'est insensé de notre part.

– Je me suis sincèrement réjouie du petit succès de tante Matty. C'était quelque chose à elle, rien qu'à elle, en dehors de ce qu'elle recevait de nous, quelque chose à elle qu'elle nous donnait. C'était, il me semble, tout juste ce qu'elle désirait.

– Je pense que Miss Griffin va apprécier que Miss Sloane soit là, dit Blanche, se gardant d'insuffler trop d'expression à son intonation.

– Et ça, je m'en réjouis du fond du cœur, dit Justine en s'étirant. Je veux bien troquer le plaisir de Miss Griffin contre le mien n'importe quand. Bon, je vais me coucher.

J'ai apprécié chaque instant de cette soirée, mais rien n'est plus épuisant qu'une réunion de famille bien remplie.

– Tu n'as pas besoin de t'y investir autant, dit Clement.

– Clement est bien placé pour parler, dit Mark. Il est resté fidèle à lui-même.

– Oui, en tout cas, j'ai fait de mon mieux. J'aurais pu me ménager bien davantage si l'on m'avait soutenu.

– Oui, c'est bien vrai, Clement chéri, dit Blanche. Tu devrais sortir un peu de toi-même et essayer d'entretenir la conversation.

– Mérite-t-elle le moindre effort ?

– Si elle mérite ceux de Justine, elle mérite les tiens. Cela va sans dire.

– Dans ce cas, pourquoi ne pas s'y tenir ?

– Je ne m'étais pas rendu compte que nous étions redevables à Clement du moindre égard, dit Edgar.

– Moi, je crois que oui, à notre insu, dit Dudley. Je crois avoir senti à l'œuvre une certaine influence qui a fait échec à mon entrain et m'a empêché d'être totalement moi-même.

– Vraiment, Clement, tu ne devrais pas, dit Blanche, s'adressant à son fils d'un ton désapprobateur en apprenant ses façons.

Clement se dirigea vers la porte.

– Nous allons… peut-être allons-nous, comme d'habitude, nous séparer pour la nuit, dit son père.

– Bonne nuit, maman, dit Clement, s'avachissant vers Blanche comme s'il avait à peine conscience de ce qu'il faisait.

– Bonne nuit, mon chéri, dit cette dernière, lui caressant l'épaule pour adoucir sa remontrance. Souviens-toi de ce que je t'ai dit.

– Parfois, papa est quasiment magnifique, dit Justine. C'est lui qui en dit le moins et qui en fait le plus. J'envie sa façon de s'y prendre avec les garçons. Bonne nuit, papa, et merci de la part de votre fille admirative.

Edgar se courba et se figea tandis que Justine lui sautait au cou et l'embrassait sur les deux joues, procédé qu'il trouvait toujours un peu long à son goût.

– J'ai été très fière d'eux tous, dit Blanche une fois que ses enfants furent partis. Je me rends bien compte que Matty a beaucoup moins que moi. Je devrai m'en souvenir.

– Oh, que non, dit Dudley. Vous devrez présumer qu'elle a tout autant. Je suis toujours contrarié lorsque les gens pensent que j'ai moins qu'Edgar, parce qu'il a une femme, a fondé une famille, a des revenus, une propriété, et que moi non. J'apprécie qu'ils se rendent compte que tout cela ne fait aucune différence.

– Cela n'en fait d'ailleurs aucune pour vous, puisque vous partagez tout.

– Ce n'est pas la même chose. J'aime que l'on pense que je n'ai pas besoin de le partager, que ce n'est qu'un plus. Pourvu que Miss Sloane le pense.

– Miss Sloane a-t-elle autant que Blanche? demanda Edgar, souriant.

– Oui, dit sa femme avec une énergie soudaine. C'est une personne si accomplie, si gratifiante que ce qui pourrait lui manquer est largement compensé par ce qu'elle a et ce qu'elle donne. Je ne suis aucunement une femme qui pense que tout le monde doit avoir la même chose. Je suis prête à lui céder la place pour certaines choses, comme elle doit me la céder pour d'autres. Je pense qu'elle sera un très bon exemple pour Justine.

Blanche piqua son aiguille dans son ouvrage sans faire allusion à son intention d'aller se coucher et, observant Dudley qui ôtait ses lunettes et les mettait dans leur étui, parut sur le point d'en parler, mais laissa l'image se dissiper.

– Pour le superficiel, j'entends. La dernière chose que nous voudrions, c'est que les lignes de conduite fondamentales de notre chère petite soient changées. Nous prendrons le petit déjeuner une demi-heure plus tard : l'ai-je bien dit à Jellamy ? Il faut que j'aille voir si Aubrey dort. Bonne nuit, Edgar ; bonne nuit, Dudley. J'espère que mon père est allé se coucher. Il m'a semblé qu'il sentait le poids des ans, ce soir. Si vous restez à bavarder, ne veillez pas trop tard. Et si vous fumez dans la bibliothèque, faites attention aux étincelles.

– Nous devrons nous attarder un peu plus longtemps que Blanche ne l'escompte, dit Dudley, apportant les cigares à son frère et s'asseyant, quant à lui, hors de leur portée. Je voudrais te parler de la façon dont Matty s'est conduite. Mieux que d'habitude, mais très mal tout de même. Et de la manière dont Miss Sloane s'est conduite. Admirablement. J'éprouve une vive admiration pour la bonne conduite ; je l'apprécie plus que tout. Blanche se conduit comme un être dépourvu de malveillance ; il n'est rien de plus rare, et je l'admire dans une autre mesure.

– Je crains que nous ne puissions dire grand-chose en faveur de Clement sur ce point.

– Nous ne dirons rien. Moins nous en parlerons, mieux cela vaudra, et il serait stupide d'avoir dit cela, puis d'en parler.

– Penses-tu qu'il suive les bonnes lignes de conduite ?

– Les gens de son âge ne changent pas autant que le croient leurs aînés.

– Quel âge a-t-il ? demanda le père de Clement, souhaitant le savoir en cet instant.

– Il a eu vingt-six ans il y a deux mois. Désormais, les changements seront sûrement lents. Ce jeune garçon devrait peut-être me faire de la peine, mais je n'en souffre guère ; c'est tout juste si je le considère comme un jeune garçon. Pour tout te dire, j'ai moi-même l'impression d'être si jeune que c'est à peine si je me sens plus âgé que lui ; mais ne t'avise pas d'aller le dire à quiconque. Maintenant que j'ai fait un aveu, que la glace est rompue, je devrais pouvoir en faire un autre. Mais ne me regarde pas, sans quoi je ne le pourrai. Tu me regardes et, pour la première fois de ma vie, je ne puis soutenir ton regard. Pourquoi ne me dis-tu pas de m'asseoir tranquillement sur ce petit tabouret et de tout te dire ?

– Eh bien, fais-le.

– Tu connais mon vieux parrain ?

– Celui qui a quatre-vingt-seize ans ?

– Oui, celui-là ; je n'en ai pas d'autre. Du moins, on a deux parrains, bien sûr, mais l'autre est mort. Maintenant, celui-là l'est aussi. J'espère pour lui qu'il ne sentait pas le poids des ans, mais j'imagine qu'il devait avoir l'impression d'être aussi jeune que Clement. Tu sais qu'il n'avait pas d'enfants ?

– Oui, je l'avais entendu dire, enfin, je crois. T'a-t-il légué de l'argent ?

– Edgar, est-il possible que ta pensée ait suivi un cours aussi sordide ?

– Je n'y avais pas pensé avant cet instant.

– J'en suis heureux. Je n'aimerais pas avoir le sentiment d'avoir perdu mon frère. Ce serait bien différent de perdre un parrain.

– Ce le serait en matière d'argent, dit Edgar avec un rire bref. Est-il étonnant qu'un homme sans enfants laisse de l'argent à son filleul ?

– Oui, très. On peut ne pas avoir d'argent. Mais on a toujours une famille. Il est très rare d'avoir celui-là et pas celle-ci. Je ne vois pas d'autres cas, hormis l'inverse. Regarde Matty, elle a des parents.

– J'ignorais qu'il avait de l'argent.

– Je vois que toi aussi, tu seras sous le choc. Je ne suis pas seul dans mon désarroi.

– Pourquoi du désarroi ? Pourquoi pas le contraire ?

– Edgar, tu dois savoir que l'argent est la cause de bien des maux. C'en est la racine.

– Comment se fait-il qu'il en ait eu tant ?

– Il a spéculé et l'a gagné. Je savais qu'il spéculait, mais je pensais qu'on perdait toujours jusqu'à son dernier shilling. Et puis c'est mal de spéculer, et c'est à moi qu'il a légué les fruits de sa faute.

– Les enfants seront punis des fautes des pères. Et, à défaut de ceux-ci, le filleul existe.

– Jusqu'à la troisième et quatrième génération. Mais j'imagine qu'ils ont généralement tout perdu alors.

– Vas-tu pouvoir te résoudre à me dire de combien il est question ?

– Non. Tu n'as même pas pu te résoudre à le demander.

– Beaucoup ?

– Oui.

– Comment puis-je t'aider ?

– À toi d'en décider. Jusqu'à présent, j'ai toujours pu compter sur toi.

– Veux-tu qu'on attende de regarder dans le Times ?

– Non, ça laisserait supposer un manque de confiance. Il n'y a jamais eu de secrets entre nous.

– Cela va-t-il jusqu'à mille livres de rente annuelle ?

– Oui.

– Jusqu'à mille cinq cents ?

– Oui.

– Jusqu'à trois mille ?

– Non. Comme c'est facile, finalement ! C'est deux mille, à peu de chose près. Je suis heureux d'avoir pu compter sur toi. À présent, le seuil dangereux a été franchi, et nous savons que nous pouvons toujours compter l'un sur l'autre.

– Ce sont ces lettres que tu as reçues ces jours-ci ? Celle à laquelle tu as répondu en t'isolant ?

– Tu vois, il n'y a pas eu de secrets entre nous.

– Ça fera une grande différence, Dudley.

– Oui, en effet. Je ne vais pas prétendre que j'en fais peu de cas. J'en fais grand cas, et c'est bien naturel. Je ne dirai pas que c'est une belle petite fortune. Je pense que c'en est une grosse, encore que j'aie quelque honte à le penser. Je ne sais pourquoi les gens font des choses aussi horripilantes. Sans doute parce que l'argent fait ressortir ce qu'il y a de pire en eux. Je n'irai même plus jusqu'à dire que je suis un homme relativement pauvre. En fait, cette idée commence déjà à s'éloigner de moi.

La porte s'ouvrit, et Blanche apparut, tenant une lampe, pâle et différente dans la faible clarté, ses cheveux gris défaits et ses vêtements droits lui donnant l'allure d'une femme d'une autre époque.

– De quoi parlez-vous depuis tout ce temps ? Je ne me doutais pas que vous n'étiez pas montés. Je suis allée chercher quelque chose dans la chambre d'Edgar, et je pensais qu'il dormait. Moi-même, je ne parviens jamais à m'endormir si je sais que d'autres sont encore debout. J'ai tellement peur qu'il y ait le feu. Vous le savez bien.

– Ah non, je l'ignorais, dit Dudley. Du moins, je pensais que vous dormiez malgré votre peur, comme tout un chacun.

– Je le pensais aussi… je le supposais, dit Edgar.

– Je ne peux pas dormir quand j'ai la sensation qu'à tout moment d'autres font tout leur possible pour que la maison soit la proie des flammes. Comment le pourrais-je ?

– Je ne vois pas comment. J'ignorais qu'Edgar provoquait cela en veillant un peu. Ça paraît d'autant plus déloyal qu'il ne le provoque pas dans la journée. Et ça montre bien qu'il devrait être couché. Mais moi, c'est dans d'autres domaines que je fais tout mon possible. Vous pouvez dormir en paix quand vous savez que je ne suis pas couché.

– Vous accepterez notre excuse quand vous l'aurez entendue, Blanche. Dudley s'est vu léguer une fortune… une somme d'argent par son parrain.

– Mais non, dit Blanche d'un ton irrité. Ce n'est pas assez important pour justifier ces palabres et que vous restiez debout jusqu'à point d'heure. Je sais que c'était un homme assez pauvre ; je me suis toujours demandé pourquoi l'avoir choisi comme parrain. Allons, montez tous les deux, éteignez les lampes et poussez les braises, puisque Dudley laisse entendre qu'il le fait, et reparlons-en demain matin.

Les frères se chargèrent de prendre ces mesures.

– Combien ? demanda Blanche, tenant la lampe dans l'ombre de sa main et s'exprimant comme si c'était aussi bien qu'elle le sache quitte à ce qu'elle attende.

– C'est une somme importante, ma chère, très importante en vérité. Il faut vous y préparer.

– Combien ? C'est très bien qu'elle soit importante. J'ai vu sa mort dans les journaux, j'avais l'intention d'en parler, mais j'ai oublié. Il avait plus de cent ans, non ?

– Il avait quatre-vingt-seize ans, dit Dudley, mais c'est assez vieux pour qu'on soit excusable d'oublier sa mort.

– Combien ? Pourquoi ne pas me le dire ? Y a-t-il quelque mystère ?

– Non, il n'y en a pas. Si seulement. Je n'aime pas devoir m'en passer. Edgar, tu me délaisses, finalement.

– Deux mille par an, dit Edgar, ou à peu près cette somme.

– Deux mille livres par an ?

– Oui, oui. À peu près, à peu près deux mille livres.

– Deux mille livres par an ou deux mille livres ?

– Deux mille livres par an.

– Oh, mais c'est très bien ! dit Blanche, se détournant pour les précéder hors de la pièce, sa main toujours au-dessus de la lampe. Quand l'avez-vous appris ? Cher Dudley, toutes mes félicitations. Vous l'avez bien mérité. Rien ne m'a jamais fait plus plaisir. Et vous avez bien fait de ne pas en parler devant Matty. Entendre que les autres ont beaucoup plus qu'elle peut la contrarier. Qui sait, nous serions peut-être comme elle à sa place. Ma foi, il n'est guère étonnant que vous ayez veillé pour en parler. Il faudra que nous discutions de tout cela demain matin ; je m'en fais réellement une joie. Ah, je dormirai tranquille sachant cela.

Blanche, pensant ce qu'elle disait et disposée à agir en conséquence, monta, protégeant sa lampe, et les frères la suivirent, s'arrêtant devant leur porte respective pour parler à voix basse.

– Nous avons vu la chose de manière disproportionnée, dit Dudley. Comment se fait-il que notre approche soit si matérielle ? Je m'attendais à me tourner et retourner dans mon lit, alors qu'en fait nous devrions extrêmement bien dormir. J'ai pensé, en voyant Miss Sloane, qu'elle et moi vivions hors du concret. Alors qu'en fait c'est seulement qu'on nous en a tenus éloignés. Eh bien, tu ne pourras pas te distinguer de moi cette fois-ci. Tout ce que j'ai est à toi.

Une clarté soudaine provenant de la porte de Blanche expédia Edgar dans sa chambre, et Dudley, à pas furtifs, à côté d'elle.

– Blanche, dès demain, je viendrai tout répandre à vos pieds. Et je suis certain que la maison ne sera pas la proie des flammes.

– Bonne nuit, mon cher Dudley, dit Blanche, souriant et fermant sa porte.

IV

– Eh bien, votre oncle vous a-t-il annoncé la nouvelle ? demanda Blanche au petit déjeuner, tandis que ses mains embarrassées évoluaient parmi les tasses. Je l'ai apprise hier soir, et elle m'a donné un coup de fouet. J'étais terriblement fatiguée, et je me sens encore toute ragaillardie. J'ai très bien dormi, et je me sens en pleine forme. Il me tardait de pouvoir en parler.

– Que se passe-t-il ? demanda Mark. Oncle Dudley se marie ?

– Non, bien sûr que non. Quelle question ! Il y a d'autres sortes de nouvelles.

– Eh bien, je dois reconnaître que cette idée m'était venue à moi aussi, maman, dit Justine. Quel sens voulez-vous que nous donnions à vos paroles ? Celui-là serait des plus naturels. J'étais déjà partagée entre une agitation intérieure et un ahurissement de plus en plus grand. Certaines personnes me venaient à l'esprit comme autant de candidates possibles. Puisque vous avez créé ce vide, vous nous devez de le combler.

– Votre oncle aimerait peut-être vous l'annoncer lui-même.

– Non, pas du tout. Je ne parle jamais de mes affaires

personnelles. Je suis descendu tôt dans le dessein de vous entendre le faire.

– Ou peut-être aimeraient-ils deviner ?

– Franchement, maman, nous avons passé l'âge. En outre, rien ne peut nous mettre sur la voie. Si oncle Dudley ne s'est pas fiancé, et si personne ne lui a légué une fortune, il est évident que nous ne pouvons pas deviner.

– Je crois que si, dit Edgar. D'ailleurs, tu l'as presque fait.

– Ah oui ? Oh, mon cher oncle ! s'écria Justine, se levant d'un bond et contournant la table jusqu'à Dudley. Mon cher, mon très cher oncle, vous qui avez consacré toutes vos pensées et toute votre vie aux autres, dire que vous avez enfin quelque chose à vous ! Je préfère que cela vous arrive à vous plutôt qu'à n'importe qui d'autre au monde. Je préfère de loin, de très loin, que cela vous arrive à vous plutôt qu'à moi.

– Je le préfère aussi.

– Je sais bien que non. Vous préféreriez que cela arrive à n'importe qui d'autre. Mais non, pas cette fois-ci. C'est vous le héros du jour. Et nous nous en réjouissons tous.

Blanche lança à sa fille, puis à Dudley, un regard empreint d'un modeste mais irrépressible orgueil.

– Nous aimerions bien savoir de quoi exactement nous avons à nous réjouir, dit Clement.

– Pas moi ; j'y suis parfaitement indifférente. Il me suffit de savoir que la chance a croisé la route de notre oncle ; sa nature et son montant peuvent demeurer en suspens le temps que j'en savoure la vérité première. C'est ce que j'attendais depuis toujours.

– Je crois que nous attendons tous que quelqu'un nous lègue une fortune, dit Dudley. Mais je n'avais encore jamais entendu que quelqu'un attende qu'on en lègue une à d'autres. Pourquoi en irait-il ainsi, d'ailleurs ? Ils n'y ont pas droit. En outre, nous devrons dépenser une part de la nôtre à leur profit, alors que demander de plus ?

– Oui, voilà pourquoi vous la voulez, soupira Justine.

Pour la dépenser au profit d'autrui. Nous la partagerons donc tous pareillement et également. Il était vain d'espérer que vous auriez quelque chose à vous. Il n'est guère convenable que nous demandions à combien elle se monte. Oh, mais que dis-je ! À quelles extrémités nous conduisent les relations que vous avez avec nous ! Vite, que quelqu'un dise quelque chose pour dissimuler ma confusion.

– Peut-être que la personne qui ne part pas du principe qu'elle est autant à lui qu'à oncle Dudley pourrait formuler la question, dit Clement. L'intérêt que nous portons à oncle Dudley peut très bien nous y conduire.

– Alors, qui le fera ? demanda Mark.

– Moi, je ne peux pas, dit Justine, se laissant aller en arrière. Laissez-moi en dehors de cela.

– Un sort que tu pouvais difficilement concevoir.

– Ils en sont tous très touchés, dit Blanche, souriant à Dudley. C'est quelque chose qu'ils n'ont jamais connu.

– Mais pourquoi réagissent-ils de la sorte ? Moi, oui, bien entendu, car je possède quelque chose que j'ai gagné sans rien faire, et qui fait de moi une de ces personnes qui ont trop quand d'autres n'ont pas assez pour vivre ; et n'importe qui s'en émouvrait. Ce doit être en partie pour ça que les riches disent qu'ils sont pauvres. Mais en partie seulement ; ils pensent réellement l'être. Je commence à le comprendre et à penser de moi que je suis pauvre, à voir réellement que je le suis. Personne ne doit s'émouvoir à mon égard. Il n'y a aucune raison.

– Je n'ai pas besoin de vous dire le sentiment qui m'anime en ce qui me concerne, dit Justine. Oh oui, papa, vous pouvez toujours affecter de penser que votre unique fille ne peut rien faire ni rien dire de mal. Cette fois, j'ai dépassé la mesure.

– Je ne vois pas comment nous allons pouvoir entendre l'essentiel, dit Clement.

– Pourrait-on savoir qui a légué cet argent ? dit Mark.

– Mon parrain, répondit son oncle.

– Le monsieur presque centenaire ?

– En fait, il avait quatre-vingt-seize ans.

– Alors, il ne sera pas nécessaire d'avoir du chagrin ; c'est toujours ça, dit Justine, comme si d'autres complications émotionnelles eussent été inopportunes.

– S'agit-il d'un million de livres ? demanda Aubrey.

– Voyons, mon petit garçon, tu n'es tout de même plus un enfant.

Aubrey, mesurant la portée de ses paroles, sombra dans le silence.

– De quelle part d'un million s'agit-il ? demanda Clement.

– D'une part extrêmement faible, répondit Dudley. À peu près un vingtième, je dirais. C'est vraiment très peu. J'ai pleinement surmonté mon émotivité, et je crains que les gens ne me croient plus nanti que je ne le suis. Maintenant, je vois comment cela arrive. Je m'en veux d'avoir si souvent dit que les gens pourraient sûrement se permettre de s'offrir telle ou telle chose, étant si nantis. J'en ai bien du remords. Vraiment, je n'aime pas avoir hérité de si peu, sauf que maintenant, je suppose que j'aurais l'impression d'en être privé si je ne l'avais pas.

– Oh, jamais nous ne considérerons que c'est trop peu. N'en doutez pas, dit Justine, joignant son rire à l'hilarité générale. Bah, pourquoi ne pas dire la vérité, après tout ?

– Tu as jugé qu'il n'y avait aucune raison de ne pas la dire, dit Clement. Du moins, telle que tu la perçois. Arrête de me regarder en souriant, Aubrey. Tu as l'air encore plus niais que d'habitude.

– C'est un immense événement pour la famille, dit Mark. Du moins, un grand événement pour oncle Dudley. Il semblerait qu'on ne puisse parler sans faire de faux pas, que toute parole ait le même sens.

– J'espère qu'aucun d'entre vous n'en oublie son petit déjeuner, dit Blanche.

– Comme j'ai honte d'être agité et de chipoter la nourriture, dit Dudley. Tout ça à cause de mes petites affaires personnelles ! J'ai expliqué combien elles étaient insignifiantes. Je suis reconnaissant à Justine de considérer que cette affaire nous concerne tous. Ça me donne l'impression d'être moins égotiste, assis, là, à pinailler les morceaux dans mon assiette.

– Désirez-vous autre chose, monsieur, quelque chose de chaud ? demanda Jellamy qui se tenait à proximité de la table, les yeux écarquillés, et qui s'exprimait à présent comme si aucun luxe ne serait trop beau pour Dudley dans sa nouvelle condition. Dois-je en informer la cuisinière, madame ?

– Non, vous pouvez disposer. Votre présence ne nous était pas vraiment indispensable pendant tout ce temps. Nous sonnerons si besoin est.

– Non, madame ; oui, madame, dit Jellamy, gagnant la porte, avec un effet de basques flottant au vent.

– Jellamy aura bien profité de sa demi-heure, dit Mark. Et il va profiter d'une autre.

– Que veux-tu, il en va de même pour nous, dit sa sœur.

– C'est toi qui en as tiré le meilleur parti, dit Clement. Il n'est rien resté à personne sauf à toi et oncle Dudley, et il avait déjà eu son moment de gloire.

– Voilà qui est indigne de toi, Clement. Et je n'apprécie pas le ton que tu emploies. Papa, ne prendrez-vous pas la parole en cette grande occasion ? Nous savons bien qu'elle est d'autant plus grande à vos yeux qu'elle concerne oncle Dudley et non vous-même. Mais il me semble que nous aimerions entendre votre son de cloche.

– Votre père a dit hier soir tout ce qu'il en pensait, dit Blanche, incertaine de l'accueil que son époux réserverait à cette requête.

– De quoi est-il mort, ce parrain ? demanda Clement, d'un ton vindicatif, comme pour ajouter une touche de gêne et de réprobation.

– De vieillesse et pendant son sommeil, dit Dudley.

– C'est ce qui s'appelle faire preuve de considération envers nous, dit Mark. Hormis le fait d'avoir vécu jusqu'à quatre-vingt-seize ans.

– J'ai été trop longtemps privé de mon héritage, je pourrais avoir économisé à présent, auquel cas je n'aurais pas si peu. Mais il me faut surmonter tout sentiment d'amertume.

– Voilà notre petit Mr Penrose, dit Justine. Aubrey, tu peux chasser toute cette excitation de ton esprit.

– Je pourrai peut-être avoir un précepteur d'une autre envergure maintenant ?

– Allons, allons, pas de ça. Cela ne fera aucune différence pour toi, hormis le fait que tu te réjouisses avec oncle Dudley. En dehors de cela, tu n'as plus qu'à l'oublier.

– Absolument, dit Blanche, levant les yeux. Tu entends, Aubrey ?

– Bonjour, Mrs Gaveston, bonjour Mr Gaveston. Puis-je me permettre de vous présenter toutes mes félicitations pour la nouvelle qui vient tout juste de me parvenir aux oreilles ? Bonjour, Mr Dudley. J'ai le sentiment que c'est à vous que j'aurais dû m'adresser en premier en cette occasion.

– Voilà que vous connaissez une occasion où vous ne pensez pas que je doive passer après mon frère.

– Oh, moi, non, Mr Dudley, rétorqua Mr Penrose en riant. Je n'ai jamais eu pareil sentiment. On s'adresse tout naturellement d'abord à l'aîné. C'est là l'unique différence que j'ai toujours eue à l'esprit.

– Ainsi, les bonnes nouvelles vont vite, dit Edgar.

– Comment l'avez-vous appris, Mr Penrose ? demanda Justine.

– Par votre domestique, à la porte. D'habitude, je ne parle pas à cet homme, mais aujourd'hui, il s'est adressé à moi et m'en a informé de lui-même. Et, si je puis me permettre, je vous dirai qu'il débordait d'une obligeance des plus aimables et des plus spontanées à l'égard de votre famille.

– Je ne pense pas que nous puissions attendre de lui qu'il garde le silence sur une telle nouvelle.

– Certes non, Mrs Gaveston, dit Mr Penrose en riant. Pas sur la transmission d'un quart de million à votre famille. Ce serait, en effet, lui demander beaucoup.

– C'est environ un vingtième de million, précisa Dudley.

– Allons, allons, Mr Dudley, en chiffres ronds.

– Alors, les chiffres ne doivent pas être aussi ronds qu'on veut bien le dire. À quoi servent les chiffres ? Je croyais qu'ils étaient une science exacte.

– À établir le rapport de grandeur d'une somme à la vie courante, dirons-nous ?

– Non, ce n'est pas ce que nous dirons. Nous dirons un vingtième.

– Autant être numériquement rigoureux, dit Mr Penrose, sans plus prétendre goûter toute autre nuance. Venez, Aubrey, nous devons y aller. Je suppose, Mr Gaveston… je suppose que cette modification de vos affaires n'affectera pas vos projets concernant l'éducation d'Aubrey ?

– Non, non, absolument pas. Pour autant que je puisse en juger, absolument pas.

– Oh, non, Mr Penrose, pas le moins du monde, dit Justine. Cela ne fera aucune différence pour les perspectives d'avenir d'Aubrey.

– Merci, Miss Gaveston, merci. Vous ne m'en voudrez pas de m'en être enquis ? Il vaut mieux être clair sur ces affaires-là.

– Pauvre petit Mr Penrose, il était tout pâle, dit Justine. Ce serait triste que l'accroissement de notre fortune se fasse à son détriment.

– Parlons d'autre chose, dit Dudley. Nous en avons assez dit sur moi et mes affaires. Bien entendu, telle n'est pas mon intention. La confusion qui se fait dans l'esprit des gens me préoccupe beaucoup. Mr Penrose m'a bouleversé. Vous ne pensez pas qu'il ait la moindre influence sur Aubrey ?

– Aucune, répondit Mark.

– Oh, je suis sûre qu'il en a, dit Blanche, qui n'écoutait qu'à moitié.

– Allons, ce serait un peu trop attendre d'un élève qu'il accepte que son précepteur exerce une influence sur lui, dit Justine. Mais, mon cher oncle ! De ma vie, je ne pense pas vous avoir jamais vu vous impliquer autant dans une chose qui vous concerne.

– Voilà, la richesse m'a déjà ruiné. Une richesse que je n'ai pas. Je dois en être au stade où je n'en ai que les désagréments. J'en ai entendu parler. À votre avis, les gens m'en estimeront-ils davantage ou moins ?

– Davantage, dit Clement.

– Oui, que voulez-vous, je pense que nous pouvons difficilement attendre d'eux qu'ils réagissent autrement, dit Blanche.

– C'est donc qu'ils ne m'estimaient pas autant qu'ils l'auraient pu ?

– Je suis sûre que si, dans un sens, dans tous les sens qui importent.

– Ma petite maman, pour l'occasion, vous vous en tirez admirablement, dit Justine. Nous n'aurions pu faire mieux. Une occasion qui n'est pas sans nous mettre à rude épreuve.

Blanche sourit à sa fille d'un air assez absent, planta son aiguille dans son ouvrage, se leva et gagna la fenêtre.

– Père et Matty, Edgar ! Je pensais bien les avoir aperçus. Ils remontent l'allée ! Tous les deux, et à pied ! Ils ont dû mettre une demi-heure. Que peut-il se passer ?

– Je vais sortir les aider à entrer, dit Justine.

– Que va bien pouvoir faire Justine ? dit Clement. Les porter dans ses bras jeunes et forts ?

– Ce ne serait pas un effort inutile, fit remarquer Mark. C'est à peine s'ils doivent pouvoir faire un pas de plus.

– Oh, je n'ai aucune honte à être forte ! s'écria sa sœur. Je ne souhaite nullement être autrement. Cette ambition me semblerait très curieuse. J'apprécie d'être un bon spécimen physiquement, ainsi que sur tous les autres plans.

– Je pense que nous l'apprécions tous, dit Edgar, souriant et changeant aussitôt de ton. Si l'on a besoin de bras, nous en avons tous.

– J'y vais, dit Dudley. Je dois conserver mes manières simples, et me garder de devenir différent. À m'entendre, on pourrait croire que j'ai de l'admiration pour ma personne et, dans un sens, c'est le cas.

– Allons, cher grand-papa, entrez, dit Justine, ne quittant pas des yeux Oliver comme pour s'assurer qu'il obéissait à son injonction. Nous allons vous installer dans une minute. N'ayez aucune crainte.

– Merci, ma chérie, tu me les as toutes ôtées ; je n'en ai plus aucune.

– Alors, chers tous, dit Matty, arrêtée dans l'embrasure de la porte comme si elle ne pouvait aller plus loin, voilà donc une grande occasion. Je suis venue la partager avec vous, me réjouir de votre joie. Il m'était impossible de rester dans ma petite maison en sentant qu'il vous était tant échu… qu'il vous était échu plus encore dans votre grande maison, sans venir ajouter ma sympathie à tout ce que vous avez. Car votre bonheur est le mien. Il le sera. Et je serai comblée si je puis le considérer ainsi. C'est une leçon que j'ai apprise, qui est venue à moi. Ce n'est pas une dure leçon que de se réjouir du bien de ceux qui vous sont chers.

– Ma chérie, ce n'est pas à nous que c'est échu. C'est à Dudley, dit Blanche, émergeant de l'étreinte de sa sœur.

– Oui, et c'est différent ? dit Matty, non sans malice. Et nous devrions tous le voir ? Eh bien, non, ne vous déplaise, comme diraient les garçons. Et c'est un grand compliment pour lui comme pour vous.

– Quand disons-nous cela ? demanda Mark.

– Vous êtes peut-être trop prompte à adopter ce point de vue, tante Matty. Bien sûr que c'est différent, dit Justine.

– Justine devrait pourtant approuver tante Matty, dans l'absolu, dit Aubrey.

– Certes, oui, certes, dit Matty, regardant Dudley. Et vous allez les laisser dire ? Eh bien, moi pas, je vous le promets. Je sauvegarderai votre réputation, moi qui vous connais presque autant qu'un frère. Le frère de ma sœur est, forcément, en partie le mien, puisque Blanche et moi avons toujours partagé ce qu'il nous arrivait de bien. Allons, laissez-moi gagner un fauteuil et prendre ma part de cette nouvelle.

– Comment l'avez-vous apprise ? demanda Clement.

– Ah, ah, des pigeons voyageurs volettent autour des fauteuils de ceux qui y sont cloués. Sinon ce serait assez triste, car ils seraient les derniers avertis, alors que, à ce qu'il semble, ce devrait être les premiers. Donc, la nouvelle nous est parvenue, je ne dirai pas comment.

– Je m'en charge, dit son père. Elle nous a été transmise par un garçon livreur qui passe chez nous après être passé chez vous, ou bien en se rendant chez vous et qui, aujourd'hui, a choisi de repasser au retour.

– Donc, le pigeon voyageur, c'était Jellamy, dit Mark.

– Quoi qu'il en soit, nous le savons, dit sa tante. Pour autant, j'aurais aimé l'apprendre par l'un d'entre vous qui aurait couru jusque chez nous pour me l'annoncer.

– Nous nous serions présentés chez vous dans quelques minutes, dit Justine.

– Vraiment, ma chérie ? Mais les minutes ont passé et personne n'est venu. C'est donc nous qui sommes venus jusque chez vous pour l'entendre par nous-mêmes.

– Une démarche audacieuse pour quelqu'un qui est cloué dans un fauteuil, marmonna Clement.

– Et à pied, qui plus est ! dit Blanche. Qu'est-ce qui a bien pu vous y contraindre ?

– Mais, ma chérie, comment voulais-tu qu'on fasse ? dit sa sœur en riant et lançant un coup d'œil à Edgar.

– Vous auriez pu attendre un peu.

– À dire vrai, cette occupation a fini par nous lasser, dit Oliver.

– Miss Griffin a trouvé cela très intéressant, je suppose, dit Justine.

– Bien, maintenant installons-nous pour entendre cette histoire, dit Matty, du ton de quelqu'un qui surmonte une légitime contrariété, lissant sa robe pour mieux se préparer à écouter. Tous les détails sur cet heureux quart de million. Nous voulons tout entendre depuis le début.

– Ce n'est pas autant, ma chérie. Ce n'en est pas même le quart ; c'est à peu près un cinquième, dit Blanche. À peine un cinquième. C'est à peu près un vingtième de million.

– Vraiment, ma chérie ? Je crains qu'elles n'évoquent pas grand-chose pour moi, ces différences entre ces très grosses sommes. Elles n'ont pas d'effet sur la vie telle que je la connais.

– Ce n'est pas pour autant qu'il ne faut pas être précis.

– Oh, tu l'as été, ma chérie. Alors, maintenant, dis-moi tout. La somme exacte n'y change rien.

– Mais bien sûr que si. L'une est précisément quatre fois l'autre.

– Oh, à quoi bon penser aux parts une fois qu'on a tout ce que l'on peut souhaiter, dit Matty, englobant la pièce d'un regard circulaire comme si, à ses yeux, c'était déjà le cas.

– Mais on ne peut pas avoir tout ce qu'on peut souhaiter grâce à une modeste fortune qui appartient à quelqu'un d'autre.

– Oh voyons, ma chérie, de la modération. La vie que tu mènes t'a changée plus que je ne le pensais. Elle a changé ta mentalité : toi, bien sûr, tu resteras toujours ma Blanche d'antan. Mais le quart ou toute autre part d'un million ! On ne nous a pas élevées dans l'idée de différencier pareilles choses. Et qui appartient à quelqu'un d'autre ! Dudley et moi ne sommes pas dupes.

– Ce n'est pas le quart ou tout autre part d'un million. J'ai dit que c'était à peine un vingtième, dit Blanche d'une voix mal assurée.

– On pourrait dire que cinquante livres sont une part d'un million, dit Mark.

– Je ferais aussi bien d'aller m'étendre, dit Dudley. Je me sentirais peut-être mieux la tête sur l'oreiller.

– L'un ou l'autre, moi, ça m'est égal, dit Justine. Une vie simple me convient.

– Oui, à moi aussi, ma chérie, dit sa tante. C'est toujours ce que je garde au cœur.

– Alors, garde-le pour toi, dans ce cas, dit son père.

– Allons, je veux tout entendre, dit Matty, tapotant son genou. Je l'ai demandé tant de fois que j'en ai perdu le compte.

– Il semblerait que le calcul ne soit point le fort de tante Matty, dit Mark.

– Je veux entendre le début, le milieu et la fin. Pas le montant exact ; ça, je n'y tiens pas ; mais tout le romanesque de la chose, depuis le commencement. Ce serait refuser une vétille à votre invalide qui est dépendante de vous pour tout ce qui fait le sel de sa vie.

– Oh, comment va Miss Sloane, ce matin ? demanda Justine, ramenée aux autres centres d'intérêt de sa tante.

– Ça, c'est une autre question, ma chérie. Elle est fraîche et dispose, je te remercie. Et maintenant, la réponse que j'attends !

– Mon parrain est mort sans héritier. Voilà tout le romanesque de la chose, dit Dudley.

– Sans héritier ! dit Matty d'un air espiègle. Il en a laissé un, et non des moindres, et nous partageons tous sa joie, ô combien ! Voilà tout le romanesque en vérité.

– Ce très vieux bonhomme qui vivait près de chez nous ? demanda Oliver.

– Oui, cher grand-papa, il avait quatre-vingt-seize ans, dit

Justine, lissant la manche d'Oliver en tendre déférence pour un âge proche de celui-là.

– Il en aura sûrement beaucoup vu, fit remarquer Oliver, établissant sa propre comparaison.

– Je me souviens très bien de lui, dit Matty. Edgar et Dudley résidaient chez lui quand Edgar et Blanche se sont connus. Je ne vois pas pourquoi vous contestez le terme de romanesque. Moi, j'ai bien l'impression que tout s'assemble de manière très romantique. Allons, maintenant, je veux tout entendre. Quand vous l'avez appris, ce que vous avez appris, comment vous l'avez appris. Ce que vous avez ressenti et ce que vous avez dit. Vous savez bien tout ce que je veux entendre.

– Maintenant, oui, dit Oliver. Je te rassure.

– Nous l'avons appris au petit déjeuner, ce matin. Maman et papa l'avaient appris par oncle Dudley hier soir, débita Justine d'un ton uniforme ponctué d'un léger soupir. Il y a seulement une ou deux heures. Ce que nous avons ressenti ? Pour ma part, je déclare que je ne le sais déjà plus.

– Voilà qui n'est pas loyal envers tante Matty, dit Mark.

– Dans ce cas, je l'ai appris presque en même temps que vous, dit Matty, détournant le regard de sa nièce et de son neveu. Mais mes sentiments ne me jouent pas de tels tours ; non, ils étaient bien trop forts et bien trop ardents à votre égard. Mais je voudrais savoir ce que Dudley a ressenti quand la vérité lui a été révélée. C'est là le nœud de l'histoire.

– Edgar et moi l'avons appris hier soir, dit Blanche. Edgar et Dudley ont veillé tard, et quand je suis descendue pour les houspiller, ils m'ont accueillie par cette nouvelle. Je leur ai dit que ça me donnait un coup de fouet. J'ai très bien dormi ensuite.

Matty dévisagea sa sœur, puis se tourna tout simplement vers les autres.

– Mais vous, Dudley, qu'avez-vous éprouvé ? C'est cela l'essentiel.

– Oncle Dudley, contentez la curiosité de tante Matty, dit Justine. Elle a pleinement le droit de la ressentir.

– Voyons, ma chérie, plus que le droit, il me semble, et quel drôle de mot que curiosité. Il est naturel et aimable de s'intéresser à un changement important survenu à un ami. Le contraire serait même assez peu bienveillant.

– Oui, oui, tante Matty, vous êtes parée contre toute éventualité. Alors, mon oncle ?

– Je l'ai appris il y a quelques jours, et j'avais gardé cette affaire dans le fond de mon cœur.

– Ah, voilà qui montre combien vous étiez profondément touché.

– Oh non, vous croyez ? Si j'avais su, j'en aurais parlé. Je pensais que cela montrait que je n'y attachais pas beaucoup d'importance, pas même assez pour la mentionner. C'était là le sens que je voulais y donner, en tout cas.

– Ah, nous ne savons que trop bien ce que signifient ces sortes d'indifférences. Garder cette affaire dans le fond de votre cœur, pensez-vous ! Finalement, elle est devenue trop grande même pour votre grand cœur – Matty accorda un sourire à Dudley : Et vous l'avez révélée à votre alter ego, à Edgar. Et cela, sans ressentir la moindre parcelle d'intérêt ? La plus infime lueur d'excitation ?

– J'ai ressenti tous les sentiments naturels. Le choc, la joie, l'excitation ; des scrupules de tant posséder ; l'inquiétude à l'idée qu'on puisse m'attribuer plus que je ne possédais, alors que j'ignorais encore à quel point les raisons ne manqueraient pas. Le plaisir à ce que je pourrais faire pour les autres ; la crainte qu'ils ne le considèrent comme un dû, ou qu'ils pensent que je les comble de faveurs, car il semble bien peu probable qu'ils évitent l'un et l'autre. Alors, j'ai tout dit à Edgar, et cette affaire a repris ses justes proportions… Souvenez-vous que la somme est le vingtième d'un million. Et je suis allé me coucher avec le sentiment que mes petites affaires occupaient une petite place dans l'ordre établi, et que rien n'en serait changé dans cent ans; ce qui n'est pas vrai, mais il était bon pour moi de le penser. Et maintenant, je devrais dire que c'est le plus long discours que j'aie jamais fait, mais je me demande toujours comment les gens qui l'affirment peuvent en être sûrs.

– Voilà, tante Matty, voilà ce que j'appelle y mettre du sien, dit Justine.

Le fugace froncement de sourcils propre à Matty modifia son expression.

– Vous ne semblez pas, ni les uns ni les autres, réagir tout à fait comme je m'y attendais.

– Ma foi, non, mon enfant, je suis assez de ton avis, dit Oliver.

– Nous n'avons hérité de rien, dit Blanche. C'est Dudley qui a eu cette bonne fortune.

– Une bonne fortune dans tous les sens du terme. Et qu'en pensent nos deux jeunes hommes dont les perspectives sont maintenant très différentes?

– Elles ne le sont en rien, rétorqua Blanche dont la voix et l'aiguille s'élevèrent simultanément. Cela ne les concerne point, et ils n'y pensent même pas, sauf pour se réjouir du bonheur de leur oncle.

– Je ne suis pas méchant à ce point-là, dit Dudley. Le bonheur dépend de choses plus profondes. L'amour dans une chaumière est le plus grand amour qui soit; aucun autre ne fait autant parler. Je ne puis qu'espérer qu'on me permettra de partager avec d'autres ce que je possède et, bien entendu, j'y verrai la marque de leur générosité.

– Je n'en doute pas, dit Matty. Alors, qu'en est-il des perspectives inchangées de nos deux jeunes hommes? Avais-je raison ou tort de dire ce que j'ai dit?

– Tu as eu tort de le dire, répondit son père. Ce n'était pas une chose à dire.

– Eh bien, avais-je tort… faisais-je erreur en le pensant?

– Ta sœur dit que oui, son beau-frère que non. À toi de décider.

– Alors, je décide qu'il était fondé et naturel de le penser et, par conséquent, de le dire. Et c'est de tout cœur que je me réjouis avec eux dans cette vérité.

– Clement et moi ne manquons de rien, dit Mark. Nous n'avons aucun droit ni aucune raison de demander plus.

– Et ceux qui ne demandent pas sont ceux qui reçoivent, oui, je l'ai entendu dire. Vous ne demanderiez rien, j'en suis sûre. Non, ne me déniez pas le petit élan d'enthousiasme que j'ai pour vous. C'est la seule sorte qu'il me reste, laisser mon esprit s'élever pour autrui, alors permettez-moi d'en profiter au mieux. C'est le meilleur qui soit.

– Oui, peut-être bien, tante Matty. Quoi qu'il en soit, c'est gentil à vous de le ressentir, dit Justine, mais il ne semble pas vraiment que ce soit nécessaire. Je me range du côté des garçons, pour une fois. Nous avons notre maison, notre bonheur, notre présence mutuelle, des goûts et des joies simples qui nous satisfont pleinement. Nous ne demandons rien de plus et n'avons besoin de rien d'autre. J'en suis fort désolée pour oncle Dudley, car il n'aimerait rien tant que de répandre sur nous tout ce qui est sien. Mais notre lot, aussi modeste soit-il, nous suffit, voilà tout.

– Ils sont tous terriblement autonomes, dit Blanche d'un ton où les excuses le disputaient à l'orgueil. Ils ont été élevés pour ne dépendre que d'eux-mêmes.

Matty engloba la pièce de son coup d'œil rapide, souriant ouvertement, cette fois.

– Oh, je sais ce que vous pensez, s'empressa de dire sa nièce. Nous avons été élevés dans une belle et digne demeure, et c'est la vérité. Je serais la dernière à le nier. Mais elle est devenue une toile de fond pour nous, ce qui veut dire que nous ne dépendons pas d'elle, en un sens. Non que nous ne l'aimions pas ; moi, c'est du fond du cœur. Ce qui me fait penser que je me réjouirais que l'on fasse quelque chose pour éviter que cette chère vieille bâtisse ne tombe en ruine. Il y a longtemps que je désire que ses loyaux services puissent être payés de retour. Ce serait un soulagement pour papa, qui la considère comme un dépôt viager et nullement comme son bien propre, de sorte qu'il ne prendrait pas réellement quelque chose pour lui-même. Et, sur ce point, Mark partage son sentiment. Oui, je crois pouvoir m'autoriser à dire que nous serions tous reconnaissants d'un secours aux beaux vieux murs qui nous ont abrités, nous et nos ancêtres.

– Ah, il y a tout de même une lueur dans les ténèbres, dit Matty à Dudley, changeant de ton à mesure qu'elle parlait. Je ne puis qu'approuver ma nièce, même si je reconnais que ma gratitude prendrait une tournure plus personnelle.

– Mais la maison m'a abrité moi et mes ancêtres aussi, dit Dudley. Peut-être que cela ne compte pas.

– Allons, allons, cela peut compter un petit peu. Du reste, cela coûtera un petit peu. Voilà qui doit être votre consolation.

– Qu'en dites-vous, papa ? demanda Justine.

– Je dois dire comme toi, ma chérie ; je ne puis dire autrement. C'est une chose dont votre oncle et moi allons nous occuper ensemble.

– Ah, voilà qui est très juste et qui règle la question. Oncle Dudley et vous pourrez vous en occuper ensemble. C'est comme si c'était fait.

– De mieux en mieux, dit Matty à Dudley avec un sourire.

– On peut difficilement dire que papa et Mark... que la famille en tant que telle ne reçoit rien, dit Clement. La maison n'appartient pas moins à papa du seul fait qu'elle ira à ses descendants.

– Non, je ne pense pas pouvoir le dire, dit Mark.

– Non, tu ne dispenseras pas ta personne de la part de bienfaits qu'elle reçoit et d'en témoigner de la reconnaissance, dit Matty d'un ton approbateur et bienveillant.

– Voilà qui n'est pas très loyal, tante Matty, dit Justine. Si seulement vous ne laissiez pas ces touches de partialité s'insinuer dans vos propos. Elles sous-tendent toute réaction de notre part d'un fond de méfiance. Nous ne sommes pas des ingrats parce que nous voulons préserver quelque chose de beau, autant dans l'intérêt des générations futures que dans le nôtre, et parce que nous nous en rendons compte. Vous avez reconnu que vous-même partagiez ce sentiment.

– Certes, ma chérie, mais je n'en éprouve que plus de reconnaissance. C'est une grande chose dans ma vie que cette belle toile de fond que je vois derrière vous tous, et que je sens derrière moi à certains moments. Et ce serait n'éprouver aucune reconnaissance, certes non, si je ne l'appréciais pas. Aussi je prie votre oncle d'accepter ma gratitude pour tout service qu'il lui rendra.

– Les murs du côté est sont à pleurer, dit Edgar comme s'il exprimait sa pensée malgré lui. C'est à peine si j'ai osé les regarder, mais ils doivent s'effondrer. C'est tout juste si je ne le sens pas ; je sais qu'il en est ainsi. Toi et moi pourrions peut-être aller voir, Dudley, et ébaucher le plan des travaux. C'est… Je crois que c'est un des plus beaux jours de ma vie.

Blanche leva les yeux sur son mari, comme incertaine de ce qu'elle devait ressentir.

– Eh bien, voilà, mon oncle ! dit Justine. Je vous félicite. C'est ce que vous voulez. Vous obtenez ce que vous auriez demandé.

– Encore mieux, dit Matty à Dudley. On avance. Je pense que vous n'avez aucune crainte à avoir.

– Justine chérie, tu veux bien aller me chercher mes soies dans ma chambre ?

– Non, maman, on ne peut pas me congédier de la sorte, même si j'ai été un peu franche et un peu catégorique, et le serai peut-être encore. Vous devez me connaître depuis le temps, et si vous tenez à moi, il faut me prendre telle que je suis.

– Et comme nous ne pouvons nous dispenser de sa présence, elle ne nous laisse aucune échappatoire, dit Matty, retrouvant ses marques.

– Il est onze heures et demie, dit Blanche, abandonnant son ouvrage comme si sa pensée n'y était pas revenue. Matty chérie, veux-tu quelque chose ? Père ? C'est étonnant comme le temps passe.

– Oh, je ne trouve pas que ça le soit aujourd'hui, dit Justine. Je n'aurais pas été autrement étonnée que nous nous apercevions qu'il était minuit sonné.

– Eh bien, ma chérie, du café pour moi, et pour père un verre de vin et un sandwich, répondit Matty, laissant plus ou moins entendre que, étant donné la hausse de la condition de la maisonnée, pareilles exigences compteraient peu. J'espère que vous allez vous joindre à nous.

– Oui, nous prendrons tous quelque chose, je pense que nos nerfs en ont bien besoin, dit Justine.

– Éprouvez-vous de la culpabilité ? murmura, non sans malice, Matty à Dudley.

– Miss Seaton et Mr Seaton resteront-ils à déjeuner, madame ? demanda Jellamy.

– Oui. Vous restez, n'est-ce pas, Matty ? Ce ne sera pas trop pour père ? Il pourra faire sa sieste.

– Nous prendrons nos quartiers chez vous, dit Oliver. Vous vous accommoderez de ce qu'il vous arrive aujourd'hui. J'imagine que vous ne voudriez rien y changer.

– Oui, tous deux déjeuneront ici, Jellamy.

– Ainsi que Miss Sloane et Miss Griffin, Jellamy, dit Justine, jetant un coup d'œil depuis son fauteuil.

– Ma chérie, te l'aurait-on dit ?

– Non, maman, je viens de le décider. Je pense que nous aurons besoin des effets de leur présence.

– Mais seront-elles libres, ma chère enfant ?

– Eh bien, nous pouvons vite le savoir. Si elles ne le sont pas, elles ne pourront pas venir, bien sûr. Mais j'ai du mal à concevoir quels engagements elles pourraient avoir pris en un endroit où l'une et l'autre ne connaissent personne.

– Mais Miss Sloane ne souhaitera peut-être pas venir? Qu'en dit tante Matty? Miss Sloane est son invitée.

– Justement, c'est pour cette raison que j'aimerais l'avoir auprès de moi. C'est très aimable à Justine d'y avoir pensé. Je me demandais si je pouvais la laisser seule, et comment lui faire parvenir un mot. Quant à Miss Griffin, ça la change de ne pas être avec nous – le débit de Matty s'accéléra, et l'expression de son regard changea : En outre, j'éprouve un certain soulagement à être uniquement avec mes proches. Ainsi, j'exprimerai le fond de ma pensée dans mon cercle familial, et aurai la satisfaction de l'avoir fait.

– Vous vous trouverez mieux d'être chacune de votre côté, si je puis toujours en croire mes yeux et mes oreilles, dit son père. Je ne sais ce que Maria pense de tout cela. Je ne le lui demande pas. Elle ne pourrait me donner une vraie réponse, et une fausse ne serait d'aucun secours. Tu oublies la dimension de la maison, quand bien même tu en parles.

– Ma foi, je n'en ai pas encore l'habitude.

– Tu serais bien inspirée de la prendre.

– Laissez-moi agir à ma guise, tante Matty, dit Justine, s'asseyant sur le bras du fauteuil de sa tante. Ne me le refusez pas sous prétexte que nous nous sommes un peu heurtées. Permettez-le-moi d'autant plus.

– Eh bien, eh bien, accordé, ma chérie. Tu sais que j'aime te voir agir à ta guise.

– C'est très souvent que tu agis à ta guise, Justine, dit Blanche.

– Oh, voyons, maman, une femme mûre, l'unique sœur de trois frères, l'unique fille de papa! Que pouvez-vous espérer?

Edgar leva la tête comme pour voir en quelle occasion son nom était cité.

– Tout le monde doit se réjouir pour moi, aujourd'hui, dit

Dudley. C'est une exigence qui m'a toujours paru absurde, et pourtant je vais la formuler.

– Et s'il existe une personne altruiste au point de se réjouir pour autrui, c'est bien Miss Griffin, ou je la connais mal, dit sa nièce. Il m'étonnerait fort que Miss Sloane n'ait pas une once de cette qualité.

– Que dirais-tu de les laisser chacune de leur côté, ma chérie ? dit Matty d'un ton enjoué.

– Oh, tante Matty, Miss Sloane n'éprouve pas l'ombre d'un tel sentiment. Elle ne s'offusquerait pas qu'on l'assimile à Miss Griffin. Il m'a suffi de la voir une fois pour m'en rendre compte. Il me semble qu'elle n'a pas cela en elle.

– Mais laisse-la tout de même de son côté, ma chérie, murmura Blanche d'un ton à la fois réprobateur et confidentiel. On ne peut la comparer à personne.

– Je ne suis pas sûre qu'elle partagerait cette opinion, dit Justine nettement. Elle partage avec Miss Griffin l'expérience d'une longue amitié. J'irai jusqu'à dire qu'elle serait la première à le reconnaître.

– Eh bien, eh bien, ma chérie, vas-tu courir le leur demander ?

– Non, non, pas cette fois, répondit Justine en secouant la tête. Ce ne sera pas toujours moi qui me présenterai, porteuse de pareils messages. Tout bien considéré, cela signifierait que nous les surestimons.

– Nous irons, Clement et moi, dit Mark. Ça donnera un air anodin à la démarche. Nous, ça pourra laisser supposer que nous n'en pensons pas moins.

– Ce devrait être facile, renchérit son frère. Il nous suffira d'être naturels.

– Ah, ça, ce n'est pas toujours aussi facile que tu sembles le penser, dit Justine.

– Parle pour toi !

– Eh bien, filez, mes chéris, dit Blanche avec neutralité. Vous pourrez les attendre et revenir avec elles.

– Si elles consentent à venir, maman, dit Justine avec une pointe de reproche.

– C'est toi qui pensais qu'elles n'auraient pas d'autres obligations, ma chérie. Que les garçons y aillent tout de suite. Ce sera une bouffée d'air frais pour eux après leur matinée bien agitée. Nous ne pouvons pas ne connaître que de l'agitation.

– Savez-vous encore où vous mettre ? demanda Matty à Dudley, en un malicieux aparté.

– Maman parle comme si nous nous étions rendus coupables de quelque excès, dit Clement à son frère tandis qu'ils sortaient de la maison. C'est oncle Dudley la raison de notre agitation. Il n'est rien arrivé à la plupart d'entre nous.

– C'est important pour papa et, d'un certain côté, pour moi aussi.

– C'est important pour vous deux. Une maison transmise en parfait état, c'est assurément différent d'une maison fissurée sous toutes les coutures, et qu'engloutir tout un revenu pour la maintenir au-dessus de nos têtes. Tu débordes de joie et de solennité.

– Mon bonheur ne ferait-il pas le tien ?

– Mes satisfactions, quelles qu'elles soient, je dois les puiser dans ma vie, non dans celle des autres. Mais je ne devrais pas en manquer. L'argent de papa sera disponible, et oncle Dudley n'a personne à part nous pour dépenser le sien.

– Quelles sont tes aspirations personnelles ?

– Assez semblables aux tiennes, sauf qu'elles sont à plus petite échelle et que les tiennes sont déjà comblées. Je ne voudrais pas d'une propriété et, d'ailleurs, je ne pourrais pas. Mais je voudrais bien avoir ma petite maison à Cambridge. Je déteste son collège, et d'être obligé de résider en ville. Et un petit revenu en plus de ce que je reçois. Ainsi, je n'aurais pas besoin de passer mon temps libre à la maison. Je ne supporte plus Aubrey et Justine.

– Parce que moi, oui ?

– Tes perspectives d'avenir sont assurées. Tu n'as pas voix au chapitre.

– Je n'aurai rien avant la mort de papa, hormis l'existence à laquelle tu dois te soustraire.

– Ton avenir est lié à cette propriété. Le mien n'a rien à voir avec elle. Pour moi, cette maison est un pied-à-terre.

– Et pour Justine et Aubrey ?

– Aubrey est un enfant, et Justine une femme. Ce n'est pas comparable.

– Aubrey ne sera pas toujours un enfant, et Justine pas toujours une jeune femme à charge. Je l'imagine dans sa maison à elle, tout comme toi.

– Mon avenir, c'est la nécessité du moment.

– Le mien aussi. Il me manque tant de choses. Mais je ne sais pas si nous pouvons aller jusqu'à faire des suggestions à oncle Dudley.

– Elles s'imposeront peut-être à lui.

– Il faudra qu'une foule d'images lui viennent à l'esprit.

– Je ne vois pas pourquoi elles ne lui viendraient pas. Il a dû voir que nous menions une vie étriquée.

– Il a même dû la vivre, dit Mark.

– Tu peux te moquer des besoins des autres, puisque les tiens seront satisfaits. Il ne pourra guère continuer à dépenser éternellement sans compter pour la maison. Toutes sortes d'exigences vont forcément surgir. Nous avons été très soudés les uns aux autres, et, insensiblement, les liens vont se desserrer.

– À la mort de papa, tu auras la part qui te revient. Oncle Dudley et lui devront bien nous laisser ce qu'ils ont.

– Mais combien de temps faudra-t-il attendre ?

– Clement, quel genre d'homme es-tu donc ?

– Le même que toi, encore que tu fasses celui qui l'ignore. Tu peux entrer et transmettre l'invitation. Tu n'as qu'à expliquer que nous estimons que la bonne fortune de l'un d'entre nous donne matière à une liesse générale.

– Je maîtrise pareille situation. Toi non, tu as raison de le présupposer.

– Miss Griffin est à la fenêtre. Comme chaque fois que nous venons.

– Elle voit se profiler les ombres des événements à venir. Un tel don ne peut que se développer dans une vie comme la sienne.

Le moment venu, le quatuor sortit du pavillon et prit le chemin de la maison. Mark était tout disposé à parler de l'événement ; Clement lançait des coups d'œil à Maria pour se faire une idée de son point de vue sur la question, et essayait de parler d'autre chose ; Maria montrait de l'entrain et de l'intérêt, et Miss Griffin était tantôt songeuse, tantôt sujette à poser de soudaines questions.

– C'est une nouvelle qui tient du conte de fées ! dit Maria comme elle rejoignait la famille. J'éprouverai toujours la joie de l'avoir apprise de première main. Nous devons vous remercier de nous faire vivre cette expérience autant que vous féliciter de celle que vous vivez.

– Merci, Miss Sloane. Voilà de bien plaisantes félicitations, dit Justine, se tournant vers ses frères avant de poursuivre. Quel contraste avec celles de notre pauvre tante Matty ! Quelle différence font les petites différences de notre vie intérieure !

– Un quart de million de livres ! dit Miss Griffin, immobile au centre de la pièce. Je n'ai jamais rien entendu de tel.

– Moi non plus, dit Dudley. C'est environ un vingtième de million.

– Un vingtième de million ! dit Miss Griffin, exactement sur le même ton.

– Environ cinquante mille livres.

– Cinquante mille livres ! dit Miss Griffin d'une voix aux accents chargés d'une parfaite compréhension.

– Nous ne devrions pas parler sans cesse de la somme, dit Blanche. Elle a sa juste valeur dans la pensée et dans le souvenir.

– Mais si nous la gardons pour nous, dit Dudley, on va croire que c'est beaucoup plus.

– Encore mieux, je pense, dit Maria. Ça n'éliminera de votre vie ni desseins ni spéculations, et ça ne changera en rien votre place dans le monde.

– La voix de la sagesse, dit Justine. Et de lèvres dont on ne s'attendrait pas qu'elle tombe !

– Me voilà très réconforté, dit Dudley. Finalement, on se rendra peut-être compte de ma véritable position.

– Quelle profonde sagacité, Miss Sloane, dit Justine. J'irai jusqu'à dire que vous ne vous rendez sans doute pas compte à quel point. Il semble que les paroles de sagesse tombent de votre bouche comme des gouttes de pluie d'une fleur.

– Justine, ma chérie, n'est-ce pas un peu direct ? dit Blanche à voix basse.

– Enfin, maman, les beaux discours le sont toujours, répondit Justine sans en faire autant. Mais je ne pense pas qu'une impulsion sincère pour le compliment soit une si vilaine chose. Peut-être pourrions-nous y céder plus souvent. D'ailleurs, Miss Sloane n'est pas gênée le moins du monde. C'est un sentiment qui lui est impossible. Je l'avais discerné, sans quoi je ne m'y serais pas risquée.

– Justine a encore cédé à son impulsion, dit Mark à son frère.

– Et la gêne est un sentiment qui est possible au reste d'entre nous.

– Ma foi, je n'ai peut-être pas prononcé des paroles de sagesse, dit Matty d'un ton qui retint l'attention générale, mais j'ai montré du mieux que j'ai pu la joie que j'ai ressentie pour la bonne fortune des autres. Encore que « les autres » soit un terme mal choisi pour désigner les gens à qui je m'identifie moi-même. Il ne m'a pas semblé que des spéculations en seraient la conséquence prévisible, mais s'il y en a qui aiment jouir de la pauvreté des riches, nous ne les en dissuaderons point. Il n'y a que la pauvreté des pauvres que nous ne leur souhaitons pas. Celle-là, nous l'avons suffisamment présente à l'esprit.

La voix de Matty s'éteignit dans un soupir qui n'était pas sans évoquer un coup d'estocade.

– Je vais devoir donner aux pauvres, dit Dudley. C'est quelque chose que je n'ai jamais fait. Ça montre à quel point j'étais près d'être l'un d'eux. Je l'ai échappé belle, il s'en est fallu de peu que je ne sois toujours présent à l'esprit de Matty.

– Un endroit où il est dangereux d'être, dit Mark.

– J'imagine que j'enverrai ma souscription aux hôpitaux. C'est ainsi qu'on donne aux pauvres, il me semble. J'imagine que les pauvres sont toujours malades. Forcément, quand on y pense. Un jour, j'ai fait le tour des chaumières, avec Edgar, et j'y ai été trop sensible pour y aller une deuxième fois. Oui, trop sensible ne fût-ce que pour poser les yeux sur la réelle souffrance des autres, et je maintiens que c'était très sensible de ma part. Désormais, j'améliorerai les choses au point de les rendre méconnaissables, ainsi je pourrai y retourner et ne rien reconnaître, et n'éprouver aucune culpabilité au sujet de mon héritage.

– Nul n'est fautif parce qu'on lui a laissé de l'argent, dit Miss Griffin.

– Personne ne dit le contraire, répondit Matty d'un ton détaché.

– Je ne sais pas, tante Matty; je crois que je ne partage pas votre avis, dit Justine. Mais je vous ai assez contredite; je n'exprimerai pas le mien.

– Justine, ma chérie, viens t'asseoir près de moi, dit Blanche.

– Oh, vous voulez me réprimer, maman. Mais je suis tout à fait irrépressible ce matin. La bonne fortune d'oncle Dudley met mon cœur en joie, plus encore que ne le ferait la vôtre ou celle de papa. Parce qu'il a été celui qui a préféré manquer de certaines choses pour lui-même pour mieux les voir aller aux autres, et cela en toute bienveillance. C'est si rare que cela mérite une rare contrepartie. Et que cette contrepartie ait eu lieu, c'est plus rare que tout. « Mon cœur chante comme l'oiseau, niché sur un rameau au bord de l'eau[1]. »

– Allons-nous tous rester enfermés toute la matinée ? demanda Blanche. Justine, ça ne te ressemble pas d'être sans énergie.

– Une accusation sûrement injuste, dit Mark.

– Enfin, nous pouvons difficilement avoir fait venir Miss Sloane et Miss Griffin jusqu'ici, pour les faire sortir aussitôt.

– Il ne leur déplairait peut-être pas de se joindre à nous pour une promenade dans le parc. Je dors tellement mieux après avoir pris un peu d'exercice, et je présume que nous nous installerons pour parler après le déjeuner.

– Une faiblesse que l'on peut expier par avance grâce à une demi-heure passée sous le crachin, dit Clement.

– Eh bien, qu'en pensez-vous, Miss Sloane ? demanda Justine.

– Je me ferai une joie d'accompagner votre mère.

– Et vous, Miss Griffin ?

Miss Griffin ouvrit la bouche, puis jeta un coup d'œil à l'âtre, puis à Matty.

– Miss Griffin se plaît au coin du feu. Et je n'en suis guère étonnée, compte tenu de la brièveté des moments qu'elle y passe. Allez donc avec Miss Sloane, maman, tandis que nous autres nous complairons dans notre oisiveté. J'imagine que c'est ainsi que vous voyez la chose.

Blanche entreprit de plier ses soies sans grand résultat. Justine les lui retira, les enroula rapidement autour de sa main, les jeta dans le panier à ouvrage et, posant la main sur la taille de sa mère, la propulsa vers la porte. Maria suivit sans assistance, et Blanche se dégagea sans aucun

1. Début du poème « A Birthday » de Christina Rossetti (1830-1894).

changement d'expression, puis continua seule. Aussitôt, Matty s'adressa au groupe comme pour devancer toute autre prise de parole.

– Ah, il faut que je vous raconte quelque chose qui m'est arrivé quand j'étais jeune, quelque chose que me rappellent les circonstances présentes dans votre vie. Moi aussi, j'aurais pu hériter d'une fortune. Quand on est jeune, les choses bougent ou bougeraient si on les laissait faire, du moins il en allait ainsi dans ma jeunesse. Bref, un homme était amoureux de moi, en tout cas il le disait; et je le voyais par moi-même, aussi ne pouvais-je n'en faire aucun cas; et j'ai repoussé ses avances… enfin, nous ne nous attarderons pas là-dessus; mais après que nous eûmes dépassé cela, il a souhaité me léguer tous ses biens. Je m'y suis refusée, et nous avons eu des mots, comme vous dites, et, en fin de compte, nous ne nous sommes plus revus. Quelques jours plus tard, il tombait de cheval et mourait. L'argent est allé à sa famille, et j'en ai été ravie, car je ne lui avais rien donné, et je ne pouvais recevoir sans avoir donné. Que dites-vous de ça, n'est-ce pas passer de justesse à côté d'une fortune? J'en ai été presque aussi près que votre oncle.

– Était-ce aussi une grosse fortune? demanda Miss Griffin.

– Elle l'était assez pour qu'on lui en donne le nom. C'est là tout ce qui importe pour cette histoire.

– Vous couriez au plus près du vent, tante Matty, dit Justine. Et vous vous en êtes bien tirée.

– Je serai obligé de recevoir sans donner, si personne n'accepte rien de moi, dit Dudley. Parce que je vais recevoir. D'ailleurs, j'ai reçu.

– On ne vous a pas laissé le choix, dit Miss Griffin.

– Oh, le choix, nous l'avons tous, dit Matty. Mais il n'y a pas toujours de raison d'en user. Rien n'oblige à aller chercher d'autres parents pour qui n'a pas de famille proche. Cet ami dont je vous parle avait des frères.

– Je préférerais que vous n'exprimiez pas ce genre de considérations, dit Dudley.

– Je ne puis m'empêcher de souhaiter qu'il n'en eût pas eu, tante Matty, dit Justine. Vous auriez peut-être eu une vie plus heureuse ou plus facile.

– Un des tout derniers chapitres et l'un des plus faciles, ma chérie, mais je ne le regrette pas. On ne peut exiger de soi que d'être digne du meilleur de soi-même. Je pense l'avoir été, alors je dois estimer que c'est suffisant.

Le ton de Matty vibrait d'une note de sincérité à laquelle personne ne prêta attention.

– Moi, c'est pareil, dit Dudley. Le meilleur de moi-même, c'est d'accepter deux mille livres par an. C'est suffisant, j'espère seulement que les gens ne vont pas s'imaginer que c'est plus.

– Deux mille livres par an ! s'écria Miss Griffin.

– Enfin, c'est à répartir entre plusieurs, dit Matty. C'est si bon qu'une famille ne fasse qu'un. Et vous allez tous vous en rendre compte.

– Accepter requiert la véritable générosité, dit Dudley. Et je ne suis pas sûr qu'ils en soient doués. Je sais bien que les gens mésestiment toujours leur famille, mais je soupçonne la leur de ne pas être de cette sorte-là.

– C'est cette sorte-là qui constitue la première condition, dit Clement.

– Clement, cette remarque pourrait être mal comprise, dit Justine.

– Ou trop bien comprise, ajouta Mark.

– Je ne pense pas que j'éprouverais la moindre difficulté à accepter de la part de quelqu'un que j'aime quelque chose dont j'ai besoin. Mais il faut dire que j'ai beaucoup de chance ; j'ai toujours tout ce dont j'ai besoin.

– Voilà, qu'est-ce que je disais ? fit Dudley. Une absence totale de véritable générosité.

– J'irai plus loin, reprit sa nièce. J'accepterai que l'avenir de mon petit Aubrey soit assuré. Je l'accepterai en mon nom et en celui de papa et de maman. Je pense être en droit d'aller jusque-là.

– C'est très bien de rire, Clement, dit Dudley, mais de quoi auras-tu l'air quand il apparaîtra que tes frères sont doués de la véritable générosité, et toi non ?

– Je pourrai faire comme eux, même sans en être doué. Il me semble que c'est tout le contraire qui est requis.

– Fais attention, Clement ! dit Justine d'un ton presque affligé.

– Les gens ont toujours honte de leurs plus belles qualités et en parlent toujours en mal, dit Dudley. Clement acceptera de moi une pension et me permettra d'oublier que ma générosité est moindre que la sienne.

– Dans ce cas, ce sera un bon garçon raisonnable.

– Raisonnable, certainement, dit son neveu.

– Eh bien, Clement, je ne sais plus que dire, dit Justine.

– Tu peux toujours dire ce que tu diras à Mark et à Aubrey.

– Bah, je suppose que c'est légitime, en un sens, mais il semble tout de même qu'il y ait une différence. Mais je ne dirai rien. L'affaire m'a été retirée des mains.

– Elle n'y a jamais été.

– Allons, n'adopte pas cette attitude envers ta sœur. Cela n'arrangera rien.

– Je n'ai pas envie d'arranger quoi que ce soit. Je trouve que tout est très bien comme ça.

– J'en ai bien peur, Clement.

– Ah, voilà qui n'est pas raisonnable, ma chérie, peut-être même pas très gentil, dit Matty.

– Il semblerait juste que les trois frères aient quelque chose, et pas seulement deux, dit Miss Griffin.

– Oh, c'est vraiment une affaire qui ne regarde que la famille.

– Tante Matty, ne remettez pas ainsi Miss Griffin à sa

place en public, dit Justine. Ça, ce n'est certainement pas très gentil.

– Ma chérie, tu as peut-être pour habitude de t'interposer entre les gens, mais entre Miss Griffin et moi, il y a la relation qui nous est propre.

– J'en ai bien peur, tante Matty.

Il y eut un long silence.

– Oh, mon Dieu, mon Dieu, l'argent, l'argent, l'argent ! dit Justine, se renversant en arrière et nouant ses mains au-dessus de sa tête. Aussitôt qu'il arrive, adieu dignité, bienséance, tout.

– Tout sauf la véritable générosité, dit Mark.

– La dignité et la bienséance dépendent dans une certaine mesure de l'argent, dit Clement.

– Ah, ça, c'est bien vrai, dit Dudley. Il suffit de faire le tour des chaumières. Il me semble absurde de dire que l'argent est sale, quand on voit ce qui l'est réellement.

– Et qui vient du fait qu'on en manque.

– Pourquoi serait-ce spécialement plus sale que toute autre chose qui a son utilité ? dit Matty.

– On dit que c'est une malédiction, dit Dudley, mais je ne vois pas en quoi. J'aime être homme à même d'octroyer des bienfaits. Voilà, c'est là le pire.

– Mon cher oncle ! dit Justine. Profitez de votre argent, de votre générosité et de tout cela. Vous n'en aviez encore jamais eu la possibilité.

– Ainsi, tu ne penses pas que ce que je vous donnais valait plus que de l'argent. Je savais bien que les gens ne le pensaient pas vraiment.

– Dire que l'argent n'a pas de valeur est contradictoire en soi, dit Clement.

– Ah, ça, je pense que c'est honnête, mon chéri, dit Matty.

– C'est aller un peu loin dans vos insinuations, tante Matty, dit Justine.

– Chose que toi, tu ne pratiques pas, ma chérie, je sais.

Justine rejeta la tête en arrière, hilare, mouvement très familier à sa tante qui, en quelque sorte, fit d'autant mieux surgir la dissemblance entre elles deux.

– C'est peut-être mérité, mais ne reprenons pas nos escarmouches. Et je ne le prends pas du tout pour une insulte, quelle que fût votre intention. Je suis pour des manières directes et franches. Tiens, voici nos autres aînés, ils arrivent à point nommé pour empêcher que notre discussion ne devienne acrimonieuse.

– À grands pas, dit Clement.

– Alors, avez-vous décidé comment dépenser l'argent de votre oncle ? demanda Oliver.

– Oui, répondit Clement, marquant une brève pause pour édifier le plan de son discours. La maison va être restaurée pour papa et Mark ; il y aura une pension pour moi ; et quelque chose sera fait pour l'avenir d'Aubrey.

– Oh, dit Blanche. Oh, c'est aller trop vite en besogne. Je ne pensais pas que toutes les dispositions seraient prises tout de suite de cette façon.

– Serait-ce mieux de les différer ?

– Je ne sais que dire. Il me semble que ce n'est pas bien, en quelque sorte. Vraiment, j'en aurais presque honte.

– À vrai dire, maman, moi aussi, dit Justine. Mais ça a été plus fort que moi. Je plaide coupable pour la suggestion quant à l'avenir d'Aubrey, mais le reste, je n'y suis pour rien.

– En tant que bénéficiaire, j'estime que je dois tenir ma langue, dit Edgar. L'allusion à ma personne était habile.

– Elle était tout bonnement vraie, dit Clement.

– Dudley, je ne sais que dire, dit Blanche. Qu'allez-vous penser d'eux tous ?

– Je trouve que nous n'en sommes que plus proches. Ils ne gâcheront pas mon plaisir en me laissant à ma solitude. Je ne pense pas que Clement et moi ayons jamais été aussi proches. Je compte sur eux pour partager ma joie, or, on ne devrait pas partager un sentiment sans en partager la cause. Je ne vois pas comment ce serait possible. Et j'aurais honte d'éprouver de la joie pour une chose telle que l'argent, si personne n'en éprouvait avec moi.

– Il y a du vrai là-dedans, je suppose, dit Justine.

– Bien, il va être l'heure de déjeuner, dit sa mère. Je suppose que je n'ai plus rien à ajouter. Nous avons fait une très agréable promenade. Je m'en sens d'autant mieux, et Miss Sloane a de belles couleurs. Comme c'était gentil de sa part de m'accompagner. Père, avez-vous pu dormir ?

– J'ai dormi comme un enfant, ma chérie, ainsi qu'il sied à une personne qui est près de retomber en enfance.

– Ce n'est pas le discours de quelqu'un qui en est là, grand-papa, dit Mark.

– Père, en voilà une façon de parler ! Bien, je dois aller me débarrasser. Peut-être Miss Sloane voudra-t-elle venir avec moi ? Et puis, nous devrions ouvrir ces fenêtres. Vous êtes tous restés là toute la matinée.

– Avec tous nos espoirs égoïstes et nos désirs qui le sont tout autant, dit Clement. Mais je m'étonne que Justine n'ait pas été à elle seule un souffle d'air frais.

– Je suis sûre du contraire, dit Blanche, tapotant la joue de sa fille.

– J'ai sûrement soufflé quelque chose, maman, mais je crains d'avoir plutôt fait l'effet d'un courant d'air. Cela dit, il a pu apporter un peu de fraîcheur et de salubrité.

– Nous n'avons pas seulement parlé de la bonne fortune, dit Matty. Nous avons eu notre petit aperçu d'autres choses. Je leur ai fait partager une expérience de jeunesse qui les a divertis par sa similitude avec celle-ci. Sa similitude et sa dissimilitude, dirons-nous ? Alors, que pensez-vous de l'histoire différente qu'a vécue votre tante ? Je vois qu'on ne vous laissera pas le loisir de vous y attarder. Votre mère attire votre attention sur des questions plus matérielles.

– Le déjeuner ne gagnera rien à attendre, ma chérie, et

j'aimerais qu'il vous soit agréable à tous. Permets que les garçons t'aident à quitter ton fauteuil.

– Merci, mes chéris, mais Miss Griffin s'en chargera. Je suis plus habituée à elle, dit Matty, oubliant qu'elle avait désapprouvé sa présence. Tiens, on dirait bien qu'elle fait un petit somme. Réveillez-vous, Miss Griffin ; nos jours réservés au loisir ont aussi leurs petites obligations, vous savez.

Le ton complaisamment réprobateur de Matty changea lorsqu'elle se retrouva seule avec sa demoiselle de compagnie.

– Vous paraissiez être tombée en transe. Vous ne pouvez pas ne sortir que pour l'agrément quand vous m'accompagnez. L'idée, c'est que vous vous rendiez un tant soit peu utile. Vous n'occupez pas exactement la même position que Miss Sloane.

– Je ne savais pas que vous aviez besoin d'aide.

– J'ai besoin de l'aide que vous m'apportez toujours, cela va de soi. Je ne vais pas me passer des quelques petites choses que j'ai, juste parce que, soudainement, d'autres en ont à revendre. Gardez-vous de vous perdre dans ce qu'ils vivent. Cela n'affectera personne à part eux. En tout cas, cela ne fera aucune différence pour vous.

– Vous vous levez si souvent seule de votre fauteuil. Il m'est difficile de savoir quand vous avez besoin d'aide.

– Eh bien, considérez que j'en ai forcément besoin quand vous êtes là à ne rien faire. Il serait inconvenant que je me débrouille seule, alors que ça m'est plus facile avec de l'aide et que vous êtes là pour me l'apporter. Je m'étonne que vous ne le voyiez pas. Enfin, je suppose que vous ne voyez jamais rien.

– Imaginez tout cet argent ! dit Miss Griffin, habituée à subir ces attaques comme si elle n'en avait pas conscience. J'ai du mal à me le représenter.

– Rien ne vous y oblige. C'est bien la dernière chose que

l'on attende de vous. Ainsi, c'est là ce que vous faisiez au lieu de garder un œil ouvert pour mon confort. Je m'aperçois qu'une rupture avec la routine ne vous convient pas. Il faudra que je m'en souvienne.

– Quand ces ruptures sont très rares, il peut arriver qu'elles nous bouleversent, dit Miss Griffin à voix basse.

– Oh, c'est comme ça que vous le prenez ! Voilà le résultat d'un peu de changement et de loisir. Il me faudra veiller à vous en dispenser. Je m'aperçois que ça ne vous réussit pas. Je vais devoir me donner de bons conseils et faire en sorte que votre vie ne soit faite que de devoir, puisque c'est ce qui semble vous convenir.

Matty, tout en parlant, acceptait les soins de Miss Griffin comme s'ils étaient prodigués par une machine, et, d'ailleurs, cette dernière ne pouvait que les donner dans cet état d'esprit.

– Alors, allons-nous déjeuner, ou devrai-je y aller par mes propres moyens ? Vous feriez peut-être bien de rentrer directement à la maison et d'y rester seule. C'est sans doute encore là que vous seriez le mieux.

Miss Griffin suivit Matty sans répondre et parut modifier volontairement ses traits au profit d'une expression d'heureuse expectative.

– Entrez, Miss Griffin, dit Justine, comme si Miss Griffin avait besoin de cet encouragement, et non sa tante, posture plus attestée par les faits qu'elle ne le soupçonnait. Entrez, et asseyez-vous à côté de moi. Tante Matty, placez-vous à côté de papa. Et Miss Sloane, en face, si elle le veut bien.

– Le plan de table a été fait, ma chérie, dit Blanche.

– Oui, maman, mais un peu d'aide n'est pas malvenue. Ils restaient tous là comme des âmes en peine. Il n'y a rien de plus déconcertant qu'une réunion de famille nombreuse.

– Je vais m'asseoir en face de Miss Sloane, dit Dudley, et lui exposerai tout depuis le début. Elle ne pourra guère me démentir ; elle ne me connaît pas assez bien.

– N'abusez pas de son indulgence, mon oncle. Alors, Mr Penrose, cette matinée ?

– Eh bien, pour être franc, Miss Gaveston, elle n'a pas été à la hauteur de nos expectatives. Je ne suis pas disposé à m'en plaindre, car je pense que le dernier événement familial en est responsable. Il est naturel, et peut-être pas totalement indésirable qu'il en aille ainsi. J'espère bien que nous nous rattraperons demain.

– Voyons, mon petit garçon, qu'entendons-nous là ? Pendant qu'oncle Dudley se soucie de toi et de ton avenir, qui plus est ! Est-ce une façon de le remercier ?

– Il n'en savait rien, ma chérie, dit Blanche. Il était tout excité pour son oncle, comme vous tous l'avez été. Et lui, il n'en verra aucune différence avant longtemps. Nous pouvons bien lui accorder sa part de plaisir, alors je pense qu'il pourrait avoir son après-midi de libre. On ne peut pas exiger de lui qu'il retrouve son calme particulièrement plus vite que quiconque. Vous-mêmes étiez dans tous vos états, ce qui n'a rien d'étonnant. Qu'en dites-vous, Edgar ?

– Tout comme vous, ma chère. C'est... il me semble que c'est ce qu'il y a lieu de dire.

– Et vous, Mr Penrose ? dit Justine. Nous n'imaginerions pas de bouleverser les habitudes sans votre aval.

– Eh bien, je me vois disposé à être indulgent en cette occasion, Miss Gaveston.

– Voilà, mon petit garçon, voilà ta journée de libre assurée.

– Ma demi-journée, dit Aubrey.

– Qui se rapproche plus de toute une journée qu'elle ne le devrait, je le crains.

– Ils pourront faire une longue promenade, dit Blanche, au lieu de devoir rentrer à quatre heures.

– Oh, vraiment, maman, il me semble que Mr Penrose pourrait avoir part à la fête. Quelque chose me dit qu'il aurait bien envie que ses pas l'entraînent loin de cette maison. Il a, aussi bien que nous, une vie privée.

– Eh bien, Mr Penrose fera comme il lui plaira, ma chérie. Aubrey pourra jouer tout seul.

– C'est très aimable à vous, Mrs Gaveston.

– Je suis assez grand pour jouer seul ? demanda Aubrey.

– Non, répondit sa sœur. Tu es incapable d'organiser ton emploi du temps. Je ferai en sorte que l'après-midi nous soit agréable et profitable à tous les deux.

– Plus personne ne parle de mon héritage, fit remarquer Dudley. Cela signifie-t-il que vous pensez que tout en a été dit ? Miss Sloane ne semble pas de cet avis. Mais elle ne sait peut-être pas tout ce qu'on en a dit.

– Je n'ai pensé à rien d'autre depuis que je l'ai appris, mon oncle.

– Moi non plus, dit Aubrey. J'ai un témoin.

– Moi non plus, dit Dudley.

– J'aimerais entendre ce que votre oncle compte faire pour lui-même, dit Blanche.

– Je doute que nous ayons ce plaisir, maman, dit Justine, aussi grand serait-il. Oncle Dudley est un homme aux goûts simples et limités. À moins qu'il n'ait une maison à lui – et que Dieu nous en préserve tant que nous serons tous dans celle-ci –, il est difficile de concevoir comment il dépenserait autant pour lui. Il a ses centres d'intérêt, ses occupations et son frère. En avoir plus, ce n'est pas ce qu'il attend de la vie.

– Sans compter qu'il nous a tous, dit Mark. Il faut bien que ce soit pris en compte. Du reste, ça l'a été.

– Nos désirs ont l'art de s'accroître avec nos revenus, dit Matty. Tout comme ils se doivent de diminuer avec eux. J'ai vécu cette seconde expérience et me réjouis d'autant plus que vous tous viviez la première.

– Miss Sloane fait preuve d'une grande patience à l'égard de notre spectacle familial, dit Mark. J'en suis moi-même trop captivé pour m'en étonner.

– Je parais dans votre famille à un moment spectaculaire. La patience est bien de la dernière utilité.

– C'est ce que j'aurais cru, dit Dudley. Je suis blessé par les propos de Mark.

– Un instant, Miss Sloane, je me décide à le demander, dit Justine. Ce n'est pas un crime, encore que ce soit un peu contraire aux convenances. Selon vous, lequel fait la meilleure impression, mon père ou mon oncle? Dites-le sans hésiter, ils ne s'en formaliseront pas.

– Je vais devoir hésiter, j'en ai peur, répondit Maria en riant. Et je n'aurais pas pensé à établir une comparaison.

– Oh, voyons, Miss Sloane, ça, ce n'est pas tout à fait spontané. Les gens y pensent toujours; ça semble inévitable. Ils ne peuvent pas les voir l'un à côté de l'autre sans apprécier leurs qualités respectives et les mettre chacun de son côté.

– Justine, ma chérie, Miss Sloane n'y avait pas pensé, dit Blanche. Elle vient de nous le dire.

– Eh bien, elle va y réfléchir maintenant, maman, puisque je le lui demande. Je suis sûre qu'elle n'a jamais tergiversé pour si peu.

– Je n'ai jamais rencontré deux autres personnes que j'envisagerais moins en termes de réciprocité.

– Ah, voilà qui est subtil, Miss Sloane. Et je pense que vous avez raison. En y réfléchissant, moi non plus. Il est purement superficiel de parler comme si l'un était une pâle copie de l'autre.

– C'est pire que cela, dit Dudley. C'est très dommageable.

– Les gens devraient apporter plus de soin aux comparaisons qu'ils établissent, dit Edgar, souriant à l'invitée. Il semblerait que ma fille vienne d'en saisir l'essence à l'instant.

– Oh, voyons, papa, vous voudriez que je sois parfaite, c'est cela? Eh bien, je ne le suis pas, alors vous pouvez en prendre votre parti.

– Papa peut peut-être se targuer de l'avoir déjà fait, dit Clement.

– Je pense que la cupidité nous réussit mieux que l'intelligence, dit Mark. La première nous est naturelle ; l'autre, non.

– Et si votre oncle peut satisfaire la première, il ne peut rien pour l'autre, dit Edgar avec un autre sourire.

– Ils pourraient tous si bien réussir, Miss Sloane, s'ils voulaient bien s'appliquer, dit Blanche, continuant sur le thème des aptitudes de ses enfants.

– Je suppose… les dispositions dont vous parliez ont-elles pris tournure ? demanda Edgar.

– Rien n'a été arrêté, papa, répondit Justine, mais les choses suivent leur cours. Oncle Dudley a ouvert sa bourse comme je savais qu'il le ferait et l'avais prédit d'ailleurs, encore que, ce faisant, j'aie déclenché un tollé. Clement aura une pension ; l'avenir d'Aubrey est assuré ; la maison profite des arrangements que vous avez pris ; quant aux bénéfices que vous en tirerez sur le plan privé et personnel, nous n'en savons rien. C'est entre vous et lui, et cela le restera.

Blanche se servit distraitement dans un plat que lui présentait Jellamy, comme s'il eût été vain d'intervenir.

– Et que recevra ma Justine de cette bourse prodigue ?

– Oh, ça, c'est tout vous, de le demander, papa. Avec vous, ma position est assurée. Eh bien, j'ai ma tranquillité d'esprit pour Aubrey. C'est ce que je voulais et c'est ce que j'ai aussitôt obtenu. Je ne voyais aucun autre besoin.

– Qui devait compter sur papa à ce point ? demanda Clement à son frère.

– Justine, peut-être. Auquel cas, force est de constater qu'elle avait raison.

– Justine se tient à distance de ma facile générosité, dit Dudley, de sorte que pour elle je suis ce que j'ai toujours été, tout simplement son oncle.

– Oh, mais vous serez plus que cela ! dit sa nièce. Je ne me distinguerai pas une minute de plus. Vous allez devoir être généreux envers moi. Je veux bien accepter une souscription annuelle à mon œuvre favorite, pour mes vieux du village. Oui, je pense pouvoir demander cela sans me donner l'impression d'accabler une vie déjà bien sollicitée. Et il est inutile que vous me disiez que c'est comme si c'était fait, parce que je le sais bien. Au fond, pour moi, je ne demande rien, me considérant d'ores et déjà comme trop riche.

– Dire que je n'ai cette impression que depuis quelques jours. Tu es bien meilleure que moi ! Moi qui juge déjà que je suis pauvre.

– Vous ne tarderez pas à vous donner raison, dit Mark.

– Tu avais compris que je voulais dire qu'un vingtième de million, c'est bien pauvre.

– J'ai une chose à dire ! dit Justine, levant soudain la main. Une stipulation à faire. Oncle Dudley devra se sentir libre de rompre ces engagements à tout moment, de s'en affranchir comme s'ils n'avaient jamais existé. Et cela, à la plus infime exigence de sa vie personnelle. En un instant, d'un coup… d'un seul coup, ce qui est à lui retournera entre ses mains, pour être consacré à ses fins personnelles. C'est à cette condition, et à celle-ci seulement, que je souscris à ces engagements, m'en réjouis pour les autres et les accepte pour moi.

– Mais cela va sans dire, ma chérie, dit Blanche.

– Oh, non, absolument pas, maman. Et, en l'occurrence, ce ne sera pas le cas. Je ne suis pas tout à fait sans connaître la vie, quoique vous puissiez en penser. Je sais comment assurer l'avenir, du moins comment faire pour qu'il le soit. Et comme personne d'autre n'en prenait l'initiative, je l'ai fait moi-même ; et je suis ravie de l'avoir fait, et ravie que ce soit chose faite.

– Il est bon que la chose ait été dite une fois, dit Edgar. Nous nous souviendrons tous que la chose a été dite.

– Merci, papa. Si je ne pouvais compter sur vous, que deviendrais-je ?

– Il est sage de le dire pour une autre raison. Votre oncle

ne dispose que du revenu de son argent. Le capital est placé et on ne peut y toucher.

– Je peux seulement le léguer, dit Dudley. Si bien que, au bout du compte, ce sont d'autres que moi qui en disposeront. Je ne me retrouve aucunement dans la position d'un égoïste. Mon parrain a dû craindre que je ne précipite ma ruine. Celle des autres devait le laisser indifférent. J'apprécie vivement l'attention particulière qu'il a eue pour moi. Vraiment, j'approuve pleinement ses attentions.

– C'est peut-être une sage disposition, dit Maria. Vous essuieriez un échec à la première petite extravagance. Je suis même sûre que vous vous en féliciterez.

– C'est chose faite, dit Dudley, parlant plus bas. Nous avons commencé à envisager les réparations de la maison, et j'ai essuyé un échec presque aussitôt. Pour les faire toutes, je devrais y consacrer tout mon revenu et me retrouverais comme avant, et ça, je ne le supporterais pas. Je pense que cinquante-trois ans ont dû m'en lasser.

– J'ai une chose à demander! dit Aubrey, en levant la main pour singer sa sœur. C'est que maman devra avoir une robe neuve pour fêter l'événement.

– Oui, ma foi, je pense que ça, je peux l'accepter, dit Blanche, puisque c'est pour cette raison.

Elle se tourna vers son fils avec plus de ferveur qu'elle n'en avait encore montré.

– Mon petit garçon n'aime pas que sa maman soit mal fagotée.

– Je le peux moi aussi, dit Justine, et de tout cœur. Et je la porterai pour me réjouir du plaisir des autres, qui sera plus grand que le mien.

– Les privilèges de Justine ne seront pas moins coûteux du fait qu'elle n'en retirera aucun bénéfice personnel, dit Clement à Mark.

– Et moi aussi, je le peux, dit Matty, souriant à Dudley. Et le ferai, pour montrer que je me réjouis de tout mon cœur autant que quiconque de votre accession aux bonnes choses du monde. Chacun d'entre nous recevra une bonne chose pour lui-même afin qu'il puisse montrer l'approbation sans réserve qu'il donne à toutes.

– Comme c'est gentil de votre part, tante Matty, et si joliment tourné, dit Justine.

– C'est trop gentil à eux, marmonna Clement.

– Vous me comblez, dit Dudley. Aucun d'entre vous ne veut que je me sente misérable de posséder plus que lui. Je regrette d'avoir dit que d'aucuns possédaient plus que de raison pour une seule personne. Je me rends compte à présent à quel point cette affirmation est révélatrice.

– Elle ne sera pas vraie en ce qui vous concerne, mon oncle, dit Mark.

– Moi, j'aurai un complet neuf, dit Aubrey.

– Allons, allons, mon petit, on ne se moque pas de ce qui est sérieux en soi. Il est vrai qu'il y a une certaine générosité à accepter, comme oncle Dudley le reconnaît lui-même.

– Il sait de quoi il parle, dit Clement.

– Miss Griffin aussi aura une robe, dit Dudley. Elle ne me dispute pas plus que quiconque mon héritage.

– Certes non. Et certes, j'en aurai une, s'il s'agit de vous le prouver, dit Miss Griffin, rougissante, empruntée, cordiale.

Matty lui adressa un sourire bienveillant.

– Miss Sloane sera-t-elle autorisée à y échapper ? dit Mark.

– Allons-nous devoir attifer grand-papa pour l'occasion ? renchérit Clement.

– Miss Sloane, ce serait peut-être trop vous demander, dit Justine. Mais, dans le cas contraire, vous accorderez bien ce privilège à mon oncle ? Ce serait considéré comme tel.

– Je crois que je vais le prier d'accepter mes félicitations sans en recevoir de preuve.

– Et être contredite ne constitue pas une large part de votre expérience ? Vous ne le serez pas non plus dans le cas présent. Nous n'oserions nous y risquer.

– Nous ne devons pas demander à Maria de devenir des nôtres en si peu de temps, dit Matty.

– J'ai rarement eu autant l'impression de faire partie d'une famille.

– Jamais à court d'amabilités ! dit Justine, se détournant en soupirant. Je me demande ce qu'on doit ressentir.

– Miss Sloane a accordé toute son attention à mes affaires, dit Dudley. Je n'avais encore jamais vu personne le faire pour quiconque.

– Non, mon oncle, c'est plutôt vous qui le faisiez pour les autres. Mais j'oserai dire que vous en êtes récompensé.

– En effet, dit Mark.

– Avez-vous entendu mon médiocre petit discours ? dit Dudley à Maria. J'ai l'impression de penser que l'on doit me prendre plus au sérieux parce que j'ai de l'argent. Ma foi, il faut croire que ça m'a abîmé, en quelque sorte.

– Vous allez nous laisser, Blanche, ma chérie ? dit Oliver. Toi et les autres. J'aimerais pouvoir fumer et bavarder, tant que j'en ai la force.

– Grand-papa est un privilégié, vous l'aurez remarqué, Miss Sloane, dit Justine. On accepte de lui des choses qu'on refuserait à d'autres.

– Tu sais bien que c'est pour peu de temps encore, mon enfant, alors, montre-le-moi.

Aubrey se leva, lançant un regard à Clement, puis s'évanouit par la porte comme s'il n'avait pas conscience de ce qu'il faisait. Il détestait encore plus rester entre hommes et affronter les railleries de ses frères que d'occuper la place d'un enfant. Parfois, il se demandait comment il tiendrait tout autre rôle que celui-là.

– Allez, Mr Penrose, filez, hors de chez nous, dit Justine. Vous n'avez nulle envie de rester avec nous un instant de plus, d'ailleurs, nous ne vous voulons plus et ne chercherons pas à vous retenir. Alors, filez occuper vos loisirs à votre façon.

– Je suis plus qu'heureux de la raison qui me les a valus, Miss Gaveston.

– Et moi donc, dit Dudley.

Les cinq hommes prirent place autour de la table, Edgar et Dudley de façon à converser avec Oliver, et Mark et Clement de leur côté. C'était à ce moment-là que ces derniers auraient tourné leur attention vers leur frère. Pour l'heure, Dudley désigna Oliver, qui s'était endormi.

– Je profite de cette occasion pour dire autre chose. Serais-je bien avisé de donner de l'argent à Matty ? Me détesterait-elle plus de le garder pour moi ou de le lui donner ? L'un comme l'autre est très désagréable, et il me faut choisir. Personne ne parvient à assumer ni l'un ni l'autre.

– Il est inutile que nous vous fassions une suggestion, dit Clement. Nous vous avons montré la voie qui a notre préférence.

– Vous avez essayé de me rendre heureux. Mais votre tante ne désire peut-être pas réellement mon bonheur. Il se peut qu'elle souhaite me le faire payer.

– C'est justement ce que vous vous proposez de faire.

– J'entends me le faire payer en me mettant dans l'embarras.

– Elle préférerait vous le faire payer en vous mettant sur la paille.

– Une vision aussi réductrice correspond rarement à l'entière vérité, dit Edgar sans hésitation. Votre tante en vient à connaître des mauvais jours, du moins des jours qu'elle considère comme tels, et votre oncle des jours meilleurs ; alors le changement qui la frappe ne signifie pas grand-chose en soi.

– Le changement lui serait moins pénible si je lui donnais un peu de cet argent, quitte à m'en passer. Ou bien serait-il exact que plus les gens en ont, plus ils en veulent ? C'est sûr qu'elle n'est pas à proprement parler ma parente, et que mes proches ont des prétentions plus légitimes. Tiens, je commence à adopter le point de vue des riches. Vous m'entendez m'exprimer comme eux ? Vous sauriez comme ce serait affreux que plus elle en ait, plus elle en veuille, si c'était vous qui veniez d'hériter.

– Il faudrait que ce soit une somme modique et fixe. Ça ferait plaisir à Blanche, Dudley. Permets-moi de te suggérer… Je suggérerai une pension annuelle d'environ deux cents livres.

– Merci, ça m'aide beaucoup. Ce n'est ni trop, ni trop peu. Je crois que c'est ainsi que s'expriment les riches. Curieux de dire que deux cents livres par an, ce n'est pas trop peu, quand on dispose soi-même de deux mille livres par an !

– Cela n'est plus vrai, dit Clement.

– Oui, il ne vous en restera guère plus que le strict nécessaire, dit Oliver, relevant la tête. Nous nous chargerons tous de vous en décharger. Je vois que je m'y emploie, et bien volontiers. Pourquoi ne faudrait-il pas adoucir mes derniers jours ? Ce sont mes tout derniers. Et ma fille a eu bien assez de malheurs pour qu'il vaille la peine de les amoindrir. Merci, mon garçon, il est très agréable de recevoir de vous, et je vous en fais mon compliment.

– Il va de soi que la générosité vous revient. La chose a été entendue.

– Non, c'est à vous qu'elle revient, ce qui me convient mieux et a son utilité. Une telle qualité chez moi n'en aurait aucune.

– Quelles sont les autres pensions ? demanda Edgar. Je suis toujours dans l'ignorance. Il n'est pas correct de répugner à parler de ces choses-là, dès l'instant que nous pouvons les accepter.

– Quels détestables discours tiennent les gens réservés ! dit Dudley. Je suppose que c'est par manque d'habitude.

– Les garçons en sont au même point que nous tous, dit Oliver.

– Nous n'en savons rien, dit Clement, quelque chose dans son intonation indiquant qu'il était dans l'expectative.

– Je pensais à trois cents livres par an pour Clement, et deux cents pour Mark, étant donné qu'il est intéressé à la maison. Cent pour Justine, compte tenu du fait qu'elle ne les dépensera pas pour elle-même, et que je suis regardant envers une femme et les bonnes œuvres. Et que l'avenir d'Aubrey soit assuré au fur et à mesure de son évolution. Que toute amertume soit aussitôt examinée et que la raison en soit réparée. Les raisons d'être amer sont toujours si justifiées. Et le reste sera pour moi, pour le distribuer comme il me plaira, m'attirer de la gratitude, et pouvoir donner le ton. Comme tout cela paraît méprisable, mais comme j'aime ça !

– Nous aussi. Ne vous inquiétez pas en ce qui nous concerne, dit Oliver, se levant. Je vais en aviser ma fille afin de vous épargner cette scène. Maintenant que j'ai obtenu ce que je pouvais, je vous laisse. Ne m'accompagnez pas, je peux passer dans la pièce d'à côté où j'occuperai ces dames.

– J'ai trouvé cela un peu court, dit Dudley. À moins que je n'en sois arrivé au point de m'attendre à d'extravagants remerciements pour la moindre chose. J'espère que ce n'est que cela. Certes, c'est une somme modique. Deux cents livres par an, c'est un dixième de deux mille, et ce doit être mesquin d'offrir à quelqu'un le dixième de ce qu'on a. J'ai l'air d'en garder neuf fois plus pour moi. J'espère que Matty ne l'apprendra qu'après son départ. Les gens supportent mieux de n'avoir rien que d'avoir trop peu. Je viens de le découvrir. J'acquiers le savoir des riches autant que leurs manières. Alors, bien sûr, n'importe qui supporterait mal qu'on lui en donne un dixième.

– Pas moi, dit Mark. J'ai le sentiment inverse.

– J'en perds tous mes moyens, dit Clement.

– Il ne me faut pas oublier de vous remercier de votre

vraie générosité. La mienne est de l'autre sorte, et nous commençons à voir ce qu'elle est. Justine aura un vingtième et l'appréciera, ce qui est, assurément, la vraie générosité. Je me surprends à en jouir d'avance, je me corromps si vite. J'entends sa voix. Le son même devrait m'en faire le reproche.

– Eh bien, voilà, cette occasion prend fin, dit la voix. Du moins, c'est le moment où elle doit prendre fin pour être une réussite. Nous ne pouvons pas dire que nous ne nous voyons pas les uns les autres. C'est tellement bien lorsque ces choses-là ne manquent pas de se concrétiser. Il y a toujours une pointe de risque. C'est tout à notre honneur qu'il n'y ait pas eu l'ombre de ce risque dans notre cas. Miss Griffin et moi avons bavardé en tête à tête. Nous nous sommes installées entre femmes, et avons profité l'une de l'autre.

– Voilà, nous prenons congé après ces heures pleines de bonheur, dit Matty. C'est une fatigue bien agréable que celle qui suit de longues réjouissances pour d'autres que soi. Je regrette simplement de ne pouvoir lui donner d'autre nom, qu'il n'existe pas de terme différent pour désigner des membres endoloris et un mal de tête. Mais le bonheur prévaut, et je n'en demande pas plus.

– Voici la voiture, ma chérie, dit sa sœur. Vous n'aurez pas à refaire le chemin à pied.

– Oh, ça, je ne l'aurais pas pu, ma chérie. On ne peut pas aller au-dessus de ses forces. Au bout, oui, bien volontiers, mais pas au-dessus. Je serai très contente le jour où tu auras une deuxième voiture, ce qui ne saurait tarder à présent. C'est une chose que j'ai toujours désirée pour toi. On prend vite l'habitude d'avoir des projets pour les autres quand on ne doit pas en nourrir pour soi. Excellent et satisfaisant substitut, cela étant dit. On peut s'en estimer heureux. Le coussin dans la voiture, Miss Griffin. Il n'y montera pas tout seul.

– Jellamy le prendra, dit Justine, passant le bras sous celui de Miss Griffin. Il sera dûment mis à sa place.

Edgar prit le coussin et gagna la voiture, tandis que Miss Griffin restait au bras de Justine comme si elle souhaitait s'attarder dans sa sécurité.

– Venez, mon oncle, dit Justine, arrachez-vous à Miss Sloane. Elle ne montre aucun signe de soulagement à la perspective de nous échapper, et c'est de tout cœur que nous l'en remercions. Mais l'heure de sa libération a sonné.

– Matty n'a sûrement pas eu vent de ma mesquinerie, dit Dudley en suivant la voiture des yeux. Elle ne montrerait pas aussi ouvertement l'opinion qu'elle en a.

– Maman a-t-elle appris toutes vos autres mesquineries ? demanda Mark.

– Oh, je préfère ne pas y penser, dit Blanche, lorsqu'elle eut appris la vérité. Je ne supporte pas de savoir que vous avez tous pris autant. Je devrais en rougir pour ma famille.

– Ne vous donnez pas cette peine, maman, dit Justine. J'aurais bien plus honte de ne pouvoir accepter la libéralité d'oncle Dudley ouvertement et généreusement, ainsi qu'elle est offerte. Ce serait faire preuve d'étroitesse d'esprit. Ce n'est pas à nous à prendre de haut les gens reconnaissants. Nous devons être capables de l'accepter. Toute autre posture indiquerait de la répugnance à accorder la supériorité à autrui.

– Il faut qu'oncle Dudley sente que cette position est bien établie pour lui, dit Mark.

– J'ai fait mon possible pour l'y aider. J'ai été en mesure d'accepter plus d'argent de poche, dit Aubrey, les yeux fixés sur le tapis dans lequel il donna un coup de pied.

– Aubrey baisse la tête pour tirer profit de la stratégie de l'autruche, dit Clement.

– Qui est très réelle, dit son frère, relevant aussitôt les yeux.

– Oh, c'est donc de cela que Dudley et vous parliez ? dit

Blanche. Je ne sais ce qu'il me faut penser de vous tous. J'ai l'impression que je découvre mes enfants. Je suis ravie de ne rien recevoir pour moi-même.

– Enfin, maman, tout est pour vous, en quelque sorte, dit Justine. Vous ne pouvez vous dissocier de ce dont bénéficie votre famille.

– Pauvre maman, ça, c'est un peu dur, dit Mark.

– Non, c'est pourquoi je le ressens ainsi, répliqua d'un ton neutre Blanche à sa fille. Et grand-père et tante Matty aussi ! Enfin, je n'y peux rien. Voilà la voiture qui revient. Le cocher apporte une lettre.

– Pour oncle Dudley, de la part de tante Matty, dit Justine, la tendant à Dudley. On ne doit pas lire l'enveloppe d'une lettre, mais c'est une occasion exceptionnelle.

– Nous pouvons être certains qu'elle ne se répétera pas, dit Mark.

– Ce serait une très mauvaise chose pour nous tous, dit Blanche.

– Je vais la lire à haute voix, annonça Dudley, pour avoir le soutien collectif. Supposez que Matty ait pu penser que je l'ai traitée avec condescendance, ou que j'ai présumé de ma parenté, ou cru que l'argent était important pour elle. J'ai pris un risque insensé.

– Lisez, mon oncle, dit sa nièce. Nous nous rangeons tous de votre côté. Mais je ne serais pas étonnée que tante Matty garde la tête haute en la circonstance.

– Est-ce l'épreuve suprême ? dit Clement.

« Mon cher Dudley,

« Je ne puis attendre pour vous remercier en mon nom et en celui de mon père de considérer que nous faisons partie de la famille de ma sœur. Nous avons le sentiment que nous sommes parents avec vous, aussi pouvons-nous recevoir de vous ce que nous recevrions d'un fils ou d'un frère. Nous vous remercions autant d'être cela pour nous que de l'aide qui nous fait aller de l'avant et nous met du baume au cœur.»

«Votre affectionnée et reconnaissante

«Matilda Seaton.»

– J'ignorais que je leur étais si proche, et je n'ai pas donné dans cette mesure-là. J'ai gardé neuf fois plus pour moi-même. De la part d'un fils ou d'un frère, c'est épouvantable. La richesse éprouve le caractère, et elle m'expose. Matty pense toujours que je ressens de la joie à posséder de l'argent, et non du plaisir à le donner, et d'autres nobles sentiments. Peut-être me connaît-elle mieux que je ne me connais moi-même. On connaît terriblement bien ses enfants et ses frères.

– Mrs Middleton est dans la voiture, dit Aubrey.

– Très chers! dit Sarah, descendant sur le gravier, les bras tendus. Qu'allez-vous penser de nous! Votre cocher nous a croisés en chemin comme nous venions aux nouvelles. J'attendais que vous ayez lu votre lettre : je ne voulais surtout pas vous interrompre.

Sarah disait vrai : elle avait souhaité l'entendre jusqu'à la fin.

– Un quart de million en argent! C'est qu'il va nous falloir y faire face!

– Et aussi l'utiliser à d'autres fins, dit Thomas, apparaissant à son tour et s'exprimant d'un ton affable et réjoui.

– Comme c'est gentil de votre part de vous en soucier, dit Blanche. C'est un grand événement pour nous tous. Nous en sommes encore tout excités.

Sarah croisa le regard de Blanche.

– Pauvre Mrs Middleton! dit Justine. Contentez donc sa curiosité.

– Oui, je veux tout entendre, ma chérie, dit Sarah, non sans pathos. Mais avant que nous en parlions, je veux savoir comment c'est arrivé.

– Le notaire de mon parrain m'a écrit pour m'informer que mon parrain était mort et m'avait légué tous ses biens, dit Dudley. Il est mort il y a quelques jours, à un âge très avancé. Je suis ravi de l'intérêt que vous me témoignez ; je craignais que les gens ne puissent se lasser de ce sujet.

– Il n'avait pas d'enfants, Mrs Middleton, précisa obligeamment Justine. En fait, il semble qu'il n'avait aucun parent.

– Alors, il était naturel qu'il laisse son argent à votre oncle ? dit Sarah, dont le visage s'éclaira devant la voie qui lui était offerte.

– Tout à fait, dit Dudley. J'y ai pleinement droit. Mais j'ignorais qu'il en avait. Je l'ai appris il y a quelques jours, l'ai annoncé à mon frère hier soir, et, aujourd'hui, nous en avons tous discuté au petit déjeuner.

– Vous ne leur avez pas tout annoncé en même temps ?

– Non, j'attendais d'en avoir la confirmation. Ce n'était pas nécessaire, mais j'avais besoin de l'avoir.

Sarah inclina la tête en signe d'entière compréhension.

– Sur ces entrefaites, mon père et ma sœur sont venus s'informer de tout, dit Blanche, ils viennent de partir. Cette nouvelle m'a donné un tel coup de fouet hier que j'ai pensé que je serais trop fatiguée pour dormir, mais ça a été la meilleure nuit que j'aie passée depuis des mois.

– C'est exact, pour l'un comme l'autre, dit Justine. Racontez succinctement à Mrs Middleton tout ce qu'elle veut savoir.

– Croyez bien que nous sommes ravis de savoir déjà cela, dit Thomas, teintant ses intonations d'accents de sincérité.

– Comment l'avaient-ils appris ? demanda Sarah dont le regard ne s'arrêta qu'un instant sur le visage de Justine. Ils sont venus très tôt, non ?

– Dès après le petit déjeuner, s'empressa de répondre complaisamment Justine. Ils l'avaient appris par un livreur qui l'avait lui-même appris par Jellamy. Nous en avions discuté au petit déjeuner en présence de ce dernier – elle eut un petit rire : Et il semblerait que ce soit déjà de notoriété publique. Mais vous-mêmes, comment l'avez-vous appris ?

– Ma chérie, partout on ne parle que de cela, dit Sarah, maintenant capable de se laisser conduire au salon. Et quelle somme ! Un quart de million !

– Un vingtième de million, dit Dudley. Sans plus de rapport avec un million qu'avec tout autre montant. Je ne vois pas pourquoi tout le monde parle d'un million. Tout est une fraction d'un million.

– Et là, il s'agit vraiment d'un vingtième ? demanda Sarah, qui laissa sa phrase en suspens avec dans le ton toute la science du monde. Ah, je ne sais qui féliciter, de vous ou des autres. Je suppose qu'ils vous ont déjà fait part de leurs souhaits.

Sa voix réclamait de plus amples éclaircissements, aussi Mark s'assit-il à côté d'elle pour lui en donner autant qu'il le souhaitait.

– Une petite maison à Cambridge pour Clement, dit-elle, se levant dès l'instant qu'elle eut obtenu satisfaction. Et cette maison-ci remise en état pour votre père. Ah, ce sera une joie pour vous tous. Quel bel héritage ! Et les besoins d'Aubrey pourvus au fur et à mesure. Et l'œuvre utile de votre chère sœur soutenue. Ah, je vais vous laisser vous réjouir entre vous. C'est beau de vous voir le faire ensemble.

– Laissez-nous vous faire reconduire en voiture, dit Blanche qui avait repris son ouvrage.

– Non, nous allons marcher et, peut-être, passer voir votre sœur. Mon mari aura plaisir à bavarder avec votre père. Les hommes aiment parler entre eux.

– Et ces dames n'y verront peut-être pas d'objection en la circonstance, fit remarquer Thomas, avec un sourire. Je ne puis vous dire à quel point je suis content.

– Eh bien, Mrs Middleton, vous estimez-vous pleinement instruite de tout ce dont vous souhaitiez parler ? demanda Justine tandis qu'elle raccompagnait les visiteurs.

– Oui, ma chérie, je sais tout, je pense, dit Sarah, arrêtant à nouveau son regard sur le visage de Justine. Je n'aime pas que les choses me passent à côté sans que j'en entende parler. Nous sommes faits pour nous intéresser à ce qu'ordonne le Tout-Puissant.

– Mrs Middleton accorde autant d'attention aux actions du Tout-Puissant qu'Il est censé en accorder aux siennes, dit Mark.

– Je suis ravi que le Tout-Puissant ait accordé un demi-million à oncle, dit Aubrey.

– Un demi-million ! s'écria Dudley. Là, je vais mal le prendre.

– Qu'as-tu pensé de la manière dont Mrs Middleton a justifié sa curiosité, Justine ? demanda Clement.

– La pauvre ! On ne peut pas appeler cela autrement.

– Elle le peut, et elle l'a fait, dit Mark.

Sarah se rendit au pavillon, désireuse de connaître la part que prenaient les Seaton à la fortune, et espérant que ce serait assez mais point trop. La question ne fut pas abordée, et ses scrupules d'avoir écouté la lecture de la lettre se dissipèrent. Elle vit qu'elle n'aurait pu s'en dispenser.

V

– Oncle Dudley se promène sur la terrasse en compagnie de Miss Sloane, dit Aubrey à sa sœur.

– Il n'y a là rien de plus naturel, mon petit garçon. Je remarque qu'oncle Dudley tient souvent compagnie à Miss Sloane ces temps-ci. C'est peut-être pour laisser à tante Matty le loisir de pouvoir bavarder avec papa.

– Il lui a donné le bras pour gravir les marches. Elle les gravit d'elle-même quand elle est seule.

– Quand tu seras grand, tu sauras que les hommes font souvent pour les femmes des choses qu'elles pourraient faire d'elles-mêmes. Oncle Dudley est un homme accompli et galant, et, dans ce domaine, il s'est produit un changement récent en lui. Il semble avoir pris plus conscience de sa personne depuis qu'il possède cet argent. J'espère que cela ne signifie pas que nous considérions trop que son dévouement nous était dû par le passé. Ah, ce cher passé ! Je ne puis m'empêcher de le regretter, d'un certain côté, le temps où il nous donnait plus de lui-même en somme, quand il avait moins d'autres choses à donner. Il m'arrive de me surprendre à appeler de mes vœux son retour. Je ne prends pas autant de plaisir à mes nouvelles latitudes que j'en prenais auprès de l'ancien oncle Dudley, qui semble s'être un peu détaché de nous dernièrement. Enfin, j'ai pris ce que je pouvais obtenir, et j'en suis satisfaite et reconnaissante. Et je suis bien en peine de trouver les mots pour exprimer ce que je veux dire.

Blanche leva la tête vers sa fille, comme frappée par quelque chose dans les paroles qu'elle venait de prononcer, puis elle se leva et gagna la fenêtre, son ouvrage lui glissant de la main.

– Maman, qu'y a-t-il ? Revenez près du feu. Votre toux va empirer.

Blanche, aussitôt prise d'une quinte de toux, porta la main à sa poitrine et leva les yeux vers sa fille.

– C'est vrai, dit-elle. Ils se promènent bras dessus bras dessous. C'est vrai.

– Qu'est-ce qui est vrai ? Qu'entendez-vous par là ? dit Justine, se plaçant à son côté. Qu'y a-t-il ? Que devons-nous en penser ?

– Nous les espionnons, dit Aubrey, d'un ton qui parut trop léger pour l'humeur des autres.

– Oui, en effet, dit sa sœur en reculant. Non, sûrement pas. Je vois ce que c'est. Oncle Dudley choisit ce procédé-là pour que la vérité nous soit connue. Il attend de nous que nous la voyions et que nous en prenions la mesure. Eh bien, c'est chose faite. Nous la tiendrons pour révélée. Ainsi donc, c'était cela, l'étrange intuition que j'ai eue de quelque chose qui allait nous arriver, quelque chose de nouveau. Eh bien, nous en acceptons les implications pour oncle Dudley et pour nous.

– Cher Dudley ! dit Blanche, ramassant son ouvrage.

– Cher oncle Dudley, certes, maman ! Et plus il agira et obtiendra pour lui-même, plus il nous sera cher. Maintenant, retournez près du feu. Vous êtes toute pâle. Ce ne peut qu'être un choc. Aubrey va rester pour s'occuper de vous, et moi, je vais aller, ainsi que le souhaite oncle Dudley, répandre la nouvelle. Car il nous faut considérer que c'est le sens implicite de son message.

– Il faut prendre garde à la façon dont nous marchons bras dessus bras dessous, dit Aubrey.

Blanche tendit la main vers son fils avec un sourire à la fois absent, amusé et désapprobateur, et garda le silence jusqu'à l'entrée de ses autres fils, précédés de leur sœur.

– Devant la fenêtre du perron, leurs yeux rivés sur le décor ! Comme s'ils avaient pris racine ! Oncle Dudley a bien choisi son procédé. Il est allé droit au but.

– Ma Justine a retrouvé le son de sa voix, dit Blanche, considérant ses fils comme si elle s'interrogeait sur leurs impressions.

– Voyez-vous, maman, je ne vais pas me laisser abattre. C'est une chose sous laquelle il ne faut pas ployer, certes non. J'ai trouvé les garçons dans un état d'hébétude. J'ai été obligée de les secouer un peu, bien que, je l'admets, sur le coup, j'en aie été tout autant affectée. C'est un changement pour oncle Dudley, pas pour nous. C'est sa vie qui prend un nouveau tournant, même si celui que prendra la nôtre lui est subordonné. Mais ce cher oncle Dudley ! En arriver là à son âge ! J'en ai le souffle coupé et le cœur serré en même temps.

– La chose est-elle certaine ? demanda Mark.

– N'échafaudons pas davantage sans fondement, dit son frère.

– Regardez, dit Justine, les précédant jusqu'à la fenêtre. Regardez. Oh, mais regardez ! Voilà du nouveau, sous nos yeux. Qu'est-ce qui m'a conduite à la fenêtre en cet instant ? C'est réjouissant, c'est exaltant. Je regrette de ne pas l'avoir vu dès le début. Nous n'aurions pas dû détourner les yeux.

Edgar se trouvait dans l'allée, tenant Maria et son frère par les épaules, les dévisageant, son sourire semblant être le reflet du leur.

– Cette scène n'est-elle pas éloquente ? Ce cher papa ! Céder sa place dans la vie de son frère avec générosité et courage. Nous voyons toute la simplicité et toute l'étendue de son sacrifice, sa pleine et entière renonciation. Il semble que nous ne devrions pas regarder, que cette scène ne devrait pas être désacralisée par des regards humains.

– C'est pourquoi Justine se dresse sur la pointe des pieds pour y jeter un dernier coup d'œil, dit Aubrey, en battant des paupières.

– Oui, écartons-nous, dit sa sœur, reprenant à son compte les paroles de son frère. Tournons le regard vers quelque chose de plus approprié à notre vue.

Partant, elle tourna le sien vers sa mère et s'aperçut que Blanche pleurait sans retenue et sans bruit, comme si elle n'avait pas la force de contenir ses larmes.

– Dites-moi, ma petite maman, cela ne vous ressemble pas de vous laisser aller de la sorte. Où est cette volonté stoïque qui vous a placée à notre tête et vous y a maintenue en dépit de toutes les indications contraires ? Où devrait-elle être à présent, sinon au service de papa ? Où est votre place sinon à ses côtés ? Allons, laissez-moi vous conduire au poste qui sera le vôtre.

Blanche continua de pleurer presque avec contentement, plutôt comme si ses résistances lui avaient été retirées que si elle avait des raisons de verser des larmes. Aubrey regardait, semblant être mal à l'aise, tandis que Clement détournait les yeux.

– Je suis de tout cœur avec maman, dit Mark. C'est tout ce que je peux faire à défaut de suivre son exemple.

– A-t-on envoyé la voiture chercher tante Matty ? demanda Aubrey.

– Le faut-il ? dit Blanche, se redressant et usant d'un ton trop dégagé pour être crédible. Nous allons devoir demander à Miss Sloane de rester déjeuner, alors je suppose que votre tante doit venir aussi. C'est elle qui a pris l'initiative de l'amener à la maison. Nous étions bien loin de nous douter de ce qu'il adviendrait. Mais, Justine, ma chérie, pas Miss

Griffin. C'est aussi bien que ce ne soit qu'une réunion de famille. C'est ce que cela sera, bien entendu, maintenant que Miss Sloane va être des nôtres.

– Nous ferons selon votre bon vouloir, ma petite maman. Je vais faire porter le message. Et j'approuve vos préférences. Il est bon d'être simplement comme nous sommes. Et, désormais, le risque de promiscuité et de manque qui, par intermittence, aura caractérisé notre table n'existera plus.

Justine s'interrompit, se souvenant que la main ouverte de son oncle pourrait bien se refermer.

– Devons-nous tenir pour certain que Miss Sloane et oncle Dudley sont fiancés ? demanda Mark. Les signes en sont patents, mais sont-ils probants ?

– Probants, répéta Justine, avec un léger soupir. Verrait-on une femme de l'âge et du style de Miss Sloane au bras d'un homme avec qui elle aurait toute autre relation ? Oncle Dudley n'est ni son père ni son frère, tu sais.

– Malheureusement non, dit Clement. Ce serait sûrement dissuasif.

– Allons, Clement, c'est la vie d'oncle Dudley que nous vivrons ces prochains jours. Il a assez vécu la nôtre.

– C'est curieux que nous en soyons surpris, fit remarquer Mark.

– Peut-être bien que nous le sommes, dit Justine, avec un nouveau soupir. Mais nous avons eu un exemple de la façon d'y réagir. Papa nous l'a donné. Ne me rappelez pas cette scène ou je serai aussi bouleversée que maman.

– Tu as été malavisée de l'invoquer, mais j'admets le bien-fondé de la preuve.

– Attendez une minute, dit Justine, gagnant la porte. Je reviendrai avec la confirmation ou le contraire. Je ne serai pas longue.

– Je dois aller me rendre présentable, dit Blanche de son ton habituel. Je me suis conduite d'une façon qui ne me ressemble vraiment pas. Ce devait être à la pensée de votre oncle qui a tant vécu pour nous tous et qui, à présent, s'apprête enfin à vivre pour lui-même.

– Il n'en faut pas plus pour terrasser n'importe qui, dit Clement après que sa mère se fut retirée. C'est un bon résumé de la situation.

– Tu veux dire qu'oncle Dudley pourrait avoir besoin de son argent ? demanda Mark.

– Il semblerait qu'il ne puisse en être autrement. Près de tout ce qui restera après le paiement des pensions est affecté à la maison. C'est tout juste s'il ne faudrait pas la reconstruire. Les maisons n'ont pas été faites pour durer aussi longtemps. Peut-on revenir sur ce qu'il a été convenu à ce stade ?

– On le pourra au bout du compte. Il le faudra bien, je suppose. Oncle Dudley avait très peu d'argent à lui. Notre famille n'a pas grand-chose en dehors de la propriété. Il était pauvre jusqu'à ce qu'il reçoive cet argent. Et il ne dispose que du revenu ; le capital est immobilisé jusqu'à son décès. Or, il aura envie de combler sa femme de cadeaux à la hauteur de ses moyens. Ce qu'elle acceptera, pourquoi s'en priverait-elle ?

– Parce que cela empêcherait oncle Dudley de nous en faire à nous, dit Aubrey.

– Nous ne disputons pas à oncle Dudley ce qui lui revient.

– Mais seulement à Miss Sloane ce qui nous revenait.

– Qu'en est-il de ton complément d'argent de poche ? demanda Clement.

– Je le dispute à Miss Sloane. Je pensais qu'elle préférait papa à oncle Dudley. C'est toujours lui qu'elle regarde le plus.

– Je ne m'étais jamais demandé lequel elle préférait, dit Mark. Je la considérais comme l'amie de tante Matty.

– Peut-être que tante Matty ne lui suffisait plus, dit Aubrey. Je peux le comprendre. Eh bien, nous l'aurons donc pour tante et elle sera obligée d'embrasser Clement.

– Voilà, j'apporte la confirmation, dit Justine, entrant dans la pièce après avoir recouvré un peu de retenue. Soutien clair et spontané de ce que nous avions déduit par nous-mêmes des signes clairs et nets qui en étaient donnés. Ils n'ont disputé ou tergiversé à aucun moment. J'en ai reçu l'aveu simple et ouvert qui leur a valu tout mon respect.

– Leur avoir demandé de te le faire t'a-t-il valu le leur ? dit Clement.

– Je pense que oui. Ils ont considéré que c'était naturel et nécessaire. Nous ne pouvions accepter ce à quoi nous ne pouvions donner de base définie. Ils ne pouvaient s'y attendre, et ne s'y attendaient pas.

– Donc, il n'y a pas vraiment eu de scène ?

– Non… du moins, elle a été entièrement à mon goût. Ce fut bref et sans détour. Il y a eu de la simplicité et de la profondeur. J'ai senti que j'étais confrontée à une expérience profonde, à l'avenir en train de s'ourdir. J'ai donc gardé le silence.

– Tu as bien fait.

– Sommes-nous tous prêts pour tante Matty ? dit Aubrey.

– Oui, nous ne nous changerons pas. On pourrait penser que nous nous préoccupons trop de nous-mêmes. Aujourd'hui, nous nous réunissons par pure affection pour oncle Dudley.

– Avec seulement notre cœur à la boutonnière.

– Dis-moi, mon petit garçon, comment se fait-il que tu ne sois pas à tes livres ?

– Penrose est souffrant. Il a envoyé un mot. Et à peine a-t-il eu le dos tourné que j'ai trahi sa confiance.

– Enfin, enfin, ce n'est pas un jour comme un autre. Ah, ce doit être la voiture. Ne ferons-nous donc plus jamais sans tante Matty ? Oh, quelle pensée mesquine et illogique ! Alors que nous lui devons probablement le bonheur d'oncle Dudley ! Pour la peine, je serai la première en bas pour l'accueillir.

– Ainsi, votre nouvelle agitation ne vous absorbe pas au point d'en oublier votre vieille tante. Comme c'est gentil à vous tous. Justement, je vous apporte toutes mes félicitations. J'ai le sentiment d'en être un peu à l'origine. Ainsi, Blanche, je t'ai enfin donné quelque chose. Je ne devrai plus avoir le sentiment de ne rien faire que recevoir. Il ne sera pas dit que ce doive être toujours mon lot. C'est moi qui donne, cette fois, et je sens bien que c'est un don rare et précieux. Et je ne le dispute pas, cela dût-il signifier que moi-même je doive y renoncer en partie. Non, Dudley, il vous appartient et vous a été donné sans réserve. Vous et moi sommes tous deux de ceux qui savent donner. Ce qui est souvent vrai de ceux qui reçoivent. Et, cette fois, vous vous trouvez dans la seconde position.

– Il faut bien que certains l'occupent, sinon donner ne servirait à rien.

– Nous l'occupons tous ensemble, dit Blanche, qui paraissait surexcitée et désorientée. La sœur d'Edgar sera pour moi comme une sœur, comme son frère a été mon frère.

– Nous avons toujours chéri ce lien, dit Matty, saisissant la main de Blanche. Et maintenant que nous serons trois au lieu de deux, nous ne l'en chérirons que davantage. Il me faut avoir le sentiment que je reçois, moi aussi. Je m'emploierai à le ressentir sans m'attarder sur ce à quoi je renonce.

– Je n'ai pas le sentiment d'y perdre. Je connais trop bien Dudley.

– En tout cas, si moi j'ai le sentiment de céder un petit quelque chose, j'y renonce avec joie, avec le sentiment que ce que les autres y gagnent vaut plus que ce que j'y perds, ou a plus d'importance. Car je suis une personne dépendante qui a dû avoir ses exigences ; et aujourd'hui qu'on exige quelque chose de moi, je suis ravie d'y répondre sans réserve. J'ai eu ma part de faiblesses, et j'accueille avec joie une position dans laquelle c'est moi qui détiens un peu de la force.

– Je n'ai nul besoin de parler de ce que je reçois, dit Maria, dans cette maison où on le sait. Je donne en retour tout ce que j'ai.

– Simple et éloquent, Miss Sloane, comme nous pouvions nous y attendre, dit Justine. Mais nous n'avions nul besoin de vous l'entendre dire, et nous espérons qu'il ne vous en a pas coûté. Quant à nous, nous vous donnerons tout ce qui se doit et ce qui convient. Et soyez certaine, tante Matty, que nous mesurons votre sacrifice. Si nous avons l'air un peu détaché aujourd'hui, c'est que la marche des affaires nous entraîne avec elle. Laissez-nous faire notre petite sortie et revenir au moment opportun.

– Edgar, nous devons entendre un mot de vous, dit Matty. Ce n'est sans doute pas facile puisque c'est vous qui cédez le plus, mais vous êtes quelqu'un de qui nous attendons beaucoup.

– Sûrement pas dans ce domaine, dit Clement.

– Oh, tante Matty, je trouve que ce n'est pas facile, en effet, dit Justine. Et vous en avez donné la raison. Ou alors, juste un mot, puis il nous faudra prendre une initiative. Il faut bien que nous mangions, même le jour des fiançailles d'oncle Dudley. Les fiançailles d'oncle Dudley ! Qui pourrait savoir ce que ces mots signifient pour nous ?

– Voilà qui me tiendra lieu de discours, dit Edgar.

– Dans ce cas, nous en resterons là, dit Justine, lui prenant le bras pour se diriger vers la salle à manger.

– Dudley devra se placer à côté de Miss Sloane, dit Blanche, et ce sera là leur seule obligation.

– Irai-je de mon petit commentaire personnel ?

– Allons, mon petit garçon, le silence est le meilleur commentaire que tu puisses faire.

– J'aimerais voir Clement sortir de lui-même.

– Toi, rentre en toi-même et restes-y.

– A-t-on pensé à prévenir Miss Sloane qu'il est mauvais pour Clement qu'on s'intéresse à lui ?

– Pardonne-lui, Miss Sloane, il est surexcité, dit Justine, donnant une excuse qui satisfaisait à la vérité tout en imposant silence à son frère.

– Blanche, ta toux a empiré, dit Matty. J'ai l'impression que tu ferais mieux d'être au lit.

– Je ne pourrais pas, ma chérie, pas un jour comme celui-ci. Qu'adviendrait-il d'eux tous ? Je suis indispensable.

– Absolument, ma chérie. C'est bien ce que je dis.

– Maman a été condamnée à ne pas quitter sa chambre, dit Justine, mais je n'ai pas eu le cœur d'exécuter cette sentence. Notre petite inspiratrice enfermée toute seule, pendant que nous autres observerions cette célébration ! Ma sensibilité s'y est refusée.

– C'est une erreur de penser avec le cœur et non avec la tête, dit Clement.

– Je vais très bien, dit sa mère. Je suis seulement un peu nerveuse. Je ne peux pas rester calmement assise un jour comme celui-ci. Je n'ai jamais été quelqu'un de flegmatique. Je ressens très profondément ce qui affecte les autres. J'en arrive à sortir de moi-même. J'ai l'impression qu'il s'en faudrait de peu que je ne m'élève et ne flotte au-dessus de vous tous. Je ne saurais dire depuis quand je me suis sentie aussi légère dans tout mon être. Je ne crois pas que votre oncle lui-même se sente aussi exalté.

– J'en vois qui se réjouissent véritablement de la joie d'autrui, dit Dudley.

– Vous l'avez fait plus souvent qu'à votre tour, mon oncle, dit Justine. Et il est bon que, finalement, autre chose se soit produit. Une période d'égoïsme classique vous fera le plus grand bien. Cédez-y. Nous nous sommes disciplinés en vue de vivre cette expérience. Elle sera salutaire. Et une part de vos pensées reviendra vers nous, soutenues par celles de quelqu'un d'autre.

– Donc, pour le moment, je n'ai plus d'oncle, dit Aubrey.

– Tu auras une seconde tante, mon chéri, dit Matty. Viens

t'asseoir près de la première. Les tantes peuvent être une consolation, tu le découvriras.

– Je serai peut-être le neveu attitré de Miss Sloane.

– Tu ne le mérites pas, mais j'ai idée que cela se pourrait bien, dit Justine. Petit garnement qui trouve le moyen d'être le préféré et qui le sait ! Dites-nous tout de suite, Miss Sloane, que vous le considérez d'ores et déjà d'un œil partial.

Maria sourit à Aubrey, mais sans avoir pu se retenir de lancer un regard à ses frères.

– Tiens, il se peut que tu ne sois pas l'élu, cette fois. Tu peux le prendre à cœur et te retirer au second plan, poursuivit Justine tandis que son frère faisait et l'un et l'autre.

– Maman, on croirait que vous ne savez plus ce que vous faites, dit Mark. Vous ne cessez de commencer à manger, d'oublier que vous mangez et de reprendre. Vous n'avez pas achevé une bouchée depuis dix minutes.

– Je suis un peu fébrile, mon chéri. Je ne peux considérer que c'est un jour ordinaire. Votre oncle n'avait encore jamais été fiancé.

– Jamais et peut-être plus jamais, dit Clement. Il ne fera pas fréquemment perdre l'appétit à maman.

Blanche partit à rire, poursuivant quelque chose du bout de sa fourchette et s'abandonnant à la joie de même qu'elle s'était abandonnée aux larmes, comme si elle n'avait pas la force de la dominer.

– Maman, vous êtes surexcitée, dit Justine. Vous êtes au bord de l'hystérie. Non que cet événement soit anodin. En un sens, il est plaisant pour oncle Dudley de voir à quel point vous vous impliquez dans sa vie. Ce n'est pas votre propre intérêt qui vous tourmente, n'est-ce pas ?

Blanche leva la tête comme si elle ne comprenait pas ces paroles.

– Vous défaillez de n'avoir pas assez mangé, dit Edgar. Vous n'avez rien pris au petit déjeuner. Vous devez faire un effort.

– Je ne peux pas, répondit sa femme sur un autre ton. Je

ne me sens pas assez bien. Et je n'aime pas que l'on me dise ce que j'ai à faire. J'ai l'habitude de faire ce qui me plaît. Je suis capable de juger par moi-même.

Elle repoussa son assiette contre son verre et considéra le résultat avec une sorte de soulagement puéril d'avoir donné libre cours à son humeur.

– Maman n'est plus elle-même, dit Justine, se levant pour réparer les dégâts et s'adressant à sa mère, sinon directement à elle. Elle est à la fois plus et moins elle-même, dirons-nous ?

Blanche suivit des yeux le déroulement de cette action d'un air vaguement indifférent.

– C'est une de nos plus belles serviettes de table, dit-elle, tendant la main vers celle-ci. Ce vin ne tache pas, n'est-ce pas ? Je ne les ai sorties que la semaine dernière.

– Il faut… il serait bon de lui prendre sa température, dit Edgar.

– J'y avais pensé, papa. J'attendais que nous ayons fini de déjeuner.

– Renvoyez Jellamy, dit Blanche tout à trac. Il n'arrête pas de me surveiller.

– Jellamy peut aller chercher un thermomètre, dit Mark en adressant un sourire entendu au domestique. Cela fera d'une pierre deux coups.

Jellamy disparut, entièrement dévoué à sa maîtresse, tandis que Blanche, prise d'un rire qui se mua en quinte de toux, demeurait immobile, choquée, les yeux continuellement en mouvement dans une tête inerte.

– Maman respire très difficilement et très rapidement, dit Clement.

– Elle doit avoir la fièvre depuis ce matin, dit Mark.

– Maintenant, nous nous en sommes tous rendu compte, dit Justine avec brusquerie. Il serait vain de déplorer que personne ne s'en soit aperçu avant. Cela n'aiderait en rien. Nous ne pouvons que faire face à ce qui est.

– Je pensais qu'on ne le remarquerait peut-être pas, si je n'en disais rien, dit Blanche, comme pour elle-même. Parfois, les gens ne s'aperçoivent de rien.

Edgar s'était placé au côté de sa femme. Dudley et Maria, qui s'étaient levés, parlaient à l'écart. Matty restait assise, les yeux fixés sur sa sœur, son expression balançant entre anxiété et irritation que l'attention générale se porte sur quelqu'un d'autre. Aubrey regardait autour de lui, en quête de réconfort. Il régnait soudain l'agitation et la menace d'une angoisse admise.

Le thermomètre rendit son verdict. Blanche, qui perdit patience à deux reprises, retarda son action. Matty et Dudley parlèrent pour la distraire pendant qu'elle attendait. Elle fut dérangée par sa toux, et tous prirent conscience de sa nature et de sa fréquence. Le visage de sa sœur reflétait de l'anxiété, rien d'autre.

– J'ai entendu maman tousser ainsi cette nuit, dit Aubrey.

– Alors, pourquoi ne pas l'avoir dit ? demanda Clement.

– C'est inutile, Clement, dit Justine. Chacun de nous regrette de ne pas s'en être inquiété plus tôt. Ce n'était pas à Aubrey de nous montrer l'exemple.

Il se trouva que Blanche souffrait d'une forte fièvre et qu'elle parut puiser du plaisir, voire de l'orgueil, dans cette découverte.

– Je ne fais jamais d'histoires pour rien, dit-elle, tandis qu'elle attendait au coin du feu qu'on eût chauffé sa chambre. J'ai toujours été la dernière à me plaindre de mon sort. Quand j'étais enfant, il fallait me surveiller pour voir si j'étais malade. Je ne l'avouais jamais, quoi que je ressentisse.

– C'était très vilain, ma petite chérie, dit Matty. Et tu n'es plus une enfant.

– Vantardise de l'ignorant et de l'arrogant, maman, dit Mark.

– Mon pauvre oncle ! murmura Justine, posant la main

sur la manche de Dudley. Le jour de vos fiançailles ! Nous ne les oublions pas. Vous le savez.

– Moi, je n'en avais plus conscience. Je me perds dans l'intérêt général.

– Souvent, je m'activais alors que des gens moins malades que moi gardaient le lit, poursuivit Blanche dont le regard se conforma à ce désintérêt pour elle-même. Je me rappelle la fois où j'ai soigné ma sœur alors que ma température se révéla être plus élevée que la sienne. J'imagine que Miss Sloane doit en avoir entendu parler.

– Ne raconte pas d'aussi horribles choses, ma chérie, dit Matty.

– Oh, mais je me dis souvent que ne pas s'écouter est le meilleur moyen de bien se porter, dit Blanche, posant de nouveau la main sur le châle qui entourait ses épaules, et y jetant un coup d'œil tandis qu'un frisson la parcourait. Garder le lit diminue la résistance et donne meilleure prise à la maladie. Non que je sois réellement malade, cette fois, encore qu'un mauvais refroidissement n'en soit pas loin. Je ne m'écouterai pas longtemps. Je suis une personne qui aime tout faire par elle-même.

– Ce n'est pas toujours le meilleur moyen de faire quelque chose pour les autres, ma chérie.

– Vous le ferez une fois de trop, maman, dit Clement, ravi d'être interrompu par la porte qui s'ouvrait.

On annonça que la chambre était prête. On entendit arriver le médecin. Il semblait incroyable qu'une heure plus tôt la maisonnée suivait son cours habituel, plus incroyable encore qu'il eût été brisé de la sorte.

Blanche restait immobile, les yeux étrécis, les mains et le visage plus osseux que d'ordinaire, inclinée vers l'avant pour éviter la respiration profonde qui provoquait sa toux.

– Je pense que chacun sait ce qui lui convient. Je ne me suis jamais fait du mal en m'activant. Je ne garderai pas le lit un instant de plus qu'il ne sera nécessaire. À cette seule pensée, je me sens plus mal. Je vais plus mal au moment même où je vous parle rien que d'y penser. L'esprit agit bel et bien sur le corps.

Ses inflexions indiquaient qu'elle s'expliquait à elle-même ses sentiments.

Le médecin se prononça au premier coup d'œil. On emmitoufla Blanche, puis on la transporta dans sa chambre. Ses fils revinrent avec le fauteuil qui l'avait portée et échangèrent un coup d'œil en le remettant en place.

– Ce que ce fauteuil est léger ! dit Clement, en lui donnant une poussée.

– Les gens légers sont souvent plus forts que ceux qui sont plus lourds, rétorqua son frère.

Aubrey fondit en larmes.

– Allons, allons, vous autres, dit Justine. Maman n'a pas pu devenir si légère ces derniers jours. Elle n'a jamais dû peser bien lourd. Je me suis toujours sentie empotée à côté d'elle.

– Quand arrive l'infirmière ? demanda Mark.

– Dès qu'elle le pourra, répondit Matty, qui revenait de s'entretenir avec le médecin. C'est une bonne nouvelle, non ? Et j'en ai une meilleure à vous donner. Nous faisons venir Miss Griffin. Votre oncle et Maria sont allés la chercher, je ne connais pas de meilleure infirmière. C'est pourquoi je renonce à elle pour vous. Ainsi donc, pour la deuxième fois, tante Matty vous pourvoit de la personne nécessaire.

Miss Griffin arriva, le visage empreint de ses sentiments, inquiétude pour Blanche et plaisir de se sentir indispensable, et prit aussitôt au chevet de la malade la place qui lui revenait. Elle avait plus d'affinités avec les gens réduits à l'impuissance qu'avec ceux en pleine possession de leurs moyens, et c'était plus la claudication de Matty que la durée de leur union qui avait tissé entre elles ce lien qu'elle ne pouvait rompre. Elle commença par parler à Blanche des fiançailles de Dudley, sentant que son intérêt pour ce sujet ne pouvait faillir et tirant le meilleur parti de la présupposition que Blanche était indissociable de la vie courante.

Mais Blanche avait pris la nouvelle plus à la légère que Miss Griffin, et maniait les fils de la vie avec plus de délicatesse, encore que la sienne parût en avoir bien plus. Cette dextérité l'accompagna au cours des jours qui suivirent, la servant en la laissant incurieuse de son état, et la desservant en ne lui permettant pas de mesurer l'urgence de ce combat contre la mort. Avec irascibilité et héroïsme, puérilité et courage, elle vécut ses heures noires dont elle émergea en paix et en état de faiblesse avec le souvenir plutôt que la conscience de ce qui s'était passé.

Pareille incertitude était nouvelle pour sa famille, qui la vécut dans un état de choc et d'incrédulité. Au premier signe de rétablissement, ils tinrent pour acquis que tout danger était écarté et gardèrent du ressentiment qu'elle en ait couru.

Lorsque Matty et Maria se présentèrent pour partager cette joie, elles découvrirent que, par contrecoup, celle-ci avait pris la forme du silence. La première soirée succédant à l'angoisse eût très bien pu passer pour son point culminant.

Justine tendit la main à son oncle comme si la force lui manquait pour tourner les yeux dans la même direction.

– Nous devons paraître égoïstes et égocentriques, mon oncle, dans la mesure où nous ne songeons plus à votre bonheur.

– Pour l'instant, nous partageons le vôtre, dit Maria.

– Et je crains que nous ne soyons point à même de le montrer, dit Dudley.

– Nous sommes tous à même de partager celui des uns et des autres, dit Matty. Je peux vous en faire la démonstration. La joie que j'éprouve pour ma sœur ce soir ne donne que plus de fondement à celle que j'éprouve pour mes amis. Oui, cet autre bonheur que je ressens ici est très cher à mon cœur.

– Vous vous le figurez, dit Dudley. Maria et moi l'avons mis entre parenthèses.

– Vous l'avez logé plus profondément. Là où il convient.

– Je suis épouvanté par les menaces et les dangers de l'existence, dit Mark.

– Il vaut peut-être mieux pour nous prendre conscience que, au cœur même de la vie, nous sommes dans la mort, dit sa sœur.

– Quel bénéfice en tirerions-nous ? demanda Clement.

– Oh, ne parlons pas ainsi en ce jour entre tous. Ce n'est ni approprié ni convenable. Nous avons peut-être les nerfs à vif, mais gardons-nous de brandir cette excuse pour franchir toutes les limites.

– Nous n'avons peut-être pas d'autre excuse, dit Edgar, mais nos invités voudront bien accepter celle-là. Nous sommes éprouvés jusqu'au bout de nos forces et, je le crains, au-delà.

– Nous ne sommes pas des invités, mon cher Edgar, dit Matty. En tant que famille, nous étions dans les ténèbres, et c'est en tant que famille que nous entrons dans la lumière. Peut-être serait-ce faire preuve d'un peu d'ingratitude que de ne pas voir la différence.

– Nous ne trouvons pas que la lumière soit aveuglante, dit Clement.

– Non, c'est ce que je vois, mon chéri. Eh bien, moi, je trouve que si, mais il faut dire que pour moi, les ténèbres ont été particulièrement ténébreuses.

Matty n'avait que peu de patience pour les états d'âme des autres, habituée qu'elle était à se soutenir et à se stimuler elle-même.

– Ma sœur et moi sommes particulièrement proches, vois-tu. Depuis nos tout premiers souvenirs, nos vies n'en font qu'une. Même l'amour maternel ne remonte pas aussi loin.

– Vraiment, tante Matty, cette fois, vous exagérez, dit Justine. Du moins le dirais-je n'étaient les circonstances.

– Ce sont elles qui le justifieraient, dit Mark.

– Donc, les circonstances ont leur importance, mes chéris ?

– Tante Matty, si vous n'y prenez garde, vous allez nous obliger à nous détourner de vous avec ce qui pourrait bien ressembler à de l'aversion et du mépris, dit Justine, s'autorisant à joindre le geste à la parole.

– Avec ce qui pourrait fort bien y ressembler, renchérit Clement.

Edgar leva la tête comme si la lassitude le laissait sans voix :

– Très bien, très bien, ma chérie, peut-être n'ai-je pas moi-même été sans manifester ce qui pouvait ressembler à de tels sentiments. Nous sommes tous à bout de nerfs et avons franchi nos limites. Nous devons nous pardonner les uns les autres.

– Je ne vois pas pourquoi, dit Clement.

– Et moi qui suis tout à ma joie, dit Dudley. Et Matty qui disait qu'elle la partageait. Alors, je suppose que c'est là ce que c'est de se réjouir pour les autres. Il n'est pas étonnant qu'on évite de le faire.

– Miss Sloane, secourez-nous, dit Justine. Nous avons besoin de gentillesse et de bon sens qui nous protégeraient contre nous-mêmes.

– C'est l'angoisse qui est à blâmer. Une heureuse issue ne change pas ce qu'il s'est passé auparavant.

– C'est exactement ce que je dis, fit Clement. Pourquoi faudrait-il fêter le fait que maman ait failli perdre la vie et vienne d'être sauvée ?

– Pauvre petite maman ! Courons-nous le danger de perdre son expérience dans la nôtre ?

– Sûrement pas, ma chérie, dit Matty. Non, je ne pense pas que toi et tes frères vous en trouviez réduits à cela.

Justine laissa échapper un rire franchement aigre en ce qu'il acceptait le sens que sa tante donnait à ses paroles.

Matty haussa les sourcils d'un air perplexe et interrogateur.

– Allons, allons, dit Edgar.

– Non, cela n'ira pas, papa. Je ne mordrai plus à cet appât. Je ne mordrai plus à ces histoires sous prétexte de prendre de la hauteur. Je ne serai plus magnanime ni tolérante envers quelque penchant que ce soit. C'est un devoir inique pour quiconque. Je serai dure, hargneuse et jamais à court d'insinuations mesquines et blessantes comme tout le monde. Oh, vous verrez une grande différence. Vous verrez que je pense ce que je dis. Je sens sourdre en moi le penchant de famille à la mauvaise humeur et à la malice. Je suis une vraie fille Seaton, en fin de compte.

– Disons que tu es bien la fille de ta mère, ma chérie, dit Matty. Et nous ne t'en demandons pas plus, si tu peux t'y tenir.

– Mais je ne le puis pas ! En ce moment même, je ne dis pas ce que je pense. Je suis moins la fille de ma mère que je ne suis votre nièce. Voilà ce que j'aurais dû dire ; c'est ce que je me suis répété dans mon cœur. Je n'ai rien de maman. Ce penchant à l'héroïsme et à la mésestime de soi me fait défaut, tout comme à vous et à chacun d'entre nous.

Edgar en appela à Maria qui se leva, s'approcha de la jeune fille et la laissa jeter les bras autour de son cou et fondre en larmes.

– J'espère que ce n'est pas moi qui suis la cause de ceci, dit Matty.

– Sur quelle base fondez-vous cet espoir ? demanda Clement.

Edgar lança à son fils un regard de mise en garde.

– Je ne suis pas étonné d'apprendre que l'héroïsme ne figure pas parmi mes qualités, dit Mark, pour détendre l'atmosphère. Je m'en étais toujours douté.

– L'héroïsme et la mésestime de soi, dit Matty, partant d'un petit rire. Ma pauvre petite sœur a-t-elle dû en passer par là ?

– Oh, qu'allez-vous tous penser de moi ? s'écria Justine

à travers ses larmes. Et mon pauvre petit garçon qui me regarde d'un air si consterné. Que va-t-il devenir s'il ne peut plus compter sur moi ?

– Nous pensons surtout que vous avez été soumise plus que d'autres à la tension, et que vous avez été la plus utile, dit Maria.

– En effet, en effet, dit Edgar. La tension la plus forte est retombée sur Justine et sur Miss Griffin. Ma femme ne se sent pas bien avec des inconnus, et les soins en eux-mêmes ne constituent qu'une part infime de ce qui a été fait.

– Papa s'est surpassé, dit Justine, se redressant et retrouvant sa voix normale à mesure qu'elle parlait. Voilà, je suis redevenue moi-même. J'ai fait mon éclat et je ne m'en trouve que mieux. Et je suppose que personne ne s'en trouve plus mal.

Elle sécha ses larmes, quitta Maria et regagna sa place.

– Je suis sous le choc, murmura Aubrey, disant vrai.

– Vous avez tous été très bons, dit Miss Griffin qui avait assisté à la charge contre Matty, sa consternation, sa pitié et son exultation le disputant à sa fatigue, et qui, à présent, levait des yeux qui donnaient l'impression de voir au prix de mille efforts.

– Vous êtes très fatiguée, Miss Griffin. Vous feriez bien de rentrer vous reposer, dit Matty, trahissant, d'une certaine manière, le désir de priver la famille des services de sa demoiselle de compagnie.

Miss Griffin redressa la tête pour répondre, se figurant que les mots lui viendraient, mais se rendit compte de son erreur.

– Ce ne sera bon ni pour vous ni pour personne que vous continuiez dans cet état.

– Ce sera préférable pour maman, dit Justine. Elle se sentira mieux en sachant que Miss Griffin dort dans la pièce voisine. Nous veillerons ce soir à ce que ce soit d'un sommeil profond.

– Oh, voilà un excellent moyen d'être indispensable. Un moyen bien trop sage pour s'en priver. Nous nous rendrons tous utiles ainsi ce soir. Pour la première fois de ma vie, je vais pouvoir dormir en me réjouissant de savoir que, pendant ce temps-là, je fais le bien.

– Oh, j'en suis sûre, tante Matty, dit Justine, qui n'avait pas tort en affirmant être redevenue elle-même. Faire tout notre possible pour nous-mêmes nous rend meilleurs pour nos semblables. Ne pas dormir est le meilleur moyen de ne réussir ni l'un ni l'autre.

– Il est certain que nous sommes plus utiles… que nous avons le plus de chances d'être bons à quelque chose quand nous ne sommes pas à bout de fatigue, dit Edgar, même si seule Miss Griffin semble être indispensable à l'heure du sommeil.

– Dans ce cas, elle ne cesse d'être utile, dit Matty, lançant un coup d'œil à Miss Griffin et usant d'un ton à la fois léger et découragé.

Miss Griffin se leva avec le sentiment que se mouvoir serait plus aisé et moins périlleux que de rester assise.

– Je vais aller prendre la température de Mrs Gaveston. C'est le médecin qui vient de sonner. Je descendrai vous l'annoncer, ainsi nous ne devrons plus la déranger ce soir.

– Vous nous voyez tous redevenus humains, docteur Marlowe, dit Justine.

– Nous ne pourrions l'être plus que nous ne l'avons été cette semaine, dit Dudley. Nous avons sondé les grands fonds de l'expérience humaine. Je suis très fier de ce que nous avons accompli.

– Papa, vous alliez dire une formule de remerciement au docteur Marlowe, dit Justine. Mais ce n'est pas la peine. Il est, sans aucun doute, aussi compétent pour lire dans les pensées que dans les corps.

– Heureusement qu'il vient juste d'arriver, dit Aubrey.

– Tiens donc, mon petit garçon a retrouvé sa langue ? dit Justine, se baissant et posant sa joue contre la sienne.

– N'es-tu pas contente d'avoir entendu mon vrai son de cloche ? dit Aubrey, lançant un regard au médecin.

– Moi aussi, je voulais faire retentir le mien, dit Dudley.

– Nous l'avons entendu, mon oncle, et avec grand plaisir. Mais vous avez eu votre propre assistance ces derniers jours.

– Mes sentiments, comme ceux de tous, ont été trop profonds pour être exprimés.

– J'ai bien l'impression que nous réentendons la voix de notre Justine, dit Matty, dans un effort pour reprendre ses marques.

Justine traversa la pièce et s'assit sur le bras du fauteuil de sa tante.

– C'est quelque chose que l'affection telle que celle qu'il y a entre tante Matty et Justine ! dit Mark.

– Quelque chose, oui, mais pas de l'affection, dit Clement.

– Ce thermomètre doit être inexact, dit Miss Griffin de la voix mesurée de quelqu'un qui s'efforce de rester cohérent jusque dans l'épuisement. Je l'ai manipulé moi-même, et il est monté jusque-là. Je ne sais pas ce qu'il a. Il n'est pas tombé.

Le médecin le prit, le lut, l'agita, le lut de nouveau, et, soudain, se précipita à la porte, paraissant être un autre homme.

– Que me suivent ceux qui le doivent. Il se peut qu'il n'y ait pas de temps à perdre. La température a monté brutalement. J'espérais que le danger était écarté.

La famille le suivit, machinalement au début, puis prenant conscience de la vérité, puis avec les sentiments des derniers jours déferlant dans toute leur force. À cette heure tardive, leur réaction eût tout aussi bien pu être une scène imaginaire, eût tout aussi bien pu être lue ou écrite.

Ils atteignirent la chambre, et Edgar prit le bras de sa fille. Justine repoussa Aubrey dans le couloir, puis s'avança avec son père. Ses frères se tenaient auprès d'eux, et Dudley juste derrière. Maria recula et attendit sur le palier en compagnie d'Aubrey.

– Tu as chaud, Blanche, ma chérie ? dit Edgar.

– Oui… oui, j'ai très chaud, répondit Blanche, le regardant comme si elle le voyait à peine et ne souhaitait guère en faire plus. Pourquoi êtes-vous tous là ?

– Pour vous souhaiter une bonne nuit, maman chérie, dit Justine.

– Oui, je vais mieux, dit Blanche, comme si cela justifiait leur présence. Je me sentirai mieux bientôt. Naturellement, ce sera lent.

– Oui, vous irez mieux, maman chérie.

– Mais je ne veux pas que Miss Griffin s'en aille, dit Blanche, avec une brusquerie qui n'appartenait qu'à elle, quoique sa voix fût à peine audible. Je ne veux pas devoir aller bien d'un seul coup. Je ne vais même pas essayer.

– Bien sûr que non, dit son mari. Tu dois seulement rester tranquille et ne penser à rien.

– Ce n'est pas souvent que je ne pense à rien. J'ai un cerveau actif.

Edgar lui prit la main et elle la retira avec un agacement qui, là encore, n'appartenait qu'à elle.

– Aubrey est allé se coucher ?

– Il ne va pas tarder. Il voulait venir te voir, mais nous avons pensé que tu serais trop fatiguée.

– Oui, je suis très fatiguée. Plus engourdie que fatiguée.

– Fermez les yeux, maman, et essayez de dormir, dit Mark.

Blanche obéit, tout simplement, mais elle rouvrit les yeux.

– Je veux que Miss Griffin se mette là où je peux la voir. Vous la faites fuir.

Miss Griffin s'approcha et Blanche lui adressa un sourire.

– Nous sommes heureuses ensemble, n'est-ce pas ? Ma sœur ne le sait pas.

– Je suis très heureuse avec vous.

– Mon lit s'élève dans les airs. Vous tous aussi, vous êtes en haut ?

– Nous sommes avec toi, ma chérie, dit Edgar. Nous sommes tous là.

– Ça fait beaucoup de monde, non ? dit Blanche d'un ton approbateur. Matty est venue aujourd'hui ?

– Elle est en bas, elle attend de savoir comment tu vas.

– Elle ne peut pas monter ici, dit sa femme d'une voix rassurée.

– Non, elle attendra en bas.

– En réalité, elle n'est pas beaucoup plus intelligente que moi.

– Non, nous le savons bien.

– Père ne sait pas qu'en réalité je suis plus sympathique qu'elle. Mais ce n'est pas important, une chose pareille.

– Nous le savons tous, maman, dit Mark.

– Mais il faudra être gentil avec tante Matty, dit Blanche, comme si elle s'adressait à un enfant.

– Oui, maman, nous le serons.

– De la gentillesse, il lui en manque tant, dit Blanche rêveusement.

– Ferme les yeux, ma chérie, et essaie de dormir, dit Edgar.

– Est-ce vous, l'homme grand qui m'a demandé en mariage ? dit Blanche d'une voix très rapide, les yeux fixés sur le visage d'Edgar.

– Oui, c'est moi. Tu m'as épousé. Et nous avons été très heureux.

– Cela m'était égal de quitter père et Matty. Mais je ne crois pas que père va mourir.

– Non, pas avant longtemps.

– Le docteur Marlowe me surveille. Un médecin doit le faire. Mais je n'aime pas quand c'est Jellamy qui le fait.

– Il ne le refera plus jamais, dit Edgar, butant sur les mots.

Le médecin se déplaça pour se soustraire à la vue de Blanche ; Dudley chercha la main de son frère et s'approcha du lit.

– Ils ne se ressemblent pas tant que ça pour qui apprend à les connaître, dit Blanche à Miss Griffin.

– Maman, essayez de prendre un peu de repos, dit Mark.

– Un peu de repos, reprit sa mère, regardant devant elle.

– Peut-être êtes-vous un peu trop près du lit, dit le médecin.

Ils s'écartèrent.

– Où êtes-vous tous partis ? demanda aussitôt Blanche.

– Nous sommes là, ma chérie, dit Edgar. Tu n'es pas seule.

– Seule ? Ça, ce serait surprenant, alors que j'ai un mari et quatre enfants.

– Nous sommes tous là, Blanche, tous avec toi.

– C'est égal à Matty de ne pas avoir d'enfants. Il y a des femmes à qui c'est égal.

Justine s'approcha et sa mère vit son visage.

– Est-ce toi, ma ravissante fille ? dit-elle de nouveau de sa voix rapide. Celle que je savais que j'aurais ? Ou l'autre ?

– Je suis votre Justine, maman.

– Justine ! dit Blanche, et elle lui tendit les bras. Pourquoi nous faudrait-il la vouloir différente ?

– Je suis là, ma chérie, dit Edgar, se penchant au-dessus d'elle, et voyant que sa femme n'était plus.

Pendant une minute encore, tous furent aussi silencieux qu'elle.

Puis Miss Griffin prit la parole.

– J'en étais venue à l'aimer tant. Elle était si bonne. Jamais un mot plus haut que l'autre, ce doit être affreux de ne pas pouvoir respirer. Il n'était pas souhaitable qu'elle traîne ainsi.

Ce discours, par sa différence dans la manière de penser,

de s'exprimer, de se conduire, parut leur causer un choc qui les ramena à la vie. Edgar se détourna du lit comme s'il se forçait à revenir au monde quotidien. Clement se dirigea vers la porte. Dudley se tourna pour s'adresser au médecin. Aubrey alla à leur rencontre sur le palier, les regardant avec une expression d'homme avant de verser des larmes d'enfant. Maria descendit apprendre la vérité à Matty. La journée qui finissait se finissait encore. Une autre fin était survenue.

– Nous devons aller souhaiter une bonne nuit à tante Matty, dit Justine, comme si elle pensait qu'il valait mieux parler et agir comme tous les jours. Ensuite, Miss Griffin devra aller se coucher. Oncle Dudley, nous vous confions papa. Le docteur Marlowe nous comprendra. Nous ne pouvons dire grand-chose ce soir.

Matty, assise dans son fauteuil, attendait leur venue. Elle leur tendit les bras, à tour de rôle, suivant un cérémonial qu'elle s'était fixé, et qui semblait suggérer qu'elle s'offrait à remplacer leur mère.

– Mes pauvres enfants, la sœur de votre mère est auprès de vous. C'est la lumière dans mes ténèbres que d'être ici pour veiller sur vous. J'ai dû être inspirée de venir à votre porte afin que vous ne soyez pas seuls au moment de votre chagrin.

Ils se tenaient près d'elle, indifférents à ce qu'elle disait, tandis que sa voix poursuivait sur le même ton, chargée d'un autre ton sous-jacent.

– Il est une maigre consolation que je puis vous offrir, une bien pauvre, une bien triste et maigre consolation. Vous, vous n'avez pas souffert le pire, loin de là. Vous, vous n'étiez pas réduits à l'immobilité en vous sentant dans l'impossibilité de vous rendre à son chevet. Vous, vous avez pu obéir à votre cœur.

Ils ne répondirent pas, et les traits de Matty s'affaissèrent, perdant leur air résolu sous l'effet d'une prise de conscience. Le monde serait différent sans sa sœur; la place qu'elle y occupait serait différente. Elle se leva pour partir, et s'aperçut qu'elle devait attendre que Dudley et Maria eussent pris congé l'un de l'autre.

– Venez, ma chère, je dois rentrer et être auprès de mon père. Mes épreuves ne sont pas terminées pour ce soir. Si je ne les affronte pas maintenant, les forces pourraient me manquer. Je sens que je n'en ai plus trop.

Elle s'interrompit, se souvenant que Blanche n'entendrait pas ses paroles, qu'elle n'en souffrirait pas. Elles tomberaient dans d'autres oreilles, et il lui faudrait être attentive à la façon dont elles y tomberaient.

– Eh bien, je dois vous laisser prendre soin de vous ; de vous, de Miss Griffin et les uns des autres. Je veux croire que vous y parviendrez. Moi, je vais rentrer et me soucier un peu de moi-même, puisque personne d'autre ne le fera pour moi.

– En effet, tante Matty, dit lentement Justine d'une voix claire et presque inflexible. Nous ne pouvons vous contredire. Nous avons tous perdu celle qui veillait sur nous. Nous sommes tous plongés dans la désolation. Nous ne pouvons vous dire que cette place sera prise.

VI

– Eh bien, mon fils, dit Oliver en entrant dans la maison d'Edgar au lendemain des obsèques de sa fille. J'espère que vous m'autorisez toujours à vous donner ce nom. C'est ce qu'elle m'a laissé. C'est triste qu'elle ait été emportée et que je reste. Personne ne le regrette plus vivement que moi.

Edgar garda le silence face à l'injustice de la mort. Son beau-père n'avait encore jamais utilisé ces mots-là.

– Non, grand-papa, vous ne devez pas, dit Justine, qui marchait en l'entourant de ses bras. Nous ne considérons pas une personne en fonction d'une autre. Elle ne le faisait jamais, et nous non plus.

– C'est gentil à toi, ma chérie, mais j'encombre le sol de sa maison.

– Si grand-papa avait pu choisir de se sacrifier à la place de maman et qu'il ne l'eût point fait, dit Mark à Clement, moi, je l'aurais mal pris.

– Je me demande s'il l'aurait fait. On ne trouve témoignage que du penchant contraire.

– Mrs Middleton, comme c'est gentil à vous, dit Justine. J'aurais dû vous accueillir, mais j'attendais instinctivement qu'une autre le fasse.

– Ma chérie, si seulement la gentillesse servait à quelque chose !

Thomas restait à l'écart, comme s'il voulait supprimer une présence éventuellement importune.

– Alors, mes chéris, dit Matty, considérant ses neveux comme si elle était incertaine de sa nouvelle position à leur égard. Eh bien, quelqu'un aura-t-il l'obligeance et le courage de dire qu'il a passé une bonne nuit ?

– Le courage, dans quel sens ? demanda Clement.

– Je n'ai pas l'intention d'admettre que je n'ai ni cœur ni sensibilité, dit Mark. Je pense que c'est ça le sens.

– Donc, tu as bien dormi, mon chéri ? dit Matty.

– Ils sont encore hébétés, dit Sarah avec compassion.

– J'aurais bien voulu trouver refuge plus longtemps dans cet engourdissement premier. Mais il est passé, me laissant sans défense. Il ne me reste plus que le courage, et je suis certaine que mes garçons et ma fille n'en manquent pas. Leur suffira-t-il de me dire qu'ils se sentent mieux et plus allègres ce matin ?

– Il me semble que nous le lui avons dit, dit Mark.

– Car je n'ai pas encore pu rassembler le mien, poursuivit Matty, se posant dans un fauteuil avec une faiblesse à la fois affectée et réelle. Non, je ne puis m'en prévaloir. Je donne un bien piètre exemple.

– Comme nous tous, dit Justine. Il est un peu tôt pour espérer mieux.

– Certes, ma chérie, mais je saisis un regain d'énergie dans ces paroles, une note d'espoir et de détermination pour l'avenir. Je crains de ne pas en être encore là. Aujourd'hui, j'ai l'impression que je n'y parviendrai jamais. En voilà un aveu à faire ! Vous pourrez vous vanter d'avoir une bien piètre tante.

– Nous ne partagerions nul autre sentiment.

– C'est gentil à toi, ma chérie. Moi, il me faut essayer de partager ton espoir et ton attente.

– Il faut nous permettre de vivre le moment présent, tante Matty.

– Mais il faut bien que je partage votre moment présent. Je me refuse à croire que j'en suis quitte pour l'éternité.

Justine lança un coup d'œil à sa tante, puis s'éloigna, et Matty s'enfonça dans son fauteuil, cédant à l'appréhension et au souvenir.

– Tu ne pourrais pas t'occuper, mon petit garçon ? demanda Justine.

Aubrey fondit en larmes. Matty leva la tête et tendit les bras ; il s'avança vers elle, chancelant, et se blottit dans leur étreinte. Justine ne dit rien, bien décidée à ne plus rien prendre en charge. Sarah lança des regards d'un visage à l'autre, puis elle leva la main pour les maîtriser.

– Que va devenir papa sans maman ni oncle Dudley ? dit Clement à Mark. Je ne puis imaginer ce que sera sa vie.

– Je vais devoir passer plus de temps auprès de lui.

– Et ça comblera le double vide ?

– Il s'agira de faire ce que je peux. Toujours plus que tu ne feras en disposant de ton temps pour toi-même.

– S'il en était décidé du mien, comme il en est du tien, je pourrais en être plus prodigue.

– Les garçons, les garçons ! dit Justine, les prenant par le bras. C'est un jour affreux, un jour qui nous accable au-delà de nos forces, mais nous ne gagnerons rien à être vaincus.

– Voulez-vous que nous passions dans la bibliothèque ? demanda Edgar à son beau-père. Le mieux que nous puissions faire est de nous en tenir à nos vieilles habitudes.

– Je ferai ce que vous me direz. Je suis venu ici sans voir le bien que je pourrais vous apporter. Je dois accepter celui que l'on fait pour moi. Et qui d'autre que vous fera quoi que ce soit ?

– Tout ce qui sera fait le sera, en réalité, par maman, grand-papa, dit Justine, l'accompagnant à la porte.

– Je ne doute pas du lien qui existe entre nous, mon enfant.

– Entendrons-nous la voix de votre oncle aujourd'hui? demanda Matty. Nous donnera-t-il un peu du meilleur de lui-même?

– Il est dans le parc, en compagnie de Miss Sloane, dit Aubrey. Peut-être en a-t-il déjà tout donné.

– Mon petit garçon, j'aime te voir t'y essayer toi-même, dit Justine à l'oreille de son frère. Nous savons toi et moi qui l'aurait apprécié.

– Ne leur disputons pas leur compagnie, dit Matty. Je m'en abstiens, moi qui la leur ai donnée. Pour autant, il me semble qu'aujourd'hui ils pourraient nous accorder une petite part de ce qui est leur. J'en viendrais presque à me dire que je suis peut-être allée trop loin dans le don. Il me faut m'élever au-dessus de ce sentiment, mais aujourd'hui, cela me semble un peu haut.

– Ils hésitent peut-être à imposer leur bonheur à notre chagrin, dit Justine.

– Ils pourraient nous donner un peu de l'un, ma chérie, et partager un peu de l'autre. Votre oncle a vécu trente ans avec votre mère. Elle lui manque peut-être. S'il savait comme je lui envie ces années-là!

– Oh, tante Matty! dit Justine qui, secouant la tête, se détourna, puis se retourna impulsivement. Pauvre tante Matty, vous êtes âgée, impotente et seule, et nous nous abandonnons à notre chagrin en oubliant votre très grande détresse. Car votre détresse est d'autant plus grande que votre chagrin est moindre.

– Oui, c'est ainsi que tu me perçois, ma chérie. C'est ainsi que je dois vous apparaître à tous, maintenant que ma sœur nous a quittés. Je dois te remercier de la gentillesse dont tu t'efforces de faire preuve envers ce que vous voyez.

Clement rit doucement, et Matty le regarda comme surprise par un tel son.

– Ils ne cessent de passer devant la fenêtre de la bibliothèque et de regarder à l'intérieur, dit Mark.

– Oh, je comprends, dit Justine. Ils attendent le départ de grand-papa pour qu'oncle Dudley puisse aller retrouver papa. Nous occupons toutes leurs pensées, finalement. Miss Sloane attend de céder notre oncle à son frère. On dit que le chagrin rend sensible à la gentillesse, et moi, en tout cas, je suis émue devant cela.

Matty pinçait les lèvres et avait posé les mains sur les bras de son fauteuil, comme si elle tentait d'affronter l'effort de se lever. Sarah l'observait mais n'offrit pas son aide, sachant que celle-ci ne serait pas la bienvenue.

– Eh bien, nous allons partir, ma chérie, si c'est là ce qu'ils attendent, si c'est là ce que nous pouvons faire pour vous. Nous sommes venus pour essayer de vous apporter notre aide.

– Chère tante Matty, je crois que ce serait faire votre possible. Grand-papa a échangé quelques mots avec papa, et il peut partir, fortifié par eux. Papa pourra recevoir le soutien de la compagnie de son frère. Aujourd'hui, il n'est guère en état de puiser dans sa vertu.

Matty se détourna et gagna la porte, accordant à peine un regard sa nièce.

– Où est Miss Griffin? dit-elle comme si elle demandait une évidence.

– Je ne sais pas. Elle n'est peut-être pas encore debout. Nous la laissons dormir tard. Elle ne sait peut-être pas que vous êtes là.

– Ah çà, non, ma chérie, si elle n'est pas réveillée. Si elle l'était, elle saurait déjà que j'aurais mieux fait de ne pas me tenir éloignée.

– Je vais voir si elle peut descendre.

– Elle pourra descendre, ma chérie.

– Eh bien, je vais voir.

– Demande-lui de descendre, ensuite ton grand-père

pourra me rejoindre. Avant qu'elle n'arrive, autant qu'il reste avec ton père.

– Elle ne sera peut-être pas prête, tante Matty. Miss Sloane ne voudrait-elle pas rentrer avec vous ?

– Nous parlions de Miss Griffin, ma chérie, dit Matty avec un sourire et un soupir.

– Nous devrons peut-être vous faire attendre.

Matty se détourna et regagna sa place, défaisant son manteau et ôtant ses gants en prévision de cette période.

Elle s'assit avec ses neveux et s'employa à les distraire par des récits vivants de la jeunesse de leur mère, qui ne les attristèrent pas et n'exigèrent pas d'eux qu'ils répriment leurs sentiments, semblant oublier son propre trouble grâce à l'effort qu'elle faisait pour les soutenir dans le leur. Au retour de Justine, ce fut à peine si elle leva la tête, et elle continua son bavardage, d'un air pleinement absorbé.

– Miss Griffin sera prête dans un instant. Elle n'a plus qu'à rassembler ses affaires.

Matty fit deux rapides signes de tête dans la direction de sa nièce, comme en référence à quelque chose qui allait de soi, et continua de parler.

Miss Griffin descendit, un peu embarrassée, un peu à contrecœur, un peu mieux d'avoir passé quelque temps sous un autre toit. Matty se contenta de lui lancer un coup d'œil et s'accorda le temps de terminer une histoire. Puis elle regarda autour d'elle d'un air légèrement interrogateur, comme si elle s'attendait à ce que quelque chose se produise.

– Êtes-vous prête pour grand-papa, tante Matty ?

– Oui, ma chérie, je suis prête depuis que nous en avons parlé, depuis que tu as dit qu'il valait mieux que nous partions. Mais je ne pense pas que mes neveux soient tout à fait aussi disposés à ce que je les quitte.

– Voulez-vous que j'aille le chercher ?

– Oui, ma chérie, dit Matty du ton le plus encourageant

qui soit. Mais je vois qu'Aubrey y va à ta place. Il est mieux et plus éveillé depuis une demi-heure.

– Mrs Middleton, je ne voudrais pas que vous ayez l'impression que nous vous chassons, dit Justine. C'est si gentil à vous d'être venue.

– Nous vous aurons entrevus, ma chère, dit Sarah d'un ton inconsciemment satisfait, ayant eu une vision complète de la situation.

Thomas partit sur une simple poignée de main, comme s'il cherchait à ne pas imposer la moindre exigence. Il ne prononça aucune parole, car une parole eût réclamé une oreille.

– Eh bien, ça devient plus facile pour moi de vous quitter tous, dit Oliver. J'ai les miens des deux côtés. Ça m'est plus indifférent d'être d'un côté ou de l'autre.

Ses petits-fils le considérèrent d'un œil incrédule, surpris par la foi d'un homme qui, à d'autres égards, était un être normal. Ils n'avaient pas idée de l'arrière-fond que constituait la jeunesse d'Oliver.

– Je crois que grand-papa est sauvé, murmura Aubrey.

– On l'est toujours, dit Clement. C'est ça, le plan. Il est dit que, quelle que soit la teinte de nos péchés, cela ne fait aucune différence.

– Des dispositions ont été prises pour qui ne l'est pas, dit Mark. Des dispositions durables. Pour ceux qui semblent, en effet, pécher par excès de permanence.

– Je crois que tante Matty est sauvée, dit Aubrey. Les péchés qui sont comme l'écarlate…

– Les garçons chéris, dit Justine, n'est-il pas un peu facile de plaisanter sur des sujets qui sont sérieux pour bien des gens ? En cet instant, savez-vous que j'envierais volontiers la foi de grand-papa ?

– Je vois qu'il en a la meilleure part, dit Mark.

– On aimerait être réconfortés, dit Aubrey, dont le sourire s'élargit jusqu'à devenir la grimace des pleurs comme il prenait conscience de la vérité qu'il disait.

Justine lui caressa les cheveux et continua de le faire tout en s'adressant à sa tante.

– Tante Matty, puisque vous emmenez Miss Griffin et que vous avez aussi grand-papa, nous laisserez-vous Miss Sloane ? Je sens que nous avons besoin de la présence de quelqu'un pour abattre les barrières du chagrin familial. Et je commence à trouver lourd à porter d'être la seule femme de la famille.

– Oui, ma chérie, prends tout de moi, prends tout ce qui est à moi, dit Matty, procédant à son départ. Je suis disposée à être généreuse.

Justine courut jusqu'à elle et se jeta à son cou.

– Chère tante Matty, vous êtes généreuse, ô combien ! Et sachez que nous apprécions le don que vous nous faites.

Sa tante poursuivit son chemin, peu désireuse, peut-être, d'aller plus loin sur ce terrain-là.

Justine soupira en la suivant des yeux.

– Je crains d'avoir définitivement creusé un fossé entre tante Matty et moi. Voilà ce que j'aurai réussi à faire durant ces premiers jours sans maman. Ma foi, on ne peut espérer faire aussi bien sans elle.

– Miss Sloane reste-t-elle avec nous par simple devoir d'obéissance ? demanda Mark.

– Je me ferai une joie de rester auprès de vous.

– Je vous la donnerai pendant quelque temps, dit Dudley. Il me faut apprendre à parler en mari.

– De toute façon, tante Matty l'a donnée, dit Aubrey.

– Papa, elle est à vous, si bon vous semble, dit Justine. Personne ne compte pour nous autant que vous.

– Justine aussi donne Miss Sloane, dit Aubrey.

– Dans ce cas, je vais parler avec votre père, dit Maria. Et vous, vous pouvez avoir votre oncle.

Justine attendit que la porte se fût refermée.

– Mon oncle, il n'est pas trop tôt, je pense, pour aborder un sujet dont maman aurait voulu que nous nous occupions.

Le jour ne me semble pas mal choisi pour accomplir ce qui a peut-être été ses dernières volontés. Vous voyez ce que je veux dire ?

– Tu ne pourrais pas essayer de le dire ? Moi, je ne le peux pas. Et si c'est ce que ta mère aurait souhaité, il le faut.

– Cela va sans dire, répondit Justine, avec un geste désinvolte. C'est de vous qu'il s'agit, de ce que vous nous avez donné dans votre générosité quand il vous appartenait d'en faire don. À présent, cela appartient à quelqu'un d'autre, et nous nous réjouissons de cette revendication plus proche de vous. Son inexistence jetait de l'ombre sur votre bonne fortune. Maman en souffrait pour vous, et elle a tout juste eu le temps de savoir qu'elle s'était dissipée. Vous deviez bien connaître son sentiment.

– Qu'en est-il de tes vieux et de tes vieilles du village ?

– Je leur donnerai ce que je leur donnais avant, l'action de mon cœur et de ma tête. C'est ce qu'ils aiment le mieux, ou du moins ce que j'aime autant pour eux, car cela ne porte pas atteinte à leur indépendance. N'ayez crainte, mon oncle. Il n'y a aucun sacrifice à vous rendre ce qui vous appartient.

– Il me semble que rendre doit comporter une part de sacrifice. Que pense Mark au sujet de la maison ?

– Suis-je à ce point plus mauvais que Justine ?

– J'aurais tendance à penser que tu aurais des raisons de l'être un peu plus. N'importe qui le serait. Et c'est sur le plus faible que retombe le plus grand sacrifice.

– Sacrifice ? Peuh ! dit Justine. Ce que papa peut supporter, Mark le peut aussi, et de bonne grâce j'espère, en personne qui en est moins affectée et pour qui c'est moins important.

– J'ignorais tout cela de Mark. Mais je suis toujours mal à l'aise. Donner quelque chose pour le reprendre, c'est si mal que je ne puis m'y résoudre. On doit le faire pour moi. Et je me réjouis de ce début qui en est fait.

– Nous pouvons continuer, s'empressa de dire Clement.

Tout est entre vos mains. Pouvez-vous nous parler de votre future maison ?

– Vous rappelez-vous, dit Justine, que j'avais presque prévu la nécessité d'un tel rajustement, et fait une stipulation en ce sens ? Tout devait redevenir comme avant. C'est chose faite.

– Mark ne m'a pas dit qu'il aimerait voir la maison se délabrer. Je voudrais bien qu'il le fasse.

– Je puis vous dire que je me réjouis grandement que certaines parties aient été sauvegardées, et justement les parties les plus en danger. Et que je me réjouis de tout cœur à l'idée que vous aurez une maison à vous.

– Ah, voici un petit homme aussi disposé que quiconque à faire ce que vous appellerez son sacrifice, dit Justine. Il est trop timide pour le dire, mais il n'en pense pas moins.

– Moi, j'y suis tout à fait disposé, dit Aubrey aussitôt, donnant raison et tort à sa sœur.

– Ce n'est pas vraiment un sacrifice, dit Dudley. C'est ce qu'il veut dire.

– C'est inutile d'aller jusque-là, mon oncle.

– N'as-tu pas profité de l'argent que je t'ai donné ? C'est affreux de vouloir que tu en aies profité, puis de vouloir que tu le rendes. Serais-je la seule personne au monde qui aime vraiment l'argent ?

– Nous l'avons pleinement goûté, dit Justine, mais moins que nous ne goûterons de savoir que vous l'utiliserez pour vous.

– Tout cela ne me dit rien qui vaille. Je veux avoir le beurre et l'argent du beurre. J'aimerais autant laisser à Aubrey son argent de poche. Ainsi, j'aurai le sentiment que je donne à la famille de mon frère tout ce que je peux. C'est là tout ce que je peux lui donner. Cinq shillings par semaine.

– Eh bien, le petit garçon appréciera, mon oncle. De plus, il aura le sentiment d'avoir fait preuve de bonne volonté pour rentrer dans le rang.

– C'est Aubrey qui aura le beurre et l'argent du beurre, dit Clement.

– Absolument, dit Dudley. Et moi, je garderai le beurre et ne paierai qu'une part infime de son prix. C'est ce que tout le monde fait, je pense. Il me faudra donc être comme tout le monde ; je ne puis l'éviter.

– Non, vous ne le pouvez pas, dit Justine. Vous êtes pris dans les filets de votre vie. Cela a fini par arriver, même s'il aura fallu attendre très longtemps.

– Tu ne penses tout de même pas que je suis vieux ?

– Non, pas du tout. Vous êtes au bon moment pour donner votre pleine force de l'âge à celle qui l'a gagnée. Qui l'a acceptée, préféreriez-vous m'entendre dire. D'ailleurs, je suis sûre que le terme serait plus exact.

– Il y a des gens qui gardent toujours une pointe de jeunesse en eux.

– Oui, et assurément, vous êtes de ceux-là.

– Merci, je suppose que nous en avons terminé. Pourtant, j'ai l'impression d'oublier quelque chose. Ah oui, Clement ne m'a pas dit qu'il était content de renoncer à sa pension.

– Cela va de soi, mon oncle.

– Il le faudra bien, à ce que je vois. Voilà que je prends tout et ne donne rien. C'est être terriblement comme tout le monde. Je l'ai si souvent entendu dire des gens.

– Pour vous, les rôles sont enfin renversés, dit Justine. Rassemblez votre courage et affrontez la vérité.

– Bien sûr, les gens ne peuvent jamais complètement se dessaisir de leur argent. Il semblerait que vous soyez les seuls à être différents. Je commence à mieux me connaître. Avant, c'étaient les autres que je connaissais.

– Votre charité n'en sera que plus grande.

– Plus grande ? Elle n'est sûrement plus la même. C'est peut-être ce qui arrive aux gens qui ne donnent que de la compassion et rien d'autre ? Je suis de plus en plus à leur image. Je vais devoir y faire face.

– Oh, je ne pense pas que cela nous fasse du mal de le regarder ainsi. Je l'ai toujours envisagé sous cet angle.

– Seulement, toi, tu n'as jamais rien donné pour le reprendre. Tu n'es peut-être pas réellement comme tout le monde. Tu peux te raccrocher à cela dans le fond de ton cœur.

– Je me le demande, dit Justine d'un ton rêveur.

– Je m'en vais, dit son oncle. On pourrait avancer que je suis comme tout le monde, et toi non. Dire quelque chose de soi ne veut pas dire pour autant qu'on aime se l'entendre dire. D'autant que les autres le disent différemment.

– Eh bien, nous y sommes vite venus, dit Clement. Je m'étonne qu'oncle Dudley se soit complu à apporter sans attendre un autre changement dans notre vie.

– C'est Justine qui a choisi le moment, dit Mark.

– J'ai aimé la manière dont il l'a fait, dit Justine, toujours aussi rêveusement. C'est celle dont j'aurais voulu qu'il se comporte si j'avais pu choisir. Mon cœur se fendait de le voir essayer de garder la tête haute jusqu'au bout. Il y est parvenu autant que faire se peut pour qui tente l'impossible. J'estime nous avoir ménagés, lui et nous, en saisissant cette opportunité.

– Tu n'aurais pu lui être plus utile, dit Mark.

– Miss Sloane et moi allons nous partager son argent, dit Aubrey. Ça devrait nous rapprocher.

– Je me réjouis que tu ne doives pas faire de sacrifice, mon petit garçon. Tu es jeune pour tenir ce genre de rôle dans la vie.

– Moi, je regrette de devoir en faire un, dit Clement.

– Je préfère que ce soit oncle Dudley qui ait cet argent plutôt que moi. Je ne puis que me réjouir qu'il le veuille.

– Je n'arrive pas à comprendre qu'il veuille tout, et tout de suite, comme ça. Nos petites pensions ne doivent pas faire tant de différence.

– Les dépenses pour la maison ont été trop lourdes, dit

Mark. Cela a coûté bien plus que nous ne l'avions prévu. Il a fait un découvert sur son revenu, et le capital, il ne peut y toucher. En fait, il a dû s'endetter. S'il n'avait pas cet argent, à l'heure actuelle, il n'aurait rien. S'il n'avait pas hérité, il n'aurait pu envisager de se marier.

– Il aurait fallu qu'il voie Miss Sloane tout autrement, dit Aubrey. On voit bien le pouvoir de la richesse.

– Il pourrait facilement emprunter, dit Clement.

– Tu parles comme si tu ne le connaissais pas, dit Mark. Il s'y refuserait; à peine s'il l'envisagerait. Il te faut tenir compte des effets que l'existence qu'il a menée a eus sur lui et sur son caractère. Il est peut-être moins facile d'emprunter quand tes titres sont bloqués.

– Le revenu ne va pas tarder à s'accumuler. Il ne va pas se marier demain.

– Regardons la réalité en face, dit Justine tout à coup. Oncle Dudley s'est livré corps et âme à Miss Sloane. Plus rien ne compte à part elle et son désir de répandre à ses pieds tout ce qu'il possède. Ses anciens sentiments, ses anciennes affections sont, pour le moment, en suspens. Nous devons le regarder en face, l'accepter, nous en réjouir. Sinon, ce serait jouer un bien triste rôle.

– Et lui doit prendre une maison et jouer le rôle du fiancé, dit Mark. Il aura des dépenses.

– À nous de faire en sorte que nous n'en ayons pas, dit Clement.

– Il serait temps, dit Justine, si nous en sommes réduits à avoir de tels sentiments. Il est bon que le changement soit survenu avant que nous ne soyons complètement ruinés.

– Vous l'êtes tous sauf moi, dit Aubrey.

– Cesse de te complaire dans ta suffisance, dit Clement à sa sœur. Toi, tu ne renonces à rien.

– Justine a dépensé ce qu'elle avait pour les autres, dit Mark. Ce sont ses vieux et ses vieilles qui en pâtissent.

– Oh, j'ai dépensé pour eux avec beaucoup de sagesse

et de parcimonie. J'ai veillé à ce qu'ils ne prennent pas de risques. Ils ne sentiront pas de changement brutal. J'ai fait attention pour eux.

– Tante Matty va-t-elle devoir renoncer à son argent? demanda Clement.

– Non. Oncle Dudley m'a indiqué en aparté qu'il n'en était pas question. Les choses en resteront là.

– Il aurait dû faire un aparté pour Clement, dit Aubrey.

– Maman a laissé son argent à papa, n'est-ce pas? demanda Clement.

– Oui, la majeure partie. Un petit legs à tante Matty. Elle n'avait pas grand-chose.

– Tante Matty se ruinera-t-elle, Justine? demanda Aubrey. De quoi aura-t-elle l'air, alors?

– Pauvre tante Matty!

– Riche tante Matty!

– Oh, allons, c'est une invalide, et elle vit chichement. Ce n'est pas nous, dans cette maison et dans un luxe relatif, qui allons lui disputer son superflu. Les dernières années de grand-papa n'en seront que meilleures.

– Grand-papa n'est pas un vieux du village. Seulement du pavillon.

– Et toi, tu es un vilain garçon. Nous devons rappeler Mr Penrose. Nous devons mettre un terme à cette oisiveté due à notre chagrin. Nous avons perdu notre inspiratrice, mais nous n'avons pas de doute sur ce qu'elle a inspiré. Nous prendrons l'habitude de dissimuler beaucoup de paresse sous le couvert de notre chagrin. Je suis à sa place et je dois la représenter.

– Ta place à toi t'autorise à commander à Aubrey, dit Mark.

– Nous devons soulever nos fardeaux et aller de l'avant.

– Les gens vous disent toujours ce genre de chose d'un air très guilleret.

– J'en reste coi, dit Clement.

– Les choses touchent profondément les gens saturniens comme Clement, dit Aubrey, jetant un coup d'œil à son frère avec une méfiance inutile, étant donné que l'attitude de ce dernier indiquait qu'il n'avait pas prêté l'oreille à ses paroles et comptait ne la prêter à aucune autre émanant de lui.

– Je le comprends parfaitement, dit Justine. Mais ça ne lui fera pas de mal de montrer un peu d'audace dans sa jeunesse.

– Ces choses-là devraient être acquises, ou alors il ne faut pas donner, dit Clement. Il n'y a aucun mérite à donner uniquement ce dont on ne veut pas.

– Oncle Dudley n'en revendique aucun.

– Non, mais on lui en a attribué alors qu'on ne nous en trouvera aucun d'y renoncer au moment où nous en devenions dépendants. Les vues des uns et des autres changeront beaucoup dans quelques mois.

– Franchement, Clement, je ne vois pas que cette sorte de sacrifice soit digne d'éloges. Nous n'avons pas eu assez souvent l'occasion de renoncer dans la vie. Nous voyons que c'est quelque chose qui doit s'apprendre. Je ne suis pas aussi satisfaite du rôle que j'y ai joué que j'ai pu le laisser entendre ; mais, en un sens, je m'en fais une joie, et il me tarde de le mordre à belles dents et d'aller de l'avant de mon propre chef. Il se peut que nous repensions à cette leçon initiale et que nous en soyons reconnaissants.

Aubrey regarda sa sœur, surpris par la place qu'elle destinait à cette leçon dans sa vie.

– Que va faire papa maintenant ? demanda-t-il. Il n'y aura personne pour rester auprès de lui.

– Ah, dit Justine, secouant la tête, ai-je jamais cessé d'y penser ? Y a-t-il quelque chose d'important en dehors de notre vrai problème ? Nous pouvons bien faire fi de tout autre.

– Oui, nous l'avons vu, dit Clement.

– Nous devons tous faire de notre mieux, dit Mark.

– Mark se fait fort de pouvoir se substituer à maman et

à oncle Dudley, dit Clement, irrité par une telle attitude envers les problèmes.

– Voyons, Clement, je ne trouve pas que ce qu'il a dit le laissait entendre.

– Nous ne pouvons rien contre la fatalité, dit Mark.

– Nous n'y pouvons rien, soupira Justine, ni dans un sens ni dans l'autre.

– J'imagine que tout problème a sa solution.

– Qu'est-ce qui te fait penser cela? demanda Clement. Les tiens, oui. Le mien et celui de papa sont sans solution. Nous devrons trancher le nœud gordien, avec pour résultat la confusion et le gâchis habituels.

– Venez, dit Justine, leur faisant mollement signe de la main en gagnant la fenêtre. Venez. Peut-être la réponse à notre question se trouve-t-elle là.

Maria et les frères se promenaient ensemble en bas.

– Serait-ce là notre solution? Puisse-t-il en être ainsi.

– Le puisse-t-il, dit Clement. Cela nous aura au moins servi durant quelques secondes.

– Venez, dit sa sœur, leur faisant de nouveau signe. Est-ce en train de se dérouler sous nos yeux?

Dudley avait quitté sa place, au centre, et pris l'autre bras de Maria, laissant à son frère celui qu'il avait lâché.

– Voilà peut-être la dissipation et la consécration de nos craintes, le présage irrévocable de l'avenir.

– Tu échafaudes un peu trop à partir de là, dit Mark.

– Je trouve que c'est symbolique, emblématique, appelle cela comme tu voudras. Je ne pense pas que l'avenir sera livré à lui-même, alors qu'oncle Dudley l'a sous les yeux, alors qu'il le conduit par la main. Par avenir, j'entends l'avenir de papa, évidemment.

– Personne d'autre n'en a, dit Clement. Mais il est naturel que papa occupe les pensées d'oncle Dudley en ce moment. Il vient de perdre sa femme et son frère le quitte au bout de cinquante ans. Cette situation n'est pas banale.

– Moi, je pense que nous venons de voir un signe. Mais tu es décidé à me contrarier tant que tu ne te seras pas familiarisé avec la petite part de changement qui t'incombe.

– Pourquoi petite ? Parce que la tienne l'est ? Il n'y a pas d'autre raison.

– Regarde ça et garde-le dans ton cœur, dit Justine, écartant davantage le rideau. De quoi est-ce le présage, selon toi ? Quel augure faut-il y voir ?

Dudley parti, Edgar et Maria se promenaient ensemble.

– Oncle Dudley ne partage-t-il pas tout, exactement comme papa l'a fait ?

– Il a des façons bien à lui de partager. Il peut reprendre selon son bon plaisir.

– Même leur vie conjugale, ils la laissent à leur disposition mutuelle. C'est rassérénant et réjouissant.

– Les garçons, dit Aubrey, clignant des yeux et pointant le doigt vers la fenêtre, que dites-vous de cette leçon donnée par ces deux frères-là ?

– Ils marchent du même pas, poursuivit Justine, penchée par-dessus le rebord. Le frère et la future femme d'oncle Dudley. N'est-ce pas prophétique ? Je veux le voir ainsi.

Clement la rejoignit et regarda en bas avec elle.

– Puisses-tu t'en tenir à ton choix.

– Filez maintenant, dit Justine, retrouvant sa voix ordinaire. Retournez à vos occupations quotidiennes. Nous ne devons pas continuer à rêvasser, à nous laisser aller, sourds aux exigences naturelles de la vie. Papa nous montre l'exemple. Il est plein d'allant et il se tourne vers l'avenir. Qui sait ce qu'il lui en coûte ? Nous ne devons pas traîner les pieds derrière lui qui a tant et tant à affronter. Il entend l'appel de la vie et lui obéit.

Edgar leva la tête, comme s'il sentait un regard sur lui.

– Ils nous observent, ces quatre dont j'ai la charge et que je connais bien peu. Mon frère a pris une trop grande part de ma vie, et ce n'est pas vous qui aurez du mal à le comprendre.

Il me faudra utiliser le temps que j'aurai pour moi à apprendre à connaître mes enfants. Il est peut-être déjà trop tard pour faire quoi que ce soit sinon pour moi-même.

Maria n'avait pas conscience que cette liberté de ton était inhabituelle chez lui.

– Vous découvrirez peut-être que vous les connaissez mieux que vous ne le pensez. Ce doit être difficile de ne pas connaître les gens avec qui l'on vit, du moins les jeunes gens. Je crois qu'on a l'impression de les connaître lorsque quelque chose les fait se révéler. Ceux-là vous ont-ils souvent surpris ?

– Je crois bien que non. Je crois qu'ils sont eux-mêmes quoi qu'il arrive. Et si je ne leur ai guère été utile, j'ai eu peu d'exigences. Je n'ai pas vraiment de dettes dont je doive m'acquitter. En avoir parlerait peut-être en ma faveur. Je ne me suis pas isolé des relations naturelles de l'existence, mais j'aurais dû y connaître plus de succès.

– Justine résoudra pour vous de nombreux problèmes et ne vous en créera aucun.

– Cela même sera peut-être un problème en soi.

– Ce n'est pas souvent qu'on rencontre quelqu'un d'aussi foncièrement bon.

– Vous aimez ma Justine ? dit Edgar, y mettant le sentiment qu'il estimait approprié.

– J'aime la bonté, répondit Maria avec cette simplicité qui, chez elle, avait une particularité qui aurait pu relever de l'ironie si on avait pu la soupçonner de la manier. Je ne pense jamais que les gens se rendent compte à quel point la comparaison avec les autres est à leur avantage.

– Avez-vous médité sur les gens ?

– J'ai été seule très longtemps, alors il se peut que j'aie médité plus que je ne le pense. Il aurait mieux valu que j'en apprenne davantage en les fréquentant.

– Vous devez m'aider, si Dudley vous y autorise. Je vois bien qu'il le fera.

– Volontiers, si je le peux. Je craignais de m'interposer entre vous.

– De là, vous pourrez nous maintenir réunis. Dudley vous a placée entre nous. Je ne sais ce que je ferais sinon. Cela m'aide à affronter l'avenir, à affronter ma double perte. Je sens qu'il y a quelque chose... quelqu'un à la place.

Lorsque son oncle entra, Justine s'écarta de la fenêtre.

– Mon oncle ! dit-elle, tendant la main vers la scène qui se déroulait en bas.

– Parfait. Et dire que c'est moi qui possède tout cela !

– Tout est à vous. Votre pleine récompense s'est fait attendre pour vous venir enfin. Quand je regarde ces deux hautes silhouettes, marchant d'un même pas comme si elles allaient marcher ainsi toute leur vie, je vous vois entre elles, marchant toujours modestement, en quelque sorte, là pour jouer votre rôle aux côtés d'elles deux. Je le prends comme un augure.

– Je me marie peut-être pour le bien des autres. Je ne saurais penser à moi en un moment pareil. Sinon, je pourrais en avoir l'impression, ou d'autres le pourraient. Personne n'a jamais l'impression de penser à soi, je suppose.

– Pensez-vous que nous vous connaissions si mal, mon oncle ?

– Je craignais que vous ne commenciez à me connaître.

– Partez de votre côté, mon oncle. Ayez le cœur en paix. Oubliez-vous et allez de l'avant. S'il est la moindre petite chose sur laquelle vous n'aimez pas poser le regard, détournez-le d'elle et poursuivez votre chemin. Prenez votre vie en main. C'est la vôtre.

– Tu commences bel et bien à me connaître.

– Je déclare que c'est la première fois que j'éprouve de la joie depuis que maman nous a quittés. Mais la vue de papa avec vous et Maria – oui, je l'appellerai par son prénom – m'y a aidée. Je crois pouvoir suivre votre exemple et aller de l'avant.

– Je ne puis être trop mauvais, si tu veux être ma pareille.

Justine quitta la pièce comme si elle mettait ses paroles en pratique et croisa ses frères sur le palier.

– Oui, c'est un spectacle fascinant. Je ne vous blâme pas de rester cloués sur place, vos yeux rivés dessus. Mais faites attention à ne pas vous laisser prendre à ce collet et à vous laisser détourner de la probité. La vie va déferler comme le courant, nous laissant en eaux dormantes. Papa s'est élancé au fil du courant. Nous ne devons pas rester à la traîne.

– Est-ce là ce qu'il est arrivé à papa ? dit Clement à son frère. Ou le courant l'a-t-il entraîné malgré lui ? Il l'a déjà emporté assez loin. Je me demande s'il le sait.

– S'il sait quoi ?

– Cela lui ressemble-t-il de vagabonder avec une inconnue ?

– Cela ressemble à bien peu d'entre nous, mais ce n'est pas ce qu'il fait.

Il y eut un silence.

– Quand oncle Dudley doit-il se marier ?

– Je ne sais pas. Pas immédiatement après la mort de maman, je suppose.

Clement resta à la fenêtre après que son frère l'eut quitté. Il allait s'y tenir plusieurs fois au cours des deux mois suivants, au terme desquels il vint dans la pièce où sa sœur se trouvait seule.

– Papa et oncle Dudley ne doivent-ils pas partir dans quelques jours ?

– Oui. Oncle Dudley va voir le notaire de son parrain, qui administre sa fortune. C'est peut-être au sujet des dispositions qu'il veut prendre ou que sais-je. Je ne le lui ai pas demandé. C'est entre lui et Maria Sloane.

– Alors, ils vont dans les environs de l'ancienne maison de grand-papa. C'était lors d'une visite que papa et lui avaient faite à ce parrain que papa avait rencontré maman.

– Oui, effectivement. Oui, c'est là qu'ils doivent aller. Ça fera du bien à papa de partir seul avec oncle Dudley.

– Ce ne sera sûrement pas le changement le mieux approprié. Ne sommes-nous pas en train de négliger la mort de maman en nous attendant à ce qu'il en fasse autant ?

– Oh, je n'y avais pas pensé. Bien sûr qu'il ne doit pas aller là-bas. J'avais oublié où c'était. Je vais en parler à oncle Dudley. Pauvre papa, pas étonnant qu'il n'ait pas été très enthousiaste à cette idée.

– Grand-papa et tante Matty sont de plus en plus impatients de vendre leur maison et le mobilier qu'ils y ont laissé, dit Clement, gagnant nonchalamment la fenêtre, puis il entortilla le cordon des persiennes autour de sa main tout en baissant les yeux sur ce qu'il se passait en bas. Il semblerait que l'agent qui doit s'en occuper ait besoin qu'on le presse et qu'on le supervise. Oncle Dudley ne pourrait-il essayer d'arranger cela, quitte à rentrer un peu plus tard ? Ainsi, tante Matty n'en parlerait plus.

– Parce qu'elle en parle tant que cela ? Elle doit t'en parler plus qu'à moi. Cela semble indiquer que je suis tombée en disgrâce. J'imagine qu'oncle Dudley pourrait s'en occuper. C'est une bonne idée. Nous allons le lui demander.

– Je crois savoir que Miss Sloane voudrait qu'on fasse quelque chose dans son ancienne maison.

– Eh bien, il sera certainement ravi de s'en charger. Elle peut le lui demander elle-même ; je le lui rappellerai. Je le rappellerai aussi à tante Matty. Ce sera une bonne approche, et cela permettra de combler le fossé qui s'est creusé entre nous. Quel garçon avisé tu deviens !

Clement entortillait toujours le cordon.

– Tu sembles être attaché à cette fenêtre, dans tous les sens du terme. Qu'y a-t-il à voir ? Si nous assistons à des scènes exaltantes, elles ne nous concernent qu'à titre de spectateurs. Pour nous, il reste le lot commun.

VII

– C'est justement moi qui ne devrais pas partir, dit Dudley.

– Courage, mon oncle, dit sa nièce. Loin des yeux, près du cœur. Et nous garderons l'œil sur elle pour vous.

– Souhaitez-vous me laisser des consignes puisque c'est à moi que vous la confiez ? demanda Matty.

– Je n'ai pas encore reçu les miennes. J'attends que l'on me dise de prendre soin de moi et de revenir au plus vite. Je sais bien qu'il n'y a que la volonté qui compte, quoiqu'il me semble que c'est faire trop de crédit aux gens.

– Éloignons-nous du vestibule, dit Justine. Laissons nos deux tourtereaux jouer leur petite scène en privé et en paix. Ils n'ont pas besoin de regards fixés sur eux à tout moment. Que quelqu'un donne le bras à tante Matty.

– Je pense pouvoir m'autoriser à rester, ma chérie. Je ne suis pas vaillante au point de courir à droite et à gauche au moindre prétexte. En outre, je dois ramener Maria à la maison aussitôt après le départ de votre oncle.

– Je pense qu'il vaudrait mieux oublier vos bons offices pour une fois. Ces attentions, qui s'apparentent trop à celles d'une duègne, sont moins bienveillantes qu'il n'y paraît.

– Elles ne cherchaient aucunement à paraître telles, ma

chérie. Et le mot est mal choisi. Je n'ai rien d'une duègne. Je n'ai aucune expérience en la matière. Je suis quelqu'un qui a plus besoin de recevoir des attentions que d'en prodiguer.

– Oui, je veux bien le croire, tante Matty. Je ne cherchais pas à être blessante en employant ce mot. Allons, venez, papa. Laissons tante Matty accomplir son devoir à sa façon. Ce ne serait certainement pas la mienne, mais je ne dois pas lui imposer ma volonté.

–Tu ne peux que t'y employer au mieux, dit Mark. Et c'est chose faite.

– Allons, venez, laissons ce couple fiancé au seul regard fixé sur eux.

– Ils n'ont pas encore pris l'habitude d'être ensemble, dit Edgar en quittant sa place. Leur vie à deux n'a pas encore commencé.

– Non, mais le bon sens ne jouera pas un grand rôle dans leurs sentiments du moment. Quoi qu'ils ressentent, la logique n'y sera pas pour grand-chose.

– S'ils ne veulent pas du regard des autres, peut-être ne veulent-ils pas non plus de leurs discours, dit Clement.

– Papa, protégez-moi de ce frère si peu chevaleresque.

Edgar passa à côté de sa fille puis traversa le vestibule. Elle se méprit sur sa brusquerie, lui emboîta le pas et glissa sa main sous son bras. Il se dégagea et poursuivit son chemin, jetant un coup d'œil en arrière.

– Le regard que papa a lancé à oncle Dudley me va droit au cœur, dit-elle en rejoignant ses frères.

Clement la considéra sans mot dire. Lui aussi avait suivi le regard de son père.

– Il est des choses trop sacrées pour que leur vue nous soit soutenable, dit Aubrey. Elle ne l'est que pour tante Matty.

– Oui, c'est bien le paradoxe que je ne puis tout à fait admettre, dit Justine. Cela semble injuste, mais il ne nous est pas permis d'y remédier.

– Ils ont toute leur vie pour être ensemble, dit Mark.

– Oh, pourquoi ne voit-on pas que toute leur vie ne saurait se comparer avec l'instant présent? dit sa sœur en se frappant les côtés. Tous les instants ajoutés les uns aux autres ne vaudront jamais celui-là. C'est un des points culminants de la vie, la première séparation après des fiançailles officielles. Pourquoi faut-il que nous manquions à ce point de compréhension?

– Nul n'a besoin d'y voir plus qu'il n'y a, dit Edgar, de retour et ayant retrouvé le sourire. Cette séparation sera de courte durée. Votre oncle n'en fait pas grand cas.

– Une quinzaine de jours. Vous n'imaginez pas comme quinze jours peuvent sembler long en certaines circonstances, papa.

De nouveau, Edgar se détourna, et Justine le rattrapa aussitôt, glissant sa main dans la sienne.

– Oh, papa, comme je tiens des propos d'une bêtise crasse! Pourquoi est-ce que je parle du manque de compréhension des autres? Pourquoi ne me fait-on jamais la leçon, à moi? Eh bien, j'en ai reçu une, cette fois. J'espère ne plus jamais chuter de la sorte. J'espère qu'il reste quelque chose de moi.

– Tant pis pour ceux qui concourent à l'élévation de Justine au-dessus des dépouilles de son ego vers des hauteurs toujours plus grandes, dit Clement.

Edgar demeura immobile, la main dans celle de sa fille, silencieux, fidèle à son devoir.

– Venez, papa, faites-leur juste un signe d'adieu, dit-elle, pensant que l'héroïsme était le meilleur parti à prendre. Puis nous irons voir l'avancée des travaux avant le départ des ouvriers. Voilà, en tout cas, un gage de sécurité pour l'avenir.

Edgar l'accompagna, la laissant faire le premier pas, puis Mark s'adressa à son frère.

– Papa souffre moins de l'absence de maman que de celle d'oncle Dudley.

– Il souffrira tout autant d'une autre absence.

– Il est amoureux de Miss Sloane ? demanda Aubrey.

– Fiche le camp, dit Clement. Qu'est-ce qui te fait croire que nous souhaitons ta présence ?

– Je n'en crois rien, mais quelle différence cela fait-il ?

– Tu ne devrais pas toujours écouter ce que se disent les grandes personnes.

– Je n'écoutais pas. C'est vous deux qui parliez.

– Même pour toi, ça, c'est trop puéril.

– Eh bien, je suis le petit garçon à sa Justine. Et elle aime bien que je sois avec d'autres garçons étant donné que je ne vais pas à l'école.

– Reste pendu à ses jupes. Personne d'autre ne veut de toi dans cette maison.

Aubrey eut un mouvement de recul, lança des regards autour de lui et, sans crier gare, éclata en sanglots.

– Qu'y a-t-il ? demanda Mark.

Aucun de ses frères ne donna la réponse que tous deux connaissaient.

– Les garçons, les garçons ! dit Justine, apparaissant avec une promptitude qui parut naturelle à ses frères, mais qui était due au désir de son père de rester seul. Qu'est-ce que tout cela ? Ne puis-je vous laisser un instant sans trouver à mon retour de l'agitation et des larmes ?

– Tu n'en as pas trouvé le moyen, cette fois, dit Mark.

– Je vais devoir apprendre à être en plusieurs endroits à la fois.

Aubrey rit pour signifier la futilité de son émotion.

– Dis-moi ce qui se passe.

– Rien, apparemment, dit Mark.

– Rien, renchérit Aubrey dans un sanglot.

– Ah non, je refuse d'être laissée dans l'ignorance.

– Il semblerait que ce soit sur le point de t'arriver, dit Clement.

– Clement, que s'est-il passé ? dit Justine d'une voix chargée de suspicion.

– Rien du tout. Nous avons demandé à Aubrey de quitter la pièce, il a refusé et un mot en a entraîné un autre.

– Vous ne l'avez pas touché ?

Clement haussa les épaules en signe de mépris pour cette pensée, et Aubrey lui apporta son soutien en riant avec dérision.

– Dois-je en conclure qu'il n'y a absolument rien ?

– C'est la conclusion que j'en ai tirée, dit Mark.

Justine regarda Clement puis Aubrey, comme pour discerner le rapport entre eux.

– Eh bien, mon petit garçon, quand vas-tu nous montrer ton visage ?

Aubrey ne lui répondit pas que ce serait quand il en aurait trouvé le courage.

– Vas-tu pleurer toute la journée ?

Aubrey perçut son embarras à cette perspective, mais non les moyens de l'éviter.

– Dis-moi ce qu'il y a, Clement. Je vois bien que tu le sais.

– Je lui ai dit de rester pendu à tes jupes, et voilà le résultat.

– Pauvre petit garçon, il n'en a pas d'autres auxquelles rester pendu. Oh, c'est donc ça.

Justine ouvrit les bras à son frère, dont les pleurs redoublés vinrent confirmer ses dires.

– Tu devrais faire plus attention. C'est idiot d'avoir dit ça ! C'est toujours aux soins des femmes qu'on confie les enfants. Tu l'étais toi-même il n'y a pas si longtemps.

– Je leur ai dit qu'on était entre garçons, dit Aubrey, tout en pleurs et tout heureux. C'est ça qu'il n'a pas apprécié. Il se prend pour un homme.

– Quelqu'un est blessé ? demanda Edgar, de la porte.

– Non, papa, seulement un amour-propre. Il est déjà apaisé, dit Justine, nouant ses bras autour de la tête d'Aubrey, lequel, pour une fois, apprécia ces manières en ce qu'elles lui permettaient de dissimuler son visage.

– Donc, nous ne devons pas vous inquiéter avec cela.

Edgar regarda l'aînée et le benjamin de ses enfants passer ensemble dans une autre pièce.

– Votre sœur prend beaucoup sur elle. J'espère que vous l'aiderez. Je vous demanderai à tous deux de faire de votre mieux. Une maison telle que la nôtre se détériore sans une femme d'un certain âge. Elle suivra son cours un moment par elle-même parce qu'on lui a insufflé sa direction. Mais qu'une partie cède, et c'est tout qui s'écroule. Nous devons soutenir celle d'entre nous qui pourrait être destinée à échouer dans ses efforts.

– J'espère qu'oncle Dudley vivra près de chez nous, dit Mark.

– Je l'espère aussi. Je pense qu'il fera de son mieux. Seulement, ce n'est pas une autre maisonnée qui permettra à celle-ci de maintenir son cap. Je veux croire que leurs cours pourront suivre la même direction ; je veux croire qu'ils le pourront.

Edgar sortit de la maison et s'engagea sur le sentier où il avait pour habitude de se promener en compagnie de son frère. Il redressait la tête et gardait les mains dans le dos, comme s'il cherchait à se donner une nouvelle contenance pour remplacer l'ancienne. Son visage restait calme, figé, comme s'il se refusait à céder au moindre sentiment susceptible de le modifier. Il regarda sa montre, s'étonna de sa lenteur, la replaça aussitôt et poursuivit son chemin.

Justine, qui l'observait d'une fenêtre, quitta sa place et se dépêcha de gagner sa chambre. Quand elle descendit en vêtements d'extérieur, elle adressa un signe de la main à ses frères en passant.

– Ne me demandez pas où je vais. Ne me voyez pas. Ne vous rappelez pas que je suis partie. Continuez de faire ce que vous faites, et laissez-moi en faire autant.

– Où va-t-elle ? dit Mark. Quel est ce mystère ?

– Voir tante Matty, je suppose. Elle se prépare peut-être

à faire une scène. C'est une bonne chose de ne pas y être mêlé.

– Tante Matty se sent très seule sans maman ?

– Ses attentions doivent lui manquer, elle aura mis soixante ans à les obtenir. Je dirais qu'il lui fallait au moins ça. Il serait vain pour elle de recommencer avec quiconque.

– C'est dommage que grand-papa soit trop âgé pour être un compagnon pour papa.

– Tu es moins sûr de te voir dans ce personnage ?

– Cet aspect de ma personnalité ne semble pas l'avoir frappé, dit Mark avec sa facilité à accepter la vérité. J'hésite à le porter à son attention.

– Nous ferons une maisonnée bien misérable si oncle Dudley… quand oncle Dudley s'en ira. Je serai obligé d'y passer plus de temps.

– Tu adoptes ta manière simplificatrice de voir les choses, comme d'habitude.

– Que se passerait-il sinon ?

– Tu pourrais te consacrer à jouer le rôle de mère pour Aubrey.

– Tu pourrais bien avoir plus de succès dans ce rôle-là que dans celui d'épouse pour papa.

– Victoire ! cria Justine à tue-tête tandis que ses pas rapides la portaient d'un bout à l'autre du vestibule. Victoire, et inutile de me demander laquelle. Cela ne regarde que mon cœur, et je n'ai nul besoin de vous l'ouvrir. Je me contenterai de mon propre sentiment de satisfaction.

Clement marchait de long en large dans la pièce, silencieux, comme préoccupé. Lorsque Maria remonta l'allée, il jeta un coup d'œil par la fenêtre, puis continua de faire les cent pas comme s'il n'avait rien vu.

Trois semaines plus tard, Aubrey vint trouver les autres.

– J'ai vu papa et Miss Sloane se dire au revoir.

– Ah oui ? dit sa sœur. Ma foi, ce n'est pas un grand

événement. Il faut bien qu'ils se rencontrent et se séparent chaque jour.

– Est-ce qu'on… est-ce qu'un homme embrasse la femme que son frère va épouser ?

– Papa souffrira de l'absence de Miss Sloane quand oncle Dudley se mariera, dit Clement.

– Ne souffrirons-nous pas tous de l'absence de plusieurs personnes ? Une grande part de notre existence sera marquée par un vide. C'est quelque chose qui devrait l'aider jusqu'au moment de la rupture. C'est triste de penser en ces termes au couronnement de la vie d'oncle Dudley, mais nous ne pouvons guère faire autrement. Je me demande d'ailleurs si j'ai bien fait de tant rapprocher papa et Maria. Je souhaitais faire au mieux, Dieu m'est témoin, mais ce sera une chose de plus à laquelle nous devrons renoncer. Moi qui me réjouissais tant de le voir plus gai et du fait que sa démarche ait retrouvé du ressort. Bah, n'anticipons pas d'ennuis. Ils nous tomberons dessus bien assez tôt.

– Il ne peut que se sentir mieux d'être aidé pendant cette première étape. Quand il l'aura franchie, il aura repris le dessus et pourra envisager l'avenir. Il lui faudra s'être habitué à sa perte avant d'être maître de sa vie.

– Et comme on s'habitue à tout, dit Mark, même s'il ne la surmonte jamais, il devra s'y faire.

– Il la dominera, dit Justine. En toute franchise, nous le savons. Les sentiments qu'il éprouvait pour maman étaient profonds et vrais, mais ils n'étaient pas de ceux-là, de ceux qui se suffisent à eux-mêmes une fois que leur objet n'est plus. Vous ne vous méprenez pas sur mes paroles ?

Ce n'était pas le cas, et elle caressa la main d'Aubrey pour l'aider à recevoir cette initiation aux vérités de la vie.

– Chacun laisse un vide derrière soi, dit Clement. Et il vaut mieux pour soi et pour les autres que ce soit fait au plus tôt.

– Pourvu que cela ne veuille pas dire que notre pauvre

petite maman s'estompe de plus en plus, dit Justine, le front plissé par l'effort de réflexion qu'elle faisait pour y donner une autre signification. Mais quels chers et gentils garçons vous faites ces jours-ci! Vous ne voulez pas laisser votre sœur seule à la barre. Seul l'avenir de papa me préoccupe. On a vraiment le sentiment qu'un abîme nous sépare de lui. Mark et moi espérions pouvoir le combler, mais nous avons déchanté. C'est pourquoi je suis heureuse que Maria puisse avancer un tant soit peu vers son moi caché. D'une certaine façon, on a l'impression qu'il veut qu'il le reste. D'une autre, je sens qu'il y a entre nous une barrière plus haute qu'avant. Je ne trouve pas les mots pour le dire.

– Papa préfère Miss Sloane à maman? dit Aubrey.

– Allons, mon petit garçon, tu es suffisamment averti pour ne pas poser de pareilles questions. Ce n'est même pas la peine d'y répondre. La vie que mène papa n'est pas mon affaire, s'il ne le souhaite pas. J'étais présomptueuse de penser que je pourrais, d'une façon ou d'une autre, remplacer maman. Je suis contente que Maria le fasse dans la mesure du possible. L'ennui, c'est que ce ne pourra être pour longtemps.

– Donc, papa te préfère Miss Sloane, Justine.

– Oh, voyons, je suis l'unique fille de papa, la seule femme de la famille depuis la mort de maman. Tu comprendras quand tu seras grand ce que cela signifie. Il ne veut peut-être pas y mêler d'autres rapports. Il a le droit d'avoir cela pour lui seul, simple et intact, s'il le souhaite.

– Oncle Dudley arrive demain, dit Clement.

– Et la vie de papa sera comblée en attendant. Ne voyons pas plus loin.

– Oncle Dudley a écrit à Miss Sloane tous les jours, dit Aubrey. J'ai vu la pile de lettres sur le bureau de tante Matty.

– Vraiment, mon petit garçon, tu me laisses sans voix. J'espère qu'elles le sont restées, en pile. Oui, j'en suis sûre.

Mais quand bien même, c'est à se demander ce que tu as fait de mes préceptes.

– Je ne crois pas qu'elle lui ait écrit aussi souvent, dit Mark. Un jour, j'ai porté des lettres à la poste, et il n'y en avait pas une d'elle pour lui.

– Mes chers garçons, que vous arrive-t-il ? Il vous faut bien satisfaire vos petites curiosités, je suppose, mais c'est aller trop loin. Chacun a droit à une vie privée, et vous devez la leur laisser. Les conventions ont du bon par certains côtés. Mark, tu es assez âgé pour en avoir acquis la certitude.

– On s'étonne que les jeunes ne soient pas pires qu'ils ne sont, alors qu'on leur cède tout, dit Clement. Nous nous évertuons à les empêcher de devenir meilleurs.

– Ne trouves-tu pas que Clement s'est adouci ces derniers temps, Justine ? dit Aubrey.

– Il est resté plus souvent à la maison, dit Mark. J'espérais, Justine, que la conjugaison de nos influences pourrait lui servir. Et je ne suis pas complètement déçu.

– Ne dites pas de bêtises. Ça ne pourrait finir que par une dispute. Oh, une chose que je tenais à vous dire. Quand oncle Dudley arrivera et retrouvera Miss Sloane, ne restez pas tous en rond à les regarder bouche bée. Laissez-les profiter du moment.

– Je ne me rappelle pas nous être jamais regroupés de la sorte, ni avec ce laisser-aller. Ce n'est pas l'impression que nous voulons consciemment donner.

– Enfin, tu m'as comprise. En tout cas, vous semblez tous en savoir long. Et on parle de la curiosité féminine ! C'est moi qui, de nous tous, semble de loin l'avoir le moins. Tenez-vous à l'écart et accordez-leur cette première heure. Je pense que même papa le fera. Ce sera plus difficile pour lui, un avant-goût du moment où on le délaissera. Car je crains que ce ne soit ce qu'il ressentira malgré ses enfants. Mon Dieu, mon Dieu, j'ose à peine envisager l'avenir.

Edgar ne se comporta pas comme sa fille l'avait prédit. Il

accueillit son frère au côté de Maria et lui serra la main, les yeux fixés sur lui comme s'il se faisait un devoir de soutenir son regard. Dudley fit un pas vers eux, mais s'arrêta net, averti par quelque instinct que rien n'était plus comme avant. Il recula, et il attendit qu'ils prennent la parole, sentant avec sa vivacité d'esprit habituelle que c'était ce qui exigerait le plus d'eux et lui laisserait toute latitude. Les lettres de Maria lui revinrent à l'esprit, et, en un éclair, il vit qu'il n'en allait pas comme elle l'avait écrit. Il attendit, se préparant à entendre qu'elle souhaitait reprendre sa liberté et s'était conciliée le soutien de son frère. Ce qu'il entendit devait toujours lui revenir en mémoire, chaque mot tombant comme un couperet alourdi de tout son sens.

– Dudley, je dois dire ce que j'ai à te dire. Tout vient de moi. Tu dois l'entendre de ma bouche. Maria souhaite que tu lui rendes sa liberté et elle consent à m'épouser. Nous ne saurions continuer à te mentir un jour de plus. Je ne te demande pas de nous souhaiter tes vœux de bonheur, mais j'ai peine à croire, te connaissant comme je te connais, que ce n'est pas ce que tu nous souhaiteras. Je t'assure que c'est tout ce que je te souhaitais, quand il semblait qu'il devait en aller pour moi comme il en va pour toi.

Dudley considéra son frère sans ciller, et, en un instant, se ressaisit et assuma le moment, avec l'impression de jouer un rôle mettant en jeu des sentiments insoupçonnés.

– Ainsi, je vais être un héros. Eh bien, cela me conviendra mieux qu'à la plupart des gens, bien mieux qu'à toi, Edgar. Je me rends compte à quel point tu es peu héroïque. Je vais recommencer à vivre pour les autres. Je ne pense pas qu'ils aient réellement apprécié que je fasse autrement. Je vois que c'est plus agréable pour eux. En outre, je vous garderai tous les deux au lieu de renoncer à l'un au profit de l'autre. Je suppose que c'est ce que vous vous êtes dit. Cela semble être le mieux, mais je ne vous autoriserai pas à le penser. Il faudra bien que je prenne une petite revanche pour avoir été placé dans cette position. J'aurai l'air si stupide d'être mis à l'écart sur simple reniement.

– Tu nous garderas tous les deux, en effet, dit Edgar d'une voix si basse qu'on eût dit qu'il trouvait inconvenant de parler.

– J'aurais dû y penser. Je l'aurais mieux pris, venant de moi. Je le prends très mal venant de toi, Edgar. J'aurais préféré avoir le mérite de le suggérer. Je suppose que ce n'est plus possible? Nous ne pouvons prétendre que c'est venu de moi?

– En un sens, c'est ce qui s'est passé, Dudley. Tu nous as si totalement donné une part de chacun de nous.

Dudley se raidit mais reprit aussitôt :

– Vous avez tous les deux pris une plus grande part que je ne l'escomptais. Ce qu'il y a de pire dans la bonté, c'est que les gens en abusent. On peut dire que vous ne vous en êtes pas privés. Ça me donnera une plus grande emprise sur vous.

Ses paroles, et le ton de sa voix plus encore, jetèrent un froid parmi l'auditoire stupéfait. Maria garda le silence. Elle n'avait rien à dire, rien à ajouter à ce qu'Edgar avait dit. Dudley la regarda, distant et muet, puis, dominant son tumulte intérieur, il reprit la parole. Il sentait qu'il devait surmonter cet instant, l'avoir derrière lui, qu'il devait aller trouver les enfants de son frère et leur annoncer la vérité, avant de s'éloigner seul pour affronter les années. Il ne le pourrait pas si quoi que ce soit d'autre lui pesait.

– Je vais aller dire à Justine et aux garçons que je resterai sous leur toit. Vous ne souhaitez pas que je le quitte, je suppose? Vous ne vous sentez pas trop coupables en ma présence? Ils ne bouderont pas leur plaisir à cette nouvelle, et je suis sûr que ce sera un baume pour mon cœur meurtri. Ils préféreront m'avoir moi que toi, Edgar. En réalité, je crois avoir été le seul père qu'ils aient connu. C'est une bonne chose que tu n'aies pas à affronter cette épreuve.

Tu ne serais pas à la hauteur. Tu as été très maladroit dans cette dernière scène. Je vois ce que les gens sous-entendent quand ils disent que je suis le meilleur de nous deux.

– Moi aussi, Dudley.

Dudley les quitta d'un pas léger, mais ils gardèrent tout de même leurs distances. Comme il s'arrêtait pour se ressaisir, il les vit s'avancer l'un vers l'autre, les yeux dans les yeux. Leur calvaire était terminé ; le sien commençait.

À l'étage, il s'arrêta à la porte du salon et écouta le son des voix. Justine, Aubrey et Mark jouaient à un jeu. Clement se tenait devant la cheminée, comme il l'avait fait durant la scène qui s'était déroulée en bas. Dudley n'avait pas envisagé qu'il redouterait autant ce moment. Il lui avait semblé que son sentiment prédominant noierait tout autre, et il lui vint alors l'idée qu'il ne pourrait souffrir jusqu'à la dernière extrémité. À peine eut-il franchi le seuil qu'il prononça les paroles qu'il estimait devoir être siennes.

– Je vous annonce une bonne nouvelle. Vous n'allez pas me perdre. Je vais rester la lumière du foyer. Vous pensiez que mon gain constituerait votre perte, mais je ne vais pas le recevoir. Il semblait impossible que je me marie un jour, et ça l'est.

– Qu'entendez-vous par là, mon oncle ? demanda Justine. Auriez-vous changé d'avis ?

– Non, je vaux mieux que cela. J'ai été éconduit au profit de mon frère, ce que j'ai surmonté. Je suis le même, mais meilleur et plus noble. Le dernier petit fragment de mon ego n'existe plus. Il était encore assez gros lors de notre dernière entrevue, mais cela n'a pas d'importance, maintenant, il n'existe plus.

– Expliquez-nous ce que vous entendez par là, insista Mark.

– Je ne pense pas qu'on puisse attendre de moi que je dise clairement que Maria m'a abandonné pour épouser votre père. Vous pouvez sûrement m'épargner de devoir prononcer ces mots-là. Je les dirai bien assez tôt. L'allusion ne vous aura sûrement pas échappé.

– Est-ce réellement vrai, mon oncle ?

– Donc, elle ne vous a pas échappé, dit Dudley en se laissant tomber de soulagement dans un fauteuil.

– Devons-nous considérer que c'est définitif et officiel ? Cela nous touche autant que vous.

– Ah oui ? Je n'y avais pas songé. Je me réjouis que vous partagiez mon embarras. Fardeau partagé pèse moitié moins lourd, encore qu'on puisse croire qu'il pèserait deux fois plus. Sans compter que vous devez être très gênés. Il est bien tôt pour que votre père songe à se remarier.

– Mais papa ne peut pas épouser Miss Sloane, dit Aubrey. Il est déjà marié à maman.

– Non, mon chéri, dit Justine à mi-voix. Maman est morte.

– Mais elle n'aimerait pas qu'il ait une autre femme.

– Nous ne le savons pas, mon chéri. Chut. Il se pourrait bien que maman le comprenne.

– Ainsi, c'était donc ça qu'il fallait conclure, dit Mark, de les voir si souvent ensemble.

– C'était ça aussi, dit Aubrey, quand je les ai vus…

Justine posa la main sur la sienne pour lui imposer silence.

– Oui, dit Dudley, c'était ça, tout le temps. Le mal est assez grand pour avoir raison du meilleur de moi-même, pourtant il m'a fallu être le meilleur, et de loin. Votre position n'est pas très confortable. Votre père ne perd pas de temps pour combler le vide laissé par votre mère. Je suis bien obligé de tenir des propos mesquins ; je ne puis être le seul à souffrir de cette débâcle. Mais, bien entendu, vous ne voyez aucune raison que j'en souffre, et, bien entendu, je vois que votre mère aurait préféré cela et que votre père ne fait que répondre à son souhait.

– Nous ne pouvons que nous réjouir de vous garder parmi nous, mon oncle, dit Mark.

– Oui, c'est encore ce que nous avons de mieux à faire, dit Justine.

Clement et Aubrey gardèrent le silence.

– Je ne m'étonne pas que vous soyez mal à l'aise. Et je me vois obligé de vous causer encore un peu plus de gêne en vous annonçant que vous aurez de nouveau votre argent. Je veux que vous éprouviez une sorte d'embarras qui ne soit pas dû au fait que j'aie été éconduit. Vous le comprenez, je n'en doute pas. Mais vous, au moins, vous aurez cet argent après avoir prouvé que vous pouviez y renoncer. C'est tout juste la position que l'on choisirait. Moi, j'ai seulement prouvé que je pouvais le reprendre. En aucun cas, personne ne choisirait ma situation. Que croyez-vous que les gens vont penser de moi ? Vont-ils me mépriser de m'être fait éconduire ? Je ne dirai pas jeter. Ce mot vulgaire ne pourrait franchir mes lèvres.

– Ils penseront ce qu'ils ont toujours pensé de vous, mon oncle, dit Justine.

– Que je passe après mon frère ? Certes, c'est ce qu'ils doivent penser. Croyez-vous qu'un mot vulgaire pourrait franchir leurs lèvres ?

– Je suis sûre que non en ce qui vous concerne.

– Tant mieux. Je suis peut-être quelqu'un qui peut réussir beaucoup de choses. Sans doute, puisque c'est ce que je suis en train de faire. Il faudra que vous me souteniez sans le montrer. Je n'aimerais pas que l'on puisse penser que j'ai besoin du secours des autres. Et comme je suis encore aisé, les gens ne me mépriseront pas tout à fait.

– Vous êtes tant d'autres choses, mon oncle.

– Ce ne sont pas celles que les gens remarquent. Les gens sont si terribles ! Je ne leur ressemble pas, après tout.

– Quand papa va-t-il épouser Miss Sloane ? demanda Aubrey.

– On ne le sait pas, mon chéri. Personne ne le sait, répondit sa sœur. Il faudra laisser faire le temps.

– Cela semble si déraisonnable, dit Dudley. Pourquoi faut-il donc attendre pour réaliser ses rêves? Certes, ils n'auraient pas dû nourrir de tels rêves, c'est entendu. Je le vois bien; j'aime à le croire. Mais je ne suis pas un homme dénué de sentiments naturels. Je ne pourrais les surmonter si je n'en avais pas. Et c'est là ma principale occupation, ce me semble.

– Allez-vous reprendre les travaux de la maison? demanda Justine, comme si de rien n'était, comme pour libérer son oncle de l'emprise de son discours.

– Votre père y songera. C'est dans son intérêt. Oh, je dois me garder de céder à l'amertume. La souffrance nous ennoblit, et ce n'était pas là un noble discours. Et moi aussi, j'ai songé à mon intérêt quand mon tour est venu. Ce fut un choc pour les gens; j'aime à me le rappeler. Je n'étais pas de ceux à qui l'on peut se fier pour penser à eux-mêmes; à vrai dire, on ne s'y attendait pas réellement. Si je ne m'étais pas fiancé, ma vraie personnalité n'aurait jamais émergé. Maintenant, on ne pensera plus jamais la même chose de moi. Mais je suppose que c'est le cas pour tous ceux dont la vraie personnalité a émergé.

– Celle de papa est-elle évidente à présent? demanda Aubrey.

– Oui, elle l'est, et nous constatons qu'elle est encore pire que la mienne.

Justine se leva et secoua sa jupe du geste de quelqu'un qui se débarrasse des traces de quelque occupation.

– Le point faible des gens n'est pas nécessairement le trait le plus vrai d'eux-mêmes, dit-elle d'un ton qui mit un terme à la discussion et permit à son oncle de quitter la pièce.

Un moment de silence suivit son départ.

– Les hommes ont-ils le droit de se remarier aussitôt qu'ils le souhaitent après la mort de leur femme? demanda Aubrey.

– Ça fait combien de semaines? dit Mark.

– Je ne sais pas. Nous ne le dirons pas, répondit sa sœur. Cela ne peut nous faire aucun bien.

– C'est peut-être l'émotion de ce moment qui a auguré l'autre.

– Peut-être. On ne sait pas.

– C'est souvent comme ça? demanda Aubrey.

Justine s'assit et l'attira sur ses genoux, et comme il s'écartait d'elle doucement pour lui épargner son poids, elle enfouit soudain son visage dans ses mains et versa un torrent de larmes. Ses frères l'observaient en silence. Aubrey coinça le genou contre le bord du fauteuil et regarda droit devant lui.

– Voilà, c'est fini, dit-elle, relevant la tête. Je devais d'abord me laisser aller. Sinon, je me serais contenue et ç'aurait éclaté à un moment inopportun. Regardez mes échanges avec tante Matty. J'ai trahi mes émotions une fois et je ne m'y risquerai pas une seconde fois. Je sais qu'oncle Dudley sera capable d'affronter sa vie et que je serai capable d'affronter de le regarder faire.

– En serons-nous tous capables ou devons-nous tous pleurer? dit Aubrey qui, pour sa part, suivait ce dernier chemin.

– Les femmes vont plus au fond des choses que les hommes. Mais ne craignez rien, je ne me dévoilerai plus.

– Oncle Dudley s'est fort bien acquitté d'une tâche difficile, dit Mark.

– Je me demandais quand il se déciderait à y renoncer, dit Clement.

– Clement! Bah, c'est ce que tu ressens qui te fait dire ça, dit Justine.

– Justine l'y a aidé, dit Mark. Je me demande ce qui se serait passé sinon.

– Il se serait débrouillé seul. Je n'avais pas de véritable crainte. Je voulais seulement le ménager autant que je le pouvais.

– Il semblerait que nous ayons été aveugles, dit Clement.

– Ah oui ? dit sa sœur. Avons-nous perçu quelque chose ? L'avons-nous vu venir ? Le saurons-nous jamais ?

– Bien sûr que oui, dit Mark. Nous savons à présent que nous avons eu un choc.

– Je me demande comment s'est déroulée la scène entre oncle Dudley et papa, dit Clement.

– C'est inutile de se le demander. Nous savons qu'elle a été, d'un côté, une démonstration de dignité et de franchise, et, de l'autre, de générosité et de courage.

– Miss Sloane était là, dit Aubrey. Je les ai vus entrer dans la bibliothèque tous ensemble.

– Quelle aura été la qualité de sa participation ? dit Mark. Quoique celle-ci ait dû être entièrement superflue.

– Je me demande pour lequel d'entre eux le cœur saigne le plus, dit Justine.

– Pour notre oncle. Le mien ne saigne que pour lui.

– Je ne sais pas. Tel que je connais papa, il a sa part de tourment.

– Je pense qu'il est clair que nous ne le connaissions pas totalement. Oncle Dudley en récolte les fruits.

– Oui, oui, certes, en un sens, dit Justine, entourant ses genoux de ses mains et regardant dans le vide. Certes, en effet. Pourtant, il y a quelque chose de très stimulant à la pensée du sort d'oncle Dudley. Ce malheur donne un tel coup de fouet. C'est à se demander si, parfois, de telles choses n'en valent pas la peine.

– Pas pour notre oncle, je le crains. Le bénéfice est pour les autres.

– Tu sais que je n'en sais rien ? dit Justine, de nouveau sur le point de regarder dans le vide, mais se reprenant. Bon, je dois aller reprendre la routine quotidienne. Même des péripéties telles que celles-là apportent leur lot d'obligations dans leur sillage. Miss Sloane restera dîner, et je suppose que tante Matty devra venir pour présider à cette autre implication de son destin dans le nôtre.

– Est-ce ce qu'il y a de mieux à faire ? demanda Mark.

– Oui, mon cher, répondit Justine avec simplicité. C'est ce qui ménagera le plus oncle Dudley. Il en aura terminé avec tout cela une bonne fois et il aura le champ libre. Permettons-lui d'aller se coucher ce soir avec le sentiment que le plus dur est passé, qu'il en a terminé avec le temps de l'héroïsme et qu'il n'a plus, comme il savait si bien le faire, qu'à se réjouir du bonheur des autres.

– Qu'il en a fini avec le temps de l'héroïsme !

– Enfin, qu'il l'a commencé, qu'il l'a commencé pour de bon. Qu'il a commencé de purger sa peine, fût-ce à perpétuité. Cela n'est pas si étranger à oncle Dudley. Nous ne sommes pas à son niveau. Nous pouvons compter sur lui pour aller plus loin que nous.

– Et s'en porter plus mal, à ce qu'il semble.

– Et s'en porter le mieux possible, soupira Justine. Bon, le moment est venu de détourner nos pensées d'oncle Dudley et de songer à papa.

– Sujet moins exaltant.

– Non, non, Mark. Nous ne dépasserons pas les bornes. Même si papa change sa vie et la nôtre, nous n'en sommes pas moins ses enfants.

– Tante Matty sera-t-elle encore parente avec papa ? demanda Aubrey. C'était par maman qu'il était son frère.

– Oh, quel imbroglio, quel méli-mélo ! Enfin, laissons là l'avenir. Nous n'avons le droit ni de le façonner ni de le gâcher. Tante Matty est la sœur de maman, et elle a droit à notre toit. Et elle est aussi l'amie de Miss Sloane. C'est curieux que je ne sois plus disposée à l'appeler Maria désormais. Mais j'ai dans l'idée que c'est de l'étroitesse d'esprit, et, peut-être, de l'infatuation. Elle apporte ce bonheur dans la vie de papa, nous ne devons pas l'oublier, quand bien même nous en connaissons le prix. Allons, que je voie des visages radieux à présent. Nous devons pour papa et pour elle, oui, et pour oncle Dudley aussi, faire bonne figure devant ceux qui mènent leur vie à leur façon.

– Qui n'est certainement pas la nôtre, dit Mark.

– Toute la question, c'est le sentiment qui existe entre papa et Miss Sloane, dit Clement. Il vaut mieux que les choses se passent conformément à la vérité qui les sous-tend.

– Nous ne pouvons nous résigner à la vérité, c'est bien là le problème, dit sa sœur. Il va nous falloir dissimuler nos sentiments, et nous ne serons pas les seuls à le faire. C'est étonnant que nous contrôlions si peu notre esprit. Je me suis surprise à souhaiter que maman soit là pour nous aider à sortir de l'imbroglio provoqué par sa mort.

– Eh bien, elle n'est plus, et papa doit faire sa vie sans elle. Et, seul, il serait une figure plus tragique qu'oncle Dudley, ne serait-ce que parce qu'il serait solitaire alors que notre oncle ne le sera pas.

– Pas en apparence. Nous y veillerons tous. Mais on peut parfaitement être seul dans la multitude. Peut-être avions-nous cru que papa devait être solitaire en ce moment. Eh bien, si nous l'avons cru, nous en sommes quittes pour l'avoir cru ; je ne sais pas en quoi cela nous dédouane. Bon, voulez-vous aller trouver tante Matty et lui annoncer la nouvelle joyeusement, en douceur… oh, et puis comme il vous plaira, et revenir me dire si elle vient ce soir ? Voir son amie prendre la place de sa sœur est peut-être quelque chose qu'elle peut affronter, mais peut-être pas. Elle seule le sait. Mon Dieu, mon Dieu, je ne vois pas comment les choses vont s'arranger.

– Je crois que tu es une des causes qui ont joué un rôle dans tout cela, dit Mark à Clement tandis qu'ils se mettaient en route. C'était ton idée qu'oncle Dudley prolonge son absence pour rendre service à tante Matty. C'est ainsi que ce retournement de situation a eu l'occasion de se produire. Autrement, il n'eût guère été possible.

– Heureusement qu'il l'a été, étant donné tout ce qui est

à l'œuvre et le sous-tend. Il n'aurait pas été bon pour l'avenir de se perpétuer sans s'enraciner dans la vérité.

– Avais-tu de viles pensées à l'esprit ?

– Que veux-tu dire ?

– Envisagerais-tu déjà de récupérer ton argent ?

– Oh, ça. Oncle Dudley en a parlé.

– Il a dit le plus important.

– Je suppose que j'y parviendrai ; je vois que pour toi, c'est déjà fait.

– Je me demandais si c'était moi qui avais l'esprit le plus vil. Je vois qu'il l'est plus que le tien.

– Oh, tous nos esprits se valent, dit Clement. Ils sont tous vils chacun à leur façon.

Dudley traversa la pelouse derrière eux, élevant la voix.

– Vous allez voir votre tante ? Alors, je vous accompagne pour en finir avec l'ultime étape de mon calvaire. Je vous ai montré comment se comporter devant un revers, maintenant je vais donner la même leçon à Matty. Dans le fond, nous sentons qu'elle a besoin de leçons, encore que je commence à considérer que ses défaillances ne sont pas si terribles en la matière.

La voix de Matty parvint à leurs oreilles, haut perchée, presque stridente.

– Évidemment qu'on ne doit pas me traiter de la sorte. Vous me paraissez être totalement dénuée de toute notion de vie civilisée. Je suis restée là, assise seule toute la journée, à tout imaginer, à me faire un sang d'encre pour chacun, à espérer un mot, un signe ! Et on me laisse là comme si je n'étais rien ni personne et n'avais rien à voir avec les gens qui me sont le plus proches dans la vie. J'ai perdu ma sœur, mais j'ai la charge de ses enfants, et la femme qui va prendre sa place est mon amie. Je suis profondément concernée par tout cela, et au supplice d'en être tenue à l'écart.

– J'ai seulement dit que ça devait leur avoir causé un choc, et qu'ils n'ont peut-être pas pensé à envoyer quelqu'un.

– Alors, ne le dites pas ; ne vous avisez pas de le dire. Envoyer quelqu'un ! Comme si j'étais une pensionnée à qui l'on jette une miette, et non ce que je suis, la femme qui se tient aux côtés des enfants de ma sœur en lieu et place d'une mère ! Vous n'avez jamais éprouvé ou reçu la moindre affection, sinon vous ne pourriez pas dire des choses pareilles.

Miss Griffin regarda par la fenêtre, ouvrant grand les yeux pour éviter qu'ils ne changent d'expression. Matty se tut, rajusta ses cheveux, porta les mains à ses joues en feu et se pencha vers la porte.

– Entrez, qui que vous soyez, et voyez une pauvre femme décomposée, lasse de ne rien savoir, lasse d'être seule. Vous venez y mettre un terme. On ne m'aura pas tout à fait oubliée. Oh, sont-ce trois visages chéris que je vois là ? Mais comme je me suis sentie une personne triste, négligée, je n'ai nullement l'intention de m'apitoyer sur quiconque. Je l'ai fait sur moi-même jusqu'à l'épuisement. Je sais comment la journée devait se passer ; j'avais ma place au second plan ; et voilà que je m'apprête à féliciter deux d'entre vous de conserver leur oncle. Je sais que, là, je touche juste.

Les trois hommes saluèrent les femmes, Mark ne devinant rien de la scène, Clement la devinant en partie, et Dudley en totalité.

– Alors, je vais donc entendre tout ce qui s'est passé depuis le début. Je vous écoute, Dudley. Vous vous intéressez trop à une vision d'ensemble de l'existence pour vous laisser influencer par votre petite personne. Vous savez que j'emploie le mot « petite » eu égard à votre conception, et non à la mienne. Alors, dites-moi tout, quand tout cela doit avoir lieu, et ce que vous ferez de votre fortune maintenant qu'elle est revenue entre vos mains. N'allez pas vous imaginer qu'il y ait quoi que ce soit que je ne veuille entendre. Je mets toute expérience humaine à ma portée. Vous et moi nous retrouvons sur ce point.

– Vous m'avez, je pense, permis mieux que quiconque

de surmonter ce premier moment, dit Dudley, retrouvant Blanche chez sa sœur, et saisissant l'inclination la plus profonde de la nature de Matty. Je puis réellement faire mine de ne ressentir aucun embarras. On ne le doit pas quand on n'a rien fait de mal, mais les gens en font tant sans s'en rendre compte, et ils supportent si peu qu'on leur rende la pareille. D'ailleurs, être éconduit au profit d'un frère n'est pas comparable. On dira que je me suis bien comporté, mais que, ce faisant, je garderai presque tout en moi, et que c'est fort raisonnable de ma part. C'est ce qu'on a dit il y a trente et un ans, je m'en souviens comme si c'était hier, et voilà que cela se reproduit aujourd'hui. Et vous qui venez de dire que ma fortune était revenue entre mes mains. Ces paroles sont de celles qui ne nous quittent pas. Je n'avais encore jamais entendu personne en prononcer de telles.

Matty le dévisagea d'un regard et tapota le fauteuil à côté d'elle.

– Alors, vous et moi devons souffrir plus ou moins de la même chose. Je sens que la place de ma sœur va être occupée et que je n'ai plus tout à fait les mêmes raisons d'être ici, ni tout à fait les mêmes prérogatives dans sa famille. Les gens en diront sur moi autant que, selon vous, ils en diront sur vous.

– Vous le croyez vraiment ? J'aime qu'on en dise sur d'autres que moi et je suppose qu'on peut faire confiance aux gens.

– Miss Griffin, si vous alliez voir ailleurs ce que vous pourriez trouver à faire ? dit Matty d'un ton si détaché et si inexpressif qu'elle aurait pu tout aussi bien n'avoir rien dit.

Miss Griffin, dont le regard était resté rivé sur cette scène, le détourna et se dirigea vers la porte, d'un air abattu et d'un pas suffisamment lent pour se donner l'apparence de maîtriser sa soumission. Matty se tourna vers ses neveux.

– Eh bien, vous pensiez avoir une nouvelle tante, et vous aurez une nouvelle… que dire ? Ah, nous ne pouvons le dire, si? Ni vous ni moi ne le pouvons. Alors, disons seulement que vous aurez une seule tante, en fin de compte. Nous ne voulons pas assombrir le bonheur des autres, et nous nous en garderons bien; nous saurons nous tenir; nous ne sortirons pas du chemin étroit. Mais maintenant que nous avons pris cette résolution, nous en tirerons ce que nous pourrons pour nous-mêmes. Place à nos bavardages. Ils sont bien moindres que ceux des gens, et puisque nous ne leur disputons pas la grande part qu'ils y prennent, ils ne devraient pas nous disputer la petite que nous y prendrons. Donc, quand avez-vous vu le premier signe de changement, le nuage pas plus grand qu'une main d'homme?

– Nous n'avons vu aucun nuage jusqu'à ce qu'il crève, dit Mark.

– Permettez-moi de placer un mot tout de suite, dit Dudley, ou je serai plus embarrassé. Il vaut mieux prendre le taureau par les cornes. C'est une bonne image : elle montre que nous parlons d'une chose terrible. Eh bien, le nuage s'est déversé sur moi, en un instant, complètement, j'ai redressé la tête et je suis allé de l'avant. J'en ai personnellement informé les gens; j'ai accompli mon étrange besogne, n'éludant rien, et ajoutant ma touche personnelle qui, sûrement, était la plus héroïque de toutes. Je suis certain que vous n'oseriez pas me prendre en pitié. Le feriez-vous que je devrais affronter le plus dur.

– Oh, vous savez, la pitié ne m'inspire pas ce sentiment. Je pense souvent que je la mérite et que je n'en reçois pas la part qui m'est due. Les gens oublient si vite d'en éprouver.

– Vous êtes trop gentille. Mais la pitié vaut-elle réellement mieux que l'oubli? Alors, il me reste, en effet, à endurer le pire.

– Justine voudrait savoir si vous vous joignez à nous pour dîner, tante Matty, dit Mark. Nous pourrons vous envoyer la voiture quand vous voudrez.

– Mark trouve que je parle trop de moi. L'oubli vient déjà, et je vois qu'il sera grand. Il vient si vite, aussi ! C'est la seule chose qui le puisse.

– À quelle heure, tante Matty ? Justine a été ferme sur ce point. Elle veut une réponse précise.

– Cette chère Justine ! Toute heure est précise, c'est ce que je croyais. Eh bien, sept heures moins le quart, si ce n'est pas trop tôt, si elle peut me supporter de si bonne heure. C'est encore elle la régente de la maisonnée.

– J'imagine que Mark cherchait à me protéger contre moi-même. Il craint que je ne me lance sans plus oser m'arrêter, par crainte du silence qui pourrait s'ensuivre. Il a remarqué que j'ai cette tendance. Alors, qui veut prendre la parole ?

– Enfin, disons six heures et demie, dit Matty en réponse immédiate et souriante. Six heures et demie, l'air courageux et radieux. Nous y sommes tous décidés. Alors, adieu pour le moment, et bonne chance à notre résolution. Dites à Justine six heures et demie précises.

– Allez porter ce message, dit Dudley à ses neveux. Moi, je vais dire un mot à Miss Griffin. Je trouve très aimable sa considération pour moi. Je reçois cet égard de quelqu'un à qui l'on n'en témoigne pas.

Miss Griffin s'attardait dans le vestibule, comme à dessein.

– Eh bien, vous et moi avons plus que jamais des choses en commun. Les gens nous sous-estiment tous les deux. On considère que je ne vaux pas mon frère, et je me demande si je ne gagnerais pas à souscrire à ce point de vue. Tout le monde trouve que c'est ce qu'il y a lieu de faire pour moi en ce moment et n'a de cesse de s'y employer. Or, nous devons faire tout notre possible pour nous-mêmes.

– Nous ne pensons pas tous que vous ne le valez pas.

– La plupart des gens, si, et je présume que j'accepterai le jugement de la masse, même s'il est bien connu que c'est une sottise à ne pas commettre. Je me réjouis que vous ne soyez pas si bête.

– Oh ça, non, je ne le suis pas… disposée à l'accepter, je veux dire.

– Évidemment, je lui suis peut-être inférieur. Il est vrai que, lorsque j'ai hérité de cet argent, j'ai pensé qu'il me plaçait sur un piédestal. Et quand je l'ai distribué, j'ai pensé que c'était merveilleux. Distribuer de l'argent que j'avais gagné sans qu'il m'en coûte. Mais, de vous à moi, je suis toujours enclin à le penser. Je ne suis pas certain qu'il l'eût fait.

– En tout cas, c'était inhabituel.

– Alors, maintenant, je vais le redistribuer, car celui qui peut se départir de son argent fait quelque chose dont très peu de gens sont capables.

– Je suppose qu'ils le seraient si bon leur semblait, dit Miss Griffin, qui le pensait sincèrement.

– Oh, non. Ils sont esclaves, et non maîtres, de l'argent.

– C'est curieux, non ?

– Avant, je ne le comprenais pas. Mais quand j'ai eu moi-même de l'argent, j'ai compris. Je devais agir vite au risque de devenir esclave. J'ai bien failli le devenir.

– Mais vous en avez été loin.

– Oui, mais peu après, je le suis devenu. Je sens qu'il me faut parler pour que vous n'ayez qu'à entendre. J'ai demandé que l'argent me soit rendu.

Miss Griffin sourit, comme à un enfant.

– Vous le saviez ?

– Non.

– N'est-ce pas extraordinaire que pareille nouvelle ne se répande pas ? J'aimerais tant l'entendre dire de n'importe qui. J'ignorais que les gens étaient si peu importants. D'ailleurs, ils ne le sont pas : c'est chacun de nous qui l'est.

– Oui, bien entendu.

– Avez-vous le sentiment de l'être ?

– Chacun de nous le devrait.

– Je crains qu'on ne trouve que je le suis à cause de ce que je peux faire. Il en va peut-être de même pour vous.

– Je ne peux pas faire grand-chose pour quiconque.

– Je pensais que vous faisiez tout pour Miss Seaton.

Miss Griffin détourna le regard.

– C'est extraordinaire comme les gens ramènent tout à eux. J'imagine que mes neveux reprendront leur argent en ayant le sentiment de me rendre service. Miss Seaton pense probablement que vous menez la même vie qu'elle. Mon frère se dit peut-être qu'il m'épargne de faire un mariage sans amour, alors que chacun sait que la sagesse veut de fonder le mariage sur d'autres sentiments. Sentiments que Miss Sloane doit éprouver pour moi à l'heure qu'il est, quand tout le monde s'en fait un point d'honneur. Et je vais vous dire une chose que je n'ai dite à personne. Je pense qu'il est commun de sa part de me préférer mon frère. Je l'en aime déjà moins. Notre mariage n'aurait peut-être pas été sans amour, mais je pense que nos nouvelles relations pourraient fort bien l'être. Cela tombe tellement sous le sens de choisir le meilleur parti de deux frères.

– Est-il le meilleur parti ? Un veuf avec une famille ? Tout le monde ne partagerait pas cette opinion.

– Peut-être ne l'est-il pas. Peut-être le préfère-t-elle réellement à moi ? Alors, je l'en aime d'autant moins. Je me réjouis qu'elle épouse un mauvais parti. Je me demande si les gens s'en rendront compte. Les gens ont l'esprit si moyen. Ce n'est pas rien que je puisse parler d'elle avec un pareil détachement. Je voudrais qu'elle m'en sache capable. Vous l'aimez bien ?

– Je l'aimais beaucoup, jusqu'à ce que…

– Jusqu'à ce que vous appreniez qu'elle m'avait éconduit. Ainsi, au cours de ces dernières heures, elle a perdu une part de votre affection et de la mienne. Il n'existe pas de gain sans perte. Je ferai en sorte que ma perte soit la plus grande possible. Ça semble méprisable, mais c'est naturel.

Il nous manque vraiment un mot qui veuille dire naturel et méprisable.

– Voilà Miss Seaton ! dit Miss Griffin.

Matty s'avançait vers eux de son pas mesuré, son regard perçant fixé sur leurs visages. Dudley perçut un bruit de pas dans l'escalier et leva la tête pour s'adresser à Oliver.

– Nous attendions que vous descendiez, monsieur. Miss Griffin me disait que vous ne tarderiez pas. Vous joindrez-vous à nous ce soir pour être témoin de mon courage ?

– Vos vertus vous appartiennent, mon garçon, et ne me seront d'aucune utilité. Aussi ne chercherai-je pas à entrer chez ma fille et à voir son mari se mentir pour pouvoir oublier les deux tiers de son existence. Peut-être voudrez-vous rester un moment, que j'entende une voix chaleureuse ? Ensuite, vous pourrez conduire ma pauvre Matty aux devoirs qui l'attendent sous le toit qui était celui de sa sœur.

– Ne vaut-il pas mieux que nous soyons tous réunis dans le malheur ?

– Cela vaut mieux que d'y être seul. Il est vrai que c'est là où nous nous trouvons. Nous nous le rappellerons les uns aux autres.

– N'en doutons pas, dit Dudley. Je ne me priverai de rien en un pareil moment.

Miss Griffin et Matty avaient gagné en silence la chambre de celle-ci. Elles parlèrent peu pendant que Matty changeait de toilette, Miss Griffin craignant d'être sommée de rendre des comptes, et Matty hésitant à sonder la vérité. Matty observait une froideur extrême, et, ressentant pour la première fois une froideur comparable chez Miss Griffin, s'en offusqua comme seul pouvait le faire quelqu'un qui, sa vie durant, avait donné libre cours à ses humeurs. Elle quitta sa demoiselle de compagnie sans un mot, semblant ne faire aucun cas de sa présence. Comme elle atteignait le vestibule, l'entendant se déplacer d'un pas léger à l'étage, elle s'arrêta et éleva la voix.

– Miss Griffin, apportez-moi mon châle qui est sur le lit, voulez-vous ? Vous ne me l'avez pas donné. J'attends.

Miss Griffin parut aussitôt sur le palier.

– Vous disiez, Miss Seaton ?

– Mon châle sur le lit ! Vous l'aviez sous les yeux. En vous dépêchant, vous pouvez me l'apporter dans la minute.

Dudley prit moins de temps pour aller le chercher et plus pour le recevoir des mains de Miss Griffin, tandis que Matty se détournait et marchait en silence jusqu'à la voiture.

– Oh, mon châle ! Merci, dit-elle, le prenant en le regardant à peine.

Dudley prit place à côté d'elle, indifférent à son humeur, et elle céda à une impulsion familière.

– Alors, comment les choses vont-elle se passer ce soir ? Passerons-nous la soirée à nous réjouir ou à avoir le tact de nier la vérité ? En un mot, devrons-nous considérer le point de vue d'Edgar ou le vôtre ?

Dudley lut dans ses pensées et se sentit trop fourbu pour se montrer obligeant.

– Eh bien, n'obtiendrons-nous pas de réponse à une question innocente ?

– C'était une question coupable à laquelle vous n'obtiendrez pas de réponse.

– Soit, nous essaierons de faire mieux. Engageons-nous sur un terrain neutre. Justine en reste un de sûr et de solide. Que ressent-elle à devoir céder sa place ? Mon Dieu, mon Dieu, c'est une époque de renoncement pour tant d'entre nous.

– Justine pense très peu à elle-même.

– Alors, je sais de qui elle tient, dit Matty, posant la main sur celle de Dudley.

Dudley retira la sienne, descendit de voiture et aida Matty à faire de même, puis, laissant Jellamy tenir la porte, il monta à sa chambre. Matty passa au salon, incertaine de ses impressions.

Maria était assise, seule, au coin du feu. Les autres étaient allés se changer, et il ne valait pas la peine qu'elle parte chez elle pour en faire autant. D'ailleurs, il lui semblait que pareil effort pour elle-même serait déplacé.

– Eh bien, Matty, vous voyez la femme coupable.

– Je vois une pauvre femme fatiguée qui ne pouvait pas plus qu'une autre lutter contre ses sentiments. Au début, des deux frères, c'était Edgar que je préférais, et Blanche aussi l'a préféré ; alors, s'il en va de même pour vous, elle comme moi ne pouvons que le comprendre. Et je sens qu'elle le comprend, à sa façon, là où elle est, ma chère, ma généreuse Blanche.

Maria leva les yeux vers Matty, prenant part à sa disposition d'esprit.

– Que ce soit un remariage ne me gêne pas. Cela lui donne ses propres chances. Pas plus que de m'être trompée et d'y avoir remédié. Mais je me demande comment les choses vont se passer, moi prenant la tête de la famille et les enfants d'Edgar vivant sous l'autorité d'une autre. Être résolue à faire de son mieux ne semble pas suffire.

Matty considéra son amie en silence. Ainsi, elle ne déguisait pas la conception qu'elle se faisait du changement. Sa simplicité venait à sa rescousse. Elle voyait sa place et l'acceptait.

– Peut-être Justine vous en déchargera-t-elle en grande partie ? En fait, il se peut qu'elle reste à la tête de la maison. Tout ira droit tant qu'elle sera là.

Maria réagit à cette initiative franche par un sourire tout aussi franc.

– Elle ne le fera pas. Son père ne le souhaiterait pas, et elle est bien la dernière à vouloir le contrarier. Et puis, je dois l'en libérer pour qu'elle profite de sa jeunesse.

– Ma pauvre sœur ! Comme les gens sont tout disposés à jouir de tout sans elle ! Mais vous n'aurez guère de liberté pour vous-même.

– Je renoncerai à ma liberté. J'en ai eu à loisir, et n'en ai rien fait.

– Il est mort, ma chère, le vieux souvenir? dit Matty, s'inclinant vers l'avant et s'exprimant d'une voix plus douce.

– Il n'est pas mort. Mais son objet, oui. J'aurais dû m'en rendre compte plus tôt.

– Vous l'avez su au bon moment. Mon Dieu, mon Dieu, quel choix que celui que vous avez eu à faire! Votre compréhension de vous-même est arrivée juste à temps.

– On ne peut plus le dire. Nous devons oublier que j'ai eu le choix, comme tous deux l'oublieront.

– Ne bougez pas, ne bougez pas, dit Justine en entrant, faisant signe à Maria de ne pas se lever. Ce fauteuil sera le vôtre. Restez-y et habituez-vous à votre place. Papa s'assoira en face, comme il l'a toujours fait. Ce changement doit avoir lieu, et nous l'accepterons d'emblée. Cela vaut mieux pour tout le monde.

– Tu le prends très bien, ma chérie.

– Allons, tante Matty! dit Justine, se laissant tomber dans un fauteuil et laissant ses bras ballants.

– Quoi, ma chérie?

– Déjà! gémit Justine, levant les bras au ciel.

– Déjà quoi? J'affronte déjà le changement dans la maison? Mais c'est ce que tu as dit toi-même. Tu nous as crié cette recommandation depuis la porte.

Le silence se fit.

– Que veux-tu, c'est le remplacement d'un être cher par un autre, dit Matty.

Le silence se fit.

– Heureusement que tous deux nous sont très chers.

Le silence perdura. Maria éleva jusqu'à son visage un éventail dont elle fit un écran pour se protéger du feu et de son amie. Un courant parut passer entre elle et Justine, et, par une conspiration presque inconsciente, elles gardèrent le silence. Matty contempla le feu, rajusta son châle d'un geste rigide et las, s'aperçut que celui-ci réveillait un souvenir chez sa nièce, le répéta, et adopta la posture voûtée qu'elle pensait avoir été celle de sa sœur durant les dernières heures qu'elle avait passées en bas.

– Non, non, tante Matty, dit Justine, secouant la tête et d'un ton qui ne s'adressait pas uniquement à sa tante. C'est inutile. Ce cabotinage ne servira à rien.

Matty changea de position, et la reprit aussitôt, tandis que le rouge lui montait aux joues. Justine avait détourné les yeux, comme si elle se refusait à la regarder.

À l'entrée des fils d'Edgar, Maria se leva pour aller jusqu'à une bibliothèque, et Justine prit sa place.

– Que la journée m'a paru longue! dit Mark pour briser le silence.

– Oui, je n'en suis pas étonnée, mon chéri, dit sa tante avec compassion. Elle vous a fait passer d'un chapitre de votre vie à un autre. On ne peut pas espérer que cela se fasse en un clin d'œil. En général, il faut plusieurs jours. À moi aussi, elle m'a paru longue. J'ai l'impression d'avoir vécu tant de choses pendant les heures où je suis restée seule. Et il ne s'agit pas seulement de mon expérience personnelle. J'ai franchi avec vous toutes les étapes par lesquelles vous êtes passés.

– Oui, bien des étapes, dit Justine, et, d'un certain côté, cette expérience nous a enrichis. Je ne pense pas que Miss Sloane m'en voudra d'en parler de la sorte. Elle sait ce que nous avons à l'esprit et qu'il nous faut l'exprimer pour nous en débarrasser.

– Elle sait la chance qu'elle a que cela soit possible, dit Matty.

– Cela cessera de soi-même, dit Maria.

– Première manifestation d'autorité! dit Justine. Nous nous inclinons.

– Ce n'était pas mon intention. Je suis ici votre invitée à tous.

– Ce n'était qu'un petit avant-goût de l'avenir, dit Matty. Un avant-goût extrêmement agréable, un frôlement du sceptre extrêmement charmant. Je pense que nous devrions un peu accélérer les choses ; il faut que j'écoute mes propres conseils. Nous ne devons pas laisser dormant ce don pour le pouvoir. Ah, voilà la vision qui m'agrée !

Edgar et Dudley entrèrent, silhouettes à première vue identiques en habit du soir, et se placèrent devant la cheminée où leur similitude apparente se résolut en leur différence.

– C'est cela que j'enviais de la vie quotidienne de ma sœur, la vision de ces deux-là avançant sous son toit, comme s'ils devaient surmonter ensemble les difficultés de la vie. J'y voyais le summum de sa réussite.

– Ils viennent de surmonter une difficulté, et de la surmonter ensemble, murmura Justine. Oui, ensemble, je crois. Miss Sloane, ce doit être éprouvant pour vous d'entendre cette conversation de famille, avec ma mère toujours au second plan comme si elle existait encore, ainsi qu'elle le doit, bien sûr, et qu'elle existe dans notre cœur à tous. Mais si le cœur ne vous en dit pas, mettez-y un terme. Exercez votre autorité. Nous avons vu que vous en étiez capable.

– Je n'en userai pas, quand bien même j'en disposerais. Je sais que je n'étais pas ici durant les trente dernières années. Ma vie commencera avec vous le moment venu. Ce sera mon avenir.

– Et nous partagerons avec vous ce que nous pourrons du nôtre.

– Je l'espère bien. Cela me plairait.

– Justine est-elle contente que papa se marie avec Miss Sloane ? demanda Aubrey à Mark.

– Elle est contente que papa ne reste pas seul. Il vaut mieux se faire une raison. On ne peut rien pour les morts.

– C'est bien que maman ne sache pas, pour tout cela, dit Aubrey d'un ton curieusement implorant.

– Oui, nous nous réjouissons d'en être sûrs.

Aubrey se détourna, le visage plus détendu.

– Edgar, dit Matty d'une voix distincte, j'ai réfléchi aux dispositions que je devais prendre. Approchez-vous ; je ne peux pas crier à cette distance ; et je ne peux pas me lever et vous rejoindre, que je sache ! Je me charge du mariage, puisque Maria vit avec moi. Je pense que je pourrai m'arranger pour que le pavillon réponde à nos besoins. Vous souhaiterez faire un mariage simple, les choses étant ce qu'elles sont ? Il ne peut avoir lieu avant plusieurs mois ?

– Je saurai ces choses-là quand on me les dira.

– Nous pensions devoir vous épargner cela, tante Matty, dit Justine, s'asseyant sur l'accotoir du fauteuil de sa tante pour parler à l'oreille de celle-ci. Cela ne devrait pas incomber à la sœur de maman, ce me semble.

– Pourtant, toi-même, tu ne t'épargnes pas, ma chérie, alors que tu es sa fille. C'est un lien tout aussi fort, si ce n'est que ses racines ont pris plus tard. Je ferai ce que j'ai fait par le passé pour ton père. C'est heureux que je sois tout près. Je ne pense pas que nous devions nous inquiéter pour votre mère. Sinon, rien de cela ne devrait se produire. En outre, elle se perpétuera avec nous dans notre cœur.

– Non, dit soudain Edgar. Elle ne se perpétuera pas. Nous oui, mais pas elle.

– Ses souhaits et son empreinte se prolongeront.

– Ça, peut-être, mais pas elle. Elle a eu sa part, pour ce qu'elle a été.

– Je la retrouve dans tous ses enfants, dit Maria. J'en arriverai à mieux la connaître à mesure que je les connaîtrai.

– Et Edgar qui nous dit qu'elle ne se perpétuera pas.

– En effet, pas elle. Cela ne fera aucune différence pour elle.

– On ne peut plus rien faire pour le passé, dit Mark, on ne peut que s'imaginer le contraire.

– Seulement s'en souvenir, dit Justine, le regard dans le vide.

Maria et Edgar échangèrent un sourire pour se dire qu'il fallait en passer par ces journées-là. Matty, qui le surprit, se tint coite.

– Je serai le témoin, dit Dudley. Je suis sûr qu'on me remarquera davantage qu'Edgar. Je serai un homme avec une histoire, et lui sera celui qui en est à son second mariage, et le premier vaut mille fois mieux que l'autre.

– Vous n'avez pas à vous inquiéter de tout cela, dit Matty d'un ton qui se voulait rassurant. Les gens ont la mémoire courte. Ils se diront eux aussi qu'ils ne peuvent rien faire pour ce qui n'est plus, et ils ne gaspilleront pas leur attention. Vous redeviendrez bientôt un homme sans histoire.

– Auriez-vous tendance à mal supporter de regarder devant vous ? demanda Clement.

– Non, mon chéri, mais il me semble que l'on pourrait parfois regarder en arrière. Non pour ce qu'on pourrait faire pour le passé, bien entendu ; mais par fidélité, constance et autres vieilleries. Pour moi, ma vie passée est aussi réelle que ma vie présente, ma sœur aussi vivante qu'elle l'était dans sa jeunesse. Mais tout cela, c'est l'affaire de chacun.

– Tante Matty, murmura Justine, approchant son visage de celui de sa tante, cette maison se tourne vers l'avenir. Peut-être n'est-ce pas un endroit propice à tant parler du passé.

– C'est une question d'âge, je pense, dit Mark. On dit que les jeunes se projettent dans l'avenir, les gens d'âge mûr dans le présent, et les vieux dans le passé. C'est assez juste, je pense.

– Suis-je donc si vieille, mon chéri ? Ta tante condamnée à la vieillesse et à la solitude ? Eh bien, je ressens cette dernière, la première, point trop encore. Mais je devrais décliner assez vite maintenant. Vous n'aurez plus à me donner autant dans le présent. Je serai de plus en plus dépendante du passé, et cela ne dépend que de moi, c'est la vie.

– Chacun sait que les gens s'enorgueillissent de choses

étranges, dit Dudley, mais je trouve que décliner est bien la plus étrange de toutes.

– Oui, vous l'oubliez, n'est-ce pas? dit Matty avec bienveillance. Comme le passé et tout le reste. C'est le plus simple.

– Miss Sloane, qu'a été votre existence jusqu'à présent? dit Justine d'un ton destiné à changer résolument de sujet. Autant que nous sachions cette part du passé. Vous connaissez son équivalent en ce qui nous concerne.

– L'homme que j'allais épouser est mort, dit Maria, se tournant vers elle et parlant à sa manière habituelle. Et, effectivement, j'ai vécu dans le passé. Ce n'était peut-être pas la meilleure chose à faire, mais il me semblait que c'était la seule.

– Alors, vive l'avenir! dit Justine, se laissant glisser du fauteuil de sa tante et levant son verre. Vive l'avenir, et vive le présent! Que le passé mort enterre ses morts. Oui, je l'aurai dit sans broncher. C'est mieux et plus courageux ainsi. Maman serait de cet avis. Tante Matty, joignez-vous à notre toast à l'avenir.

– Tante Matty lève la main avec un sourire courageux et incertain, dit Aubrey en en faisant autant.

VIII

– Allez, avancez-vous tous ! dit Justine, et soyez naturels, comme si vous pensiez à papa et non à vous. C'est pour lui que c'est un grand moment, pas pour nous, vous savez. Ce n'est pas tous les jours qu'on revient de voyage de noces.

– Ce n'est pas la première fois pour papa, dit Mark. Et Maria en avait déjà préparé un pour elle.

– Je me demande si papa pensera à la fois précédente, dit Aubrey.

– Moi, j'éviterais ce genre de considérations, dit sa sœur. Prenez les choses avec simplicité et faites comme vous le sentez. Le moment n'est pas sans imposer ses exigences. Je me surprends à l'envisager sans trop de confiance.

– Les garçons, pourrez-vous regarder votre père droit dans les yeux ? demanda Aubrey.

– Est-ce là tout ce qu'il nous demandera ? dit Mark. Le pourra-t-il, lui, avec oncle Dudley ?

– Oh, pourquoi pas ? dit Clement. Il ne va pas courber la tête pour s'être comporté avec naturel.

– C'est une chose que je n'aurais jamais pensé le voir faire.

– Je reverrai toujours oncle Dudley tel qu'il était le jour du mariage, dit Justine. À l'aise, maître de lui, courtois !

C'était une leçon sur la manière de surmonter ce qu'il y a de plus difficile. Il nous suffira de penser à cet exemple si nous nous trouvons dans la détresse.

– Papa est-il amoureux de Maria ? demanda Aubrey avec détachement.

– Oui, il nous faut bien l'admettre. Les signes en sont indiscutables. Nous ne saurions avoir des doutes.

Aubrey ne demanda pas si l'on avait observé ces mêmes signes entre son père et sa mère ; il découvrit qu'il ne le pouvait pas.

– Allons, Mr Penrose, dit Justine, comme celui-ci se faufilait à travers le groupe. Si vous voulez vous éclipser avant leur arrivée, nous ne vous retiendrons pas. Nous savons que c'est un grand moment pour nous, mais non pour vous.

Mr Penrose réagit à ce rappel en pressant le pas.

– Vous interrogiez-vous sur moi ? dit Dudley, venant de l'escalier. La scène perdrait de son piquant si je n'y participais pas. Je n'essaierai pas de m'en tirer aussi bien qu'au mariage. Il n'y a pas assez de monde pour que je prenne cette peine. J'espère que c'est le souvenir de moi ce jour-là qu'ils garderont.

– Nous, nous le gardons, mon oncle.

– Justine a parlé avec calme et simplicité, dit Aubrey.

– Ce n'était pas ce que je voulais dire. Est-ce celui que garde Mr Penrose ?

– Certes oui, Mr Dudley. Mrs Penrose et moi-même avons passé un moment extrêmement agréable. Nous en avons parlé à plusieurs reprises.

– Oh, filez, Mr Penrose, dit Justine en riant. Vous ne mettez pas tout votre cœur dans ce moment, contrairement à nous. D'ailleurs, pourquoi le feriez-vous ?

Mr Penrose n'admit pas n'y voir aucune raison.

– Il m'intéresse au plus haut degré, Miss Gaveston.

– Bien sûr qu'il vous intéresse, et au plus haut degré ; mais quel sentiment comparé au nôtre ! Filez, allez retrouver la compagnie qui y est sensible.

Mr Penrose obtempéra, non sans en vouloir à la compagnie qu'il quittait.

– Tante Matty ne devrait-elle pas être là ? demanda Mark.

– Non, dit sa sœur. Non. J'en ai décidé autrement. Tu penses bien que j'ai réfléchi à la question. Il nous faut rompre la règle qui veut qu'elle soit là à tout bout de champ. Nous ne devons pas transmettre pareilles règles, toutes faites, à Maria. Les choses ne peuvent demeurer tout à fait immuables ici, à l'avenir, pour tante Matty. Maria a une dette envers elle, et nul doute qu'elle s'en acquittera, mais de quelle manière et selon quelle méthode, cela, elle en est seule juge. Il lui déplairait peut-être de se trouver en présence de la belle-sœur de son époux dès son retour à la maison. Tante Matty dînera avec nous, c'est là tout ce que j'ai cru bon de pouvoir prendre sur moi.

– Toi et moi, nous nous galvaudons en la circonstance, Justine, dit Dudley. Notre approbation aurait dû nous suffire. L'ennui, c'est que je m'inquiète uniquement de recevoir celle des autres.

– Vous savez que, celle-là, vous l'avez déjà amplement, mon oncle.

– Maria n'est-elle pas un peu vieille pour une jeune mariée ? demanda Aubrey.

– Pas autant que papa pour un jeune marié, dit Mark.

– Oh, les hommes se marient plus tard que les femmes, dit Justine.

– Bon retour au marié et à la mariée, dit Aubrey, agitant la main.

– Bon retour à ton père et à son épouse, dit gravement sa sœur.

– Bon retour à mon frère et à la femme qui me l'a préféré, dit Dudley. Je fais face.

– Moi, ce n'est pas ce que je ferais, mon oncle, dit Justine en un aparté plein de tendresse. Moi, je n'y penserais plus, une fois pour toutes. C'est ainsi que vous remonterez dans votre estime et dans la mienne. Ah, voici nos voyageurs ! Je trouve que nous devrions les acclamer.

Aubrey lui lança un coup d'œil.

– Moi, je modérerais cette impulsion, dit Clement.

– Oh, tu sais bien de quoi je parle.

– Justement, tous les autres le sauraient aussi.

La scène ne dura qu'un instant. Maria fut simple et accessible, aimable et à l'aise ; Edgar fut guindé et sincère ; et tous deux furent égaux à eux-mêmes. Dudley serra la main de l'un et l'autre, comme après une absence ordinaire. Sa maigreur naturelle et sa rougeur du moment masquèrent sa fatigue et sa pâleur. Maria embrassa ses beaux-enfants comme si, pour elle, cela allait de soi, et, sans y voir d'objection, prit place au haut bout de la table dressée pour le thé. Elle évoqua Blanche tout en servant sa famille, et prit part à la conversation sur elle qui s'ensuivit. Tous sentirent que la situation ne présentait aucun risque, partageant un sentiment de continuité et de paix. Ils avaient commencé de bavarder quand un cabriolet s'arrêta devant la porte.

– Tante Matty ! dit Aubrey.

– Dans ce haut cabriolet ! fit remarquer Justine.

– On ne l'attendait pas ? demanda Edgar.

– Pas avant le dîner, papa. Je pensais que c'était entendu. Que ce cheval est nerveux ! Finira-t-elle par réussir à descendre ?

On vit Dudley, Mark et Jellamy arriver sur les lieux, et Matty fut déposée à terre.

– Peut-être vient-elle m'accueillir, dit Maria.

– Elle n'aurait aucune autre raison de venir, dit Clement.

– Elle vient ! dit Aubrey.

Matty entra et se dirigea directement sur Maria, ne cherchant personne d'autre du regard.

– Ma chère, comme je regrette de n'avoir pas été là pour vous accueillir. Le cabriolet que j'avais mandé n'est pas arrivé à temps, et Miss Griffin a dû aller le chercher. J'aurais voulu que vous n'arriviez pas sans voir un visage familier du monde d'hier. Il y en a tant de celui d'aujourd'hui.

– On m'a réservé un excellent accueil.

– Oui, ce sont de bons enfants, qui ont bien l'intention de continuer de l'être. Il se trouve que ce sont mes neveux et ma nièce. Mais j'ai l'impression que je fais office de pont entre l'ancienne vie et la nouvelle, et je ne pouvais vous laisser traverser le fossé à gué. Ce fossé qui est d'autant plus large pour vous.

– Je suis arrivée saine et sauve sur l'autre bord, avec leur aide à eux tous.

– En effet, ma chère, et je vais m'asseoir pour mieux le voir. Je veux bien une chaise, si vous permettez. Merci, Dudley ; merci, Mark ; merci, mon petit neveu. Vous êtes tous de bonne volonté ; il vous suffit d'un petit rappel à l'ordre. Je me placerai près de Maria, puisque c'est elle qui se réjouit de ma présence. Je ne vous chasse pas, Edgar ; ce n'était pas mon intention. Nous nous assoirons chacun d'un côté d'elle, et nous nous la partagerons. Nous sommes coutumiers de ce genre de relations. Je veux sentir que cette seconde fois que je vous donne votre compagne est pour nous deux une aussi grande réussite que la première.

Matty gratifia Edgar d'un coup d'œil rapide et brillant, puis elle lissa sa robe.

Le silence se fit.

– Nous ne savions pas que vous veniez, dit Justine, sinon nous vous aurions envoyé chercher.

– C'est toi qui m'as demandé de venir, ma chérie. Je l'aurais fait, de toute façon, tu n'as toutefois pas oublié les usages. Mais tu avais dit pour dîner. Je ne savais pas qu'on les attendait de si bonne heure. Je l'ai appris tout à fait par hasard.

– Nous ne voulions pas vous donner une fausse impression.

– Ah non, ma chérie ? Mais tu avais dit pour dîner, il me semble.

– Je ne savais pas que vous vous attendiez... que vous souhaitiez être là pour leur arrivée. Nous avions pensé qu'ils se reposeraient, et que vous les verriez ensuite.

– Qu'ils se reposeraient, ma chérie ? dit Matty, avec un regard circulaire et un frémissement des lèvres.

– Enfin, qu'ils resteraient avec nous un moment, puis monteraient pour s'isoler un peu avant de retrouver tout le monde à dîner.

– Maria ne se repose jamais dans la journée, même après un voyage, dit Matty, du ton désinvolte dont elle usait pour parler de quelqu'un qu'elle connaissait intimement.

– Je trouve que tout ceci est reposant, dit Maria.

Matty regarda de nouveau autour d'elle, maîtrisant consciemment sa bouche, mais avec une lueur dans l'œil.

– Ah, serait-ce possible ? demanda Clement.

– Moi, je trouve que c'est très pesant, murmura Aubrey.

– Chut, pas de messes basses, leur dit leur sœur.

– Je crois que je prendrai un thé, Justine, ma chérie, dit Matty. Ou faut-il me rappeler que j'ai seulement été invitée pour dîner ?

– Franchement, tante Matty, je me refuse à répondre.

– Je crains que ce ne soit à moi de faire le service, dit Maria, prenant la théière en riant.

– Vraiment, ma chère ? Je croyais que vous deviez vous reposer et que Justine continuerait de tout régenter. Je n'ai reçu d'indications que d'elle.

– Vous ne pouviez en recevoir de moi avant mon retour.

– Vous ne m'avez pas écrit, je pensais que vous auriez souhaité organiser vous-même votre première journée.

– Je n'y ai pas pensé. J'étais simplement heureuse de rentrer chez nous.

– Non, non, tante Matty. Vous ne sèmerez pas la discorde entre Maria et moi, dit Justine, secouant la tête.

– La discorde, ma chérie ? murmura sa tante d'une voix presque chagrine. Je ne pensais pas qu'il pût en être question. Loin de moi cette idée. Je suis certaine qu'il n'y en a plus la moindre. Je suis certaine que toutes les petites pointes et les petites jalousies se sont dissipées.

– Justine ne connaît pas ces choses-là, dit Edgar.

– Oui, j'ai dit qu'elles s'étaient dissipées, ce qui revient au même.

– C'est à mi-chemin de tout le contraire.

– Cher papa, le voilà revenu à son unique fille, dit Justine.

– Incontestablement, dit Aubrey, les yeux baissés.

– Eh bien, aurai-je du thé ? dit Matty.

– Quand vous cesserez de clouer tout le monde sur place, dit Clement. Tant qu'ils resteront pétrifiés, ils ne pourront vous obliger.

– Soit, je lève mon sortilège. J'ignorais qu'il fût si puissant. Certaines personnes ont plus de pouvoir que d'autres et doivent l'exercer avec prudence. Merci, Dudley, et j'aimerais bien savoir à quoi vous pensez.

– Je pensais que je n'avais jamais lancé de piques.

– Je me demandais quand votre voix se ferait entendre. Je ne vous ai jamais vu aussi silencieux.

– Je décèle la pique. J'en viens à penser que le don de la parole est trop dangereux pour qu'on en use.

– Que deviendrions-nous sans votre talent dans ce domaine ?

– Là, je ne pense pas que ce soit une pique.

– Oh, tante Matty, puissiez-vous être ainsi plus souvent ! dit Justine, avec un soupir. Vous ne vous rendez pas compte combien vous pouvez aller loin.

– Ah non, ma chérie ? Il m'arrive de penser qu'on devrait me reléguer à l'arrière-plan. Je reconnais que, parfois, je suis amenée à donner des coups d'aiguillon.

– Tante Matty, comme vous avez tort ! Si seulement vous vous en rendiez compte !

– Ce doit être une nécessité bien éprouvante, dit Maria.

– Si vous pouvez vous en passer dans votre famille toute faite, vous avez bien de la chance.

– J'en ai, je le vois.

– Et nous, nous voyons tous celle que nous avons, dit Mark.

– Je suis sûr… j'espère que nous avons de nombreux jours heureux devant nous, dit Edgar.

– Soyez assuré, papa, que nous ne braconnons pas sur vos terres, dit Justine. Maria est à vous, corps et âme. Nous ne réclamons pour nous qu'une part raisonnable d'elle.

Aubrey dévisagea sa sœur.

– Tu ne comprends pas que j'accepte sans réserve notre nouvelle existence, n'est-ce pas, mon petit garçon ? Quand tu seras grand, tu te rendras compte qu'il n'y a nulle déloyauté dans cette démarche.

– C'est un don précieux que je vous ai fait, dit Matty, souriant à Edgar. Alors, pensez-vous que je puisse l'avoir un moment entre les mains, pendant que vous et Dudley rattraperez le temps perdu, et que les jeunes joueront à leurs jeux du moment ?

Ce désir fut exaucé sans qu'on prît la peine d'y réfléchir à deux fois. Edgar se retira avec son frère, et les enfants se retrouvèrent dans le vestibule.

– Si j'étais Maria, dit Clement, je ne laisserais pas tante Matty diriger la maison.

– Elle ne le tolérera pas longtemps, n'aie crainte, dit sa sœur. Elle est à la hauteur de sa charge, je suis tranquille, il y a des signes qui ne trompent pas. J'ai été contente de voir papa et oncle Dudley reprendre leurs vieilles habitudes. Notre oncle a toujours son frère. Je pense que rien n'y a porté atteinte.

Edgar et Dudley s'étaient assis dans leurs fauteuils

habituels, de part et d'autre de leur table habituelle, l'habituelle boîte de cigares à portée de main d'Edgar.

– Les jeunes ne t'ont pas causé de soucis ?

– Non.

– Tu ne t'es pas montré trop prodigue avec eux ?

– Nullement. Ils s'en tiennent à ce qu'ils ont.

– Rien à signaler au sujet de la maison ?

– Les travaux se poursuivent. Mark et moi les avons surveillés.

– Dudley, dit Edgar, conservant la voix au même niveau, mais incapable d'en maîtriser les inflexions. Je t'ai toujours pris ce que tu avais. Toujours, depuis le début. Apparemment, tu ne tenais à rien de tout cela. Aujourd'hui, si je t'ai pris quelque chose à quoi tu tiens…

– Oh, je suis doué pour donner. Et donner ne compte que si l'on tient à ce que l'on donne. On dit qu'il ne faut jamais donner ce à quoi l'on n'attache aucune valeur.

– C'est la plus rare des qualités.

– Oh, je n'en suis pas surpris. C'est une de ces choses qui, je crois, peuvent mener à tout. Nous avons pu le constater en ce qui nous concerne. Mais je devais obéir à ma nature. Peut-être à ma seconde nature, en l'occurrence. Mieux vaut cacher rapidement sa première nature, et rapide, je l'ai été. J'espère que les gens m'admirent. Être admiré est un des besoins de ma nature ; de ma première nature, j'entends. Mais je dois m'attendre à ce que ce soit ma seconde nature qu'ils admirent. Il doit être rarement possible d'admirer les premières natures. Je pensais que toi et moi n'en avions que des secondes, mais à présent, nous avons tous deux révélé notre première, et nous n'en avons que plus de points communs.

Edgar regarda son frère, ne sachant si cet enchevêtrement de mots devait le réjouir ou l'inquiéter.

– Penses-tu pouvoir… Pourras-tu rester auprès de Maria et moi ?

– Oui. Il ne subsiste pas autant de ma première nature que

tu le crains. Et j'irai jusqu'à dire qu'il vaut mieux que je ne me marie pas. Si un homme doit abandonner son père et sa mère, il lui faut abandonner son frère, et je m'aperçois que j'en serais incapable. Je suppose que tu m'as abandonné, dans ton esprit ? Forcément.

Edgar leva la tête en souriant, passant à côté de ce qu'il y avait derrière ces paroles, et le cri du cœur de son frère demeura sans réponse.

Lorsque les enfants d'Edgar descendirent pour le dîner, ils trouvèrent leur tante seule.

– Voici donc le premier soir de notre nouvelle existence, dit Justine. Je me sens tranquille et d'humeur assez joyeuse.

– Oui, moi aussi, je crois, ma chérie, dit Matty. Il me semble que je peux voir ma Maria veiller sur vous tous, comme je n'aurais pu imaginer personne d'autre le faire.

– En pensée, je la vois déjà prendre sa place à table, dit Justine, se renversant en arrière et fermant les yeux pour mieux se laisser transporter par sa vision intérieure. Avec aisance et simplicité, comme si c'était la sienne depuis toujours.

– Enfin, peut-être pas tout à fait ainsi, ma chérie. Ce ne serait pas la meilleure manière. Je pense qu'elle peut faire mieux.

– Ce serait déjà bien, dit Mark.

– Je présume qu'elle trouvera sa place comme tout le monde, dit Clement.

– J'ai l'impression que les garçons admirent leur jeune belle-mère, Justine, dit Aubrey.

– Nous abordons un cap difficile, dit Matty. Nous sommes victimes d'un antagonisme de loyautés. Nous devons être patients les uns envers les autres.

Elle leur sourit, les lèvres pincées, semblant vouloir faire preuve de ce sentiment.

Maria prit place à table, comme si elle la prenait avec naturel pour la première fois.

– La place est prise, dit Aubrey.

– Comme j'ai dit qu'elle le serait, renchérit Clement.

– Je veux bien un peu d'aide pour prendre la mienne, dit Matty. Je ne suis pas capable de la prendre tout à fait de cette façon. Merci, Edgar.

– Que j'aurai plaisir à remiser les soucis domestiques, demain, dit Justine. Aucune maîtresse de maison ne se sera dessaisie de ses clefs avec moins de serrement au cœur.

– Tu apporteras toute l'aide que tu peux? demanda Edgar.

– Certainement pas, papa. Je sais, cela pourrait passer pour de la perversité, mais une maison ne peut s'accommoder de deux maîtresses. Rien ne peut servir deux maîtres. Je reprends ma liberté sans le moindre scrupule.

– Moi, je ne sers qu'un maître, dit Aubrey. Penrose.

– Aimerais-tu en changer? demanda Maria.

– Non, non, ne l'encouragez pas, Maria; il ne demande qu'à en profiter. Du moins, bien entendu, c'est ce dont je me suis rendu compte. Vous tirerez vos propres conclusions.

– Peut-être me rendrai-je compte que j'ai plus appris de Mr Penrose que bien d'autres garçons qui fréquentent une grande école privée.

– Je ne vois pas sur quoi tu fondes cette opinion, dit Mark.

– Ce n'était qu'une de mes petites interventions. Que serait cette maison sans elles?

– Elle serait mieux avec oncle Dudley et sans personne pour l'imiter, dit Clement.

– Enfin, Clement, voyons, la ressemblance est réelle, dit Justine.

– Clement est jaloux de mon authentique air de famille avec mon oncle.

– Dudley voit-il cette ressemblance? demanda Matty, avec un léger soupir d'impatience résignée devant ce thème rebattu.

– Il me semble que c'est la dernière chose que quiconque voit, une ressemblance avec soi, dit sa nièce.

– Vraiment, ma chérie ? L'opposé de ce que je dis. Nous ne sommes pas tous comme votre oncle.

– Je n'affecte ni la légèreté ni le charme. Je suis une personne franche et directe. Vous devez m'accepter comme je suis.

– Oui, c'est ce que nous faisons, ma chérie, dit Matty, semblant user de son soupir d'impatience à double escient.

– Clement s'imagine que je m'efforce de les cultiver, dit Aubrey, et ça le rend jaloux.

– Tu ferais peut-être bien de nous épargner de devoir t'accepter comme nous acceptons Justine, dit Clement.

Aubrey lança un rapide regard circulaire autour de la table, comme sidéré.

– Maria, que pensez-vous de notre famille ? demanda Justine. Vous en faites la pleine expérimentation dès votre première soirée.

– Il vaut mieux ne pas atermoyer. Je dois considérer que je suis l'une des vôtres.

– C'est bien là le pire. Je puis vous l'assurer.

– J'ai déjà été plus fière des enfants de ma sœur, dit Matty.

Edgar et Dudley se tournèrent vers elle.

– Je crois que les deux frères sont si absorbés par leur compagnie réciproque que personne d'autre n'existe pour eux.

Le silence qui s'ensuivit encouragea Matty à poursuivre.

– Eh bien, c'est un curieux chapitre que j'ai vécu depuis que je suis ici. Curieux et bref. Ou une succession de curieux et brefs chapitres. Si j'avais su ce qui devait arriver, aurais-je pu l'affronter ? Sinon, que serait-il advenu de nous tous ? Comme nous pouvons envisager tous les possibles !

– Pareilles choses n'existent pas, dit Edgar.

– Nous ne pouvons prévoir l'avenir, dit Mark. Cela pourrait nous obliger à modeler nos actes autrement.

– Et alors, que serait-il advenu de nous tous ? répéta Matty, d'un ton léger et fluide. Maria pas ici ; Justine pas destituée; rien ne séparant votre père et votre oncle; tout pour que ma sœur puisse revenir à tout moment et trouver sa maison comme lorsqu'elle l'a quittée.

– Est-il utile que tout soit prêt pour son retour?

– C'est un imprévu très peu probable, dit Clement.

– Non, non, dit Justine, non sans un mouvement de dégoût. Ne comptez pas sur ma participation.

– Ainsi, mon petit élan d'imagination tombe à plat.

– Quel autre sort méritait-il? demanda Edgar d'un ton qui pesa de tout le poids voulu.

– Espériez-vous qu'il nous emporte? dit Mark.

Matty se replia sur elle-même, ramenant son châle autour d'elle et regardant sa nièce d'un air presque implorant. Celle-ci secoua la tête.

– Non, non, tante Matty, vous l'avez bien mérité. Ne comptez pas sur mon intervention.

– Que dites-vous de l'accueil réservé à ces propos bien innocents, Dudley?

– Je n'en ai jamais entendu de plus vils.

Matty regarda Maria et, n'obtenant aucune réaction, serra de nouveau son châle et se pencha en avant avec un frisson.

– Avez-vous pris froid, Matty? demanda Dudley.

– J'ai senti un froid tout à l'heure. Il semblait y en avoir un dans l'air. Je ne saurais dire si c'était physique ou mental. Les deux peuvent être liés. Je crois qu'il est possible que plus d'un froid nous encercle, vous et moi, ces jours-ci.

– Ce n'est pas vrai pour oncle Dudley, dit Justine. Il est installé en toute quiétude dans la chaleur des sentiments à son égard.

– Et moi non? Je serais la seule vieille dame solitaire à vivre dans le passé? J'en venais à le croire. Peut-être aurais-je mieux fait de ne pas venir aujourd'hui, plongée comme je l'étais dans la tristesse de ce retour.

Matty termina sur une note à peine audible.

– C'était sûrement malavisé de venir sans rien éprouver d'autre, dit Mark.

– Oui, ça l'était, car c'était ce que j'éprouvais. D'ailleurs, peut-être est-il malavisé de rester. Je vais m'empresser de partir afin de vous soustraire à l'éteignoir de ma présence. J'ai l'impression d'être une vraie plaie, que votre première soirée eût été plus agréable sans moi. J'ai voulu me joindre à vous pour nous tourner vers l'avenir, et je me retrouve seule et tournée vers le passé. Je suis heureuse de m'y retrouver seule, de n'y avoir entraîné aucun de vous.

Maria gardait le regard fixé sur celui de Mark, afin de se protéger d'autres regards.

– Mais j'ai eu tort de vous ouvrir mon cœur. Mon père m'a montré l'exemple en évitant cet effort voué à l'échec. J'ai cru pouvoir suivre l'inspiration de votre oncle, en prendre de la graine. Mais à présent, c'est au-dessus de mes forces. À présent, je dois me retirer seule et rester avec mes souvenirs pour toute compagnie. D'ailleurs, je ne me sentirai pas seule. Mais c'est un bien long discours comme mot de la fin, non ?

– Oui, assez long.

– Très bien, alors, partez si vous le devez, dit Justine.

– Que dit mon hôtesse ?

– Oh, bien sûr, je n'aurais pas dû parler à sa place, dit Justine, avec un petit rire.

– Justine a dit la seule chose qu'il y avait à dire. Mais la voiture ne pourra pas être là tout de suite.

– Qu'à cela ne tienne, je vais aller m'asseoir dans le vestibule. Ainsi, j'aurai quitté le banquet. La Tête de Mort n'y siégera plus. Je serai plus sereine quand je ne l'incarnerai plus. C'est bien la dernière chose que je veuille être : l'épée de Damoclès au-dessus du bonheur d'autrui. Il faut nous garder de sous-estimer le bonheur sous prétexte que nous ne sommes pas taillés pour lui. Cela devrait nous aider à voir tout ce qu'il a de bon, et d'ailleurs, c'est le cas.

– Qui raccompagne tante Matty à la porte ? murmura Aubrey.

– Dudley, peut-être, dit Matty, souriant à ce dernier. Ainsi, lui et moi pourrions nous asseoir quelques minutes et, sans doute, nous donner réciproquement un peu de force pour l'effort différent que l'on exige de nous.

Dudley parut ne pas avoir entendu, et Maria fit signe à son époux.

– Tante Matty aurait été brûlée comme sorcière à une autre époque, dit Clement.

– La voix de Clement trahirait-elle une nostalgie du bon vieux temps ? dit Aubrey.

– Les sorcières ont toujours donné l'impression d'être innocentes, dit Mark.

– Cela suffit. Laissons tante Matty tranquille, dit Justine. Elle n'en mérite peut-être pas plus, mais au moins elle aura eu son dû.

– Qu'en pense Maria ? demanda Dudley, d'un ton détaché.

– Nous allons tous de l'avant. Alors, si Matty ne vient pas avec nous, nous la laisserons derrière nous.

– Elle se secouera peut-être et suivra le mouvement, dit Justine.

– Elle en prendra sûrement la tête, dit Clement.

– Non, elle ne le fera pas, dit son père, revenant dans la pièce.

– Tante Matty est-elle déjà partie, papa ? demanda Justine.

– Non. Elle m'a prié de la laisser, et j'ai agi selon son désir.

Après le dîner, les frères avaient coutume de se retirer dans la bibliothèque. Blanche avait une façon bien à elle de quitter la pièce, s'arrêtant pour parler et revenant sur ses pas, et l'usage de l'attendre s'était peu à peu perdu. Dudley prit Edgar par le bras, comme il l'avait fait toute sa vie. Edgar le repoussa d'un geste d'autant plus significatif qu'il fut à peine conscient, et attendit sa femme, adressant un sourire à son frère. Dudley demeura immobile, sentit la main de sa nièce sur son bras, la repoussa comme l'avait fait Edgar avec la sienne, et suivit les deux autres jusqu'à la bibliothèque. Il s'assit entre eux, croisant les jambes pour se donner l'air naturel. Edgar le considéra avec incertitude. Il avait eu l'intention de rester seul avec sa femme, et supposé que son frère l'aurait compris. Que Dudley lui retire son soutien le troublait et fragilisait son équilibre. Il émanait de son frère quelque chose qui ne lui était pas connu.

– La fumée gêne-t-elle Maria ? demanda Dudley, sachant qu'il n'en était rien, mais ne sachant plus ce qu'il disait.

– Non, pas du tout. J'y suis habituée.

– Je ne fume pas ; je n'ai jamais fumé ; je fais venir ces cigares pour Edgar.

– Je ne pourrais me les offrir moi-même, dit Edgar.

– Il faudra que je vous en offre, dit sa femme, sentant aussitôt qu'il eût mieux valu que ces paroles ne fussent jamais prononcées.

Dudley se tourna vers elle, leurs regards se croisèrent, et, en un instant, ils semblèrent se ranger dans des camps opposés, se disputant Edgar. Celui-ci, en proie à une détresse qu'il n'aurait su définir, remuait ses mains fortes et impuissantes comme s'il cherchait une prise.

– Ils viennent de l'étranger, dit Maria, prenant la boîte. Nous allons devoir nous en remettre aux bons soins de Dudley.

Dudley leva les yeux avec un regard qui donna l'impression qu'il allait bondir sur ses pieds, pourtant il demeura immobile. Le silence se prolongea, s'amplifia jusqu'à devenir une chose démesurée et indéfinissable qui parut remplir l'espace entre eux, et forcer l'ouïe et la vue. Edgar se leva, et la rapidité de son débit autant que le choix de ses mots montrèrent l'ampleur de son désarroi.

– Que se passe-t-il, Dudley ? Nous ne pouvons continuer de la sorte. C'est irrespirable. Qu'y a-t-il entre nous ? C'est injuste de tout me donner, puis de te retourner contre moi comme un ennemi.

– Injuste de tout te donner? dit Dudley, se levant afin de mesurer son frère des yeux. Penses-tu que ce soit juste? Cela te paraît-il juste en le disant? Que quelqu'un fasse cela pour quelqu'un d'autre? Que l'autre l'accepte? Ou bien prends-tu tout, comme tu l'as toujours fait, toi qui ne sais rien faire d'autre? Et me retourner contre toi comme un ennemi? Qu'as-tu été pour moi sinon cela? Si tu n'y as jamais pensé, penses-y.

– Voilà donc où nous en sommes, Dudley. Nous en avons toujours été là. C'était devant nous, et donc entre nous, toute notre vie. Tu ne m'as rien donné. Tu voulais m'avoir à ta merci en échange. Personne ne donne véritablement, Dudley, pas même toi; pas même toi, Dudley. Je ne penserai plus cela de toi. Tu n'es pas différent. Pourquoi m'avoir laissé croire que tu l'étais? Ça ne m'aurait pas dérangé; j'aurais pu te prendre comme tu étais; je ne te demandais rien. Et maintenant, j'ai perdu mon frère, que j'aurais pu ne pas perdre si j'avais su.

Edgar détourna le visage, et ce simple mouvement, que Dudley savait ne pas être de l'affectation, le transperça au-delà du supportable et lui délia la langue. Sa souffrance et celle de son frère, les reproches qu'il endurait dans l'innocence et le sacrifice, submergèrent son esprit et lui brouillèrent les idées.

– Tu as perdu ton frère! Eh bien, sache que tu l'as effectivement perdu. Sache que tu dis vrai. Tu te réjouiras peut-être de rester avec ta femme, mais moi, je me réjouirai de te quitter. Oui, je m'en réjouirai, Edgar. Au fond de mon cœur, j'ai toujours été seul dans ta maison, toujours. Tu n'as rien à donner. Tu n'as rien. Il n'y a rien dans ta nature. Tu ne t'es jamais soucié de Blanche. Tu ne te soucies pas plus de tes enfants. Tu ne t'es pas soucié de moi. Tu ne t'es même pas soucié de toi, et c'est ce qui nous aveuglait. Puisse Maria te traiter tel que tu es, et non comme je l'ai fait.

Maria demeurait à l'écart, sentant qu'elle n'avait pas sa place dans cette scène, qu'elle devait en rechercher la cause à tâtons à des profondeurs où évoluaient des êtres différents qui respiraient un air différent. Le présent semblait être une scène de surface, jouée par-dessus un bouillonnement de vie qui connaissait des accalmies mais ne mourait jamais. Elle se vit y avançant prudemment de crainte que la surface ne cède et ne libère le flot souterrain, sentit, en cet instant, qu'elle apprenait comment faire et qu'elle le saurait pour toujours. Elle ne se tourna pas vers son mari, ne bougea pas, ne le toucha pas. Le tumulte qui agitait l'âme d'Edgar devait mourir, la vie qu'il laissait derrière lui sombrer de nouveau dans les profondeurs, avant qu'ils puissent se retrouver au niveau qui serait le leur. Elle n'éprouvait pas de chagrin de n'avoir pas partagé cette vie, seulement du regret que son expérience à lui n'ait pu, contrairement à la sienne, le mettre à l'abri.

Dudley partit seul de la maison de son frère, sans rien emporter hormis sa bourse et de quoi se protéger du froid de l'hiver. Il partit, avec la pleine conscience d'avoir les mains et le cœur vides, presque triomphant de posséder si peu dans la maison qui avait été son toit. Au moment où il passait devant chez Matty, échafaudant quelque plan pour la nuit, il entendit, provenant de derrière la haie, des pleurs qui lui parurent correspondre à son humeur. Il se dirigea vers ce bruit, pensant trouver quelque malheureux qui demanderait un quelconque secours, et, tout disposé à se sentir accueilli comme un sauveur, il tomba sur Miss Griffin qui, penchée au-dessus des buissons, pleurait à chaudes larmes. Elle redressa la tête et s'avança aussitôt vers lui, écartant les bras avec abandon comme pour s'ouvrir de toute la vérité.

– Miss Seaton m'a jetée dehors. Je suis là depuis un bon moment. Je n'ai nulle part où aller, et je ne peux pas rester là, dans le noir et dans le froid. Je ne peux pas rentrer non plus.

Elle lança autour d'elle des regards apeurés qui révélaient que c'était Matty revenue à de meilleurs sentiments, et lui offrant un abri, qu'elle redoutait.

Dudley l'entoura de son bras et reprit son chemin, l'emmenant avec lui. Elle le suivit sans un mot, prenant le seul parti possible et s'en remettant à son aide. Elle faisait de petits pas rapides et inégaux, ceux de quelqu'un habitué à se tenir debout mais pas à marcher dehors, qu'elle n'essayait même pas de régler sur les siens, et il mesura avec un pincement au cœur à quel point elle pouvait user les nerfs de quelqu'un qui la côtoyait au quotidien. Ce spasme sembla lui donner de l'allant comme pour défier le présage qu'il contenait.

– Vous et moi sommes tous les deux seuls. Les autres n'ont pas bien agi envers nous, tandis que nous avons trop bien agi envers eux. Nous devrions savoir comment nous comporter l'un vis-à-vis de l'autre. Nous resterons ensemble, et nous les oublierons. Le mieux serait que nous nous mariions, ainsi nous n'aurons plus à nous quitter. Nous avons vous et moi été chassés par ceux-là mêmes qui auraient dû mieux servir nos intérêts. Nous verrons ce que nous pourrons faire par nous-mêmes.

– Oh, non, non, dit Miss Griffin, d'un ton presque habituel, comme si elle accordait à peine leur sens aux paroles de Dudley. Surtout pas. Qu'aurions-nous fait alors ! Nous ne pourrions plus rien y changer, et, naturellement, c'est ce que vous souhaiteriez – sa voix était empreinte de bienveillance, comme si ses paroles la concernaient à peine : Et que penseraient les gens ? Vous pouvez m'aider sans aller jusque-là – pour la première fois, elle buta sur les mots : C'est-à-dire, si vous voulez m'aider, bien sûr.

– C'était mon intérêt que je voulais servir, dit Dudley, trop accaparé par ses propres émotions pour ressentir vexation ou soulagement. Il me faut mieux servir le vôtre. Vous pouvez vous-même réfléchir au moyen de le faire. Maintenant, dépêchons-nous de vous procurer un toit.

Avisant les pieds légèrement chaussés et la tête nue de sa compagne, ainsi que le châle miteux qu'elle avait attrapé au vol quand on l'avait chassée dans le froid, il gagna la maison de Sarah Middleton. Sur les marches du perron, Miss Griffin leva la tête pour expliquer la vérité afin que, la connaissant, il puisse la formuler pour elle.

– Elle est revenue de la maison très tôt et très contrariée. C'est tout juste si je pouvais lui adresser la parole. Rien de ce que je disais ne lui convenait. Et elle ne supportait pas que je me taise. Il était vain de tenter quoi que ce soit. Rien n'aurait pu faire de différence. Mr Seaton était allé se coucher, et nous étions seules. À la fin, elle est entrée dans une colère noire et m'a mise dehors. Elle m'a dit que rien que de voir ma tête la rendait folle.

Miss Griffin s'exprimait d'une voix assurée. Sa sensibilité avait été poussée à bout, rien ne pouvait plus la blesser.

Dudley demanda à voir Sarah et lui exposa la vérité. Elle l'écouta en silence, des expressions de choc, de vif intérêt, de consternation, de délectation et de pitié se succédant sur son visage. Lorsque, enfin, elle leva les mains, il sut qu'il avait accompli sa tâche. Il la vit gagner en hâte le vestibule où elle laissa retomber ses mains sur les épaules de Miss Griffin. Son époux se leva et présenta un fauteuil à la visiteuse, rivant sur ses traits l'expression de circonstance.

– Vous serez ici en sûreté, ma chère ; nous veillerons sur vous, dit Sarah, montrant que Miss Griffin n'était pas la seule personne qu'elle eût à l'esprit.

Miss Griffin se sépara de Dudley et le remercia avec enthousiasme, et il la vit gagner le gîte et le couvert avec un enthousiasme encore plus vif.

Il quitta la maison, se sentant rasséréné et réconforté, et se surprit à imaginer ce qu'éprouverait Sarah si elle savait la solution qu'il se proposait d'offrir à son invitée. Il se rendit à l'auberge afin d'y trouver un lit pour la nuit, indifférent à la surprise et aux questions que sa venue suscitait, puisant une sorte de réconfort dans l'accueil familier qui lui fut réservé. Il dormit comme il ne l'avait plus fait depuis les fiançailles de son frère, ce moment de flottement enfin derrière lui. Il s'aperçut que son esprit et ses émotions étaient plus légers, et que son sentiment pour Edgar avait pris sa juste place. Il s'était égaré dans le tumulte de sa propre vie, et l'heure qu'il venait de passer dans celle de quelqu'un d'autre avait fait son œuvre. Edgar occupait la première place dans son cœur, au-dessus de tout autre. Cette certitude lui apporta le soulagement d'une émotion simplifiée, mais attisa sa colère envers son frère, et le conforta dans sa résolution de rester en-dehors de sa vie.

Au matin, il alla trouver Miss Griffin, presque aussi calme qu'un convalescent prêt à vivre sa vie sans espoir ni enthousiasme. Elle vint à sa rencontre dans le vestibule, souhaitant le voir hors de la présence de Sarah, dont le penchant pour la curiosité ne diminuait en rien l'épreuve de devoir la satisfaire.

– Oh, je ne pouvais rien demander de plus que d'être au chaud et en sûreté. Je n'oublierai jamais cette attente dans le froid. Je ne sais pas ce qui se serait passé si vous n'étiez pas arrivé.

– Que souhaitez-vous faire à présent ? Et à l'avenir ?

– Quitter Miss Seaton, répondit Miss Griffin, croisant son regard et confirmant en toute simplicité ce qu'elle lut dans ses yeux. C'est affreux à dire au bout de tant d'années, mais il semble que chaque année n'ait fait qu'envenimer les choses. J'aimerais être en paix et mener une vie ordinaire comme tout un chacun, avant d'être trop vieille – sa voix se brisa et ses yeux s'embuèrent, deux réactions si simples qu'elle n'en tint pas compte et ne chercha pas à donner le change : Je ne voudrais pas n'être arrivée à rien : je trouve que ce n'est pas juste que des gens traversent la vie ainsi. On ne vit qu'une fois. Encore, si l'on tenait à vous, cela suffirait ; mais Miss Seaton semble me détester à présent, et je ne sais que faire pour qu'il en aille autrement. Je ne demande qu'à vivre paisiblement quelque part, à ne plus être toujours sous le joug de l'autorité et de la peur, et à pouvoir faire quelque chose pour autrui, parfois.

Son regard fit le tour du vestibule comme si le confort exigu qu'il offrait contentait son âme.

– Vous aimeriez avoir une petite maison à vous, un petit revenu à vous pour la tenir et, peut-être, qu'une amie, qui a besoin d'avoir un toit, vienne vivre avec vous.

– Oh, j'en connais une ou deux, dit Miss Griffin dont la joie l'emportait sur la surprise. Je pourrais les recevoir chacune à leur tour, pour changer aussi bien pour moi que pour elles. Oh, que j'aimerais cela ! Mais je ne vois pas pourquoi vous en feriez autant pour moi.

Sa voix se fit plus tombante que ses traits. Elle dépendait des pouvoirs de Dudley, et elle aurait tant aimé faire cela pour quelqu'un qu'elle concevait mal qu'il ne ressente pas le même désir.

– J'aurai plaisir à le faire, et le puis aisément. C'est moi qui aurai de la chance. Nous prendrons les dispositions pour que l'argent vous soit versé votre vie durant. Je ne vivrai pas ici, mais cela ne changera rien.

Miss Griffin entendit à peine les derniers mots. Son visage rayonnait de pure joie. Elle pensait que cet argent ne manquerait pas à Dudley, le contraire l'eût bien étonnée, et elle vit sa vie s'ouvrir devant elle, recluse, à la lueur du feu, remplie de bavardages et de paix.

– Que dira Miss Seaton ? dit-elle d'un ton tout à fois anxieux, coupable, triomphant et compatissant. Oh, elle se fera vite une raison et installera quelqu'un d'autre auprès d'elle – un spasme déforma son visage, mais ne perdura pas. Elle avait atteint les limites de son endurance à la fatigue, et savait qu'elle ne pouvait en supporter davantage : Peut-être pourriez-vous entrer le dire à Mrs Middleton. Ensuite, il faudra que j'en parle, et que d'autres en entendent parler.

Sarah fut étonnée, incrédule, ravie, désireuse que Miss Griffin reçoive suffisamment pour vivre à son aise, soucieuse d'obtenir la certitude qu'elle resterait beaucoup plus pauvre qu'elle, soulagée lorsqu'il apparut que oui ; et révéla partiellement ses sentiments à Dudley et complètement à Miss Griffin, sans que celle-ci s'en étonne ou s'en formalise. Les pensées de Miss Griffin concordaient avec les siennes. Elle ne demandait rien de plus que le strict nécessaire, trouvait que cet argent n'aurait que plus de sens si chaque pièce avait son utilité, aspirait aux plaisirs de l'organisation ménagère, et convint d'une part de laxisme en elle que Matty avait combattue amèrement, avec une objectivité ingénue à laquelle Sarah fut sensible et que Dudley trouva comique et touchante. Elle n'insista pas sur sa gratitude, trahit presque un vague sentiment d'envie à l'égard de qui pouvait donner tant sans que ce soit un sacrifice. Si elle n'avait pas oublié la proposition de mariage, elle se comporta comme si elle l'avait fait, et il vit qu'en effet tous deux l'oublieraient, qu'elle la considérait simplement comme une proposition impulsive faite dans le but de lui porter secours. Si elle devinait que celle-ci prenait ses racines dans l'existence de Dudley, elle considérait cette existence comme bien trop éloignée de la sienne pour s'en approcher.

Dudley la quitta, tout à sa joie naturelle, puis, à mesure que celle-ci retombait, poursuivit son chemin dans la seule intention de s'éloigner toujours plus de son frère, sans aucune autre pensée ou préoccupation.

IX

Edgar et sa femme, livrés à eux-mêmes, se regardaient. Maria fut la première à prendre la parole.

– Nous devons continuer comme s'il ne s'était rien passé. Nous ne pouvions rien faire. Je ne pense pas. Nous aurions peut-être pu prévoir que cela devait arriver. Mais je pensais que cela n'arriverait pas, avec Dudley. Et vous, le pensiez-vous ?

– Oui, je le pensais, dit Edgar entre ses dents.

Il se remémorait l'expérience vécue par son frère, tentant de percer le sens qu'elle avait dû avoir pour lui. Il lui avait pris ce qu'il avait demandé, l'avait pris et gardé pour lui, et il l'avait laissé s'écarter et aller seul, mais proche de lui afin de pouvoir compter sur son soutien. Son exigence était apparente, et il n'en croyait pas ses yeux. Maria comprit qu'il était inutile de rester auprès de lui, que chacun d'eux était seul.

D'un commun accord, ils firent chambre à part cette nuit-là. Quand, au matin, ils se retrouvèrent, ils eurent la sensation que c'était une nouvelle rencontre, qu'elle succédait à une séparation soudaine et les menait au seuil d'un nouvel avenir. Cela créa presque un nouveau lien entre eux qui leur donnait une connaissance commune leur venant de tout ce qu'ils savaient.

– Eh bien, voilà un matin dégrisant, dit une voix qui ne semblait être ni celle d'Aubrey ni celle de Justine, mais était, en réalité, celle du premier imitant cette dernière. Nous n'en serons que plus stimulés. Nous devons partager la vie de papa, et surtout ne pas nous autoriser à dépasser les bornes. Je vais tout reprendre en main au pied levé, passer devant et vous conduire dans la salle.

– Vous avez tous les deux l'air fatigué après votre longue journée, dit Mark.

Son père sentit que ses paroles devaient couvrir cette partie de la journée dont il ignorait tout.

– Maria est fatiguée, dit-il.

– Elle se reposera bientôt sous son toit, dit Justine. Moi, je profite déjà de me sentir personnellement soulagée. Je suis redevenue une humble enfant de la maison.

– Désirez-vous que l'on attende Mr Dudley pour le petit déjeuner, madame ? demanda Jellamy.

– Non. Il ne rentrera pas de si bonne heure.

– Où est-il allé ? demanda Clement.

– Il est parti pour quelque temps, hélas, dit Edgar. Il a senti qu'il avait besoin de changement. Je crains que nous voir tous les deux ensemble n'ait été au-dessus de ses forces.

– Eh bien, je trouve que c'est une excellente idée, dit aussitôt Justine. Oncle Dudley exige trop de lui-même ces temps-ci. Il ne peut pas continuer à être un surhomme. Même lui est assujetti aux lois de la vie mortelle. Je voulais lui suggérer de prendre du repos et je l'aurais fait si j'avais osé.

– Il a accompli son devoir en vous accueillant, et il se sent libre, dit Mark, se rendant compte de son erreur de jugement.

– Il n'a pris aucun bagage, madame, dit Jellamy.

– Est-ce là ce qui vous empêche d'apporter le petit déjeuner ? dit Edgar.

– Il enverra chercher le nécessaire, je suppose, dit Maria. Il a dû partir sans attendre. Oui, apportez le petit déjeuner.

– Je pensais que cela laissait supposer qu'il rentrerait ce matin, madame.

– On vous a dit qu'il ne rentrait pas, dit Edgar.

– Apportez le petit déjeuner, Jellamy, sans plus de cérémonie, dit Justine. Vous me pardonnerez, Maria ; ça m'a échappé. Parfois, je ne peux pas tenir ma langue face à cet homme.

– Je suis de tout cœur avec Jellamy, dit Mark à Clement, tandis qu'ils suivaient les autres vers la table. Il veut savoir pourquoi oncle Dudley est parti brusquement, et moi aussi. Quant aux bagages, il n'a pas tort. Soit il revient rapidement, soit il est parti avec perte et fracas.

– Pas de messes basses, les garçons, dit Justine, se tournant vers eux et parlant elle-même à mi-voix. Ce n'est facile pour personne, et nous devons assumer notre rôle. Ressaisissez-vous, et souvenez-vous que nous ne sommes que des pions dans le jeu d'adresse et de hasard qui se joue en ce moment même.

– Sommes-nous si indispensables à ce jeu ? Je me fais l'effet d'en être un simple spectateur. Et c'est vraiment un jeu des plus simples.

– Alors, ne donne pas l'impression que nous faisons des mystères.

– Nous aurions bien du mal. Les points de rupture sont clairs, si rupture il y a eu.

– Dois-je retirer le couvert de Mr Dudley, madame ?

– Non, dit Edgar, voyant les traces de son frère sur le point d'être effacées. Laissez comme c'est. Il est probable… il est possible qu'il revienne.

– Nous prendrons chacun notre place, dit Justine. Ainsi, oncle Dudley pourra revenir, retrouver la sienne qui n'attend que lui, et les autres occupées autour de lui, comme il est juste et bienséant.

– Aucun vide dans le cercle, dit Aubrey, rougissant en prenant conscience de ses paroles.

– Nul ne songerait à se glisser à la place d'oncle Dudley, dit Mark.

– Oui, la prendre serait moins facile… serait presque aussi difficile…, dit Justine. Oh, que le moment est mal choisi pour tenir des propos innocents et inappropriés !

– Personne ne cherche à occuper la place de quiconque, dit Maria. Les places vides le demeurent, et les nouveaux venus se font la leur.

– Bien entendu. Pourquoi ne puis-je exprimer les choses comme vous le faites ?

– Si tu en connaissais la raison, dit Clement, je suis sûr que tu ne t'en priverais pas.

– Aurait-on dit que le silence est d'or si seulement l'on avait connu Clement ? demanda Aubrey.

Maria rit, et Edgar leva les yeux à ce son qui, plus que les paroles de son fils, le fit sourire.

– Oui, courage, papa, dit Justine. Vous n'avez pas tout perdu avec oncle Dudley. D'ailleurs, il reviendra, et tout sera comme il en a toujours été… tout se remettra d'aplomb.

– Le silence est d'or, murmura Aubrey.

– Oh, je ne sais pas. Je crois que je donnerais tout le silence du monde pour un petit discours enlevé et naturel.

– C'est chose faite, comme toujours, dit Clement.

– Et je ne regrette pas mon choix.

– Haussement de sourcils de Clement, dit Aubrey.

– Aubrey a plus de repartie que tu n'en auras jamais, Clement.

Aubrey regarda la fenêtre.

– Tu peux voir à travers le rideau ? demanda son frère. De toute façon, il fait encore sombre dehors.

– Je me représente la vaste étendue hivernale.

Edgar leva les yeux, son imagination suivant celle de son fils, et rencontrant l'image de son frère sans refuge ni devant lui ni derrière lui. Il se tourna vers sa femme et sut qu'elle voyait la même chose.

– Oncle Dudley a-t-il dit quelque chose? demanda Justine. A-t-il... Oh, je vais prendre le taureau par les cornes, comme lui. A-t-il des projets? A-t-il laissé une adresse?

– Il n'en avait aucune à laisser. Il est parti brusquement, dit son père. Peut-être... il pourra nous en envoyer une plus tard.

– Nous savons tout, murmura Mark à Clement.

– Vous savez tout ce que nous pouvons vous dire, dit Edgar.

– Une rougeur recouvre de son manteau la joue de Mark, dit Aubrey.

Maria fut de nouveau amusée, et son beau-fils montra sa nonchalance en se levant, en gagnant la fenêtre et en tirant le rideau.

– Tante Matty! Marchant dans la neige!

– Dans la neige! Tante Matty? dit Justine.

– Il faut bien qu'elle marche dans la neige si elle vient, dit Mark.

– Savais-tu qu'elle venait, mon petit garçon? Pourquoi es-tu allé à la fenêtre?

Aubrey n'en donna pas la raison.

– Les garçons, mettez vos manteaux et allez à sa rencontre. Peut-être a-t-elle des nouvelles d'oncle Dudley.

Edgar se leva.

– J'en doute, dit Maria. Elle ne viendrait pas elle-même.

Matty approchait en claudiquant, serrant une étole contre sa poitrine et quelque chose sur sa tête en plein vent, se hâtant avec une sorte d'obstination résignée à la lenteur de sa progression. Elle adressa un faible sourire à ses neveux en consentant à ce qu'ils la conduisent à l'intérieur.

– Vous êtes venue seule, tante Matty?

– Oui, je suis venue seule, mes chéris. Il l'a bien fallu. Je serai seule désormais. Mon cher père m'a quittée, me laissant, comme vous dites, seule – Matty se laissa choir dans un fauteuil et enfouit son visage dans ses mains : Je dois me satisfaire de ma solitude. Je dois accepter une dure leçon de plus après tant d'autres – elle garda la main à son front et demeura immobile, tandis que la famille se regroupait autour d'elle : Oui, ma vie a été une succession de profondes et étranges expériences. On pourrait penser que je devrais m'y être habituée, que je devrais avoir cette triste carapace.

Il y eut un silence.

– Perdre son père alors qu'elle a déjà plus de soixante ans n'en constitue pas une des plus surprenantes, dit Clement.

– Grand-papa est mort ? demanda Aubrey.

– C'est une meilleure formulation, dit Mark.

– Ma foi, sa vie était finie, dit Justine. Ça sautait aux yeux.

Matty continuait à s'adresser à Edgar et à sa femme.

– Il était allé se coucher de bonne heure car il se sentait très fatigué. Je lui ai fait monter quelque chose, espérant qu'il mangerait avant de dormir. On a vu qu'il dormait déjà, et qu'il ne se réveillerait plus.

– On ne saurait faire mieux, dit Mark.

– Oui, c'est une bonne façon de s'en aller, dit Matty, interprétant mal ses paroles. Il était chargé du poids des ans, sa moisson était faite, ses gerbes liées. Il est inutile de pleurer sur son sort. C'est du mien que je dois m'affliger, et vous aussi vous vous en affligerez un peu.

– Mais oui, chère tante Matty, et comment ! dit Justine. Maman aurait de même partagé vos souffrances.

– Oui, ma chérie. C'est ce qui me chagrine le plus, de n'avoir personne avec qui les partager. Mais je me réjouirai de savoir que vous en prendrez la part la plus légère. J'avais cru que ma sœur et moi pleurerions ensemble cette perte naturelle. Mais il sera dit que j'en demandais trop.

Maria prit le fauteuil à côté de Matty, et Matty lui

abandonna une main, se couvrant les yeux avec l'autre, mais, l'instant d'après, elle posait les deux mains sur celles de son amie et regardait autour d'elle avec un sourire.

– Allons, je ne dois pas manquer de détermination. Je dois rester égale à moi-même. Je dois rester ce que j'ai toujours été pour mon père. Je ne dois pas me sentir seule alors que je ne le suis pas. Que je ne le serai pas.

– Regardez autour de vous, vous en connaîtrez la raison, dit sa nièce.

– Oui, j'en connais toutes les raisons, dit Matty, regardant autour d'elle comme pour découvrir la vérité. Toutes ces chères raisons que j'ai de m'accrocher à la vie, ces chers visages que j'ai vus changer jusqu'à devenir eux-mêmes, ces êtres chers dont je suis à présent le seul lien qu'ils aient avec une branche de leur passé. Ma foi, cela devrait forger solidement ce lien. Nous irons de l'avant étroitement unis.

– Comment a-t-on trouvé notre cher grand-papa ? Est-ce Miss Griffin qui y est allée ?

– Non, ma chérie, c'est la bonne qui y est allée et l'a trouvé comme je le disais. Comme elle l'a cru, sur le coup, endormi ; mais en réalité, c'était son dernier sommeil.

– Pauvre Emma, ça a dû lui causer un choc. A-t-elle été très bouleversée ?

– Ma foi, ma chérie, la plus bouleversée des deux, c'était moi, bien sûr. Elle en a été affectée à sa mesure. J'en étais désolée pour elle, tout en me réjouissant qu'elle ne ressente de ce choc que la part qui lui revenait naturellement. Votre grand-père a toujours été bon pour elle. Mais ce n'est plus une jeune femme. Il n'y avait rien d'inconvenant à ce que ce soit elle qui le trouve. Il fallait bien que ce soit l'une de nous, et je n'ai pas pour habitude de monter et descendre l'escalier, comme vous le savez.

– Et maintenant, Miss Griffin s'occupe de tout ?

– Non, ma chérie ; le docteur Marlowe veille pour moi à ce que toutes les dispositions soient prises. C'est un bon ami, vous avez pu vous en rendre compte. Miss Griffin n'aurait pas pu faire grand-chose.

– Elle sera très profondément peinée. J'imagine qu'elle est trop bouleversée pour être d'une quelconque utilité. C'est une longue relation qui se rompt.

– Oui, bon, maintenant, il faut que je vous dise, dit Matty, se redressant et prenant un ton dégagé. Vous allez penser que j'ai mené une vie plus étrange que vous ne l'auriez cru, qu'il semblerait que je sois marquée pour être exposée à l'adversité. Eh bien, j'étais assise, seule, dans ma petite pièce, attendant que les ténèbres se referment sur moi. En y réfléchissant, il me semble que j'en avais le pressentiment ; j'ai été fébrile toute la journée ; vous vous en êtes sûrement rendu compte. Et l'on a découvert que Miss Griffin m'avait quittée, que ma vieille amie avec qui je partageais ma vie depuis trente ans s'était évanouie dans la nature et me laissait seule dans le chagrin. Eh bien, que dites-vous de cela en fait d'accumulation de revers, de ce que les Grecs auraient appelé la fatalité tragique ? Il semble que je sois née pour connaître l'épreuve du feu. J'espère que j'en ressortirai indemne.

Il y eut un silence.

– Quand Miss Griffin est-elle partie ? demanda Justine. Sait-on où elle est allée ? A-t-elle disparu brusquement ?

– Eh bien, je vais essayer de répondre à toutes ces questions en même temps. Mais je n'en sais pas plus que ce que j'ai dit. J'étais assise, seule, dans le boudoir, comme vous l'appelez, trouvant le temps long, tandis qu'il avançait vers mes ennuis. Je vois que les garçons sourient ; oh, je n'aurais pas souhaité qu'il passe plus vite, si j'avais su. J'ai comme eu l'envie d'entendre la voix de quelqu'un, alors j'ai ouvert la porte de la maison… Miss Griffin s'était précipitée au jardin sous prétexte que je l'aurais mise dehors, ou que sais-je. Comme vous le savez, je ne me sentais pas très bien quand je vous ai quittés ; ce qui s'était passé ici m'avait bouleversée… et j'ai trouvé… Ah, mon histoire vous amuse ? Je fais d'une taupinière une montagne ? C'est une vétille que je monte en épingle parce qu'elle me concerne personnellement ? Eh bien, cela, nous le faisons tous. Vous n'aurez aucun mal à le comprendre.

– Alors, Miss Griffin ne vous a pas quittée après la mort de grand-papa ? Elle était déjà partie ? Oui, vous l'avez laissé entendre, je sais. Mais vous disiez que vous étiez seule dans le chagrin. Je ne vous suis pas tout à fait.

– Je parlais du chagrin occasionné par la perte de votre mère, ma chérie. Il se trouve que je me souvenais d'elle. Mais ce n'était pas le moment pour vous d'en faire autant, je m'en suis rendu compte. Bien… je vais poursuivre mon récit. Donc, j'ai vu qu'il en était ainsi, que ma vieille amie m'avait laissée – soit, ne disons pas seule dans le chagrin – seule en cette heure sombre. Que dites-vous de cela en fait de révélation soudaine ? Je ne dirai pas que j'ai nourri une vipère en mon sein ; je ne saurais le dire de Miss Griffin, qui a été à mes côtés au milieu de tant de vicissitudes, et dont je m'étais passée à votre profit durant les vôtres. Je dirai seulement… Bah, je ne dirai rien, c'est encore le mieux.

– Je ne pense pas que nous puissions dire quoi que ce soit non plus. Nous devons découvrir où elle est allée à moins qu'elle ne revienne très vite. Mais, en attendant, dites-nous comment vous-même vous vous sentez, et si vous restez ici pour le moment.

– Alors, c'est à Maria que je dois donner la réponse à ta question, dit Matty, se tournant vers son amie. Y répondre pour la forme, car il me faut bien rester avec vous. Je ne peux pas retourner seule dans cette maison. Donc, comme il a été répondu à la question de pure forme, je puis m'installer avec autant de plaisir que possible, autant qu'il faudra pour m'éviter d'être un éteignoir.

– Voulez-vous qu'on envoie chercher des affaires chez vous ? demanda Maria.

– Non, ma chère, non. Justine me prêtera celles de sa mère. Inutile de vous déranger pour moi.

– J'espère que vous n'hésiterez pas à déranger n'importe lequel d'entre nous si vous avez besoin de quoi que ce soit.

– Oui, ma chère, je sais bien que ce ne serait pas un dérangement, dit Matty avec une petite inflexion de voix en rectifiant le terme. Mais je suis quelqu'un qui a peu de besoins, du moins, j'ai appris à l'être. Mais, bon, et si nous ne parlions plus de moi pour passer à vous tous ? Ou voudriez-vous en entendre davantage sur la vieille amie, ou la vieille tante, ou la vieille plaie, ou je ne sais quel autre nom dont vous m'affublez entre vous ?

– Nous voudrions en savoir autant que possible. Avez-vous songé à l'avenir ? Manifestement pas. Vous installerez-vous dans votre maison, ne vous y sentirez-vous pas trop seule ? Aviez-vous l'intention d'y rester après la mort de votre père ?

– Un instant, Maria. Une chose, tante Matty, dit Justine, se penchant en avant, une main posée sur le bras de Maria. Emma est-elle seule dans la maison ? Éclaircissons ce point.

– Non, ma chérie, une de ses sœurs est avec elle. Tu n'en es pas encore au stade de te charger, par principe, de l'organisation de pareilles choses pour les autres. Mis à part cela, ton inquiétude était naturelle. Bien, que disait Maria ? Oui, il était entendu que je reste ici après la mort de mon père. C'était sa volonté, et celle de ma sœur. Et, dans la mesure du possible, j'obéirai à leur volonté. J'aurai l'impression d'être plus unie à eux en réalisant notre projet commun. Et si je ne m'y sentirais pas trop seule ? À cette question, il me faut bien répondre oui. Mais je ne tirerai pas trop d'orgueil d'accepter tout allègement de ma solitude – Matty sourit aux visages qui l'entouraient : Je ne me fais aucune illusion sur ce qui valorise les gens. Je me suis fait ma propre opinion sur ce qui constitue la qualité.

– Nous ferons tout ce que nous pourrons par égard pour le passé, par égard pour vous, dit Edgar. Maria se joindra à nous, comme elle le fera pour tout.

– Merci. Ainsi, nous nous serons tous entraidés. Nous avons fait de notre mieux pour la place laissée par Blanche en voulant l'occuper, et en nous rendant compte que nous ne le pouvions pas – Matty tourna son sourire vers Maria : À présent, nous devons faire ce que nous pouvons pour celle laissée par quelqu'un d'autre, et je sais que vous tiendrez votre rôle. Nous avons l'habitude d'unir nos forces pour affronter une perte commune.

– Je lis dans tante Matty comme dans un livre, murmura Aubrey. Je me demande si c'est convenable pour le petit garçon à sa Justine.

– Nous espérons que Miss Griffin reviendra auprès de vous, tante Matty, dit Justine. Je ne puis vous imaginer l'une sans l'autre.

– C'est un soulagement de ne pas devoir penser à l'une avec l'autre, dit Aubrey, se tournant pour chercher le regard de ses frères. Oui, je suis sûr que c'est ce qu'oncle Dudley aurait dit. Vous voyez que j'essaie de faire en sorte qu'il ne vous manque pas.

– Tu ne le peux pas, ma chérie ? dit Matty à sa nièce. Pour ma part, j'ai dû faire un petit effort supplémentaire. C'est moi qui vis cette expérience, vois-tu. Mais si nous laissions à l'avenir le soin de décider de mes perspectives, étant donné qu'on ne peut en dire grand-chose dans le moment présent ? Je vous retarde pour votre petit déjeuner. Je vais m'asseoir et essayer de me joindre à vous. Je tâcherai de me faire le plus petite possible.

– Tenez, voilà une place qui n'attendait que vous.

– Vraiment ? Comment cela se fait-il ? La nouvelle vous était-elle parvenue ? Non, vous n'y étiez pas préparés. Pensiez-vous que j'allais rester hier soir et aviez-vous demandé qu'on rajoute un couvert ce matin ? Ah, je dois me féliciter d'être rentrée auprès de mon père. On dirait bien que quelque chose nous guide en pareil cas.

– Ce quelque chose s'y est pris d'une drôle de façon pour accomplir son œuvre, dit Mark.

– Ainsi, cette place m'était destinée ? dit Matty, que cette pensée semblait ravir. Peut-être espériez-vous que la convive vagabonde revienne expier ses péchés ?

– C'est la place de Dudley, dit Maria, consciente qu'il fallait bien que la vérité éclate. Nous ne pensions pas que vous seriez des nôtres. Seulement, il a suivi l'exemple de Miss Griffin et nous a quittés pour le moment.

– Vraiment ? Dudley ? Il s'est enfui, il vous a abandonnés ? Nous arrangeons-nous tous pour nous rendre insupportables à ceux qui nous sont proches et chers ? dit Matty, dont la voix s'éleva à mesure qu'elle parlait. Serait-ce de famille ? Eh bien, nous pouvons tous nous certifier réciproquement que l'on a pris bien à tort nos aboiements pour des morsures.

– Aboyer peut suffire, dit Mark. Cela peut inciter les gens à ne pas attendre l'étape suivante.

– Notre Dudley ? Aurait-il trouvé que c'en était trop ? Ah, je compatis avec lui ; il m'arrive aussi de trouver que c'en est trop. Mais s'enfuir n'est pas le meilleur moyen d'y échapper. Ça n'aura pas raison de lui, pas de Dudley. J'aurais été contente de le voir pour lui emprunter un peu de son courage. Il semble que ceux qui en montrent le plus soient ceux qui en aient le plus à revendre. La provision qu'ils en ont faite doit être la plus grande. Eh bien, je vais devoir puiser dans la mienne, elle ne m'a encore jamais fait défaut. Le moment n'est pas venu pour vous d'en avoir besoin, mais peut-être que viendra celui où vous regarderez en arrière, où vous vous souviendrez de votre tante et où vous saurez ce que vous tenez d'elle.

– Pourquoi tante Matty n'a-t-elle pas assez de courage pour en donner un peu à Miss Griffin ? demanda Aubrey.

– Elle lui en a beaucoup donné, ou bien Miss Griffin l'aura trouvé on ne sait où, dit Mark.

– Oui, c'est Miss Griffin, n'est-ce pas ? dit Matty, avec autre chose dans la voix et dans le sourire. C'est Miss Griffin qui monopolise la pensée et l'attention ? Il devait en être ainsi. La personne qui a le moins souffert exige le moins. Et nous qui souffrons le plus devons le savoir. Enfin, ne nous targuons pas d'avoir du courage si c'est pour ensuite ne pas en faire preuve.

Il y eut un silence.

– Je pense que nous devons découvrir où Miss Griffin est allée, dit Justine. Je le pense vraiment, tante Matty.

– Oui, ma chérie, quand je vous disais qu'elle occuperait vos pensées. Et je suis dans la même disposition que vous. Je serai absolument ravie de savoir où elle est, quand vous serez en mesure de me le dire.

– Je suppose que nous n'avons aucune indication ?

– Pas que je sache, ma chérie ; moi, je n'en ai aucune.

– Vous n'avez aucune idée de l'endroit où elle a pu aller ?

– Aucune, dès l'instant qu'elle n'est pas venue ici. J'en avais quelque espoir. Je suis moi-même si habituée à trouver refuge dans cette maison… – Matty adressa un autre sourire à sa nièce : … que je n'ai pas pensé qu'elle ait pu la considérer autrement. D'autant qu'elle y a passé le temps d'une autre façon.

– Nous lui en sommes tous très reconnaissants. Je suis très peinée qu'elle ne soit pas venue ici.

– Vraiment, ma chérie ? Elle nous a tous peinés.

– A-t-elle un toit ? demanda Mark.

– Son toit, c'était le mien. Je ne lui en connais aucun autre.

– Elle n'a pas de parents chez qui elle aurait pu aller ?

– Oh, elle en a, sans aucun doute. Mais, vois-tu, pour eux, elle serait, comme tu le dis, une parente. C'est pour vous qu'elle est quelqu'un d'étranger à la famille.

– Elle n'a pas d'amies dans le voisinage ?

– Elle a ceux à qui vous avez pu la présenter. Elle ne peut pas en avoir d'autres.

– Tante Matty, je sais que vous pensez que nous aurions pu vous présenter à davantage de monde, dit Justine. Mais en vérité, c'est que, lorsque toute la maisonnée tournait à plein régime, entre notre présence à nous tous et vos venues à vous et grand-papa, maman ne pouvait faire plus. En fin de compte, vous qui veniez pour connaître nos amis n'avez pu faire leur connaissance. Il ne faut rien y voir de plus, je suis certaine que vous le savez, et peut-être Maria pourra-t-elle mieux faire ; mais, pour ce qui concerne le passé, voilà la vérité. Comme j'avais l'impression que vous la trouviez saumâtre, j'ai fait entrer une bouffée d'air pur.

– Non, ma chérie, mes pensées ne suivaient pas ce cours, dit Matty, levant le regard et le posant sur sa nièce en une indulgente évaluation. Elles se portaient sur la mort de mon père, il pouvait difficilement en être autrement. Les amis, les maisons et Miss Griffin, tout cela passait en second. D'ailleurs, seule Miss Griffin m'a effleuré l'esprit.

– Nous n'avons pas non plus d'indication de l'endroit où se trouve mon frère, dit Edgar, saisissant cette occasion pour s'épancher. C'est une étrange façon de faire, disparaître sans un mot. Nous devons essayer de retrouver leurs traces. Miss Griffin s'était-elle préparée à partir ? Il fait très froid.

– Pour autant que je sache, elle est sortie dans le jardin sans chapeau ni manteau ni rien. Elle a agi brusquement et spontanément, et elle va sans doute revenir d'un moment à l'autre. Elle est peut-être déjà de retour, auquel cas la mort de mon père lui aura causé un grand choc.

– Elle s'est aventurée dans le jardin sans chapeau ni manteau par un temps pareil ? demanda Clement.

– Fais attention, tante Matty a dû la jeter dehors, dit Mark. Elle n'aura pas attendu qu'on la rappelle, et sera partie de son côté. Et si elle gèle, ou meurt de faim ou de froid, car il semblerait qu'elle doive connaître tout cela à la fois, elle sera toujours mieux lotie que là où elle était.

– A-t-elle de l'argent, tante Matty? demanda Justine.

– Je n'en sais rien… Oui, ma chérie, plus que j'en ai en ce moment.

– L'avait-elle sur elle?

– Ça, je ne le saurai que lorsque vous le découvrirez et m'en ferez part. À moi aussi, cette pensée m'est tout de suite venue à l'esprit.

– Elle n'a pas pu aller bien loin, dit Maria, qui avait écouté en silence. Nous pourrions envoyer quelqu'un à sa recherche dans la campagne. Autant le faire sans tarder.

– Puis-je intervenir, madame? demanda Jellamy.

– Oui, si vous avez quelque chose à nous dire.

– Mr Dudley et Miss Griffin ont été aperçus marchant ensemble hier dans la soirée, madame.

– Ah, ils étaient ensemble. C'est une bonne chose. Comment l'avez-vous appris?

– La nouvelle m'est parvenue, madame.

– Est-ce tout à fait certain?

– Elle est de source sûre, madame.

– Eh bien, voilà notre esprit délivré du pire pour tous les deux, dit Justine. Nous n'avons aucune inquiétude à nous faire pour qui se voit confié à la charge d'oncle Dudley, ni pour qui se voit confié à celle de Miss Griffin. Chacun d'eux est en sécurité avec l'autre. Chacun d'eux a quelqu'un à qui penser plus qu'à soi-même, ce qui conviendra aux deux.

– Quelle chance que leurs chemins se soient croisés, dit Mark. Que serait-il arrivé à Miss Griffin sinon?

– Elle serait rentrée à la maison, mon chéri, dit Matty, dont le regard changea.

– Enfin, ils se sont croisés, alors inutile d'y penser, dit Justine.

– Nous pouvons difficilement faire autrement, dit

Maria. C'est un pur hasard que votre oncle soit passé à ce moment-là.

– Il y a des auberges et d'autre abris, dit Edgar, lançant un coup d'œil vers la fenêtre.

– Pour des gens qui ont de l'argent sur eux. Il semble qu'elle soit partie sur un coup de tête.

– Je vous ai dit qu'elle avait agi spontanément, dit Matty. Mais on lui aura fait confiance puisqu'on sait qu'elle vit avec moi.

– On a pu ne pas se fier à quelqu'un qui quittait la maison où elle était employée.

– Maria, c'est un effort louable, chuchota Justine, et il vous fait honneur. Mais est-ce sage ? Et n'est-ce pas une circonstance où il faille étendre son indulgence ?

– Votre tante n'avait pas perdu son père lorsqu'elle a mis Miss Griffin à la porte.

– Oh, mais vous-même n'êtes pas dénuée d'une pointe de sévérité, dit Justine, reculant d'un pas et parlant d'une voix qui pût être audible. Nous devrons prendre garde. Ce peut être une menace salutaire au-dessus de nos têtes.

– Et qu'en est-il de Dudley ? dit Matty. En apprendrons-nous davantage sur lui maintenant que le cas de Miss Griffin est résolu ? Lui réservez-vous quelque place dans vos pensées ? Vous intéressez-vous autant à ses allées et venues ? Est-il sorti paré contre le mauvais temps ? Avait-il de l'argent ? Avez-vous remarqué son absence ? Dites-moi tout, comme je vous ai tout dit. Nous ne devons pas nous traiter différemment les uns et les autres.

– Nous allons vous le dire, tante Matty. Nous convenons qu'il est parti brusquement, dit Justine, et que nous ne connaissons ni les circonstances ni les raisons de son départ.

– Mr Dudley était suffisamment équipé contre le mauvais temps, madame, dit Jellamy. On a cru voir que Miss Griffin portait son manteau au moment où on les a aperçus ensemble.

– Ah oui ? Alors, c'est qu'il ne faisait plus si belle figure, dit Matty, partant à rire plus aux dépens de Jellamy et de son intervention que de la détresse de Dudley. Nous pouvons lui réserver toute notre inquiétude. Miss Griffin n'en a plus besoin. Que diriez-vous de semer des manteaux et des chapeaux le long de la route à l'intention de ceux qui sont partis sans s'en munir ? C'est vraiment une drôle d'histoire. Quelqu'un de la grande maison et quelqu'un de la petite s'enfuyant dans les intempéries sans un mot et sans se retourner ! Enfin... il faut bien que les gens se donnent de petites attitudes ; je suppose qu'aucun de nous n'en est à l'abri ; mais je ne puis m'imaginer choisissant pareille posture. Et si l'on m'avait demandé de désigner deux personnes pour se sauver dans la neige avec un manteau et un chapeau pour deux, je n'aurais certainement pas misé sur Dudley et Miss Griffin – Matty inclina la tête, semblant s'efforcer de dominer son hilarité : Heureusement que le manteau est celui de Dudley, s'ils ont dû le porter à tour de rôle. Il n'aurait pu entrer dans celui de Miss Griffin.

Personne ne joignit son rire à celui de Matty qui s'essuya les yeux et continua seule, puis elle cessa brusquement et rajusta sa jupe comme si, soudain, une cocasserie la frappait.

– J'ai entendu de meilleures plaisanteries, dit Mark. Le froid est glacial, et un seul manteau ne suffit pas pour deux.

– Je me demande qui portait le chapeau, dit sa tante d'une voix de tête qui parut annonciatrice d'une nouvelle crise de rire.

– On a cru voir que Miss Griffin portait un châle sur la tête, madame.

– Oh, quel tableau ! On croirait une scène bohémienne. Je me demande si c'était l'effet voulu. Auraient-ils une roulotte cachée dans les environs ? Je sais que Miss Griffin ne manque pas de chapeaux dans son armoire, que je lui ai donné pour la plupart. Quelle peut être la raison de cette subite mascarade ?

– Peut-être en manquait-elle dans le jardin ? dit Clement.

– Nous savons qu'ils n'ont pas de roulotte, dit Mark. Et on voit difficilement comment ils pourront se débrouiller sans.

– Il y a l'auberge, dit son père d'un ton sec.

– Bien sûr, Edgar, dit Matty d'une autre manière. Tout le monde a l'air de croire que la scène se passe sur une île déserte. Mais la scène en elle-même ! Je ne peux m'empêcher d'y penser. J'en rirai encore bien des fois en privé.

– Mais plus jamais en public, j'espère, dit Clement.

Maria se leva de table, et Justine, comme si elle percevait son intention, fit aussitôt de même. Matty les suivit lentement, se servant de sa claudication pour s'attarder en compagnie d'Edgar. Au salon, elle s'approcha du feu d'un air préoccupé, comme si les tracas de sa propre existence lui étaient revenus.

– Vous êtes bien en avance sur moi. J'arrive piètre troisième.

– Nous savons que vous aimez suivre à votre propre rythme, dit Justine.

– Je ne suis pas sûre d'aimer cela, ma chérie. Mon rythme est une chose contre laquelle je ne peux rien depuis des années.

– Enfin, nous savons que vous préférez que l'on ne vous attende pas. Encore que papa et les garçons aient patienté. Ils ont considéré qu'ils ne pouvaient s'y soustraire, je présume.

– Oui, certainement, ma chérie. Je ne pense pas que nous puissions changer cet usage.

– Non, naturellement, et nous ne l'avons pas fait. Mais ma pauvre tante Matty, évidemment, vous n'êtes pas maîtresse de vous-même.

– Non, ma chérie, bien sûr que non, approuva pleinement Matty. Et il était stupide de ma part de m'étonner de vous voir tous autant maîtres de vous. Pour moi, cette matinée est si différente des autres que j'ai trouvé étrange que, pour d'autres elle puisse être si semblable. Vous n'avez pas encore connu de ces journées-là. Ou bien vous les reléguez dans le passé. Le chagrin ne sied pas à la jeunesse, aussi l'avez-vous placé hors de vue. Et vous avez si sagement et si judicieusement attribué votre place vide que je suis heureuse et que j'ai l'esprit tranquille de vous y avoir aidés. Le plus petit saisissement, le plus petit doute et la plus petite appréhension se sont dissipés. Mais la place de mon père demeurera vide à jamais pour moi, et je ne puis que rester un peu indifférente au… non, je ne dirai pas cela… un peu en retrait du bonheur qui m'entoure. Mais sa vision ne m'en réjouit pas moins. Je ne puis m'attendre à rencontrer partout des gens de mon espèce. Ils ne sont peut-être pas très communs.

– Je veux bien le croire, dit Clement.

– Tu l'espères, veux-tu dire, méchant garçon ? dit Matty, agitant le doigt à son intention en approbation de son point de vue.

– Vous ne sauriez penser qu'ils le soient.

– Je n'ai fait que remarquer qu'ils ne l'étaient pas.

– Nous pourrions… Peut-être pourrions-nous nous reconnaître en autrui plus souvent, dit Edgar.

– Nous avons tous nos profondeurs et nos recoins, dit Justine.

– Et nous pensons tous que personne d'autre que nous n'en a, dit Mark.

– Mon Dieu, mon Dieu, quelle bande de philosophes ! dit Matty. J'étais loin de me douter que j'avais un tel public.

– Vous reconnaissez-vous en nous plus que vous ne le pensiez ? demanda Clement.

– Non, mon chéri, mais je reconnais que vous avez l'avantage du nombre. J'ignorais que vous faisiez autant cause commune. Je vous pensais tous plus isolés, somme toute.

– Et maintenant, c'est vous seule que vous reconnaissez ainsi ?

– Que veux-tu, mon chéri, nous étions convenus que j'étais un peu mise à part.

– Il ne me semble pas, dit Mark. C'est vous qui l'avez laissé entendre, mais je ne me souviens pas que vous ayez reçu beaucoup de soutien.

– Je me vois obligée de mettre un terme à cette discussion, dit Maria en se levant. Votre tante est plus fatiguée qu'elle ne le croit, et il lui faut aller se reposer. Quand je redescendrai, votre père et moi irons dans la bibliothèque, ainsi vous pourrez passer un moment entre vous.

– Ce que nous avons manqué de tact ! dit Justine. Nous aurions pu penser qu'ils aimeraient passer une heure en tête à tête. Mais que pouvions-nous faire tant que tante Matty était là ?

– Ce que nous avons fait, dit Mark. Il ne sera venu à l'idée de personne que cette scène était à notre goût.

– J'admire réellement Maria quand elle fait preuve d'un soupçon d'autorité.

– Elle n'aimait pas la pensée que Miss Griffin errait seule dans la neige, dit Aubrey, mettant cette image en lumière pour mieux s'en libérer l'esprit.

– Petit cœur tendre ! dit Justine, manifestant sa compréhension avec simplicité.

– Sans manteau ni chapeau, et, je suppose, sans gants, ni pèlerine, ni châle, dit son frère, parachevant l'image avec plus de cruauté que toute autre intention.

– Il est curieux que nous ressentions si peu la mort de grand-papa.

– La vie de tante Matty la tient sous le boisseau, dit Mark.

– Que veux-tu, il était vieux, fatigué, il n'avait plus de goût à rien, et nous le connaissions vraiment très peu. Il serait vain de prétendre avoir réellement de la peine. Tante Matty est la seule à pouvoir en éprouver.

– À ce qu'il semble, celle-ci n'étouffe pas ses autres sentiments.

– Peut-être est-ce ainsi que, parfois, le chagrin rend meilleur, dit Aubrey.

– Non, non, mon petit garçon. Ne te donne pas des airs d'oncle Dudley en cet instant. C'est trop.

– Nous serions peut-être tous meilleurs si nos sentiments étaient anéantis, poursuivit Aubrey, montrant que sa sœur ne le refrénait nullement.

– Pauvre tante Matty ! On peut beaucoup la plaindre en son absence.

– Tu fais montre de tout autres sentiments en sa présence.

– Sans doute. Nous aurions pu nous souvenir du malheur qui la touche. Jusqu'à papa et Maria qui semblaient l'avoir oublié.

– Elle aussi.

– Elle sera très seule à l'avenir. Je ne vois pas comment nous pourrions le lui éviter.

– Aura-t-elle sa peine pour seule compagne ? demanda Aubrey.

– Que veux-tu, elle a banni celle qui l'était officiellement, dit Mark.

– Elle se confinera dans la colère, l'amertume et la méchanceté, dit Clement.

– Elle sera seule parmi une multitude, dit Aubrey.

– Non, non, pas la méchanceté, je ne crois pas, dit Justine. Je ne crois pas que ç'ait été jamais cela. Je me demande ce que font oncle Dudley et Miss Griffin. Mais le fait qu'ils soient ensemble écarte tout réel problème. Je pense que nous pouvons sans danger nous en remettre à oncle Dudley pour organiser leur avenir à tous deux.

– On laisse oncle Dudley trop s'investir dans l'avenir des autres, dit Mark. Ce n'est pas sans danger. On ne peut qu'imaginer ce qui s'est passé hier soir.

– Tu en as de la chance, dit Clement. Moi, je ne peux pas.

– Ou de la malchance, dit Aubrey qui, lui, le pouvait.

– J'ai détourné mes pensées de cela, dit Justine.

– Elles avaient suffisamment de quoi les occuper, dit Mark. Mais elles y reviendront. La mort de grand-papa, la fuite de Miss Griffin, et même la visite de tante Matty, ce sera comme si rien de tout cela ne s'était passé. Nous pouvons aisément imaginer la scène.

– Non, mon esprit s'y refuse.

– Le mien fait pire. Il la construit.

– Maria était présente, dit Aubrey.

– Oui, la pauvre ! dit Justine. Quel retour à la maison ! Un malheur n'arrive jamais seul.

– Je pense que le malheur est constamment présent, ou presque. Seulement, on ne le remarque que lorsqu'il n'est plus seul.

– C'est tout oncle Dudley. C'est clair, naturel et incontestable, dit Justine avec un soupir, comme si ce fait ne changeait rien aux autres. Vous êtes peut-être vifs d'esprit, mais, aujourd'hui, vous avez devant vous une sœur déprimée.

– Que serait-il arrivé si Maria s'en était tenue à oncle Dudley ? demanda Aubrey.

– Mon petit garçon, quelle façon de présenter la chose !

– Miss Griffin se serait quand même enfuie ; grand-papa serait quand même mort ; tante Matty nous aurait quand même fait ses visites, dit Mark. Sauf que ç'aurait pu être papa au lieu d'oncle Dudley qui aurait rencontré Miss Griffin. Et ça n'aurait peut-être pas aussi bien tourné. Il aurait été plus gauche pour lui offrir son manteau. Alors, tout est peut-être pour le mieux. C'est ce qu'on dit toujours quand les choses tournent vraiment mal, alors, on ne saurait saisir meilleure occasion.

– Regardez, dit Justine, gagnant la porte qu'elle entrebâilla. Regardez ces deux silhouettes qui traversent le vestibule, comme deux autres le traversaient. Quelle vision saisissante et presque solennelle ! Notre cœur doit-il s'en réjouir ou se serrer ?

– Nous opterons pour la première éventualité, si nous avons le choix.

– Qu'est-ce qui est mieux, la vue de deux hommes beaux ou d'un bel homme et d'une belle femme ? Je ne sais pas ; je ne me risquerai pas à répondre.

– Je laisse mon cœur se serrer, dit Aubrey, tout sourires et disant vrai.

– Seront-ils à nouveau trois, un jour ? Devons-nous le souhaiter ? Ou devons-nous un brin hésiter à nous précipiter là où les anges craignent de poser le pied ?

– Peut-être pourrions-nous les imaginer à quatre, dit Aubrey d'un ton léger.

– Je revois si bien la silhouette fine de maman avançant et reculant entre les deux autres plus hautes ! Ma pensée suit un autre cours, je ne sais pourquoi cette image m'est venue, porteuse d'associations d'idées qui lui sont spécifiques. Maman aurait souhaité que tout s'arrange entre eux. Et il se peut que cela se réalise, et que ces trois hautes silhouettes avancent ensemble dans l'existence. Mais ce n'est pas pour tout de suite, je le crains. Oncle Dudley allait au-devant des ennuis, et, à l'instant décisif, ils se sont produits. Il ne pouvait continuer encore longtemps dans cette voie. On ne peut se faire une idée de la tension de ces derniers mois. Aucun de nous ne peut la mesurer.

– Justine serait-elle transfigurée ? dit Aubrey.

– Que veux-tu, je suis affectée par le spectacle de l'intense tragédie humaine. Je ne la nie pas.

– C'était vain de le faire.

– Il aurait mieux valu s'effacer tout de suite, dit Mark, et non tenter l'impossible.

– Je ne sais pas, dit sa sœur, regardant dans le vide. Ce fut un bel échec. De ceux, sans doute, qui sont plus beaux que le succès.

– Je me suis toujours demandé quels étaient ceux-là. Je suppose que tu penses à des succès d'une autre sorte.

La même sorte a impliqué le même effort, et connaît une meilleure issue.

– Et bien plus avantageuse, dit Clement.

– Oui, oui, plus avantageuse, dit Justine. Mais ce à quoi nous avons assisté allait sûrement plus loin.

– C'était tout à fait autre chose, en effet, dit Mark.

– Cela valait sûrement la peine.

– Au sens où tout effort humain doit accomplir quelque chose d'essentiel, même si ce n'est pas visible.

– Quoi qu'il en soit, la tragédie humaine se poursuit dans la neige, dit Aubrey.

– Oh, ils se seront sûrement mis à l'abri maintenant, dit Justine, riant en terminant sa phrase. Oh, quel intolérable et risible pathétisme ! Méchant petit garçon qui me fait chuter de mes hauteurs !

– Tu n'aurais pu, pas plus qu'oncle Dudley, tenir encore longtemps.

– Je ne sais pas. Je me sentais assez dans mon élément.

– Oncle Dudley le pensait peut-être aussi. Je le croirais volontiers, dit Mark.

– Il y a ici quelqu'un de plus grand qu'oncle Dudley, dit Aubrey.

– Et ils ne se situent pas dans les mêmes hauteurs, dit Clement.

– J'ai l'impression que Clement fait des efforts pour vaincre sa taciturnité, dit Justine.

– Oh, n'en plaisantons pas. Considérons d'un œil sérieux le sérieux d'une situation humaine.

– Miss Griffin et oncle Dudley cheminant dans la neige. Miss Griffin portant le manteau et le chapeau d'oncle Dudley ! murmura Aubrey.

– Elle ne portait pas son chapeau. Elle… elle…, dit Justine, riant de plus belle, elle avait un châle sur la tête. Oh, pourquoi en rions-nous ? Pourquoi ne pouvons-nous envisager avec sérieux ce qui est sérieux, voire tragique, en soi ? Les relations de longue date entre Miss Griffin et tante Matty rompues ! Car je suppose que c'est la rupture. Et son existence sens dessus dessous, car c'est cela, sans doute, la vérité. Et nous, nous ne pouvons l'envisager sans nous divertir de sottises de surface, qui elles-mêmes ont leur face tragique, simplement parce qu'elles satisfont notre sens de l'humour superficiel – la voix de Justine tremblota sous cet effet qui se répétait : Je veux croire que nous sommes à moitié hystériques ; c'est cela, forcément.

– C'est l'explication habituelle que l'on donne à toute hilarité incongrue.

– Oh, le bonheur est un bienfait, dit Edgar, souriant, de la porte, et dont la voix, tandis qu'il prononçait les paroles que répétait souvent tante Matty, illustra la différence entre eux. Maria et moi allons marcher dehors… Enfin, nous allons nous promener avant que Mark et moi nous mettions au travail. Votre tante se repose à l'étage.

– Oh, papa, il me semble que nous ne devrions pas être en verve le jour de la mort de grand-papa, de l'affliction de tante Matty, et du reste, dit Justine, agrippant le manteau de son père. Mais nous sommes tout simplement stupides. Nous sommes convenus que nous devions être hystériques.

– La mort de votre grand-père ne peut que passer à vos yeux pour la chose naturelle qu'elle est. Il a été peu présent dans votre vie, et il a mené la sienne.

Edgar s'exprimait d'une voix calme, presque inexpressive, comme si les sentiments qu'il éprouvait pour une chose ne lui en laissaient plus aucun pour d'autres.

– Mais il y a la solitude de tante Matty et tout ce qu'il s'est passé, dit Justine, relevant le visage contre le manteau dont elle fermait les revers. Vos enfants vous sont-ils un soutien ?

Edgar se détourna et s'éloigna.

– Oh, je suppose que j'ai encore dit ce qu'il ne fallait pas. J'aurais dû me douter qu'il serait vain de tenter de faire quelque chose pour lui. Dans mon cœur, je le savais bien.

– Il est bon de suivre les diktats de son cœur, dit Clement.

– Oui, tu peux faire le fier. Toi-même, qu'as-tu tenté, après tout ? J'ai fait mon possible pour montrer à papa qu'il avait quelque chose sur quoi s'appuyer sous son toit.

– Et lui t'a montré qu'il ne se ralliait pas à ton point de vue.

– Il faut croire que Maria a pris ma place auprès de lui. Oh, il serait mesquin de s'en offusquer. Cette place, je n'ai jamais fait grand-chose pour la mériter. Et il vaut mieux qu'elle prenne celle-ci plutôt qu'une autre. Cela, elle n'aura pas le sentiment de l'avoir pris. Nous pourrons penser à cette petite place toujours béante et vacante, disponible pour la petite ombre de maman.

Aubrey se détourna et se traîna hors de la pièce à pas lourds. Il croisa Maria qui était allée chercher une pèlerine et qui suivait son époux.

– Tu montes ? demanda-t-elle. Qu'y a-t-il ? Reviens un moment, dis-moi.

Aubrey redressa la tête, enfonça les mains dans ses poches, fit demi-tour et la rejoignit nonchalamment.

– Jours étranges que ceux que nous traversons.

– Oui, étranges et agités. Mais ils passeront.

– Les jours en trouvent toujours le moyen. C'est la seule chose qui plaide en leur faveur.

– Il est arrivé trop de choses hier, c'est certain.

– C'est certain.

– Ton grand-père a eu pleinement sa part de tout. Et il n'y a pas plus heureuse fortune qu'une mort soudaine.

– Non, dit Aubrey, dont l'expression changea d'une manière qui indiqua à Maria son erreur.

– Il ne sait rien maintenant, dit-elle, pas même qu'il est mort. Et cela, c'est valable pour tous les morts.

Il y eut un silence.

– Vous avez eu votre part, dit Aubrey d'un ton égal et sobrement compréhensif.

– Nous avons tous eu la nôtre et en avons eu assez.

– Pour moi, c'était trop. Si vite en haut et si vite en bas, à mon âge. Mais si je passe pour impitoyable à un moment, je passe pour sensible l'instant d'après.

– Il ne faut pas se vexer de passer quelquefois pour impitoyable, dit Maria, comprenant lequel avait sa préférence.

– Non. Le cœur se connaît, dit son beau-fils, se détournant.

X

– Vous dirai-je ce que je vois ? demanda Mark. Ou cela va-t-il sans dire ?

– N'allons pas l'accueillir, dit Clement. Commençons autrement en espérant que cela durera.

– Votre tante est déjà dans le vestibule où nous devrions aller l'accueillir, dit Edgar, ayant la vision de son frère s'y précipitant séance tenante.

Matty s'avança sans faire étalage de sa claudication ni de rien d'autre la concernant.

– Je crains qu'il ne vous faille me considérer comme un oiseau de mauvais augure. Il se peut que je le mérite. Je me suis faite la messagère de la tristesse, et désormais je ne peux plus venir sans elle. Mais vous faciliterez ma rude tâche quand vous saurez que ces nouvelles sont aussi tristes pour moi que pour vous.

– Qu'y a-t-il ? dit aussitôt Edgar. S'agit-il de mon frère ?

– Oui, vous m'avez apporté votre aide. À présent, je puis m'en passer et vous dire que le pire n'est pas arrivé, que tout n'est pas perdu. Il reste encore de l'espoir. Il est alité dans une ferme à vingt milles d'ici. Après avoir quitté cette maison, il a marché pendant des jours, trempé, fatigué, mangeant et dormant là où il pouvait, pour, finalement, un soir, arriver dans cette ferme, à peine capable de dire qui il était et d'où il venait – Matty dramatisait ce qu'elle devait dire, mais s'exprimait sincèrement sans penser à elle : Le lendemain, ces gens ont fait venir Miss Griffin pour le soigner, et, ce matin, un message d'elle m'est parvenu, disant que les poumons étaient atteints et qu'elle n'osait dissimuler la vérité. Un médecin et une infirmière sont avec elle, et la fermière est une femme sérieuse. Tout ce que nous devons faire, c'est nous rendre auprès de lui sans attendre. Tout ce que vous devez faire. Moi, ce que je dois faire, c'est rester ici et garder la maison jusqu'à votre retour. Quand bien même j'ai l'impression que c'est le plus dur, je l'accomplirai de mon mieux. Je ferai ce qui vous sera le plus utile et ne vous coûtera pas.

Edgar était déjà sorti, suivi par sa femme. Matty suggéra d'emporter certaines choses susceptibles d'être nécessaires, mais, avant qu'elles soient prêtes, il était parti seul, à cheval.

– Quelqu'un devrait accompagner papa, dit Justine. Mais il est trop tard.

– Oncle Dudley est-il de robuste constitution ? demanda Mark.

– Il en a donné l'impression, à sa manière. Mais ses soucis ont dû miner sa résistance, l'humidité et le froid auront fait le reste.

– Il a sauvé Miss Griffin, dit Aubrey ; il n'aura pu se sauver lui.

– Mon chéri, pense à ce que tu dis. Qu'est-ce qui te permet de parler ainsi ?

– Excès d'émotion et désir de la cacher, dit Aubrey, mais pas à voix haute.

– Où était Miss Griffin ? demanda Mark.

– Chez les Middleton, là où votre oncle l'avait conduite le jour de la mort de votre grand-père, dit Matty, énonçant le fait platement. Je n'en sais pas davantage.

– Nous devons partir. Au revoir, tante Matty, dit Justine.

Maria est dans le vestibule. Assurez-vous qu'Aubrey reste auprès de Mr Penrose, et veillez sur la maison. Nous ne sommes pas encore en mesure de vous dire exactement ce que nous pourrions attendre de vous.

– Commande, ma chérie, je suis à votre disposition, dit Matty avec une pointe de sécheresse dans le ton.

– Tu pourras me faire parvenir un mot, dit Aubrey, et je commanderai à ma tante.

Edgar, qui avait pris de l'avance sur sa famille, fut le premier à pénétrer dans la chambre de son frère. Miss Griffin l'accueillit à la porte, et la façon dont elle lui parla de Dudley, comme si celui-ci ne l'entendait pas, l'avertit de son état.

– Il est très malade. Il doit l'être depuis plusieurs jours. Il souhaite m'avoir auprès de lui ; il ne souhaite pas être confié à l'infirmière – elle restait immobile, penchée en avant, les yeux brillants et fixes par manque de sommeil : En cela, il est comme Mrs Gaveston. Le médecin a dit qu'il avait le cœur solide et qu'il pourrait sûrement se rétablir.

On avait un peu redressé Dudley dans son lit, sa langueur montrant qu'il n'avait plus la force de se soutenir seul, sa respiration audible par Edgar depuis la porte. Ses yeux demeuraient fixes et semblaient ne pas voir, mais, quand son frère approcha, ils virent.

– Quelle heure est-il ? demanda-t-il dans un souffle d'une voix faible et rapide. On ne me le dit pas exactement.

– Bientôt midi.

– Non, c'est l'après-midi, dit Dudley d'un ton plaintif. J'ai dormi des heures.

– Eh oui, vous avez dormi, dit Miss Griffin d'une voix enjouée et ordinaire, qu'elle modifia et baissa en se tournant vers Edgar. Seulement quelques minutes. Il ne dort jamais plus longtemps.

– Il va bientôt faire nuit, dit Dudley.

– Pas tout de suite, mais cela ne saurait tarder.

Dudley demeura silencieux, son expression trahissant son inexorable confrontation avec les heures du jour.

– Le temps lui semble-t-il très long ? demanda Edgar.

– Oui, il en va ainsi chez les grands malades. C'est comme s'il vivait dans un rêve. Une minute peut lui sembler une éternité.

Dudley fut pris d'une quinte de toux qui le secoua sans qu'il pût rien y faire, et à la faveur de ce bruit, la voix de Miss Griffin se fit plus rapide et plus confidentielle.

– Oh, je suis contente d'avoir pu venir auprès de lui ; je suis contente qu'il m'ait envoyé chercher. C'est une chance que je n'aie pas été chez Miss Seaton. Elle ne m'aurait peut-être pas autorisée à venir. Elle m'avait dit qu'elle ne me laisserait plus soigner personne à part elle. Encore que je ne pense pas qu'elle s'y serait tenue.

– Je suis sûr que non, dit Edgar. Y a-t-il quelque chose qui ferait plaisir à mon frère ?

– Si seulement ça pouvait cesser ! dit Dudley, regardant Edgar en entendant qu'on parlait de lui.

Edgar se tourna vers lui avec tant de douleur sur ses traits qu'il s'en aperçut et, poussé à bout par la souffrance, il essaya de l'aviver.

– Si seulement ça pouvait cesser un instant ! Pour que je puisse dormir un moment. Rien qu'un moment.

– Il n'est plus maître de lui-même, dit Edgar. On dirait… Ça me rappelle la période où ma femme était malade.

Le bruit de la voiture résonna en bas, et la voix de Miss Griffin se fit pressante.

– Vient-il quelqu'un qui puisse aider ? Je suis restée à son chevet toute la journée et toute la nuit. Il ne supporte pas d'être avec des étrangers, et il ne faudrait pas qu'il soit soigné par quelqu'un qui est trop fatigué.

– Ma femme et ma fille sont là, dit Edgar qui, à la mention de sa seconde épouse, se dit que son frère ne pourrait être remplacé. Et de l'aide pourra venir de la maison sans délai.

Entre-temps, mes fils et moi ne sommes pas manchots, nous avons le sens commun, et nous pouvons rendre tous les services.

Maria entra dans la chambre, et Dudley la vit.

– C'est l'après-midi, dit-il comme si elle pouvait faire en sorte qu'il en soit ainsi.

– Pas encore, dit-elle, s'approchant du lit. Vous ne nous avez pas envoyé chercher, Dudley. Ce n'est pas bien.

– J'ai envoyé chercher Miss Griffin.

– Oui, mais c'est Edgar et moi que vous auriez dû envoyer chercher.

– Je veux seulement qu'il y ait quelqu'un ici. Je ne pense pas que vous soyez différents des autres, dit Dudley d'une voix rapide et atone qui semblait ne pas se référer à ce qu'elle avait dit, portant sur elle un regard qui la reconnaissait, rien de plus. Ce n'est pas grave que nous ne nous soyons pas mariés. Je vous préfère Edgar.

– Bien sûr. Je l'ai toujours su. Il ressent la même chose à votre égard.

– Si je pouvais dormir, la journée passerait plus vite. Celle-ci est la plus longue de toutes.

Maria se tourna pour s'adresser à son époux, Dudley la suivit des yeux; cet instant d'attention le calma, et il s'endormit.

Justine entra et se retint de regarder vers le lit, comme si elle tenait à faire son devoir avant de suivre son désir.

– Je suis venue pour emmener Miss Griffin se reposer, puis assister quiconque. Les garçons sont allés faire des commissions. Papa, le médecin est ici et peut vous voir.

Dudley, réveillé, toussait et regardait autour de lui comme s'il avait peur.

– Est-ce un autre jour? Me rétablirai-je?

– Bien sûr que oui, dit l'infirmière. C'est le même jour. Vous n'avez dormi qu'un petit moment. Mais dormir, c'est déjà bon signe.

– Il y a des gens ici, n'est-ce pas ? Il n'y a pas que vous ?

– Justine et moi sommes là, dit Maria.

– Pourquoi êtes-vous là toutes les deux ?

– Nous aimons toutes deux être en votre compagnie.

– Est-ce l'après-midi ?

– Ce le sera bientôt. Voulez-vous que je vous fasse la lecture ?

–Y mettrez-vous du sentiment ?

– Non, aucun.

– Quelle est la personne qui y met du sentiment ? Matty, non ? Et Justine ?

Dudley eut un sourire.

– Quel livre voulez-vous ?

– Aucun livre. Quelque chose sur…

– Sur quoi ? dit Maria, se penchant vers lui.

–Vous le savez, vous le savez ! dit Dudley d'une voix effrayée, tendant les bras.

Ce geste provoqua une quinte, et, comme elle s'atténuait, il resta tout tremblant, avec des sanglots dans la gorge. Edgar et le médecin entrèrent, et, les voyant, son humeur changea, encore qu'il ne parût pas les reconnaître.

– Eh bien, je n'ai pas beaucoup de raisons de vivre, se dit-il à lui-même. Je suis véritablement seul, ou presque. Je n'ai pas grand-chose à quoi renoncer – il tenta de se redresser et parla presque dans un cri : Si je meurs, Miss Griffin doit avoir de l'argent ! Vous lui en donnerez ? Vous ne garderez pas tout ?

– Oui, oui, bien sûr. Elle n'en manquera pas, dit Edgar. Mais tu ne vas pas mourir.

Quelque chose dans sa voix toucha Dudley, qui sembla évaluer son frère du regard.

–Tu n'aimes pas que je sois malade, dit-il d'un ton pénétrant, presque entendu. Dans ce cas, tu ne devrais pas me rendre malade. C'est ta faute.

– Il ne sait pas ce qu'il dit, dit l'infirmière.

– Mais si, dit Dudley, dodelinant de la tête. Oh, je le sais.

– Combien de temps cela va-t-il durer? demanda Edgar au médecin.

– Cela ne saurait être rapide. Il est extrêmement malade, et tout changement ne pourra être que lent. Sans compter que la crise n'a pas encore eu lieu.

La crise se déclara, et Dudley sombra jusqu'au seuil de la mort que, de justesse, il ne franchit pas. Puis, au fil des journées interminables, qui chacune se doublaient d'une nuit, il parut revenir au stade précédent, mais, cette fois, vidé et harassé par le combat qui se déroulait en lui. Le corps plus frêle de Blanche, qui s'était brisé aisément, semblait l'avoir mieux servie. Mais les journées qui passaient sans laisser paraître de changement faisaient un travail plus en profondeur, jetant de solides fondations pour la progression soudaine vers la santé. Le matin vint où il porta sur son frère le regard qui était le sien.

– Vous aurez passé un long moment auprès de moi.

– Oui, Dudley, et plus encore.

– Sait-on si j'irai mieux?

– Oui, tu es tout à fait hors de danger.

– Pensiez-vous que je m'en remettrais?

– Nous n'en avons pas toujours été certains.

Dudley comprit l'allusion, mais il était trop faible pour la saisir au vol.

– Serai-je toujours le même?

– Oui. Il n'y aura pas de conséquences fâcheuses.

Dudley détourna la tête de faiblesse et d'apitoiement sur lui-même.

– Tu peux partir si tu veux. Il n'y a rien que tu puisses faire. Où est Miss Griffin?

Miss Griffin était là, comme toujours alors. Les soins plus légers de ce stade entraient dans ses attributions. Dudley lui tendit les mains et lui sourit, les yeux dans les yeux, sous le regard d'Edgar qui partit.

Ces moments se produisirent plus fréquemment et finirent par marquer une nouvelle étape. Puis le changement fut rapide, et d'autres étapes furent franchies. Il fut décidé que Dudley serait transporté chez son frère et couché dans son propre lit, mais avant que ce jour n'arrive, même cette étape-là était dépassée. Le changement était plus rapide dans son esprit que dans son corps. Intérieurement, il lui semblait soudain être frais et dispos. Le spectre de la mort, et sa leçon sur ce qu'il avait à perdre, lui avait montré que la vie telle qu'il l'avait vécue était suffisante. Il ne demandait pas plus que ce qu'il avait, et choisissait de s'en contenter. Sa personnalité, libérée des tensions et des efforts des mois précédents, était aussi entière et naturelle qu'elle l'avait été dans sa jeunesse.

Son retour comme membre à part entière de la maison allait trop de soi pour soulever une discussion. Ce fut une occasion de réjouissance, à laquelle Dudley s'était attendu mais qu'il n'apprécia pas moins. Maria rentra en avance afin de mettre la maison en ordre, tandis qu'Edgar et Miss Griffin devaient organiser le déplacement et suivre.

Matty fut une intendante efficace, mais les domestiques ne se plièrent pas à sa loi purement autocratique, et Jellamy ne le lui dissimula pas dans l'accueil qu'il lui réserva. Elle semblait oppressée par sa période de solitude, et demeurait à l'arrière-plan plus qu'à son habitude, paraissant reconnaître que ses liens avec la maison étaient moins étroits. Elle se rendait compte que Maria prenait la mesure de son influence sur la vie du foyer et essayait d'établir des rapports différents en la recevant comme une parente et une amie personnelle, mais en maintenant la relation sur ce terrain.

La famille attendait sur le pas de la porte l'apparition de la voiture.

– Oh, quel moment ! s'écria Justine. Dire que nous allons retrouver une vie normale ! Cela paraît presque trop beau. Cela nous montre combien nous sommes riches.

– Ce qui était loin d'être vrai ces derniers temps, dit Mark.

– Oui, c'est en partie l'effet de la puissance du contraste. Le tranchant de cette impression s'émoussera. Alors, profitons-en le plus possible.

– Je désapprouve la méthode qui consiste à se prévaloir de ses sentiments.

– Notre pire chapitre est derrière nous, le pire de tous. Et je pense ce que je dis ; je pèse mes mots en connaissance de cause. Inutile de me regarder tous ainsi. Voyez-vous, notre chagrin pour maman était pur. Celui-ci n'en serait qu'un alliage.

– Le soulagement d'une angoisse donne l'illusion du bonheur, dit Clement.

– Alors, vivons dans cette illusion, dit son frère.

– Les voilà ! Composons notre visage pour cacher notre émotion, dit Aubrey, s'exécutant sur-le-champ.

– Je ne veux pas la dissimuler, dit sa sœur, s'essuyant les yeux. Je me moque de ce qu'en verra oncle Dudley ou n'importe qui d'autre. Je n'aimerais pas être partie, avoir frôlé la mort et trouver à mon retour des visages impassibles.

– Moi non plus, dit la voix de Dudley. Je ne le supporterais pas. Je n'aime pas que les gens ne montrent pas leurs sentiments. Car alors, ceux-ci ne sont d'aucune utilité à personne hormis à eux-mêmes, et encore en jouissent-ils beaucoup moins que ceux qui les suscitent. D'ailleurs, il vaut mieux avoir la preuve de toute chose, surtout des sentiments.

– Oh, dit Justine avec un profond soupir, ses anciens accents !

– Il va me falloir être très attentif, dit Aubrey. Je suis resté longtemps sans plus d'exemple à suivre.

– Ne bougez pas, dit Justine, les arrêtant d'un geste de la main tandis qu'elle s'élançait. Je vais aider oncle Dudley. Je vais user de la galanterie de façon inhabituelle.

– Cela semble à sa mesure, dit Matty, souriant à Maria.

– Oh, quelqu'un d'autre s'apprête à descendre en premier, dit Justine, qui se retourna en arquant les sourcils pour marquer son dépit. Oh, c'est Miss Griffin. Oncle Dudley est toujours égal à lui-même. Eh bien, j'aurai grand plaisir à les aider tous les deux.

– Comment allez-vous, Miss Seaton? dit Miss Griffin, posant le pied à terre et s'engageant aussitôt dans l'épreuve qui l'attendait.

– Et vous, ma chère? dit Matty, lui serrant la main avec une bienveillance non dénuée d'affection. Nous vous devons beaucoup.

– Quelle chance que je m'en sois sorti! dit Dudley, s'appuyant sur le bras de sa nièce pour descendre. En général, ce sont les vies les plus précieuses qui sont fauchées, mais je sens qu'on a fait un gros effort pour la mienne.

– Vous-même vous êtes beaucoup aidé, dit Miss Griffin.

– Et le ciel aide ceux qui ne s'en privent pas. Pourtant, à vrai dire, je ne me souviens pas avoir reçu d'autre soutien que le vôtre.

– Allons, passez dans votre chambre. Assez parlé, dit Justine, joignant les mains. Pas un instant de plus dans ce vestibule glacial. Maria, vous ne m'en voudrez pas de prendre les choses en main. C'est que, voyez-vous, oncle Dudley fait partie de toute ma vie.

– C'est une chance que Maria soit dans cette disposition, dit Clement.

Les paroles de Justine dirent bien ce qu'elles voulaient dire, et Edgar libéra un passage dans le vestibule. Dudley, soutenu par ses neveux, gagna sa chambre. Il aurait pu marcher avec l'aide d'Edgar, mais les frères se dérobèrent à leurs tendances naturelles, ne sachant encore sur quel pied danser. Cette incertitude était apparue à la guérison de Dudley.

– Eh bien, qu'allons-nous faire pour fêter l'événement? demanda Matty, retrouvant quelque peu ses accents cassants.

– Passer au salon et nous asseoir tranquillement, dit Justine, d'une voix assez forte, et nous abandonner à la reconnaissance.

– Oui, ma chérie, c'est là ce vers quoi nous penchons. Soit, accordons-nous ce plaisir, dit Matty, ramenant les inclinations de sa nièce à leur juste niveau, et s'asseyant au coin du feu en silence.

– Oncle Dudley viendra passer une heure en notre compagnie quand il se sera reposé.

– Eh bien, je vais l'attendre, si Maria m'y autorise.

– Attendez-le, bien entendu, avec nous tous, dit Maria.

Mark et Clement revinrent.

– Oncle Dudley se repose dans sa chambre, et Miss Griffin dans une autre.

– Ils ne sont pas dans la même ? dit Aubrey.

– Allons, mon petit garçon, pas de sottises en cette occasion.

– Ces deux gros balourds ont transporté oncle Dudley à l'étage avec des gestes aussi doux que ceux d'une femme, dit Aubrey en battant des paupières.

– Pauvre Miss Griffin, je suis bouleversée par son allure, dit Justine. Elle a l'air d'être plus exténuée qu'oncle Dudley.

– Oui, ma chérie, moi aussi, je suis inquiète, dit Matty. Comme c'est triste que ses rapports avec nous l'aient menée à cette extrémité. Je ne lui avais encore jamais vu cette mine.

– Sans doute que oui, tante Matty, les fois où vous-même étiez malade.

Un sourire et un soupir échappèrent à Matty, comme s'il eût été vain d'avancer des affirmations vouées à être réfutées.

– Ces soins-ci étaient ardus, dit Maria. Nous ne pouvions rien y faire.

– Non, bien sûr. Sinon, nous l'aurions fait. C'est bien ce qui nous désole.

– Les soins sont plus légers depuis quelque temps, dit Edgar. Miss Griffin a l'air d'aller plutôt bien. Ce sont les cahots de la voiture qui l'ont indisposée.

– Papa s'est comporté en simple galant homme, dit Aubrey. Gageons qu'il n'aurait servi à rien pour Clement d'en être témoin.

– Oh, j'ai l'impression qu'elle l'est encore, dit Justine, se redressant.

Matty partit à rire.

– Ces choses-là donnent l'air malade sur le moment, dit Maria.

– D'autant que Miss Griffin n'a pas l'habitude de faire de longs parcours, dit Justine.

Matty rejeta sa tête en arrière, hilare.

– Tante Matty, saviez-vous qu'elle allait avoir une petite maison à elle? demanda Justine, poussée à faire cette soudaine déclaration. Oncle Dudley va s'y employer.

– Mais non, ma chérie, dit Matty, faisant des yeux ronds. Je l'ignorais. Comment voulais-tu que je le sache si on ne me le dit pas? Quand cela a-t-il été décidé?

– Quand ils se sont rencontrés après... avant qu'il ne tombe malade.

– Eh bien, j'en suis ravie, ma chérie; ravie que notre longue relation se termine ainsi; ravie de l'avoir introduite dans une famille qui ferait cela pour elle. C'est bien que notre amitié connaisse ce couronnement.

– Qui n'était pas celui escompté par tante Matty lorsqu'elle l'a mise dehors, dit Mark à ses frères. Il n'était nullement question d'un toit de remplacement.

– Je ne doute pas que vous en soyez ravie, tante Matty, dit Justine.

– Ah non, ma chérie? Donc, tu admets ce que je dis.

– Et je ne doute pas que ce soit le début d'une nouvelle relation avec Miss Griffin.

Matty gloussa.

– Eh bien, tante Matty, qu'est-ce qui vous amuse, au juste ?

– Ma relation avec elle, alors que vous l'avez tous utilisée comme infirmière, rien d'autre ! dit Matty, inclinant la tête et butant sur les mots.

– Maria, me conseilleriez-vous de m'éloigner hors de portée de la voix de ma tante ?

Matty se redressa, et son regard glissa de sa nièce à son amie.

– Si vous estimez que vous avez quelque chose à y gagner, dit Maria.

Justine se leva et prit un siège éloigné, tandis que sa tante la considérait avec une ironie non dissimulée.

– Ainsi, je suis un amadou trop dangereux pour le briquet à silex de ma nièce ? Ou est-ce le contraire ?

– L'un et l'autre se valent, dit Clement.

– Bon, bon, dans ce cas, nous devons nous efforcer de ne pas nous frotter l'une à l'autre. Peut-être nous ressemblons-nous trop ?

– Non, je ne crois pas qu'il s'agisse de cela, tante Matty, cria Justine. Oh, à quoi sert de me tenir à distance si je dois communiquer de là ?

– À rien, dit son frère.

– À ta place, je ne me tiendrais plus à distance, ma chérie, dit posément Matty. Je ne pense pas que cela présente la moindre utilité.

Justine revint et s'assit encore plus près de sa tante en haussant les épaules.

Matty la regarda un moment, puis se tourna vers Maria.

– Toute la famille est sous son toit ? demanda-t-elle, se penchant comme pour détacher inconsciemment sa robe de tout contact avec sa nièce.

– C'est habituel qu'ils soient tous là. Clement s'en va pour ses études, mais il nous consacre encore beaucoup de temps.

– Il n'a toujours pas sa maison à lui ?

– Je ne la veux pas tout de suite, ce sera pour plus tard, dit Clement d'une voix rapide et cassante. J'y réfléchis. Je l'aurai d'ici peu.

– J'ai un neveu et une nièce assez intransigeants.

– Que voulez-vous, nous disons ce que nous pensons, tante Matty, commença Justine. Oh, cela ne vaut pas la peine de vous préoccuper de nous. Voici la personne qui importe ! Nous pourrions être deux fois meilleurs ou deux fois plus mauvais que nous ne compterions pour rien. Et papa qui est aux petits soins, après avoir tourné en rond à l'étage jusqu'à ce qu'il se réveille ! Voilà donc pourquoi il s'était éclipsé. J'aurais dû m'en douter.

– Pouvons-nous tous tomber tout à fait d'accord sur le fait que nous ne comptons pour rien ? dit Matty d'une voix basse, malicieuse et rapide, levant le regard sur Dudley qui passait devant elle. Je n'ai jamais eu cette impression en ce qui me concerne, ni jamais eu celle qu'on l'avait de moi, autant que j'ai pu en juger. Aussi dois-je m'exclure de cette généralisation, encore que tout cela n'entre aucunement en ligne de compte en la circonstance.

– C'est de la circonstance qu'il est question, dit Clement.

– Je n'ai pas fermé l'œil, dit Dudley. Je ne pouvais me plonger dans le sommeil. Je serai peut-être mieux ici au milieu de vous tous. Si vous me voyez m'assoupir, vous n'aurez qu'à tous vous esquiver sans faire de bruit. Peut-être, bercé par votre conversation, m'endormirai-je sans m'en apercevoir.

Edgar suivit son frère, donnant l'impression qu'il n'y avait aucun lien entre eux, et de façon à éviter que leurs regards ne se croisent. Dudley s'assit au coin du feu et, d'un geste, demanda un coussin. Sa nièce fut à ses côtés en un instant, disposant le coussin derrière lui et coinçant un plaid de chaque côté de ses genoux.

– Je pense que Justine ne compte pas tout à fait pour rien, dit Matty avec un sourire.

– Je suis l'esclave consentante d'oncle Dudley. C'est là tout ce que je demande.

– Oh, je ne demanderais rien de mieux si ce tempérament m'était permis. Mais, comme je l'ai dit, ce n'est pas celui que l'on m'a assigné.

– Que voulez-vous, vous êtes infirme, dit Justine, s'attaquant au plaid qui remontait.

– L'explication de Justine, dit Aubrey.

– Pas depuis toujours, ma chérie. Pas lorsque j'avais ton âge, par exemple.

– Je ne pense pas que cette conversation me bercera au point de m'endormir, dit Dudley.

– Je ne suis peut-être pas une esclave, dit Matty, lui présentant un travail à l'aiguille, mais je me suis mise à votre service. Un petit quelque chose fait par une amie signifie plus, je l'espère, que la même chose achetée grâce à une bourse bien garnie.

– Chaque point a-t-il été brodé par des mains aimantes ?

En l'espace d'un instant, Justine prit l'ouvrage des mains de sa tante et le mit sous les yeux de Dudley.

– Doucement, ma chérie, les points vont se défaire, dit Matty, se penchant en avant.

– À peine sur deux ou trois centimètres. Ce n'est rien en comparaison de la satisfaction de pouvoir prouver à oncle Dudley que cet ouvrage est entièrement de votre main.

– Il aurait cru tante Matty sur parole, dit Mark.

Matty reprit l'ouvrage et, le plaçant sur son genou, entreprit de réparer les dégâts.

– Il n'est pas très endommagé, dit sa nièce.

– Une partie à refaire, ma chérie. Ce n'est pas grave. J'ai tout mon temps, comme tu l'auras sans doute pensé.

– Laissez-moi le faire, seulement ce qui s'est défait. Ainsi, vous ne l'aurez confectionné qu'une seule fois.

– Je voudrais que n'y soient brodées que des pensées aimantes, dit Dudley.

– Vous les aurez, dit Matty d'une voix pleine. Chaque pensée sera aimante et chaque point brodé par moi, dont certains doublement.

– Au fait, nous avons oublié de vous demander, tante Matty, comment vous êtes-vous débrouillée sans Miss Griffin ? dit Justine, à qui le zèle de sa tante rappelait que celle-ci était habituée à avoir de l'aide.

– Oublié de le demander ! dit Mark à Aubrey. Plutôt mourir !

– Ne parle pas de mourir avec cette légèreté, dit Dudley. Tu n'en as pas le droit. Tu n'as pas idée de ce que c'est que d'être entre la vie et la mort.

– Aucune expérience de la vallée de l'ombre, dit Aubrey.

– Pas la moindre. Je suppose qu'il y aura désormais sur mon visage quelque chose que l'on ne verra pas sur le vôtre.

– Ne parlons pas de ces moments-là, dit Justine avec un frisson. Souvenons-nous-en juste assez pour être soulagés qu'ils soient passés.

– Et pour mesurer la valeur de ma présence sous votre toit.

Ces mots rappelèrent l'autre issue qui aurait pu leur infliger la perte de Dudley. Justine s'approcha de son oncle et lui caressa les cheveux, son père suivit des yeux le mouvement de sa main.

– Papa aimerait peut-être aider Justine à lisser les cheveux d'oncle Dudley, murmura Aubrey, pour aider son unique fille.

– Alors, tante Matty, qu'avez-vous à nous raconter sur vous ? dit Justine, mettant plus d'énergie dans sa main. Nos propres soucis nous absorbaient trop pour que nous accordions la moindre pensée aux choses qui nous étaient extérieures.

– Votre tante s'est trouvée dans la même situation, dit Edgar.

– Oh, voilà une parole empreinte de gentillesse et de

compassion, dit Matty. Et vraie, de surcroît, même si, en ce qui me concerne, les choses ne m'étaient pas extérieures.

– Tante Matty a jeté un regard reconnaissant à papa, dit Aubrey.

– En effet, mon chéri. On n'a que peu de compréhension à mon égard depuis la mort de maman et de grand-papa, dit Matty, choisissant ses mots pour son neveu. Il en est tant parti avec eux ! Je ne veux pas dire que j'en attends davantage. Ce serait tout à fait vain. Mais je n'en suis que plus reconnaissante lorsque cela arrive.

– Allons, sortons tous de cette phase et intéressons-nous davantage les uns aux autres, dit Justine. Racontez-nous vos projets, et nous les écouterons.

– Eh bien, ma chérie, pour le moment, je n'en ai aucun, comme votre père doit le savoir. Les projets exigent de la réflexion et de l'attention, et je n'ai pas trouvé le loisir d'en avoir.

– Faites votre possible pour le moment, dit Maria.

– Oui, ma chère ? Je me demandais quand j'entendrais votre voix. La loquacité de tous mes jeunes parents semble avoir raison de vous.

– Je n'ai jamais été très bavarde. Peut-être n'ai-je pas grand-chose à dire.

– Ne craignez rien, tante Matty ; Maria sait se défendre, dit Justine.

– Bon, donc, on me demandait quels étaient mes projets. Il me faut donc en faire, et en faire tout de suite de façon à ne pas faire attendre qui que ce soit. Eh bien, puisque Miss Griffin ne va plus dépendre de moi pour avoir un toit, je vais devoir chercher quelqu'un d'autre qui y verra une utilité. Car pour me tenir compagnie, je ne puis, pour l'essentiel, m'en remettre à une domestique.

– Certes non, dit Justine, quoique ce ne soit pas l'essentiel. Vous faites bien de combler le vide laissé par Miss Griffin, autant que faire se pourra.

– Oui, ma chérie, nous devons tous procéder de la sorte avec les vides, du moins nous le faisons tous. Et, tu sais… – Matty modifia son sourire à l'intention de sa nièce : … que je ne m'afflige pas de la bonne fortune d'une amie.

– Faudra-t-il prévenir la prochaine personne qui dépendra de tante Matty pour son toit que celui-ci pourrait bien être le jardin ? demanda Aubrey.

– J'ai entendu dire que la neige était une couverture chaude, dit Mark. Je ne sais pas si tante Matty en a eu vent.

– Oncle Dudley non, sans quoi il n'aurait pas cru bon de donner son manteau à Miss Griffin.

– Dépendre semble être un terme inapproprié pour Miss Griffin, dit Justine. S'il y a quelqu'un qui a mérité son indépendance, c'est bien elle.

– Ce que votre tante veut dire est clair, dit Edgar.

– Papa, je crois que vous êtes jaloux de ma connivence avec oncle Dudley, dit Justine, se hâtant de s'éloigner de Dudley sans se douter que ses paroles n'étaient pas dénuées de fondement.

Edgar, qui ne le comprit qu'en cet instant, avança un fauteuil pour sa fille, à qui il sourit tandis qu'elle le prenait.

– Mon cher papa, et son unique agnelle !

– Et si papa en avait plus d'une, dit Aubrey.

– Miss Griffin a certainement mérité son indépendance au cours de ces dernières semaines, dit Matty. Elle va l'avoir. Cela fait tellement plaisir à entendre.

– Oncle Dudley avait pris ses dispositions pour la lui assurer avant qu'il ne tombe malade, dit Justine.

– Ah oui, ma chérie ? Eh bien, le plaisir n'en est pas moindre. Et si elle ne la méritait pas alors, à présent elle la mérite. Ou si elle la méritait déjà, à présent elle la mérite doublement. Tournons-le ainsi. Donc, elle y a droit. J'aurai beaucoup de plaisir à la voir sous son nouveau toit, comme elle-même m'a toujours vue sous le mien.

– Je n'en doute pas, tante Matty.

Matty parut, une fois de plus, se retenir de rire.

– Où est Miss Griffin ? demanda-t-elle, regardant autour d'elle tout en se dominant. Ne souhaite-t-elle pas se joindre à vous tous ? Ou a-t-elle peur de notre multitude ?

– Elle a peur de l'un de nous, dit Mark. Moi également.

– Où est parti Clement ? demanda Edgar.

– Dans sa chambre, je suppose, dit Aubrey. Il n'arrête pas de s'éclipser pour s'isoler.

– Eh bien, il m'aura vu, dit Dudley, et se sera assuré que je me rétablis.

– Il faut lui rendre cette justice, mon oncle, qu'il n'est pas parti avant, dit Justine. Pourtant, il a du travail. Demain, nous verrons disparaître quelqu'un d'autre. Ces vacances touchent à leur fin, ce qui se répète trop souvent. Maria et moi sommes d'accord.

– Aubrey était incapable de travailler tant il se rongeait d'inquiétude.

– Eh bien, le soulagement lui donnera un coup de fouet maintenant.

– Il se peut que je souhaite m'abandonner quelque temps à la reconnaissance, dit Aubrey.

– Nous y sommes tous enclins, mais le monde doit continuer à tourner.

– Je suppose qu'il l'aurait fait si j'étais mort, dit Dudley. C'est ce qu'on entend dire à son sujet. Je pense que le monde est pire que tout. Même les leçons d'Aubrey se sont arrêtées.

– Elles vont bientôt reprendre, dit Justine, revenant résolument à la vie quotidienne. Il pourrait, en bien des choses, rivaliser avec Clement.

– Clement pourrait apprendre bien des leçons de son paisible petit frère, dit Aubrey, qui vit sa belle-mère sourire et, sans raison, détourna aussitôt les yeux.

– Je crois que vous vous comprendrez mieux les uns et les autres dorénavant, dit Dudley. C'est ce qui arrive aux gens après avoir été inquiets. Je sens que je n'ai pas été malade pour rien.

– Il semble qu'il devrait y avoir plus de compréhension, dit Matty avec un léger soupir.

– Oh, les gens sont rarement aussi malades que je l'étais.

– Quelle impression cela fait-il d'être malade au point qu'on pourrait en mourir ? demanda Aubrey, désireux de le savoir.

– C'est difficile à dire. J'étais peut-être prêt. Je ne comprends absolument pas ceux qui ne le sont pas. Quand on délire et qu'on ne reconnaît pas les gens, il est difficile de voir comment l'on pourrait éprouver les remords d'une vie et se préparer pour l'éternité. Je ne peux m'empêcher de me dire que même les mourants ne sont pas aussi malades que je l'étais. Je crois que, parfois, il se portent étonnamment bien, peut-être même ne se sont-ils jamais aussi bien portés.

– Ce sont les derniers moments de lucidité de la fin, dit Justine.

– Ah, ceux-là, je ne les ai pas connus, évidemment. C'est curieux de songer que nous les connaîtrons tous. Je n'en ai que plus de respect pour autrui. Mais de longues conversations et de longs tête-à-tête après des années de séparation doivent être extrêmement pénibles quand on ne reconnaît pas les gens. Cela ne paraît guère en valoir la peine, même pour ces quelques instants de lucidité. Et je sais bien que c'est ce qu'ils doivent être. Quand la vie ne tient plus qu'à un fil, il semble que cela suffise à le briser. Cela doit arriver parfois, quand les gens meurent alors qu'ils se sentent capables d'accomplir tant de choses, plus peut-être qu'ils ne l'ont encore jamais été.

Justine regarda Dudley d'un air incertain, et Matty avec un sourire.

– Avez-vous lu les livres qu'il y avait à la ferme, mon oncle ? demanda Mark.

– Oui, je les ai lus pendant que je me remettais. Et si j'avais su que je serais tombé si malade, j'aurais commencé par là.

– J'adore l'entendre redevenir lui-même, dit Matty, jetant un coup d'œil à sa nièce.

– N'entendez-vous pas pointer une nouvelle note ? Peut-être me désigne-t-elle comme quelqu'un ayant vu la mort en face. Je crois que Justine l'a entendue.

– Oui, en effet, mon oncle, dit sa nièce posément. C'est la faiblesse de la convalescence.

– On dirait que la convalescence ressemble un peu aux moments de lucidité de la fin. Peut-être ne m'en suis-je pas encore tout à fait assez éloigné.

– Vous oublierez vite.

– Non. Vous, oui. Je vois que vous le faites déjà.

– Je sais de quoi vous parlez, dit Matty, les yeux fixés sur le visage de Dudley. Moi aussi, parfois, je me sens assez à part, car je vis dans mes souvenirs et je me rends compte que les autres ne les ont plus. Mais je ne voudrais pas leur infliger un fardeau que je puis porter seule.

– Moi, je ne m'en priverais pas ; je ne pensais pas en arriver là.

– Je pensais que les gens se comporteraient toujours comme ils l'ont fait à mon chevet. Ils étaient si gentils alors ; je trouvais qu'il s'était produit un grand changement en eux, et c'était le cas. Ils attendaient sûrement les moments de lucidité et se haussaient à leur niveau. Maintenant, ils sont redevenus eux-mêmes, comme vous le disiez de moi. Mais eux l'ont vraiment fait.

– Plaisantez-vous, mon oncle, ou non ? demanda Justine.

– Je plaisante, mais il y a autre chose là-dessous, autre chose qui vous reviendra peut-être plus tard. Si cela se produit, rappelez-vous que c'est seulement ma convalescence. Et maintenant, je vais retourner me reposer. Être ici, en votre compagnie, ne m'a pas bercé au point de m'endormir.

– Il vaut mieux que Mark vous accompagne, dit Maria. Vous tenez à peine sur vos jambes.

Dudley traversa la pièce, touchant à un objet sur son passage et, à la porte, laissa Mark lui prendre le bras. Aussitôt après, son frère se leva, redressa un objet sur la tablette de la cheminée, gagna la porte, la fit aller et venir à la volée et suivit.

– Papa ne peut rester loin d'oncle Dudley, et moi non plus, dit Justine. Je vais suivre à distance respectueuse, plus pour me délecter à sa vue que pour être d'une quelconque utilité. Je ne vais pas monopoliser le privilège de m'occuper de lui. Je m'incline devant les prérogatives de papa.

– Je fermerai la marche, dit Aubrey, et me délecterai à la vue de Justine.

– Maria et tante Matty pourront passer en tête à tête l'heure à laquelle je soupçonne que tante Matty aspire.

– Moi, j'y prendrai plaisir, ma chérie, mais j'espère que Maria également. Cela dépend de nous deux.

– Oui, passez-la comme bon vous semblera. Prenez-y plaisir ensemble. Oubliez-nous ; convenez que nous en sommes encore à chercher nos marques ; tout ce que vous voudrez ; cela m'est complètement égal. Oh, je suis si heureuse que je pourrais taper des mains ! sauter en l'air ! – Justine en fit la démonstration : Je suis d'une humeur telle qu'il serait inutile de tenter de me contenir.

Aubrey fit un rictus en direction de sa belle-mère et, ouvrant la porte pour sa sœur, la suivit, la tête haute.

– Un petit homme tout à fait accompli, dit Matty. Il ne devrait pas vous donner de fil à retordre. Dans quel ordre viennent-ils dans votre cœur ? Ils y sont déjà, je le vois.

– Dans quel ordre, je n'en sais trop rien. Il en existera un, bien sûr. Je pense que peut-être Mark vient en premier ; puis Justine ; puis Aubrey et enfin Clement. Je n'ai pas encore l'impression de connaître Clement.

– Je pense que je les placerais dans le même ordre, dit Matty, plus détendue. Sauf que je mettrais peut-être Mark après Justine. Oui, je pense que ma nièce vient en premier, même si nous cherchons à nous brouiller. Nous n'y parvenons jamais et cela en dit long.

– Pourquoi vous imposer cet effort? Il semble qu'il soit passablement constant.

– Ah, je croirais entendre mes neveux! Vous serez une vraie Gaveston, finalement. Vous ne resterez pas à la traîne.

Matty s'interrompit comme un bruit provenait de l'escalier.

Dudley avait gravi la première volée de marches et, en abordant la seconde, chassé la main de son neveu afin de continuer seul. Ses membres s'étaient dérobés sous lui et il était tombé la tête la première. Edgar s'élança vers lui; Justine poussa un cri; Mark se retourna et éleva la voix; Aubrey gravit les dernières marches en courant; Clement jaillit de sa chambre et se précipita sur place. On aida Dudley, guère plus mal en point, à gagner le lit de son neveu. Edgar se tint à son chevet, donnant l'impression que ses défenses s'étaient brisées sous ce dernier assaut. Clement fit un mouvement pour recouvrir quelque chose sur son bureau, trébucha, s'agrippa à son bureau et renversa un tas de pièces d'or qui ruisselèrent par terre.

Justine sursauta et y jeta un coup d'œil; Aubrey marqua une pause plus longue puis dévisagea son frère; Mark, voyant que son oncle n'avait rien, s'écarta du lit et s'immobilisa, son regard passant du sol au bureau. Clement poussa du pied les pièces, puis un linge dans leur direction et enfonça les mains dans ses poches.

– Comme vous avez tous paru bons! dit Dudley qui avait vu la même chose qu'eux tous. Exactement comme lorsque j'étais malade.

– Et nous en avons eu la sensation un bref instant, dit Justine, tout en se détournant de son oncle.

Edgar s'assit et regarda son fils comme s'il eût dû cesser d'éprouver un certain sentiment à son égard.

– Papa est plus pâle qu'oncle Dudley, dit Mark.

– Mais n'importe qui peut voir que c'est moi qui ai été malade, dit Dudley.

Maria apparut sur le pas de la porte, suivie de Jellamy, et Clement eut les regards de toute la maisonnée fixés sur le recoin secret de sa vie.

– Dudley est blessé ? demanda Maria. C'est Dudley qui a fait une chute ?

– Oui, c'est moi. C'était idiot de ma part. Vous allez finir par vous lasser de tout le dérangement que je vous cause et par y attacher moins d'importance. Il n'est jamais bon d'abuser de l'affection d'autrui.

– Est-ce de l'argent, Clement ? dit Justine.

– Si ce n'en est pas, je te laisse deviner ce que c'est.

– As-tu fait des économies ?

– J'ai mis un peu de côté pour le consacrer à ma maison. Tu sais que j'en aurai une, et que je ne suis pas dépensier.

– Pourquoi le gardes-tu sous cette forme ?

– Il l'est pour le moment. Tout au moins, une partie. Il me faut en avoir sous la main pour diverses choses. Je me fiche de toucher des intérêts jusqu'au tout dernier moment.

– Clement est un avare, dit Aubrey, qui accepta cette explication sans se rendre compte de la façon dont elle résonnait aux oreilles des autres.

– Eh bien, allez-vous me laisser ? dit son frère qui marchait de long en large, et qui était en mesure, grâce à l'exiguïté des lieux, de se retourner souvent et de dissimuler son visage. Ou allez-vous vous installer dans ma chambre ? Vous oubliez peut-être que c'est la mienne.

– Tu peux laisser à oncle Dudley le temps de se remettre, dit Mark.

– Il n'en a pas besoin, tu le sais bien.

– Et à chacun d'entre nous celui de reprendre son souffle.

– Je reconnais que je vous l'ai coupé, dit Clement, avec un rire.

– Clement, c'est inutile, dit Justine. Ce n'est pas joli ce que nous avons vu, et tu n'arrangeras rien en nous montrant autre chose de plus laid.

– Je n'ai nul désir de vous montrer quoi que ce soit. Je ne vois pas ce qui te permet de le penser. C'était votre idée de venir mettre votre nez dans ma chambre. Je ne sais pas ce que vous gardez dans la vôtre – Clement se tourna vers Aubrey, qui touchait à des choses sur la table : Arrête de tripoter ce qui ne t'appartient pas et sors de la chambre. Ou c'est moi qui vais te mettre dehors.

– Abstiens-t'en, dit Dudley. Si quelqu'un d'autre fait une chute, je ne serai plus au centre de tous les regards. Et si toi, tu ne veux rien partager avec Aubrey, pourquoi le ferais-je ?

– Y a-t-il quelqu'un qui soit utile à oncle Dudley ? Maria ne devrait-elle pas être au salon et offrir du thé à tante Matty ?

– « Le roi, dans sa trésorerie, compte les pièces de son trésor, la reine, dans son boudoir, mange du pain et du miel encore et encore », récita Aubrey de la porte.

Clement, d'une enjambée, gagna la porte et, d'un coup de pied, la claqua contre son loquet, indifférent à ce qu'il frappait en même temps. Dans l'instant, elle s'ouvrait tout doucement.

– Miss Seaton souhaiterait savoir si on s'est fait mal, madame, dit Jellamy.

– Ici, non, dit Mark. Dehors, je ne sais pas.

– Monsieur Aubrey s'est cogné la tête, monsieur.

– Oh, je ferais bien d'y aller, dit Justine.

– Nous vous accompagnons, dit Maria. Clement ne nous avait pas invités à entrer.

Edgar suivit sa femme tandis que Dudley se levait du lit et marchait à pas mesurés jusqu'au bureau.

– Je suis content que tu tiennes à ton argent, Clement. J'apprécie que tu prennes soin de ce que je t'ai donné. Cela montre que tu as bien agi lorsque je t'ai demandé de me le rendre. Je ne puis repenser à ce moment sans en éprouver une certaine gêne. Il nous arrive à tous d'en ressentir de temps à autre. Tout savoir, c'est tout pardonner, mais on ne peut pas permettre aux gens de tout savoir, évidemment. Éprouves-tu un sentiment de satisfaction à posséder de l'argent sous cette forme ?

– Je ne sais pas. Il s'est trouvé qu'une partie l'était.

– J'aimerais que tu me le dises. Parce que, si c'est le cas, je convertirai une partie du mien.

– Je suppose que certaines personnes l'ont envoyé sous cette forme, et j'ai tout mis ensemble. Ça ne le restera pas longtemps.

– Bien sûr, je ne te demande pas de confidences.

– J'espère que tu n'as pas tué Aubrey, Clement, dit Mark.

– Justine serait revenue nous prévenir. Elle aurait estimé que cela méritait d'être mentionné.

– Je n'aimerais pas qu'Aubrey meure, dit Dudley. J'ai seulement failli mourir, et cela lui donnerait aussitôt l'avantage sur moi.

– Vous devez regagner votre chambre, mon oncle, dit Mark. J'étais chargé de vous y accompagner.

– Je ne veux pas y aller, dit Dudley une fois sur le palier. Je veux redescendre. J'ai perdu toute envie de repos. Je ne puis m'exclure de la vie de famille ; elle a tant à offrir. Dire que je l'ai vécue si longtemps sans même soupçonner sa nature ! J'en étais pleinement satisfait ; de surcroît, je n'aspirais à rien d'autre. Matty s'en va, les bavardages vont pouvoir aller bon train. Ce sera une brillante causerie familiale, féroce, inquiète, débordante de chagrin, de malveillance et d'animation. On ne peut me demander de manquer cela dans mon état de faiblesse. Je ne ferais que me ronger les sangs.

– Ce ne sera pas au-dessus de vos forces ?

– Je sens que c'est exactement ce qu'il me faut, somme toute.

Matty adressa un signe de la main à Dudley et poursuivit

son chemin à travers le vestibule, comme si elle ne tirait pas parti de son retour.

– Voilà que, pour la première fois, je suis réellement à mon aise, dit-il en pénétrant dans le salon. Ça m'est égal d'avoir fui mon toit dans les affres de la jalousie, maintenant que Clement est un avare. Que Matty ait jeté sa vieille amie dehors dans la neige m'a été d'un grand secours, mais cela n'a pas tout à fait suffi. Maintenant, je ne suis vraiment pas pire que les autres. Vraiment pas plus ridicule ; ça m'est égal d'être pire.

– Vous savez que vous êtes meilleur, dit Justine, et nous aussi. Allons, mon petit garçon, assieds-toi et reste tranquille. Tu te seras remis dans une heure.

– Inutile de changer de sujet. Je suis parfaitement à l'aise. Je n'ai pas besoin qu'Aubrey détourne l'attention de moi. Je n'y tiens même pas du tout.

– Clement a cru par avance que j'avais atteint sa taille, dit Aubrey, supposant que l'attention était telle que son oncle ne la souhaitait pas.

– Bon, allons-nous en parler ou pas ? demanda Justine.

– Bien sûr que oui, dit Dudley. Vous savez que j'y ai déjà fait allusion. J'espère que vous ne pensez pas qu'il eût été plus équitable pour Clement de m'en abstenir. En pareil cas, je ne me le pardonnerais jamais, et à vous non plus. Naturellement, aujourd'hui, vous me pardonneriez tout ; mais à quoi bon, s'il n'y a rien à pardonner ?

– Il est plus équitable pour Clement que nous en parlions ouvertement, raisonnablement et sans exagération.

– Justine a parlé avec fermeté, dit Aubrey.

– Il vaudrait peut-être mieux l'oublier, tout simplement, dit Maria. Nous l'avons découvert par hasard et à son corps défendant. Cela ne signifie peut-être pas grand-chose. Nous avons tous nos petites bizarreries en privé.

– Ah oui ? dit Dudley. Je l'ignorais. Je n'en ai aucune. Mes petites bizarreries, je les ai toujours faites en public. Comme je suis content que la vie ne m'ait pas été ôtée avant même que je ne devine de quoi il s'agissait.

– Combien y avait-il en or ? demanda Aubrey.

– Allons, mon petit garçon, là n'est pas du tout la question.

– Si Clement veut avoir une maison, il ne lui restera plus rien, dit Edgar.

– Une remarque plus profonde qu'elle n'en a l'air, dit Justine. Voilà la solution, rapide, simple et radicale.

– Il mourra peut-être de faim derrière ses portes closes, dit Aubrey, et passera ses nuits à empiler ses pièces d'or.

– Je connais quelqu'un qui a mérité de se faire cogner la tête, dit Edgar.

– Il se peut que ce soit l'effet du contrecoup qui le conduise à des extravagances, dit Dudley. Nous devrons tous y faire plus attention. Ce doit être difficile pour les jeunes de suivre la bonne règle.

– La règle d'or, murmura Aubrey. En voilà une que Clement pourrait aimer suivre.

– Il aura énormément de dépenses, dit Mark. Une gouvernante, sans parler du reste.

– Nous discernons déjà des signes d'extravagance, dit Dudley.

Son neveu entra dans la pièce d'un air dégagé.

– Alors, dois-je m'enorgueillir d'être votre sujet de conversation ? Je suis ravi que vous me preniez à la légère. Je craignais que vous n'en soyez incapables.

– Nous nous demandions si tes moyens te permettraient d'entretenir une maison, dit Maria.

Clement s'immobilisa et la regarda dans les yeux.

– Eh bien, je devrai faire attention. Mais je pense pouvoir y parvenir grâce à la somme que j'ai économisée. J'en garde une partie en espèces pour les premières dépenses. Ce sont toujours les plus pressantes.

– Envisages-tu d'avoir ta maison tout de suite ? demanda son père.

– Eh bien, très bientôt, maintenant. Je vais devoir aller à Cambridge pour m'en occuper. J'ai mis assez de côté pour la première mise de fonds.

Clement alla à la porte-fenêtre et y resta à regarder au-de-hors, puis il la poussa et disparut.

– Est-il raisonnable qu'un jeune homme dépense tout ce qu'il a ? dit Mark. Rabattons-nous sur un autre sujet d'inquiétude.

– Ainsi, c'en est fini, dit Dudley. Clement est victime de l'inconséquence de la jeunesse. J'espère qu'il ne gaspillera pas sa pension.

– Nous n'y penserons ni n'en parlerons plus, dit Justine, se levant. Nous ne dirons plus un mot. Viens, Aubrey ; viens, Mark. Venez, Maria, si je puis me permettre ; en vérité, c'est vous le guide, et nous qui vous suivons. Nous savons que vous désirez que nous laissions papa et oncle Dudley seuls.

Edgar regarda la porte se refermer, puis il prit aussitôt la parole.

– Ce garçon n'a pas vraiment eu de père.

– Non, tu as raté une des relations les plus profondes de l'existence. Et tu te trouves face à l'une des conséquences. Car cela va plus loin que nous voulons bien l'admettre. Je n'ai pas l'intention d'en retirer aussi peu. Je suis sûr que nous aurons bien plus retiré du fait que j'aie fui la maison.

– J'espère que tout ira bien pour lui. Ceci est peut-être la conséquence de ce qu'il ait eu, toute sa vie, si peu en trop. Ton aide est peut-être une aubaine à plus d'un titre.

– Il semble qu'elle ait été la cause de ces désagréments. On ne peut être avare si l'on n'a pas d'argent.

– On peut l'être si l'on en a très peu, quand il est rare.

– J'aimais assez que Clement soit avare ; j'en étais flatté. C'était prendre tellement au sérieux ce que je lui donnais.

– Peut-être accordons-nous trop d'importance à cette affaire.

– Maria ne nous permettrait pas de ne pas lui en accorder assez. Je me refuse à nier le fait réel et sinistre. Pourquoi ne devrais-je pas me cramponner à la vérité ?

– Maria nous apportera son soutien pour eux tous.

– « Nous » ! Tu savais quel mot m'irait droit au cœur. Mais il faut bien que tu réussisses en tant que frère, quand, en tant que père, tu as si remarquablement échoué. Que pouvais-tu espérer, sinon que les rejetons se gauchissent et poussent anarchiquement ? Aucune main n'était là pour les tailler ou les guider. Je ne puis croire que tu ne te sois même pas rendu compte que Clement était un rejeton. Il était si tendre qu'il s'est gauchi presque aussitôt. Je pense que tu as beaucoup de chance qu'il ait été le seul.

– Que de choses se sont passées au cours de ces quatorze derniers mois !

– Oui. Matty est venue habiter ici. J'ai hérité d'une fortune. J'ai été fiancé à Maria. Blanche est tombée malade et en est morte. Tu t'es fiancé à ma place. Maria et toi vous êtes mariés. Le père de Matty est mort. Matty a jeté sa vieille amie dehors dans la neige. Je me suis enfui de chez moi. Je ne suis plus très sûr de la chronologie des trois derniers événements, mais ils se sont tous produits le même soir, et le hasard qui voulut qu'il neigeât a joué contre Matty. S'il avait fait doux, on l'en aurait blâmée deux fois moins. J'ai porté secours à Miss Griffin et me suis chargée d'elle. Le hasard qui voulut qu'il neigeât a aussi joué contre nous. J'ai décidé de pourvoir à ses besoins pour le restant de ses jours. Cela me paraissait l'unique chose à faire étant donné le climat. Il pourrait neiger à tout moment. J'ai été malade et ai failli mourir, et je vous ai été rendu à tous. À plus d'un titre ; il ne faut pas que je l'oublie. Oh, et pendant ce temps-là, Clement devenait peu à peu un avare. Pourtant, on aurait pu penser qu'il ne manquait pas de dérivatifs.

Il y eut un silence.

– Dudley, il y a une question que je peux te poser puisque

je connais la réponse. Maria ne compte plus de la même façon pour toi ?

– Non, pas autant que tu le souhaiterais. Je ne puis la voir avec tes yeux. Je suis revenu au stade où je la vois avec les miens. J'ai failli dire que, pour moi, elle passerait toujours en second après Blanche, mais à quoi bon me faire l'écho de ta pensée. Bien évidemment que pour tous deux elle passe tout juste en second après elle. Mais je pense que tu l'as épousée trop tôt après la mort de Blanche, et il se peut que tu ne puisses jamais le faire oublier. Tu vois que je te parle franchement, et j'estime que c'est de mon devoir. Je sais que Blanche a eu un bon époux, et ça, jamais personne ne devrait se faire un devoir de le dire.

– Je me suis laissé emporter. Je n'ai guère fréquenté de femmes. Et je pense qu'une certaine sorte d'émotion… Je pense qu'elle peut prédisposer aux autres.

– Pourquoi certains disent-ils que nous ne nous ressemblons pas ? Il semble que nous soyons identiques. Mais le chagrin après la perte d'une épouse est une émotion supérieure à l'engouement pour l'argent. Tes seconds sentiments avaient un fondement plus noble et méritaient le succès. Mais il n'est pas étonnant que nous n'ayons pas de secrets l'un pour l'autre. Il ne m'en reste plus qu'un. Mais j'ai bien vu ce que ça a été pour Clement de voir son unique secret révélé.

– Vas-tu me le dire ?

– Oui, car il est la preuve que j'ai perdu tout sentiment envers Maria. J'ai déjà demandé quelqu'un d'autre en mariage.

– Quoi ! s'écria Edgar, dont l'appréhension perceptible dans la voix donna une dernière satisfaction à son frère. Tu n'en as pas eu le temps. Tu es tombé malade quelques jours après ton départ de cette maison.

– Eh bien, je lui ai fait ma demande quelques minutes plus tard. Tu vois que j'ai très vite perdu tout sentiment envers Maria. Et elle m'a repoussé. Il semblerait que les femmes ne veuillent pas de moi comme compagnon de leur existence.

– Miss Griffin ? demanda Edgar, avec incrédulité et perspicacité.

– Comme l'affection t'aiguise l'esprit ! Mais tu aurais dû dire : « Moi, je veux de toi, Dudley. »

– Je pense… je vois poindre le soleil.

– Alors, nous pouvons aller nous promener comme nous l'avons fait toute notre vie. La seule différence sera que je devrai m'appuyer sur ton bras. Il a fallu que je le dise pour toi. Le dire comme toi n'aurait pas compté. Je l'ai dit comme tout le monde. C'est moi qui suis le meilleur de nous deux.

– Il se pourrait bien que tu le sois pendant vingt minutes, pendant un quart d'heure.

Ces deux-là sortirent et se promenèrent dans l'allée devant la maison, et Justine, les apercevant d'une fenêtre, se leva avec un cri et courut chercher ses frères.

DU MÊME AUTEUR

Aux Éditions Phébus

DANS LE DOMAINE ÉTRANGER

L'Excellence de nos aînés, 2010

Une famille et une fortune, 2008 ; *Libretto* n° 324

Aux Éditions Gallimard

Des hommes et des femmes, 2008

Une famille et son chef, 1983

Un dieu et ses dons, 1970

Aux Éditions L'Âge d'Homme

Mère et fils, 1983 ; 10/18, 1993

Frères et sœurs, 1984 ; 10/18, 1993

Un héritage et son histoire, 1993

Deux mondes et leurs usages, 1991

Serviteur et servante, 1988

Présent et passé, 1984

Cet ouvrage
a été reproduit et achevé d'imprimer
en octobre 2010
dans les ateliers de Normandie Roto Impressions s.a.s.
61250 Lonrai
N° d'imprimeur : 10-3434

Imprimé en France

Dépôt légal : octobre 2010
I.S.B.N. : 978-2-7529-0492-8